GOLDMANN

Buch

Silas Sibley, genannt »der Gärtner«, Computerspezialist und Mitarbeiter der CIA, kennt in seiner Freizeit nur eine Leidenschaft: die Erforschung der letzten Tage von Nathan Hale, dem ersten amerikanischen Spion, der unter George Washington die Pläne der Engländer ausgekundschaftet und damit zum Sieg der amerikanischen Unabhängigkeitsbewegung beigetragen hatte. Was ihn an Hale so fasziniert, ist dessen Patriotismus einerseits und seine moralische Integrität andererseits. Doch so einfach wie zu Zeiten Nathan Hales, als Gut und Böse, Fortschritt und und Reaktion noch klar zu unterscheiden schienen, sind die Dinge für Silas Sibley längst nicht mehr. Das begreift er spätestens, als er eines Tages auf ein infames und skrupelloses Komplott der eigenen »Firma« stößt. Für einen kleinen politischen Vorteil scheint die CIA bereit zu sein, das Leben und die Gesundheit von Tausenden von Unschuldigen aufs Spiel zu setzen. Mit List und einer gehörigen Portion Unverfrorenheit versucht Sibley die menschenverachtenden Pläne seiner Kollegen in letzter Sekunde zu durchkreuzen. Doch was als fast neckisches Katz-und-Maus-Spiel beginnt, wird für beide Seiten alsbald ein tödlicher Wettlauf mit der Zeit.

Autor

Robert Littell, 1935 in New York geboren, war Offizier bei der US-Marine und Auslandskorrespondent von »Newsweek«, bevor er sich mit raffinierten Politthrillern in die vorderste Reihe der modernen Spannungsautoren schrieb. Er lebt seit Anfang der siebziger Jahre als freier Autor in Frankreich.

Außer dem vorliegenden Band sind
von Robert Littell als Goldmann-Taschenbücher erschienen:

Eine höllische Karriere. Roman (8865)
In den Klauen des Bären. Roman (8916)
Mütterchen Rußland. Roman (9073)
Roter Winter. Roman (9906)
Sein oder Nichtsein. Roman (8812)
Der Töpfer. Roman (9143)

ROBERT LITTELL

SPION IM SPIEGEL

ROMAN

Aus dem Amerikanischen
von Bernhard Riettz

GOLDMANN VERLAG

Ungekürzte Ausgabe

Titel der Originalausgabe: The Once and Future Spy
Originalverlag: Bantam Books, New York

Die von Brigitte Weidmann besorgte Übersetzung des Zitats auf Seite 7 wurde der »Kunst des Romans« von Milan Kundera (Carl Hanser Verlag, München) entnommen.

Umwelthinweis:
Alle bedruckten Materialien dieses Taschenbuches
sind chlorfrei und umweltfreundlich.
Das Papier enthält Recycling-Anteile.

Der Goldmann Verlag
ist ein Unternehmen der Verlagsgruppe Bertelsmann

Made in Germany · 3. Auflage · 11/92

Umschlagentwurf: Design Team München
Umschlagfoto: Erben, München
Druck: Elsnerdruck, Berlin
Verlagsnummer: 41242
MV · Herstellung: Stefan Hansen/sc
ISBN 3-442-41242-0

FÜR ED VICTOR

… statt einer einzigen absoluten Wahrheit
eine Vielzahl relativer, widersprüchlicher
Wahrheiten (Wahrheiten, die von *imaginären Egos*
verkörpert und Figuren genannt werden) …

Milan Kundera

ERSTER TEIL

Den Film zurückdrehen

... sollen sich unsere Methoden von denen des Feindes ebenso unterscheiden wie unsere Ziele.

Aus den *Instruktionen für die Anwerbung von Truppen* im Provinzialkongreß von New York am 20. Juni 1775

I

Es lohnt sich, wenn man der Boß ist. Es bringt Privilegien. Eins davon besteht darin, Untergebene warten zu lassen. Wanamaker war clever genug, so etwas nicht persönlich zu nehmen, sondern als natürliche Ordnung der Dinge. Er warf einen Blick auf die römischen Zahlen, die auf dem Zifferblatt seiner Uhr flimmerten, zuckte stoisch die Achseln und versuchte es noch mal mit dem Radio. Wieder kam nichts außer atmosphärischen Störungen.

Manchmal schien es ihm, als begegnete er immer nur atmosphärischen Störungen. Ein lautes Jaulen, wenn er sich bei dem nur nach oben hin beweglichen Trottel, der die *Special-Interagency-Antiterrorgruppe* koordinierte, über die angeblich in Stein gemeißelten Etats beschwerte. Schrilles Pfeifen von seinen Mitarbeitern in der Einsatzgruppe *Charlie*, die den Zusammenhang von hierarchischer Ordnung und Privilegien offenbar überhaupt nicht begriffen. Und ein bösartiges Knurren von seinem Auftraggeber im politischen Überbau wegen der Termine, als ob Wanamaker nicht selbst genau wußte, wie wichtig sie waren, als ob das ständige Gemecker wegen gelegentlicher Verzögerungen irgendwie dazu beitrug, daß die Dinge problemloser liefen.

Zu viele atmosphärische Störungen führten zu Magengeschwüren. Er konnte sich lebhaft vorstellen, daß er eines Tages in dreifacher Ausfertigung einen Fragebogen der *Firma* würde ausfüllen müssen, um Krankenurlaub zu nehmen. Unter »Beschreibung der Krankheit« würde er eintragen: Unheilbare atmosphärische Störungen.

Irgendwo in den Eingeweiden der Tiefgarage begann plötzlich ein großer Elektromotor zu jaulen. Na endlich! Wanamaker drückte seine Zigarre aus (er hatte das Zigarettenrauchen sofort aufgegeben, als der bedrohliche, anonyme *Liebesbrief* in seinem Eingangskorb aufgetaucht war) und faßte die Fahrstuhltüren ins Auge, über denen jetzt kleine grüne Lämpchen zu blinken begannen. Die silbernen Türen öffneten sich. Zwei junge Männer, unter deren weitgeschnittenen Sportsakkos Schulterhalfter versteckt waren, sprangen heraus und sicherten die Umgebung des Aufzugs. Sie überprüften die Handvoll Regierungslimousinen, die im vierten Untergeschoß abgestellt waren. Sie überprüften die Seitenflügel und Nischen. Sie überprüften die Fluchttreppe. Dann überprüften sie Wanamaker. Der eine winkte mit dem Zeigefinger, und Wanamaker kam aus dem Auto. Er wurde so gründlich abgetastet, daß er sich vor Verlegenheit krümmte. Der junge Mann lächelte ein bißchen und nickte in Richtung Lift. Wanamaker machte sich auf den Weg.

An der Rückwand des Aufzugs lehnte ein untersetzter Mann im Smoking, kaute auf einer abgeknabberten, kalten Pfeife und studierte irgendwelche Notizen, die er sich auf der Rückseite eines Briefumschlags gemacht hatte. Als er Wanamaker bemerkte, griff er in die Tasche, um sein Hörgerät einzuschalten. Nicht wenige Journalisten führten seinen Erfolg im politischen Überbau vor allem auf den taktischen Einsatz seiner Taubheit zurück: Er hörte einfach nur, was er wollte, sagte man, und keine Silbe mehr.

»Ich hoffe, die Sache ist wichtig«, sagte der Mann im Aufzug zu Wanamaker. Für irgendwelche Höflichkeiten, für eine Entschuldigung wegen der fünf Viertelstunden Verspätung hatte er offenbar keine Zeit. »Nach dem Dinner muß ich eine Rede halten, und der Präsident ist nur einer der Gäste.«

»Wir haben ein Problem«, verkündete Wanamaker. »Jemand hat von *Stufftingle* Wind bekommen.«

Der untersetzte Mann wartete so geduldig auf weitere Erklärungen, daß Wanamaker unsicher wurde, ob ihn der andere überhaupt gehört hatte. Er hob die Stimme: »Ich habe heute einen Liebesbrief in der Geschäftspost gefunden.«

»Sie brauchen nicht zu schreien. Stand was von *Stufftingle* drin? Ich meine, wurde das Wort benutzt?«

»Nein. Es stand nur was von Brennstäben drin, hochempfindlichen Zündern und Keilen.«

»Ist das alles? Sonst nichts?«

Wanamaker zuckte vor Wut mit der Schulter. »Aber Brennstäbe, hochempfindliche Zünder und Keile... das ist *Stufftingle.*«

»Was denken Sie, was es bedeutet?«

»Ich denke, es bedeutet, daß wir der Sache sofort auf den Grund gehen oder alles abblasen müssen.«

»Jemand will Ihnen einen Streich spielen«, befand der untersetzte Mann. »So was kommt doch bei euch vor, oder?«

»Ja, so was kommt vor«, mußte Wanamaker zugeben. »Irgend jemand, dem man mal auf die Zehen getreten ist, versucht sich zu rächen, indem er den Eindruck erweckt, man hätte eine undichte Stelle. Andererseits muß ich für die Sache geradestehen, und ich habe keine Lust, am Schluß der Dumme zu sein.«

Der untersetzte Mann zog einen goldenen Zigarettenanzünder heraus, hielt ihn so, daß die Flamme in den Kopf seiner Pfeife hineinzüngelte, und begann heftig zu saugen. Beizender Rauch erfüllte die Aufzugkabine. »Lassen Sie uns erst mal herausfinden, wer der Verfasser dieses Liebesbriefs ist, ehe wir voreilige Schlüsse ziehen.«

Wanamaker gab sich keine Mühe, seinen Mangel an Begeisterung zu verbergen. Der untersetzte Mann schien zu begreifen, daß Wanamaker Streicheleinheiten brauchte. »Vor seinem Tod«, sagte er leise, »hat mir der alte Direktor gesagt, Sie seien einer der wenigen Leute in der Firma, auf die man sich wirklich verlassen kann. Er hat mir gesagt, Sie wären einer von uns.«

»Das bin ich.«

»Er hat mir gesagt, Sie wären ein Virtuose, was Einsätze angeht. Er sagte, Sie planen Ihre Einsätze weniger, als daß Sie wie ein Choreograph an sie herangehen. Er sagte, Sie könnten mehr Bälle gleichzeitig in der Luft halten als jeder Jongleur.«

»Ich tue nur, wofür ich bezahlt werde. Wie jeder andere auch. Ich kann es eben nur etwas besser.«

»*Stufftingle* ist keine gewöhnliche Operation. Es hängt sehr viel davon ab.«

»Sehr viel. Ich weiß. Das Problem besteht darin, daß wir nicht die Firma bitten können, den Film für uns zurückzudrehen.«

»Den Film zurückdrehen?«

»Die ganze Operation Stück für Stück auseinandernehmen. Jedes Detail untersuchen, bis man die undichte Stelle hat.«

»Nehmen Sie einen freiberuflichen Spezialisten«, schlug der untersetzte Mann vor. »Irgendein Talent im Ruhestand, das ein bißchen Bewegung und Geld braucht und das den Mund halten kann.«

Wanamaker überlegte. »Ich wüßte da einen alten Admiral in Guantanamo unten, der schon mal so was gemacht hat. War früher mein Chef. Ist beim Nachrichtendienst der Marine gewesen. Und bei der Spionageabwehr der Firma. Exzentrisch wie ein britischer Lord, aber brillant. Vor ein paar Jahren ist er geholt worden, um den Fall dieses russischen Überläufers zu klären, der bei der ersten Gelegenheit wieder nach Moskau zurückgeflogen war. Der Admiral hat den Film so weit zurückgedreht, bis wir alle gesehen haben, daß der angebliche Überläufer von Anfang an ein Doppelagent gewesen sein muß.«

»Sie werden *Stufftingle* nicht zu erklären brauchen. Und mich erwähnen Sie auch nicht.« Ein fragender Unterton war in diesen Bemerkungen nicht festzustellen.

Wanamaker stimmte mit heftigem Kopfschütteln zu, wobei sich einige Schuppen aus seinen Haaren lösten und sich auf die Schultern senkten. »Er wird davon ausgehen, daß es eine Firmenangelegenheit ist. Steht ja nirgendwo geschrieben, daß ich ihn aufklären muß.«

»Halten Sie mich auf dem laufenden«, knurrte der untersetzte Mann.

Wanamaker hievte ein liebenswürdiges Lächeln auf seine normalerweise unbeweglichen Züge. Wenige Leute auf seiner Ebene hatten direkten Kontakt mit jemandem, der nicht nur eine führende Position im politischen Überbau hatte, sondern auch zum engsten Kreis der Präsidentenberater gehörte. Wenn das Unternehmen *Stufftingle* von Erfolg gekrönt war, würde Wanamakers Stern steigen. »Selbstverständlich. Sie können sich auf mich verlassen.«

»Das tue ich.« Der untersetzte Mann griff in seine Smokingjacke und stellte das Hörgerät ab. Sein Gesichtsausdruck zeigte, daß sich ein Vorhang zwischen ihm und Wanamaker gesenkt hatte.

»Gut«, sagte Wanamaker, obwohl er wußte, daß er nicht mehr gehört wurde. Er zuckte mit der rechten Schulter und verließ rückwärts den Aufzug. Die beiden jungen Männer traten, ebenfalls rückwärts, wieder in die Kabine. Die silbernen Türen schlossen sich lautlos. Der Motor jaulte auf, und über den Aufzugtüren begannen die grünen Glühwürmchen wieder zu blinken.

2

Die Maschine aus Guantanamo rollte bis zum bitteren Ende einer abgelegenen Landebahn auf dem Marinestützpunkt Bethesda. Eine fahrbare Treppe wurde an den Flugzeugrumpf geschoben, und ein Unteroffizier mit gewienertem Schnauzbart riß die Kabinentür auf. Dann trat er respektvoll zur Seite. Wie ein Fragezeichen nach vorn gebeugt kam Konteradmiral (a. D.) J. Pepper Toothacher aus der Luke. Auf der Passagierliste wurde er allerdings als Marinezahnarzt geführt, der in Washington an einem Kongreß über Weisheitszähne teilnehmen wollte. Er war Ende Fünfzig, aber sein kalkweißes Haar ließ ihn mindestens ein Dutzend Jahre älter erscheinen. Seine erste Frau (wie er sie hinter ihrem Rücken gern nannte) riet ihm schon seit Jahren zu einer Tönung, aber Toothacher hatte sich immer geweigert. Jedes weiße Haar, sagte er, verkörpere ein Geheimnis, das er mit ins Grab nehmen werde.

Der Admiral trug auf Hochglanz polierte Oxfords, eine Pilotenbrille mit Trifokalgläsern und einen zivilen Leinenanzug, der ihm vielleicht mal gepaßt hatte, ehe er angefangen hatte, ganz makrobiotisch zu futtern. Er hatte das Aussehen eines ewig hungrigen, hochgewachsenen Mannes, der beim Cocktail immer zu tief in die Schale mit den gesalzenen Erdnüssen greift. Der Ruhestand langweilte ihn qualvoll zu Tode. Seine hängenden Schultern, seine eingefallenen Wangen, sein von ständiger Trauer erfülltes Gesicht, seine teigige Haut und seine hervorquellenden Augen, denen absolut nichts entging, machten ihn zum Inbegriff eines degenerierten Höflings, der hinter dem Wandschirm hockt, um zu lauschen. Ein Polonius, der nicht nur wußte, wo die verschiedenen Leichen versteckt, sondern auch, woran sie gestorben waren, wer von ihrem Tod profitiert hatte und wer gegebenenfalls des Mordes angeklagt werden konnte, wenn es notwendig sein sollte.

Der Admiral sog die frische Luft ein, bis ihm der Brustkasten weh tat, stürzte sich lebhaft die Treppe hinunter und vollführte zur Feier seiner sicheren Landung einen kleinen Freudentanz auf dem Asphalt. Die Zeremonie wurde allerdings jäh unterbrochen, als er die wuchtige Gestalt von Obermaat (ebenfalls a. D.) Huxstep erblickte, der unverschämt lässig an der Tür eines Dienst-Chevys lehnte. Der Admiral koordinierte seine langen Gliedmaßen soweit, daß sie geordnete Bewegungen zuließen, und schlenderte zu Huxstep hinüber.

»Ausgerechnet Sie!« knurrte er.

»Die Welt ist klein«, sagte Huxstep.

Der Admiral legte den Kopf schräg. »Hunderteinundzwanzig hoch drei?« fragte er.

»Viel zu einfach«, gähnte Huxstep.

»Sie versuchen bloß Zeit zu gewinnen«, sagte der Admiral.

»Dafür brauche ich keine Zeit. Hunderteinundzwanzig hoch drei ist eins, sieben, sieben, eins, fünf, sechs, eins.«

»Und die Kubikwurzel aus 12812904?«

Huxstep gelang es, noch ein bißchen gelangweilter auszusehen als sonst. »Zweihundertvierunddreißig.«

Der Admiral spitzte anerkennend die Lippen. »Wie machen Sie das bloß, Huxstep?«

»Wie binden Sie Ihre Schuhbänder?« fragte Huxstep zurück. Mit einer gebieterischen Kopfbewegung bedeutete er dem Seemann, der die beiden Vuittonkoffer des Admirals hinter ihm herschleppte, das Gepäck in den Kofferraum zu legen. Toothacher bedachte das Fahrzeug mit einem verächtlichen Blick. »Sagen Sie bloß nicht, einen besseren Schlitten hätten Sie nicht gekriegt.«

»Ich habe die Anweisung, keine Aufmerksamkeit zu erregen. Die Anwesenheit des Herrn Admiral in Washington soll möglichst nicht auffallen«, sagte Huxstep. Seine Haare zeigten das gleiche Zinngrau wie seine Augen.

»Sie hätten die Dreckskarre wenigstens waschen können«, beschwerte sich Toothacher. Er staubte den Beifahrersitz mit seinem Taschentuch ab, ehe er sich widerwillig hineinsetzte. Seine Wagentür ließ er demonstrativ offen. Huxstep grunzte höhnisch, ging dann aber doch hin und schloß sie mit einem gelangweilten Fußtritt. Er klemmte sich hinter das Lenkrad und ließ den Motor aufheulen. Der Chevrolet machte einen Satz und rollte dann auf das Tor im Maschendrahtzaun zu.

Der Admiral nickte den beiden Marinesoldaten, die im Kampfanzug Wache standen, beiläufig zu, sog behutsam die Luft im Wageninneren ein und klappte dann den Aschenbecher auf, wo er zwei verstaubte Zigarettenkippen fand. Angewidert rümpfte er seine unglaublich aristokratische römische Nase. Als nächstes kam das Handschuhfach dran, wo er unter den Straßenkarten Huxsteps Pistole entdeckte. Es war eine Smith & Wesson .357 Magnum, eine Waffe, die faustgroße Löcher in alles schlug, was sie traf. »Wie ich sehe, sind Sie bewaffnet«, stellte Toothacher fest. »Hätten Sie nicht etwas... Diskreteres nehmen können?«

»Einen Derringer vielleicht? Oder einen Stockdegen?«

Toothacher seufzte resigniert. »Noch etwas: Sie hätten dem Mann, der mein Gepäck geschleppt hat, ruhig ein bißchen zur Hand gehen können.«

Das war zuviel für Huxstep. »Darf ich mit allem Respekt darauf hinweisen, daß der Herr Admiral jetzt erst seit fünf Minuten gelandet sind, sich aber bereits über drei verschiedene Dinge beschwert haben? Das Auto paßt Ihnen nicht, meine Pistole ist Ihnen zu groß, und jetzt erklären Sie mir auch noch, ich hätte irgendeinem Seemann im letzten Glied mit dem verdammten Gepäck helfen sollen.«

»Na ja, wenn ich wirklich kritisch sein wollte«, sagte der Admiral freundlich, »müßte ich wohl auch ein paar Worte über Ihre Ausdrucksweise verlieren.«

Huxstep ließ ein weiteres höhnisches Grunzen vernehmen und drängte mit einer geschickten Drehung des kleinen Fingers die grauen Haare zurück, die seinen Nasenlöchern entsprossen.

Der Admiral schloß angewidert die Augen. »Na, kleine Säuberungsaktion?« fragte er.

Huxstep warf ihm einen giftigen Blick zu. »Zur Hölle mit Ihnen, Herr Admiral!«

»Na, na«, gurrte Toothacher. Er fing den Blick des anderen auf und zwinkerte ihm mit beiden Lidern zu.

Huxstep schmolz dahin, räusperte sich und versuchte, die aufsteigende Wehmut zu unterdrücken, was ihm nur sehr unvollständig gelang. »Ich freue mich, Sie wiederzusehen, Herr Admiral, nach all den Jahren«, murmelte er verlegen. »Wenn ich ehrlich sein soll, muß ich zugeben, daß ich mich freiwillig gemeldet habe, als ich gehört habe, daß der Herr Admiral wieder zurückkommen.«

Toothacher nickte mitfühlend. »Wenn ich gewußt hätte, daß Sie zur Verfügung stehen, hätte ich darauf bestanden, daß Sie wieder zu mir kommen, Huxstep.« Und fügte hinzu: »Es tut mir schon leid genug, daß ich bei den Verhandlungen die Automarke nicht festgelegt habe.«

Huxstep erzeugte eine Art Lachen. »Ganz wie in der guten alten Zeit«, sagte er. »Der Herr Admiral interessieren sich immer bloß für die Privilegien.«

»Seit wann ist es ein Verbrechen, wenn man weiß, was man wert ist?« fragte Toothacher.

»Genau«, sagte Huxstep.

Als sie sich dem Zentrum von Washington näherten, brach Huxstep das Schweigen. »Der Herr Admiral werden also wieder mal einen Film zurückdrehen.«

»Wer um Himmels willen hat Ihnen das eingeredet?«

»Ich dachte nur. Wenn der Herr Admiral schon nach Washington kommen. Und dafür sogar ein Auto mit Fahrer spendiert wird.«

»Wohin bringen Sie mich?«

»Zu dem Mann, für den ich arbeite, Mister Roger Wanamaker.« Als er Toothachers unbewegten Gesichtsausdruck sah, sagte Huxstep: »Sagen Sie bloß nicht, Herr Admiral erinnern sich nicht.«

»Müßte ich ihn kennen?«

»Er war doch Ihre rechte Hand, als Sie der Chef des Marinenachrichtendiensts waren? Und als Herr Admiral die Treppe hinauffielen, zur Spionageabwehr der CIA, haben Sie Wanamaker auch mitgenommen.« Huxstep lachte leise. »Ich erinnere mich noch, wie Sie gesagt haben, Sie brauchten Gesellschaft im Elend.«

»Roger Wanamaker«, sagte Toothacher langsam und zog seine Augenbrauen zusammen, um sein fast fotografisches Gedächtnis zu aktivieren. Er nickte bedächtig. »Ja, natürlich. Ungefähr Mitte Dreißig. Ein Gesicht, als müßte er eigentlich lispeln. Schwaches Kinn. Eine Nase mit einem Höcker. Hat er sich beim Squash gebrochen, in Yale, wenn ich mich recht entsinne. Ziemlich wirres, trockenes Haar voller Schuppen und statischer Elektrizität. Hatte ständig Übergewicht und versuchte es runterzuhungern; fraß dauernd Diät-Hüttenkäse am Schreibtisch. Man wußte immer genau, welche Akten er gesehen hatte, weil hinterher Fettflecken drauf waren. Er war der übelste Schlampsack, mit dem ich je arbeiten mußte. Aber hinter seiner Schlampigkeit steckte eine bemerkenswerte Intelligenz. In seinem Gehirn sammelten sich Daten und Fakten wie bei anderen Leuten Dreck in den Taschen. Hatte eine Nase für ausgefallene Operationen. Ich erinnere mich. Wie sind Sie denn in Wanamakers Laden gelandet?«

»Die Navy hat mich rausgeschmissen wegen einer blöden Totschlagsgeschichte. Ich wußte nicht, wo ich hinsollte. Ich hatte gerüchteweise gehört, daß Wanamaker Leute für so eine supergeheime Antiterrortruppe suchte. Es war Ihnen doch hoffentlich recht, daß ich Sie bei der Bewerbung als Referenz genannt habe?«

Der Admiral hing seinen eigenen Gedanken nach. »Unser Freund Wanamaker«, sagte er nachdenklich. »Alle nannten ihn Freitag, weil er meine rechte Hand war. Sie nicht. Sie nannten ihn *Bright Eyes*. Außerdem haben Sie das Gerücht verbreitet, daß er jeden Tag bade, aber nie das Wasser wechsle. Er war deswegen ziemlich böse auf Sie. Wußte wohl Ihren Humor nicht zu schätzen.«

Huxstep schob sein Kinn ein Stück vor. »Leute, die nicht über sich selbst lachen können, beachte ich gar nicht.«

»Das ist ein Fehler«, sagte der Admiral bitter. »In unserer Branche sind das genau die Leute, die man am schärfsten im Auge behalten muß, Huxstep.«

3

»Willkommen an Bord«, sagte Wanamaker und steuerte Admiral Toothacher durch das öde Niemandsland eines Großraumbüros. Sie kamen an einer jungen Empfangsdame in einem karierten Minirock, die an einem abgebrochenen Fingernagel herumfeilte, und einer Assistentin mittleren Alters mit einem enganliegenden Federhut im Stil der 30er Jahre vorbei, dessen maskenähnlicher schwarzer Schleier ihr Gesicht nahezu unsichtbar machte, und gelangten schließlich in eine Mönchszelle, deren Mobiliar den Eindruck machte, als sei es übriggeblieben, als irgendein Unterausschuß des Repräsentantenhauses aufgelöst wurde. »Tut mir leid, daß es so an Bequemlichkeit mangelt«, sagte Wanamaker und versuchte den Admiral dazu zu bringen, daß er sich in einem durchgesessenen Armsessel mit fleckigem Kunstlederbezug niederließ. »Wir sind die unschuldigen Opfer eines Regierungskomplotts zur Einsparung von Steuermitteln. Kaffee? Tee? Oder lieber was mit ein bißchen mehr Pep?«

»Tee«, sagte der Admiral ohne Begeisterung. Er beäugte die Umgebung mit jenem Abscheu, den er normalerweise für die Räumlichkeiten der großen Hotelketten empfand, und versuchte an die angenehmen Seiten des Auftrags zu denken: zweihundertfünfzig Dollar am Tag, arbeitsfreie Nächte ohne Verpflichtungen und die Gelegenheit, hemmungslos Raubbau an seiner Gesundheit zu treiben.

Wanamaker hing wie eine graue Regenwolke über dem Sessel. »Mit oder ohne?«

»Entweder oder.«

Wanamaker huschte zu seinem peinlich kleinen Schreibtisch, dessen Glasplatte völlig mit Hüttenkäse verschmiert war, hockte sich auf seinen quietschenden Drehstuhl und drückte auf eine Taste seiner Wechselsprechanlage. »Zweimal Tee. Aber dalli!«

Ein knatterndes Quaken quoll aus dem Gerät. Es besagte offenbar: »Mit oder ohne?«

»Schon wieder atmosphärische Störungen«, murmelte Wanamaker, drückte noch einmal die Taste und brüllte: »Mit oder ohne. Ent- oder weder, bloß dalli.«

Der Admiral schnupperte vorsichtig. Die Luft war schal und roch nach Schimmel, kalter Zigarrenasche und staubigen Kunstfaserteppichen. Die Fenster waren von einem bräunlichen Rußfilm bedeckt. Wahrscheinlich waren sie seit Jahren nicht mehr geöffnet worden, wahrscheinlich war seit Jahren kein frischer Luftzug in diese Räume gelangt. Seit Jahrzehnten. Worauf hatte er sich da bloß eingelassen? Toothacher beobachtete Wanamaker, der sich nervös in seinem quietschenden Stuhl hin und her drehte. Seine ungebügelten Kleider sahen verschwitzt aus, und sein Haar war verfilzt. Als er den Kopf bewegte, rieselten Schuppen herunter und landeten nach kurzem Flug durch das hereindringende Sonnenlicht auf seinen Schultern. Dem Admiral wurde nur allzu klar, was Huxstep mit seiner Bemerkung über Wanamakers Badewasser gemeint hatte.

Wanamaker verdrehte eine Büroklammer zwischen den Fingern, fummelte an einer Zigarrenbüchse herum und schien krampfhaft zu überlegen, wie er gegenüber seinem ehemaligen Chef, seiner Vaterfigur, seinem Lehrmeister, das Eis brechen könnte. »Sicher haben Sie bemerkt, daß ich Ihnen zuliebe nicht rauche?« murmelte er.

»Noch schöner wäre es gewesen, wenn Sie mal die Aschenbecher geleert hätten«, sagte der Admiral geistesabwesend.

Wanamakers Engelslippen zeigten ein Lausbubenlächeln. »Wahrscheinlich fragen Sie sich, warum ich sie hergebeten habe, nicht wahr?«

Der Admiral schwieg und konzentrierte sich darauf, nicht zuviel von der schalen Luft einzuatmen.

Wanamaker erinnerte sich mit geradezu sinnlicher Befriedigung an die Zeit, als er die rechte Hand des Admirals gewesen war. Sieben Jahre waren eine lange Zeit. Die meisten Nachrichtendienstler hatten den Admiral damals für einen zynischen Profi gehalten, der zwar keinen Augenblick daran glaubte, daß der kalte Krieg irgendwie zu gewinnen war, aber trotzdem seinen Spaß daran hatte. Nur ein paar Auserwählte, darunter Wanamaker, vermuteten, daß sein Engagement tiefer ging. Der Admiral haßte die Kommunisten und war bereit, alles zu tun, um ihnen ein Schnippchen zu schlagen. In den wilden Jahren, als alle möglichen Leute Agenten hinter dem Eisernen Vorhang absetzten, hatte der Admiral vorgeschlagen, an die Fallschirme lieber bloß automatische Kurzwellensender zu hängen. Auf diese Weise hätten die Russen Hunderte von nichtexistierenden Agenten aufspüren müssen. Später, als sämtliche westlichen Geheimdienste verzweifelt versucht hatten, ins Oberkommando der Roten Armee einzudringen, hatte er den Marinenachrichtendienst so geführt, als *hätte* er dort längst einen Spion. Sobald der KGB auf die Hinweise stieß, die der Admiral sorgfältig ausgestreut hatte, wurde der vermeintliche Maulwurf so gründlich gejagt, daß sich das sowjetische Oberkommando jahrelang nicht mehr davon erholte. Weil er ständig mehr Geld für den Marinenachrichtendienst wollte, hatte sich Toothacher schließlich Feinde beim Wehrausschuß des US-Senats gemacht und war zur CIA versetzt worden, wo er für James Jesus Angletons Prätorianergarde, die Spionageabwehr, arbeiten durfte, jene gewohnheitsmäßigen Pessimisten, für die von allen Möglichkeiten die schlimmste immer auch die wahrscheinlichste, interessanteste und anregendste war. Und – nebenbei bemerkt – ihrem eigenen Wesen auch am besten entsprach. Irgendwann hatte dann jemand einen Skandal gewittert; ein Novize aus dem Ausbildungslager der CIA hatte den Admiral im Rahmen einer Übung vierundzwanzig Stunden lang beschattet und einen Bericht darüber gemacht, mit wem er Umgang hatte und was für Gesellschaft er schätzte. Toothacher war vor einen Untersuchungsausschuß zitiert worden und hatte sich einem Lügendetektor-Test unterziehen müssen, den er nicht bestand. Daraufhin war er vom Direktor der CIA, der es gar nicht liebte, wenn schmutzige Wäsche in der Öffentlichkeit gewaschen wurde, nach Kuba auf den amerikanischen Flottenstützpunkt Guantanamo in Pension geschickt worden.

Die Sekretärin mit dem abgebrochenen Fingernagel und dem karierten Minirock kam herein und stellte ein Tablett auf Wanamakers Tisch ab. Als sie beobachtete, wie sich der Admiral unauffällig die Bügelfalte an seiner Hose zurechtrückte, wandte sie diskret den Blick ab. Wanamaker schob seinem ehemaligen Vorgesetzten einen Becher mit Tee über den Schreibtisch und bot ihm einen Teller mit mehreren kleinen Papiertütchen an. Toothacher hob mit spitzen Fingern eins davon hoch. »Milchpulver«, las er voller Entsetzen. Seine Augen wanderten unruhig an den Wänden entlang, als ob er einen Fluchtweg suchte. Seine Augen blieben einen Moment lang an dem unglaublich kitschigen Farbdruck des Präsidentenporträts hängen, das über dem zugemauerten Kamin hing. Er bemerkte die welken Pflanzen, die in Plastiktöpfen auf einem staubigen, graugestrichenen Safe standen, dessen Farbe und Panzerung bei einem altmodischen Schlachtschiff entlehnt schienen. Auf dem Konferenztisch, dessen Platte fast völlig mit leeren Colabüchsen (vorwiegend den hellen Diät-Colabüchsen), aufgerissenen Plastikbehältern mit Frischkäseresten (halbfett), Knäckebrotkrümeln und fettigen Papptellern bedeckt war, kam sein Blick schließlich zur Ruhe. »Mein Gott, Wanamaker«, flüsterte der Admiral fiebrig, »wo sind wir denn hier?«

Wanamaker hatte den Finger schon wieder auf der Sprechtaste. »Kein Telefon. Keine Besucher. Keinerlei Störung«, bellte er heftig. Er ließ seinen Drehstuhl einmal um dreihundertsechzig Grad kreisen, als ob er sich aufdrehen müßte, dann ließ er sich in die Polsterung sinken, sah den Admiral aufmerksam an und sagte: »Wir sind eine Einsatzgruppe der SIAG, der *Special-Interagency-Antiterrorgruppe.*«

»Ist das eine Dienststelle der Regierung der Vereinigten Staaten?«

Wanamaker produzierte ein hektisches Kichern. Der Admiral schien im Ruhestand seinen Sinn für Ironie nicht verloren zu haben. »Sehr schlau«, sagte Wanamaker, »sehr witzig.« Er rutschte unruhig auf seinem Stuhl hin und her. Dann beugte er sich vor und senkte die Stimme, um anzudeuten, daß die Unterhaltung jetzt in ein anderes Stadium trat. »SIAG wurde geschaffen, nachdem es uns 1980 so kläglich mißlang, die amerikanischen Geiseln im Iran zu befreien. Unsere Einsatzgruppe, Einsatzgruppe Charlie, besteht aus Experten für den Nahen Osten. Wir behalten über ein Dutzend Terrororganisationen im Auge, von denen die meisten so geheim sind, daß die Mitglieder oft gar nicht wissen, zu welcher sie gerade gehören.«

Während er die Vorstellung seines früheren Untergebenen beobachtete, mußte Toothacher daran denken, daß Wanamaker die geringste emotionale Variationsbreite hatte, die er je bei einem *homo politicus* beobachtet hatte. Sein Mienenspiel hatte er auf ein häßliches Grinsen, das häufig von einem nervösen Kichern begleitet war, und eine weitere Miene reduziert, die vollkommen ausdruckslos war. Im Moment wurde die ausdruckslose Mimik eingesetzt. Wie eine erschöpfte Armee bezogen Wanamakers Gesichtszüge in halbzerstörten Stellungen Posten.

»Und worin besteht das Problem?« fragte der Admiral.

Wanamaker machte sich daran, eine weitere Büroklammer in seinen Fingern zu martern. »Unser Produkt wird sehr knapp gehalten – es steht auf der BIGOT-Liste, trägt die Stempel NODIS, NOFORM, ORCON und alle anderen Sicherheitsstempel, die wir erwischen. Trotzdem gibt es offenbar ein Leck. Irgend jemand außerhalb unserer Gruppe, irgend jemand, der nicht mal auf dem Verteiler steht, scheint Zugang zu unserem Produkt zu haben. Er scheint sogar Einzelheiten über unseren wichtigsten derzeit laufenden Einsatz zu wissen, eine hochsensible Operation. Und deshalb sind Sie jetzt hier. Ich hoffe, Sie können den Film zurücklaufen lassen und das Leck in aller Stille schließen, damit wir unsere Arbeit ungestört fortsetzen können.«

In seinen Untersuchungsmethoden war der Admiral sehr konservativ. Alle Gedankensprünge versuchte er zu vermeiden, und er bewegte sich am liebsten im Schneckentempo auf die nötigen Schlußfolgerungen zu. »Was veranlaßt Sie zu der Vermutung, daß es ein Leck gibt?« fragte er.

Wanamakers ausdruckslose Mimik wurde durch das häßliche Grinsen ersetzt. Er zog einen Aktendeckel aus seinem Schreibtisch, der auf der Vorderseite in großen Blockbuchstaben mit den Klassifizierungen BIGOT, NODIS, NOFORM und ORCON vor unbefugten Augen geschützt wurde. Im Inneren lag eine Klarsichthülle mit einem Computerausdruck. Wanamaker gab dem Admiral die Plastikhülle über den Tisch.

Durch den unteren Teil seiner Brille studierte Toothacher das Blatt. »Stäbe«, »hochempfindliche Zünder« und »Keile« las er laut vor.

Wanamaker fühlte sich sofort besser. Er war froh, daß er nach seinem Lehrer geschickt hatte. Der Admiral würde ihn bestimmt nicht enttäuschen. Auch der längste Marsch beginnt mit dem ersten Schritt, hatte Mao Tse-tung gesagt. Und der Admiral hielt sich daran.

Daß er die vier kritischen Wörter auf dem Computerausdruck gelesen hatte, war ein solcher entscheidender erster Schritt.

4

Der Gärtner hielt sich wie immer bedeckt. »Ein bißchen dies, ein bißchen das«, erwiderte er. Sein Gesicht verzog sich zu einem verlegenen Grinsen; es war ihm peinlich, daß er so spröde sein mußte, wenn ihn jemand fragte, was er von Beruf sei. Er stellte fest, daß sich in seinem Weinglas ein Bodensatz gebildet hatte, und schüttelte ärgerlich den Kopf. Er schätzte trübe Weine nicht. Und unklare Verhältnisse auch nicht. Er mußte daran denken, daß er selbst ja auch nicht gerade die Lauterkeit selbst war, aber was hätte er sagen sollen? Daß er im Strom der Konversation nach Spuren von Verrat suchte? Wahrscheinlich hätte es ihm sein Freund Ethan Early, ein bekannter Physiker, nicht geglaubt und gelacht. Wenn er die Antwort allerdings ernst genommen hätte, hätte er das Gespräch abgebrochen.

»Du hast dich überhaupt nicht verändert«, sagte der Physiker. »Erinnerst du dich noch an den Geschichtslehrer, der dir eine Eins gegeben hat, weil du mehr gewußt als gesagt hast, und mir eine Drei, weil ich mehr gesagt als gewußt habe?« Der Physiker lachte vergnügt. »Hör mal, Silas, warum versuchst du es nicht einfach mal mit der Wahrheit? Der reinen Wahrheit und nichts als der Wahrheit?«

»Wessen Wahrheit, Ethan? Und welche?« fragte der Gärtner.

Early nickte, als Naturwissenschaftler wußte er Skepsis zu schätzen. »Soll ich dir etwas sagen?« fragte er. »Die Leute sagen, du arbeitest gar nicht fürs State Department. Viele unserer ehemaligen Klassenkameraden glauben, du bist ein Spion oder so was. Ich glaube das übrigens auch.« Early beugte sich über den Tisch, wobei die unterste handgemalte Sonnenblume auf seiner Seidenkrawatte in seiner Fettuciniportion verschwand, ohne daß der Gärtner ihn warnte. »Gib's zu, Silas! Hast du eine Zyankalikapsel unter der Zunge und einen falschen Paß in der Tasche? Sind deine Briefe mit Mikrofilmen gespickt? Steckst du deine Berichte in tote Briefkästen? Bist du bewaffnet?«

»In der Regel wappne ich mich mit Humor«, sagte der Gärtner. »Das schützt mich am besten vor solchen Freunden wie dir.« Wieder das schüchterne Grinsen und eine verlegene Geste.

In der nächsten Nische des italienischen Restaurants hob ein alter Mann seine Stimme. »Gib's doch zu«, sagte er.

Die ebenfalls nicht mehr sonderlich junge Frau ihm gegenüber versuchte ihn zu beruhigen. »Ich bitte dich«, sagte sie. »Du wirst doch nicht etwas wieder ausgraben wollen, was jetzt über zweiundvierzig Jahre her ist!«

»Hast du mit ihm geschlafen? Ja oder nein?«

»Tränen über verschüttete Milch zu vergießen hat keinen Sinn«, sagte die Frau. »Das macht es auch nicht ungeschehen. Außerdem ist es verjährt.« Sie schwieg einen Augenblick, dann fauchte sie plötzlich: »Manchmal wünschte ich, du wärst tot.«

»Ich geb' mir ja alle Mühe«, sagte der Mann und ließ die Luft aus seiner Lunge mit einem heftigen Pfeifen entweichen, das den Gärtner, der den beiden alten Leuten den Rücken zukehrte, an die Dampfheizung in seinem Loft in Soho erinnerte.

Der Physiker beugte sich erneut über den Tisch. »Was hältst du von verschütteter Milch?« flüsterte er.

»Wenn sich ein Historiker nicht für verschüttete Milch interessiert, wer denn dann?« fragte der Gärtner. »Sie ist gewissermaßen das Fruchtwasser aller Geschichte.«

»Aber die Frage ist doch: Soll man Tränen darüber vergießen? Was meinst du?«

»Es gehört zu meinen wichtigsten Glaubensartikeln, daß es mehr als angebracht ist, Tränen über verschüttete Milch zu vergießen«, versicherte der Gärtner treuherzig. Wenn dem nicht so wäre, dachte er, würde ich mich auch für den guten alten Nate Hale nicht so interessieren.

»Na, dann besteht ja noch Hoffnung für dich«, sagte Early.

Sie saßen bereits vor einem vielschichtigen, delikaten Dessert, als der Gärtner das Gespräch schließlich auf das Gebiet der Physik lenkte. »Und wo stößt du zur Zeit ins Unbekannte vor?« fragte er beiläufig.

»Ob du es glaubst oder nicht«, sagte der Physiker, »ich zähle Wasserstoffatome.«

Der Kellner kam vorbei und fragte: »Alles in Ordnung?«

»Die Nudeln sind eßbar«, rief der Gärtner hinter ihm her. »Am Wein könnt ihr noch arbeiten. Und an den Preisen auch.« Zu dem Physiker sagte er: »Wasserstoffatome? Wieso?«

»Wenn mehr als drei in einem Kubikmeter Raum sind, fällt das Universum früher oder später wieder in sich zusammen. Wenn das Weltall zu dicht wird, gibt es einen neuen Urknall, und es fängt alles wieder von vorn an. Wenn es weniger als drei Wasserstoffatome pro Kubikmeter gibt, wird sich das Weltall bis in alle Ewigkeit ausdehnen. Weitentfernte Galaxien werden wie heruntergebrannte Kerzen verlöschen. Und wenn dann noch irgend so ein armes Schwein da ist, wird es mutterseelenallein auf seinem kümmerlichen Planeten dahintreiben und zusehen, wie das Universum Stück für Stück stirbt.«

»Manche Leute treiben jetzt schon mutterseelenallein auf diesem Planeten dahin«, sagte der Gärtner bewegt. »Aber das ist eine andere Geschichte.«

Der Physiker hatte gerade die Überreste der Fettucinisoße auf seiner Sonnenblumenkrawatte entdeckt und versuchte die Flekken mit einer in seinem Wasserglas befeuchteten Serviette zu bekämpfen, was nur sehr unvollständig gelang. »Als du angerufen hast«, sagte er, »hast du gesagt, du wolltest mich irgendwas fragen.«

»Ach ja, das hätte ich beinahe vergessen«, sagte der Gärtner, fischte ein paar Karteikarten aus der Brusttasche seines Jacketts und reichte sie Early über den Tisch. »Ich habe da ein paar Aufzeichnungen gefunden und weiß nicht, was sie bedeuten. Ich dachte, du könntest mir vielleicht etwas mehr sagen.«

Der Physiker warf einen Blick auf die oberste Karte und schob sie dann nach hinten, um die nächste zu lesen. »Tja«, sagte er. »U-235 ist jedenfalls kein deutsches U-Boot, wenn dir das was hilft.« Early sah auf. Der Gärtner, der eben noch so lässig gewesen war, schien jetzt an jedem seiner Worte zu hängen. »Es handelt sich um Uran. Und das andere 239 ist Plutonium. Die chemischen Formeln bedeuten, daß das U-235 zwei Elektronen verliert, zwei Neutronen in Protonen umwandelt und auf diese Weise Pu-239 wird. In diesem Zusammenhang dürften die ›Stäbe‹ vermutlich Uranbrennstäbe sein, die in Aluminiumröhren eingeschweißt und mit Graphit gesichert werden können. Man bremst die Kettenreaktion, indem man Brennstäbe wegnimmt, und man beschleunigt sie, indem man Brennstäbe hinzufügt.«

»Was sind denn die ›hochempfindlichen Zünder‹?«

»Was Uran und Plutonium von den anderen Elementen in Mendelejews bunter Schar unterscheidet, ist die Tatsache, daß ihre radioaktive Strahlung stark genug ist, um eine Kettenreaktion auszulösen. Das heißt, man kann sie leicht zur Explosion bringen. Wie soll ich das erklären? Also stell dir vor, du hast einen Haufen Uran 235 oder Plutonium 239. Je nachdem, ob du nun Brennstäbe wegnimmst oder hinzufügst, beschleunigst oder verlangsamst du die Kettenreaktion, ja? Dabei sind die Größe der Brennstäbe, der Abstand und die zwischengelagerten Graphitwände sehr heikel. Wenn du irgendwas falsch machst, kriegst du eine unkontrollierte Kettenreaktion, mit einem Wort: eine Atomexplosion.«

Der Physiker steckte erneut die oberste Karte nach hinten und las die nächste. »›Keile‹ bezieht sich wahrscheinlich auf die Methode, nach der die ersten Uran- und Plutoniumbomben gebaut waren. Im Falle der Hiroshimabombe wurden wie bei einer Apfelsine keilförmige Uransektoren in einigem Abstand kreisförmig angeordnet – man darf getrost von einem Teufelskreis sprechen – und im entscheidenden Moment durch eine konventionelle Dynamitexplosion so zusammengepreßt, daß eine kritische Masse entstand. Damit wurde die Kettenreaktion ausgelöst, und es fand eine Kernexplosion statt. In Nagasaki waren es dann Plutoniumkeile... Worauf es beim Zusammenbau von Atombomben ankommt, ist folgendes: Für jede Form gibt es eine kritische Masse von U-235 oder Pu-239. Sobald diese erreicht ist, explodiert alles. Deshalb muß man sehr genaue Berechnungen anstellen, ehe man anfängt, etwas zusammenzubauen.«

Early gab dem Gärtner die Karten zurück. »Die Unterlagen, auf die du gestoßen bist, sind offensichtlich ein alter Hut. Wer immer das geschrieben hat, hat wohl herauszufinden versucht, wie hoch das Risiko einer versehentlichen Explosion ist, während man eine primitive Atombombe baut.« Der Physiker grinste. »Hilft dir das irgendwie weiter?«

Die Augen des Gärtners schienen weit weg zu sein, als er sagte: »Ich bin mir nicht sicher.«

5

Als erstes werde ich meinen Nate mal beschreiben:

Vor meinem inneren Auge sehe ich ihn als tanzendes Blatt in den Sturmböen der Revolution. Sein Haar, das er sich wegen der Läuse hatte abschneiden müssen, als er an der Belagerung von Boston teilnahm, war inzwischen wahrscheinlich wieder so lang, daß er wie gewohnt einen Knoten im Genick tragen konnte. Er war blasser und schwächer als sonst; denn er war während seines Heimaturlaubs vor drei Wochen krank gewesen und war gerade erst wieder auf die Beine gekommen. An einem Tag Mitte August, der Himmel über New York war so grau wie ein Zinnkrug, wurden Nate und sein Freund Stephen Hempstead aus New London von Haarlem aus in die Stadt geschickt. Sie sollten Bajonette beschaffen, die Nates Kompanie, etwa achtzig Mann, die zu Colonel Webbs Freiwilligen aus Connecticut gehörten, dringend brauchte. Wie es hieß, sollte ein holländischer Blockadebrecher mit Kugeln und Bajonetten eingetroffen sein und irgendwo am East River ankern.

Wahrscheinlich hatte Nate keine besonders gute Laune an diesem Tag. Das Mädchen, mit dem er als Lehrer in Haddam's Landing »höflichen Verkehr« gehabt hatte (wie er sich ausdrückte) – sie war eine seiner Lateinschülerinnen gewesen –, hatte ihm gerade geschrieben, daß sie sich mit einem Konstabler aus Hartford verlobt habe. Wenn die Katze aus dem Haus ist, tanzen die Mäuse, mußte Nate denken. (Das hätte ich jedenfalls an seiner Stelle gedacht. Aber das sagt vielleicht mehr über mich aus als über Nate; und auf alle Fälle zeigt es sehr deutlich, wie ich Geschichte rekonstruiere.) Die drükkende Hitze war mit Sicherheit lähmend, und wahrscheinlich machten Nate und sein Freund in Cape's Taverne am Broad Way kurz Rast, um sich einen Krug kühles Bier zu genehmigen. Später kletterten sie über die Barrikaden, die den Weg vom Fluß herauf absperrten und fragten einige von Colonel Glovers *Marbleheaders,* wo sie das holländische Schiff finden könnten. Die Männer in den teerfleckigen Fischerhosen zuckten die Achseln. Soviel sie wußten, gab es kein holländisches Schiff und auch keine Bajonette.

Es paßte zu Nate, daß er jetzt vorschlug, sie sollten doch noch einen Blick auf den Feind werfen, ehe sie den Broad Way hinauf nach Haarlem zurückkehrten. Er war seinem ganzen Wesen nach eine abenteuerlustige Seele. Er kannte zwar alle Ängste, die andere auch hatten, kämpfte aber ständig dagegen an. Zusammen mit seinem Freund kletterte er auf eine Brustwehr des alten Forts Amsterdam, um den Mastenwald vor Staten Island sehen zu können. Einer der Kanoniere von General Knox, der neben seiner Batterie in der Sonne döste, erkannte vielleicht, daß Nate Offizier war, und beschloß, ihn ein bißchen zu necken.

»Zählt nur die Masten, wenn Ihr den Mut habt.«

Nate dürfte es wahrscheinlich versucht haben (es gab keine Herausforderung, der er sich nicht stellte), mußte aber bald aufgeben. Es waren einfach zu viele.

»Wie steht's mit Euch, Sergeant?« höre ich jetzt den Kanonier sagen.

Ich sehe, wie Nate lächelt – sein berühmtes Lächeln, das von einem Ohr zum anderen reicht. »Nur zu, Stephen«, sagt er.

Stephen hat wahrscheinlich den Kopf geschüttelt. »Man verliert ja allen Geschmack an der Revolution, wenn man den Feind zählt.«

Der Kanonier lachte behäbig. »Wir haben sie mit dem Fernrohr gezählt: zehn Linienschiffe, zwanzig Fregatten. Insgesamt dreiundsiebzig Kriegsschiffe und ungefähr weitere hundertundfünfzig Transportschiffe. Hab' selbst gehört, wie General Knox gesagt hat, das wäre die verteufelt größte Flotte, die von den Rotröcken je losgeschickt worden ist.«

Wie ich meinen Nate kenne, ist ihm der Stolz in der

Stimme des Kanoniers nicht entgangen. Wahrscheinlich hat er sich gedacht: Der arme Kerl ist nur deshalb so zuversichtlich, weil er nicht genug weiß.

Ungefähr gleichzeitig hörten Nate und sein Freund Stephen langsame, düstere Paukenschläge vom Bowling Green, Nates altem Spielplatz. Hier hatte er oft genug mit einem Ball herumgekickt, als seine Kompanie auf dem Platz ihre Zelte aufgestellt hatte.

»Was ist denn da los?« fragte Stephen.

Der Kanonier, ein stämmiger Schuhmacher aus Maine, biß ein Stück Kautabak ab und spuckte den Saft auf die Brustwehr. »Habt Ihr's nicht gehört? Da soll einer aufgeknüpft werden. Geht nur hin und seht es Euch an, wenn Euch der Sinn danach steht. Kostet keinen Eintritt.«

An dieser Stelle tauschten Stephen und Nate mit Sicherheit einen Blick. Stephen, der mit seinen zweiundzwanzig Jahren ein paar Monate älter als Nate war und sehr darauf achtete, daß sein Freund das auch ja nicht vergaß, erklärte: »Ich bin dafür, daß wir sofort zurückkehren.«

Nate schüttelte den Kopf. Er hatte noch nie bei einer Hinrichtung zugesehen, fand aber, er müsse wissen, wie so etwas vor sich ging. Als Offiziere der Rebellen kämpften sie alle mit dem Strick um den Hals und mußten mit ihrer Hinrichtung rechnen, wenn sie von den Briten gefaßt wurden. Aus dem New Yorker *Weekly Post Boy* hatte sich Nate einen Artikel ausgeschnitten, in dem das Urteil eines englischen Richters gegen einen irischen Rebellen zitiert wurde. »Ihr sollt am Hals aufgehängt werden«, hatte der Richter gesagt, »aber *nicht*, bis Ihr tot seid. Ihr sollt vielmehr abgeschnitten werden, wenn Ihr noch lebt. Man wird Euch die Eingeweide herausreißen und sie vor Euren Augen verbrennen. Anschließend wird Euch der Kopf abgeschnitten, und Ihr werdet gevierteilt. Die Leiche gehört dem König, über Eure Seele wird der Allmächtige im Himmel entscheiden. Gott sei Euch gnädig!«

Jetzt, auf dem Bowling Green, bekam Nate zum ersten

Mal den Oberkommandierenden zu Gesicht, der gerade mit dem wohlbeleibten Kommandeur der Artillerie, General Knox, plauderte. Nate erkannte den Oberkommandierenden sofort. Washington war ein schwerer Mann, mühelos einen Kopf größer als jeder in seiner Umgebung. Er hatte dicke Oberschenkel und schwere Hüften, hohe Backenknochen und eine vorspringende Nase. Eine schwarze Kokarde war an seinem Zweispitz befestigt und zeigte an, daß er Generalstabsoffizier war. Sein Haar war gepudert und wurde von einem roten Band zusammengehalten, das ihn als Gentleman auswies. Er saß auf seinem Pferd, als wäre er im Sattel geboren.

Nate mochte den Oberkommandierenden nicht unbedingt. Er hatte zu viele unvorteilhafte Geschichten über den Mann aus Virginia gehört. Es hieß, er habe mit Land spekuliert und eine reiche Witwe um ihres Geldes willen geheiratet. Man erzählte sich, daß er einmal eine Zeitungsanzeige aufgegeben habe, um einen entlaufenen Sklaven suchen zu lassen, dann aber zu feige gewesen sei, dabei seinen Namen zu nennen. Und als der Kongreß einen Oberbefehlshaber suchte, war er plötzlich in einer Offiziersuniform aufgetaucht, hieß es, obwohl er schon seit fünfzehn Jahren keine Miliz mehr geführt hatte. Man munkelte, daß er König von Amerika werden wollte, und Nate war sich gar nicht sicher, ob nicht etwas Wahres daran war. Außerdem war er in militärischen Fragen ganz offensichtlich ein Amateur. Angesichts einer feindlichen Expeditionsarmee, die (einschließlich der hessischen Söldner) nicht weniger als zweiunddreißigtausend Mann zählte, war Washington nichts Besseres eingefallen, als seine schlecht ausgerüstete Kontinentalarmee, die lediglich aus zwanzigtausend unerfahrenen Milizsoldaten bestand, auch noch in zwei Hälften zu teilen. Man brauchte kein Genie zu sein, um zu wissen, daß die Lage hoffnungslos war. Aber der Mann aus Virginia, dessen ganze Erfahrung auf einigen kleineren Gefechten in den Wäldern von Ohio während des Siebenjährigen Krieges beruhte, schien die Realität nicht zu sehen.

Jetzt beschreibe ich die Hinrichtung.
(Es folgt ein nervöses Räuspern, der Autor schreckt vor Hinrichtungen zurück, auch wenn sie nur in der Phantasie stattfinden.)

Eine Schützenkompanie aus Pennsylvania und eine Kompanie Grenzer aus Virginia, die hirschlederne Hemden und lange Büchsen trugen, mit denen sie angeblich jedes Ziel trafen, bei dem ein Bursche aus den Neuengland-Staaten schon blinzeln mußte, um es überhaupt noch zu sehen, waren auf dem Bowling Green angetreten. Wer einen Hut hatte, versuchte sich damit vor der Hitze zu schützen. Ein roher Galgen stand ganz in der Nähe des Denkmals von »Farmer George« (der früher eine römische Drei hinter seinem Namen gehabt hatte) und seinem stolzen Pferd. Ein dickes Seil mit einer Schlinge baumelte daran herunter. Auf dem Broad Way erschien ein niedriger Ochsenkarren, und die dumpfen Paukenschläge hörten abrupt auf. Der junge, kaum vierzehnjährige Trommler hatte beim Anblick des Karrens vergessen, wozu er auf dem Platz stand. Ein Offizier verpaßte ihm einen Tritt ins Gesäß, und das Trommeln begann wieder.

Zwei Ochsen mit stumpfen Augen zogen den Karren. Sie hielten die Köpfe gesenkt und sabberten aufs Pflaster. Auf beiden Seiten des Fahrzeugs marschierten Männer in hirschledernen Hemden. Ihre Gewehre waren mit Bajonetten bestückt, und Nate fragte sich, woher sie die hatten. Auf dem Karren stand Sergeant T. Hickey, bis vor kurzem noch Mitglied von Washingtons Leibgarde, mit auf dem Rücken gefesselten Händen. Er habe sich von einer Gruppe New Yorker Tories anstiften lassen, den Mann zu vergiften, den er bewachen sollte, teilte eine Zuschauerin Nate flüsternd mit. An den Erbsen, die der Oberkommandierende durch bloßen Zufall nicht gegessen habe, seien die Hühner, denen man sie hingeworfen habe, innerhalb weniger Minuten gestorben.

Vielleicht stimmte es ja, sagte sich Nate. Vielleicht war es die Wahrheit. Aber wessen Wahrheit? Und welche?

Der zum Tode Verurteilte trug Hosen aus handgesponnener Wolle und ein schmutziges weißes Leinenhemd, das am Hals offenstand. Als er an Nate und Stephen und den zwei-, dreihundert Zivilisten vorbeigefahren wurde, die gekommen waren, um zuzusehen, wie er gehängt wurde, hatte er Mühe, sich auf dem schwankenden Karren zu halten. Unmittelbar neben Nate hob ein Küfer mit einer Segeltuchschürze sich seinen Sohn auf die Schultern, damit das Kind auch ja nichts verpaßte. Nate stand in der vordersten Reihe und konnte das Gesicht des Verurteilten aus nächster Nähe beobachten. Die Züge des Mannes waren krampfhaft verzerrt, seine Augen zuckten wild hin und her, von seiner zitternden Unterlippe tropfte Speichel. Nate sah auch den nassen Fleck, der sich auf den Hosen des Mannes verbreitete, und er dachte (glaube ich): Wenn es je soweit kommt... Das soll mir nicht passieren.

»So wahr mir Gott helfe«, sagte er laut vor sich hin, als wollte er einen Eid leisten.

Der Karren hatte jetzt den Oberkommandierenden erreicht, der gleichgültig auf seinem weißen Pferd saß. Der Schimmel scharrte spielerisch mit dem rechten Vorderhuf über den Rasen. Ein Hollywood-General auf einem Hollywood-Pferd. (Ich weiß, als Historiker soll man sich solche Kommentare verkneifen, aber ein kleines Späßchen muß schon mal sein. Es gibt so wenig zu lachen in der Geschichte.) Die Augen des Verurteilten blieben an einer Fichtenholzkiste hängen. Es dämmerte ihm, daß er da einen Sarg, *seinen* Sarg, sah. Zitternd fuhr er herum zu dem Mann auf dem Schimmel und schrie mit brüchiger Stimme: »Euer Exzellenz, erbarmt Euch eines armen Sünders, der noch nicht bereit ist, seinem Schöpfer unter die Augen zu treten!« oder etwas dergleichen.

Nate sah, wie sich die Augen des Patriziers aus Virginia zu Schlitzen verengten, und da er nicht weit entfernt stand, hörte er, wie Washington zu General Knox sagte: »Meine

Milde ist schon zu oft mißbraucht worden. Die Dinge sind zu weit fortgeschritten, um jetzt noch Rücksicht auf irgendwelche Höflichkeiten zu nehmen.« (Einen merkwürdigen Sinn für Höflichkeiten muß der Mann aus Virginia gehabt haben.)

Jetzt erreichte der Karren den Galgen. Hickey erkannte die Schlinge und fiel auf die Knie. Tränen strömten ihm übers Gesicht, und er fing wie ein Kind an zu schluchzen. Zwei Männer in Wildlederhemden, rauhe Burschen, die aussahen, als hätten sie in den Indianerkriegen mehr als eine skalpierte Leiche gesehen, sprangen zu ihm auf den Wagen, packten ihn unter den Armen und zerrten ihn auf die Füße. Hickeys Schluchzen ging über in einen heftigen Schluckauf. Einer der Grenzer legte ihm die Schlinge um den Hals und zog sie ordentlich fest.

Stephen zupfte Nate am Ärmel. »Komm, gehen wir«, flüsterte er, aber Nate rührte sich nicht von der Stelle.

Ein tödliches Schweigen hatte sich über die Menge gesenkt. Das Hollywood-Pferd des Virginiers schnaubte in die Stille hinein. General Knox, der seine verstümmelte Hand in einem Seidenschal versteckte, nickte mit dem Kopf. Ein Offizier stieß dem Trommler den Ellenbogen in die Seite, und die Paukenschläge beschleunigten sich. Die beiden Grenzer sprangen vom Hinrichtungskarren herunter. Ein anderer versetzte einem der Ochsen mit einer weißen Birkenrute einen kräftigen Schlag auf die Flanke. Das Tier schnaubte wütend, blieb aber stehen. Noch einmal hob der Grenzer die Rute. Hickey, mit dem Hals in der Schlinge, stand auf dem Karren und beobachtete alles. Immer noch wurde er von seinem Schluckauf geschüttelt, preßte aber doch einen Schrei heraus: »Mutter!« Wieder klatschte die Rute auf den Rücken des Ochsen herunter, und diesmal begann er zu laufen und zog den anderen dabei mit. Hickey tanzte auf Zehenspitzen auf den Brettern des Karrens, um auf den Beinen zu bleiben. Dann war plötzlich kein Karren mehr da, und er hing am

Strick. Ein gedämpftes Seufzen ging durch die Menge, als alle gleichzeitig ausatmeten. Eine mächtige Ausbuchtung erschien in der Hose des Gehängten, eine unfreiwillige Erektion. Die anwesenden Frauen wandten den Blick ab.

Der kleine Junge auf den Schultern seines Vaters lachte ängstlich, er wußte nicht recht, was er da sah.

Nate spürte, wie ihm eine eiskalte Hand über das Rückgrat hinabstrich. Er hob den Blick zum grauen Himmel, in dem ein grauer Gott wohnte, dann zwang er sich, seine Augen wieder auf den Gehängten zu richten, der immer noch von seinem Schluckauf geschüttelt am Seil zappelte, das ihn langsam erwürgte. Der Virginier auf seinem weißen Pferd machte eine ungeduldige Geste. General Knox gab den Grenzern mit einer knappen Kopfbewegung ein Zeichen. Einer der Männer schlenderte zu Hickey hinüber, schlang ihm seine Arme um die zappelnden Beine und hängte sich mit seinem vollen Gewicht an den Körper des Hingerichteten.

Der Schluckauf hörte auf und dann auch das Zappeln.

Nate glaubte, die Schatten von Vögeln über den Rasen huschen zu sehen, und sah noch einmal hoch, aber da waren keine Vögel, da hingen bloß Hickey an seinem Strick und der Grenzer an Hickeys Leiche in einer grotesken Umarmung.

Nate und Stephen fingen ihre Pferde ein, die auf einer Koppel hinter Cape's Taverne grasten, legten ihnen die Sättel wieder auf und lenkten sie den Broad Way hinauf in Richtung des alten holländischen Dorfes Haarlem. Sie kamen an einer fetten Frau vorbei, die im Abfall herumwühlte. Sie kamen an einer Kompanie von John Haslets *Continentals* vorbei, die von allen nur »Blaue Hennen« genannt wurden. Die Männer aus Delaware waren auf dem Weg zu Kipp's Farmhouse; sie sollten die kleine Bucht darunter besetzen. Einige von ihnen trugen Musketen, andere bloß Mistgabeln. Sie reichten, während sie marschierten, einen gläsernen Humpen herum und nahmen herzhafte Züge. Nate und Stephen ritten an einem verlassenen Bauernhaus vorbei, dem der Mob einen

»Hillsborough-Anstrich« verpaßt hatte: Weil die Besitzer im Verdacht standen, Tories zu sein, hatten die Rebellen die Wände mit Exkrementen beschmiert.

Der Tag wurde noch drückender. Die Staubwolken, die von den Pferden vor ihnen auf den Broad Way aufgewirbelt wurden, zwangen Nate und Stephen, ihre Nasen und Münder mit Tüchern zu schützen. Schon seit einiger Zeit hatte keiner von beiden mehr etwas gesagt. Das Schweigen schien Stephen peinlich zu werden. »Das war eine scheußliche Sache, die wir da heute gesehen haben.«

Nate betastete das behaarte Muttermal an seinem Hals. Als er noch ein Schuljunge gewesen war, hatten ihn seine Freunde deswegen gehänselt. Wer so ein Muttermal hat, hatten sie immer gesagt, der endet am Galgen. »Ein langes Leben ist ein langsamer Tod«, erwiderte Nate durch sein Halstuch hindurch. Die englische Übersetzung eines lateinischen Sprichworts, das er in Yale gelernt hatte.

Soviel ich weiß, fand das alles ungefähr drei Wochen vor dem Tag statt, an dem Nate auf die Walz ging.

6

Die erste Arbeitssitzung war nur sehr mühsam in Gang gekommen. »Der Portier hat mir ein Zimmer angeboten und gesagt, das Bett sei absolut *queen-size*«, sagte der Admiral. »Und als ich mich nach der Aussicht erkundigt habe, sagt der Kerl doch tatsächlich: ›Wenn Sie Ziegelmauern mögen, ist sie phantastisch.‹ Das ist nicht erfunden! Genau das hat er gesagt! Ich hab' ihm gesagt, daß ich Parks schöner finde, und dann hat der Kerl auf so einem Fernseher nachgesehen, der an einer Schreibmaschine festgemacht ist. ›Ich kann Ihnen auch ein Zimmer mit Park geben‹, sagt er, ›aber das Bett da drin ist nicht *queen-size.*‹ – ›Verdammt noch mal‹, sage ich, ›was faseln Sie bloß dauernd von *queen-size*? Halten Sie mich vielleicht für schwul?‹ Da schaut mich der Kerl von oben bis unten an und sagt: ›War ja bloß so 'ne Vermutung.‹ «

»Ziegelmauern«, wiederholte die Assistentin, deren Gesicht auch diesmal von einem Schleier verdeckt wurde. Kennerhaft schnalzte sie mit der Zunge.

»Ich fürchte, Park statt Ziegelmauer kostet Sie eine Kleinigkeit mehr«, sagte der Admiral zu Wanamaker. »Hoffentlich ist es Ihnen das Geld wert.«

»Mir völlig egal«, sagte Wanamaker ungeduldig. Die Augen des Admirals waren rotgerändert. Wahrscheinlich ist er saufen gewesen mit Huxstep, dachte Wanamaker, aber solange er das Leck findet, ist es mir egal, was er in seiner Freizeit macht. Wanamaker schob dem Admiral einen Stapel Akten über den filzbespannten Konferenztisch, an dem sie saßen. »Für den Anfang sind hier mal die Personalakten der zwölf festen Mitarbeiter meiner Einsatzgruppe *Charlie*. Mildred hier ist meine rechte Hand. Sie ist in Teheran aufgewachsen, spricht fließend Persisch, Paschto, Awestisch und Kurdisch und kann den Namen des Ayatollah ohne jeden Akzent aussprechen. Sie brauchen ihr bloß Bescheid zu sagen, wenn Sie etwas brauchen. Sie kann Ihnen alles beschaffen.«

Mildred hob ihren Schleier. »Ich bin in der Navy groß geworden«, verkündete sie. »Ich habe die Geschichten über Sie mit der Muttermilch aufgesogen. Admiral Toothacher hier und Admiral Toothacher da. Für mich waren Eisenhower und Kennedy bloß Randfiguren der Toothacher-Ära. Ehrlich gesagt, ich finde es schrecklich aufregend, jetzt plötzlich in einem Zimmer mit Ihnen zu sitzen.«

Wenn es darum ging, andere zu verführen, verfolgte der Admiral eine bewährte Taktik: Gutaussehenden Leuten schmeichelte er, indem er ihren Verstand lobte, während er Leute mit Köpfchen für ihr Aussehen lobte. »Das Vergnügen ist ganz meinerseits«, sagte er feierlich zu Mildred. »Ich arbeite selten mit Leuten zusammen, die eine solche Augenweide wie Sie sind.«

Verlegen ließ Mildred den Schleier wieder über den oberen Teil ihres Gesichts fallen. »Sie sind ganz anders, als ich gedacht habe«, stammelte sie.

»Liebe Dame«, sagte der Admiral. »Darf ich's wagen, die Büchse der Pandora zu öffnen? Darf ich fragen, *was* Sie gedacht haben?«

Mildred errötete unter dem Schleier. »Ich habe Apfelkuchen erwartet«, sagte sie und senkte ihre Stimme genauso weit wie die Augen, »aber Sie sind ein *Baiser*!«

Toothacher spielte geistesabwesend mit den Akten. »Als nächstes müßte ich wohl die schriftlichen Unterlagen über die heikle Operation sehen, von der Sie mir erzählt haben.«

Wieder einmal zuckte über Wanamakers rechtem Auge ein Muskel, und er begann eine Büroklammer zu malträtieren. »Es gibt nur sehr wenige schriftliche Unterlagen.«

»Nur sehr wenig Unterlagen? Wie das?«

»Was die heikle Sache selbst angeht, ist überhaupt nichts Schriftliches in Umlauf gekommen. Die paar Zettel, die mit der Sache zu tun haben, haben dieses Büro nie verlassen.«

Der Admiral faßte seinen früheren Assistenten durch den mittleren Teil seiner Brillengläser ins Auge. »Trotzdem muß ich natürlich wissen, was Sie eigentlich vorhaben.«

Wanamakers Gesicht blieb vollkommen unbewegt. »Das ist vollkommen unmöglich.«

»Irgendwas habe ich offenbar nicht verstanden«, sagte der Admiral. »Sie vertrauen mir doch, oder? Sonst hätten Sie mich ja schwerlich gebeten, das Leck aufzuspüren.«

»Ich würde Ihnen ohne Bedenken mein Leben anvertrauen«, sagte Wanamaker so leidenschaftlich, daß es unmöglich war, ihm nicht Glauben zu schenken. »Aber diese Operation ist wirklich zu heikel.«

»Das erschwert mir meine Aufgabe natürlich erheblich«, sagte der Admiral.

Wanamaker zuckte mit einer Schulter, und der Admiral begriff, daß es keinen Sinn hatte, darauf zu bestehen. »Gibt es irgendwelche Termine?« fragte er. »Ich würde es gern wissen, wenn irgendwo eine Uhr tickt.«

»Tja, ich nehme an, es gefährdet das *Was* nicht, wenn ich Ihnen das *Wann* sage«, murmelte Wanamaker. »Aus Gründen, die ich Ihnen nicht nennen werde, muß die Operation bis Mitte März durchgeführt werden. Andernfalls müssen wir sie abblasen.«

»Ach, wie poetisch! Ich meine, daß Sie die ›Iden des März‹ als Termin bestimmt haben! Aber sehr viel Zeit bleibt mir dann nicht mehr.«

»Drei Wochen, sechs Tage«, warf Mildred ein.

Der Admiral schenkte ihr ein ironisches Lächeln. »Vielen Dank.« Er wandte sich wieder an seinen Auftraggeber. »Wie viele von den zwölf Leuten aus Ihrer Einsatzgruppe *Charlie* wissen über die Sache Bescheid?«

Wanamaker konnte sie an den Fingern abzählen: »Ich, Mildred, Parker und Webb. Insgesamt vier.«

»Und die anderen haben keine Ahnung, was vorgeht?«

Wanamaker schüttelte den Kopf, was einen heftigen Schuppen-Fallout von seinem Kopf auslöste. »Die anderen behalten die Terroristen im Auge.«

Toothacher war nahe daran, alles sausen zu lassen. Wie sollte er ein Leck in einer Operation aufspüren, von der er praktisch nichts wußte? Sollte sich *Bright Eyes* doch einen anderen suchen, der ihm den Film zurückdrehte. Aber bei der Vorstellung, wieder nach Guantanamo zurückkehren zu müssen, zu seiner Frau, mit der er seit neunundzwanzig Jahren verheiratet war und die im Schlaf leise pfiff, ganz zu schweigen vom ewigen Binokelspielen und den endlosen Cocktailstunden, besann er sich schnell wieder anders. Er schenkte Wanamaker einen doppelten Augenaufschlag und sagte: »Sollte ich nicht wenigstens wissen, welchen Codenamen Ihre Operation hat?«

Wanamaker zögerte und betrachtete ein Loch, das eine seiner Zigarren in die grüne Filzbespannung des Tisches gebrannt hatte. Er schob einen leeren Frischkäsebehälter über ein imaginäres Schachbrett und nahm den Zug dann hastig wieder zurück. Wieder zuckte er mit einer Schulter, hob eine Augenbraue und senkte sie wieder. Er hielt offensichtlich eine Unterredung mit sich selbst ab. Schließlich sagte er: »Habe ich Ihr Wort, daß Sie es keiner Menschenseele je weitersagen?«

Der Admiral, der Geheimnisse genauso liebte, wie andere Männer sich nach Frauen, Geld oder Rennwagen verzehren, zitterte in freudiger Erwartung. »Das Codewort ist ein weiteres weißes Haar, das ich mit ins Grab nehmen werde«, versprach er.

»Wir nennen es Operation *Stufftingle.*«

»*Stufftingle?*«

»*Stufftingle.*«

7

Marvin Wesker, der humorlose Assistent und Stellvertreter des Gärtners, legte den Federwisch beiseite, mit dem er den IBM-Hauptspeicher abgestaubt hatte. »Würde es dich stören, wenn ich erst morgen staubsauge?« rief er zu Silas Sibley hinüber, der an seinem Arbeitstisch am anderen Ende des Lofts saß. »Ich bin sowieso schon im Rückstand mit meinen Programmen.«

»Von mir aus kannst du staubsaugen, wann du willst«, sagte der Gärtner, der gerade die Computerausdrucke von letzter Nacht sichtete. »Aber fang nicht mit dem neuen Material an, ehe du nicht den Stapel von gestern durch den Reißwolf gejagt und im Müllschlucker hast.«

»In meinen schlaflosen Nächten«, sagte Wesker, während er den Reißwolf mit Computerausdrucken fütterte, »träume ich davon, einen Job mit einer so niedrigen Sicherheitsstufe zu haben, daß wir uns eine Putzfrau für unser Büro leisten können.« Er hängte einen neuen Müllsack unter den Reißwolf und setzte sich dem Gärtner gegenüber vor seinen eigenen Monitor. Zwischen ihnen erstreckte sich ein riesiger Arbeitstisch voller Computerausdrucke. »Das Jäten macht mir ja gar nichts aus«, sagte er. »Bloß daß ich staubsaugen muß, das sehe ich nicht recht ein. Ich spreche vier Sprachen fließend und drei weitere kann ich immerhin lesen. Ich habe sogar promoviert. Als Putzfrau bin ich einfach überqualifiziert.«

Wesker zog sich die Drahtbügel seiner Brille über die mächtigen Ohren und begann die Computerausdrucke zu lesen, die sich über Nacht angesammelt hatten. Er grunzte, wenn er etwas Interessantes fand, und lachte sogar manchmal laut. Die dicken Brillengläser vergrößerten seine Augen und ließen ihn irgendwie lüstern aussehen. »Hier ist eine echte Perle«, sagte er einmal. »Senator Woodbridge lallt wie ein Baby beim Vögeln.«

»Das wußten wir schon«, sagte der Gärtner.

»Ach, sieh mal an, die Frau des Kulturattachés Krasnow hat eine Affäre mit der Frau des Elektronikexperten Kurtschik.«

»Das ist neu. Steck's in den Sack.«

Der Gärtner gab einen Befehl auf seiner Tastatur ein und ließ ein neues Menü auf dem Bildschirm erscheinen. Die Aufzeichnungen aus dem chinesischen Restaurant, wo Sawinkow und seine Kollegen gern aßen, registrierte der Computer in einer Datei mit dem Kennwort *Pekingente*. Wie gut, daß die Russen so gern an dem Tisch saßen, neben dem das Wandtelefon hing! Der Gärtner gab die Codenummer ein, tippte die Eingangstaste und wartete. Im Hauptspeicher, der hinter einem Wandschirm in einer Ecke des Lofts stand, drehten sich die Magnetbänder. Auf dem Bildschirm erschien ein Stück Dialog. Der Gärtner schlug ein russisches Wort, das er nicht kannte, in dem griffbereit auf dem Tisch liegenden Wörterbuch nach und nickte befriedigt. »Da schau her, Stachelbeer!« sagte er.

»Was ist?« fragte Wesker.

»Erinnerst du dich an Sawinkow?«

»Den Sawinkow vom KGB? Der immer lateinisch mit seiner Frau redet, um die Leute an den Abhörgeräten zu ärgern?«

»Ja. Er hat gerade angeordnet, daß uns einer seiner Dechiffrierknechte den Februar-Code der Klasse sieben für die Botschaftsfunksprüche verkauft. Sie wollen offenbar etwas senden, was wir mithören sollen.« Der Gärtner machte sich eine Notiz auf eine gelbe Karteikarte. »Diese Meldung müssen wir so herrichten, als käme sie von einer konventionellen Quelle. Und unsere Leute müssen den Russen anständig bezahlen, damit der KGB nicht dahinterkommt, daß wir von der Geschichte wissen.«

»Dann müssen wir aber auch auf die Information reagieren, die uns die Russen zuspielen wollen. Sonst wissen sie, daß wir wissen, daß sie uns die Information zugespielt haben.«

Der Gärtner schüttelte den Kopf. »Keineswegs. Wir mussen vielmehr so tun, als würden wir nicht auf die Information reagieren. Sonst würden ja die Russen erfahren, daß wir ihren Code der Klasse sieben geknackt haben.«

»Also jetzt begreife ich überhaupt nicht mehr«, sagte Wesker. »Sie wissen doch genau, daß wir ihren Code lesen können. Sie wollen uns doch selbst den Schlüssel verkaufen.«

»Aber daß wir wissen, daß sie wissen, daß wir ihn haben, das wissen sie nicht.«

Wesker stöhnte. »Ich glaube, ich bleibe doch lieber beim Staubsaugen. Ich glaube, ich werde das Privattelefon des Chauffeurs mit ins Programm nehmen. Hast du irgendwelche besonderen Wünsche?«

»Nein. Konzentrier dich auf das Übliche«, sagte der Gärtner. »Ungewöhnliche Wörter, die Codenamen für irgendwelche Operationen sein könnten. Gespräche, in denen keine Namen genannt werden. Alle Hinweise auf Sawinkow. Und natürlich alle stark substantivischen Satzkonstruktionen.«

Wesker stöhnte erneut. »Ewig diese stark substantivischen Satzkonstruktionen! Was ist, wenn sie plötzlich lauter widerlich verbale Wörter benutzen, um uns zu verwirren?« Er senkte seine Stimme zu einem dramatischen Flüstern und starrte in gespieltem Entsetzen das Telefon auf dem Tisch an. »Was ist, wenn sie uns zuhören, wie wir sie belauschen?«

»Tja«, sagte der Gärtner. »Das ist genau der Grund dafür,

warum wir hier in New York arbeiten. Selbst wenn sie dieselben technischen Möglichkeiten hätten wie wir, kämen sie nie auf die Idee, unser Telefon anzupeilen. Nach außen sind wir schließlich eine ganz gewöhnliche Versandhausfirma in einem ganz gewöhnlichen Loft in Soho.«

»Eine Versandhausfirma mit einem IBM-Großcomputer, einer Telefonleitung für 250 Anschlüsse und einer Stahlplatte in der Eingangstür«, spottete Wesker. »Eine Versandhausfirma mit einem Alarmsystem, das einen Direktanschluß zur nächsten Polizeiwache hat und zehn Polizisten mit gezogenen Revolvern hierherzaubert, wenn nach Feierabend noch jemand hustet. Eine Versandhausfirma mit einem dieser neumodischen Panzerschränke vom State Department, für die man eine Zahlenkombination und einen Schlüssel gleichzeitig braucht.« Wesker schüttelte den Kopf und wandte sich wieder seinen Ausdrucken zu.

Der Gärtner warf wieder einen Blick auf sein ›Menü‹ und entdeckte neues Material unter dem Kennwort *Bauernkalender*, hinter dem sich Wanamakers Einsatzgruppe *Charlie* verbarg. Er gab die entsprechende Codenummer ein und tippte die Eingangstaste. Auf dem Bildschirm erschienen Gesprächsfetzen. Wahrscheinlich hatten sich die beiden Gesprächspartner ein paar Meter vom Telefon entfernt aufgehalten, weshalb der Computer nur Bruchstücke erfaßt hatte.

»... gefällt mir nicht, daß die amerikanischen Staatsbürger dableiben sollen. Ist es denn nicht wenigstens möglich ...«

»... kommt nicht in Frage, Parker. Das gäbe nur Anlaß zu Spekulationen ...«

»... wenn ich mal laut denken darf. Ich glaube, Sie ...«

»... ich weiß, ich bin ...«

Wesker auf der anderen Seite des Tisches unterdrückte ein Gähnen. Die einzigen Unterhaltungen, die ihn interessierten, fanden im Bett statt. Er liebte es, Leuten beim Sex zuzuhören. Er behauptete, auf dem Bildschirm zu lesen, was sich die Leute beim Geschlechtsakt zuflüsterten, sei erregender als direkt zuzusehen. Im Augenblick hatte er allerdings nur Leute, die Bridge spielten. Zwei Karo. Passe. Zwei Herz. Passe. Zwei Luschen. Passe. Drei Luschen. Stark substantivische Satzkonstruktionen konnten sehr langweilig sein. Wesker sah, daß der Gärtner aufmerksam auf den Schirm starrte. »Irgendwas Erotisches?« fragte er hoffnungsvoll.

»Sawinkow holt dem stellvertretenden Kulturattaché einen runter. Lauter gestöhnte Satzkonstruktionen.«

»Das soll wohl ein Witz sein?« fragte Wesker.

»Genau.«

Weitere Gesprächsfetzen erschienen auf dem Bildschirm des Gärtners.

»Admiral Toothacher hier und Admiral Toothacher da... jetzt plötzlich in einem Zimmer mit Ihnen zu sitzen.«

Der Gärtner las die beiden Zeilen gleich zweimal, um sicher zu sein, daß er sie richtig interpretierte. Was machte Admiral Toothacher, Wanamakers ehemaliger Chef, bei der Einsatzgruppe *Charlie*? Hatte ihn Wanamaker geholt, um das Leck aufzuspüren? Kein angenehmer Gedanke. Toothacher war ein ernstzunehmender Gegner. Obendrein hatte er mit dem Gärtner noch eine alte Rechnung zu begleichen. Wenn der Admiral das Leck tatsächlich entdeckte und ihn als Urheber der Liebesbriefe entlarvte, würde er Sibley bei lebendigem Leibe die Haut abziehen und in der Eingangshalle der CIA an die Wand nageln.

»...schriftliche Unterlagen...«

»...haben dieses Büro nie verlassen...«

»...muß ich natürlich wissen...«

»...vollkommen unmöglich...«

»...ob irgendwo eine Uhr tickt.«

»...bis Mitte März durchgeführt werden. Andernfalls...«

»Ach, wie poetisch! ...daß Sie die Iden des März...«

»...wenigstens wissen, welchen Codenamen Ihre Operation...«

»...tingle...«

»...tingle...«

»...*Stufftingle*...«

Der Gärtner starrte ungläubig auf den Schirm. Er hatte das Gefühl, in das geheime Zentrum einer Verschwörung hineingezogen zu werden. Was als Jux begonnen hatte, war plötzlich ein gefährliches Rätsel geworden. Die Gesprächsfetzen ließen mehr Fragen offen, als sie beantwortet hatten. Worin bestand der Zusammenhang zwischen Brennstäben, hochempfindlichen Zündern, Keilen und den Sorgen, die sich jemand namens Parker um amerikanische Staatsbürger machte? Und was sollte das Codewort *Stufftingle*? Hatte es Wanamaker einfach zufällig aus dem Codewortverzeichnis der Firma genommen? Oder lohnte es sich, nach der Bedeutung zu forschen? Manchmal nahmen die Leute ja Codewörter, die einen geheimen Sinn hatten, weil es leichter war, sich diese Wörter zu merken.

Der Gärtner gab dem Computer Anweisung, die Gesprächsfetzen auszudrucken, die er auf dem Bildschirm gelesen hatte, und das Original vom Magnetband zu löschen. Dann gab er *Stufftingle* als Suchbegriff für alle weiteren Gesprächsaufzeichnungen ein.

Wesker hatte die gedankenverlorenen Blicke des Gärtners bemerkt. »Du siehst aus, als hättest du deinen besten Freund verloren«, sagte er.

Alles, was er zur Antwort erhielt, war das frustrierte Grinsen eines Mannes, der noch weniger wußte, als er zu sagen bereit war.

8

Noch am selben Abend ging der Gärtner in eine öffentliche Telefonzelle und rief seinen Freund, den Physiker, an. »Störe ich?« fragte er.

»Was, wenn ich ja sagen würde?« fragte Early zurück.

»Ich würde schneller reden«, sagte der Gärtner.

»Gut, dann rede schneller.«

»Klingelt bei dir irgendwas, wenn ich dir das Wort *Stufftingle* sage?«

Early lachte ins Telefon. »Du hast dich mal wieder als Grabräuber betätigt.«

Der Gärtner brachte das Telefon mit Mühe dazu, ein paar weitere Münzen zu schlucken, und preßte sein Ohr an den Hörer.

»Die Leute, die das Wort heute noch kennen, kannst du wahrscheinlich an den Fingern einer Hand aufzählen«, sagte Early. »Anfang der vierziger Jahre hatten wir doch diese Gasdiffusionsanlage in Oak Ridge, Tennessee, die das angereicherte Uran für die ersten A-Bomben herstellte. Einer der Physiker, die an dem Projekt arbeiteten, brachte eine Nonsensmeldung in Umlauf, wonach in Oak Ridge angeblich ein Material namens ›Ousten-Stufftingle‹ hergestellt wurde. Die Leute fanden das damals sehr witzig. Hallo? Bist du noch da, Silas?«

»Ja, ich höre.«

»Mehr gibt's nicht zu erzählen. Die Moral von der Geschichte ist wahrscheinlich, daß du nicht der einzige bist, der einen Sinn für Humor hat.«

9

Wesker hatte die Spreu in den Reißwolf geschoben und war gerade dabei, die Ergebnisse des heutigen Tages in die Tasche für den Kurier zu packen, der in fünfzehn Minuten eintreffen würde. »Das ist schon komisch, daß Sawinkow Hämorrhoiden hat und sich auf lateinisch darüber beklagt«, sagte er. »Irgendwie möchte man annehmen, daß ein Stationschef des KGB über so etwas erhaben ist, oder?«

»Hämorrhoiden oder Latein?«

»Hämorrhoiden, natürlich.«

»Hämorrhoiden sind kein Charakterfehler«, sagte der Gärtner.

»Das meinst du ironisch, nicht wahr?«

»Genau. Hör mal, warum machst du nicht Feierabend für heute?« sagte der Gärtner. »Ich kann ja den Sack fertigmachen.«

Er hatte den Satz noch nicht ganz zu Ende gesprochen, als Wesker bereits in seinen riesigen Mantel geschlüpft war, sich eine gewaltige gelbe Designersonnenbrille auf die Nase gesetzt und eine Russenmütze über den Kopf gestülpt hatte, deren Ohrenklappen wie die Seitenstücke eines römischen Helms von seinem Schädel herabhingen. Er prüfte seine Erscheinung im Spiegel über dem Waschbecken, stürmte dann, offensichtlich befriedigt, auf die gepanzerte Ausgangstür zu und drückte mit der Faust auf den Knopf, der das Schloß öffnete. Die Tür sprang auf, und Wesker verschwand.

Der Gärtner, der in seiner Jugend davon geträumt hatte, Maler zu werden, startete das Grafikprogramm des Computers und begann mit dem Lichtstift zu spielen. Er zeichnete eine pilzförmige Wolke, die aus dem Mund eines Mannes mit einer geknickten Nase kam, die der von Wanamaker recht ähnlich sah. In die Wolke schrieb er mit einer eleganten gotischen Schrift die Worte *Stufftingle* und ›Iden des März‹.

Dann warf er einen Blick auf die Wanduhr; der Kurier mußte jeden Augenblick dasein. Der Gärtner drückte auf seine Tastatur, und innerhalb einer Sekunde hatte der Hochgeschwindigkeits-Laserdrucker die krumme Nase und die pilzförmige Wolke auf ein Blatt Papier übertragen. Der Gärtner zog seine fellgefütterten Handschuhe an, faltete das Blatt und schob es in einen neutralen weißen Umschlag. Mit einem roten Fettstift krakelte er in kindlicher Schrift auf die Vorderseite: R. Wanamaker, Einsatzgruppe Charlie, Special Interagency Anti-Terror-Gruppe (SIAG).

Ein spitzbübisches Grinsen kräuselte seine Lippen, als der Gärtner den Brief in einen zweiten Umschlag steckte, der an die Poststelle der CIA adressiert war und den Vermerk trug: »Geheimmaterial. Nur an den Adressaten persönlich aushändigen.« Wanamaker würde sich freuen, wenn ihm der Brief in die heißen

Händchen gedrückt wurde. Wahrscheinlich würde er die nasse Zigarre verschlucken, die an seiner Unterlippe klebte, zu husten anfangen und einen Erstickungsanfall erleiden. Wahrscheinlich würde man einen Krankenwagen für ihn rufen und ihn mit einer Sauerstoffmaske am Leben zu erhalten versuchen. Wer weiß, vielleicht wurde ihm sogar die letzte Ölung verabreicht.

Phantasien über Wanamakers Ende blühten mächtig im Gemüt des Gärtners. Daß er all diese Jahre gewartet hatte, machte die Sache so süß. Rache wird am besten kalt genossen, sagte er sich.

10

Wanamaker nahm Webb beiseite und hielt ihm einen Vortrag über Ränge und Privilegien, und Webb vergaß seinen Stolz, räumte brav sein Büro und setzte sich zu Parker ins Zimmer, damit der Admiral einen Platz hatte, wo er sich aufhalten konnte. Die Reinigung von Webbs winzigem Kämmerchen überwachte der Admiral höchstpersönlich. »Bitte gehen Sie mit dem Staubsauger auch unter den Schreibtisch«, wies er den farbigen Hauswart an, der nach mehreren dringenden Aufforderungen schließlich aufgetaucht war. »Vielleicht könnten Sie auch den Teppich hier ausklopfen. Oder noch besser: Sie nehmen ihn einfach mit, wenn Sie gehen. Die Aschenbecher, die Bücher auf den Regalen und die Illustrierten auf dem Kaffeetisch können auch weg. Und der Kaffeetisch auch. Ich trinke sowieso keinen Kaffee. Und vergessen Sie bitte nicht, die Fenster zu putzen und die Schreibtischplatte zu desinfizieren.«

»Wäre es nicht das beste, wenn ich den Schreibtisch auch gleich mitnähme?« höhnte der Hauswart.

»Wenn Sie mir statt dessen einen neuen hinstellen könnten, würde ich Ihr Angebot dankbar annehmen«, säuselte Toothacher. »Wenn nicht, wischen Sie ihn bitte mit einem feuchten

Tuch und einem Desinfektionsmittel so lange sauber, bis ich mich drin spiegeln kann.«

Schließlich setzte sich der Admiral vorsichtig auf den einzigen verbliebenen Stuhl, schob ihn vor den desinfizierten Schreibtisch und ordnete seine Notizen. Als Wanamaker gesagt hatte, es gebe »nur wenige« schriftliche Unterlagen, hatte er immer noch übertrieben. In Wirklichkeit gab es fast überhaupt nichts. Die paar schriftlichen Hinweise auf ›Brennstäbe‹, ›hochempfindliche Zünder‹, ›Keile‹, ›Stufftingle‹ und die ›Iden des März‹, die es überhaupt gab, hatten die unglaublich schmutzigen Wände von Wanamakers Mönchszelle nie verlassen. Das behauptete jedenfalls Wanamaker. Wanamaker, Mildred, Parker und Webb hatten zu verschiedenen Zeiten Zugang zu einzelnen dieser Unterlagen gehabt – und dabei jedes Blatt persönlich abzeichnen müssen, das sie aus Wanamakers grauem Panzerschrank hatten herausnehmen dürfen. Das war ja immerhin mal ein Ansatzpunkt für Nachforschungen.

Der Admiral zog ein Blatt Papier aus der Mitte des Stapels in seiner Schublade (wo er hoffen konnte, ein von menschlichen Händen weitgehend unberührtes, keimfreies Blatt vorzufinden) und begann ein Diagramm zu zeichnen. Am linken Rand des Blattes notierte er untereinander die Namen der vier an der Operation *Stufftingle* beteiligten Personen. Am oberen Rand notierte er die Daten, an denen die kritischen Begriffe (›Brennstäbe‹, ›Zünder‹, ›Keile‹, ›Stufftingle‹ und ›Iden‹) zuerst aufgetaucht waren. Am unteren Rand notierte er die Daten, an denen Wanamaker die Liebesbriefe aus der Post gefischt hatte. Dann versuchte er festzustellen, wer was wann gewußt hatte. Das Ergebnis war eher enttäuschend. Parker, der sich darauf spezialisiert hatte, Menschen und anderes unbemerkt über die verschiedenen Grenzen im Nahen Osten zu schmuggeln, war vor anderthalb Jahren zur *Stufftingle*-Gruppe gestoßen; er wußte, wenn man den schriftlichen Unterlagen glaubte, zwar über die Brennstäbe, Zünder und Keile Bescheid, hatte aber vom Termin Mitte März nie erfahren. Als die ›Keile‹ (was immer sie sein mochten) ins Spiel kamen, war Mildred krank gewesen (irgendwelcher Weiberkram nach Auskunft von Wanamaker). Und als die ›Zünder‹ eingesetzt wurden, war Webb, der mit der Anti-Khomeini-Opposition im Iran gearbeitet hatte, ehe er nach Washington zurückgeholt wurde, wegen eines Bandscheibenschadens zu Hause gewesen.

Wanamaker dagegen hatte jedes einzelne Stück Papier abgezeichnet, was bedeutete, daß er jedes Detail kannte. Aber das war zu erwarten gewesen, denn er war ja schließlich verantwortlich für die Operation. War es denkbar, daß sich Wanamaker die Liebesbriefe selbst schrieb? Der Admiral hatte schon merkwürdigere Dinge erlebt.

Toothacher schob das Diagramm beiseite und holte sich eine der Personalakten auf seinen Schreibtisch. Vielleicht war die Spur des Lecks ja nicht in den schriftlichen Unterlagen der Operation, sondern in der Biographie eines der Beteiligten zu suchen? Einer von ihnen war vielleicht neidisch auf Wanamaker, wollte sich für eine Kränkung rächen, die real oder auch nur eingebildet sein mochte. Der Admiral nahm sich vor, genau zu überprüfen, wo sich die Wege der Beteiligten vielleicht schon früher einmal gekreuzt hatten. Er würde alle Steine auf dem Weg aufheben und untersuchen, was sich für Würmer darunter verbargen – er würde den kleinen Widerspruch, die winzige Merkwürdigkeit schon entdecken, die zum Verrat geführt hatten. Es gab letztendlich nur eine Wahrheit, und wenn es die gab, würde er sie entdecken.

II

Mildred sah von den Berichten und Depeschen aus dem Mittleren Osten auf, die sich auf ihrem Schreibtisch stapelten, und beobachtete, wie Huxstep den Magnetkopf mit systematischen Bewegungen über dem grünen Filz auf dem Konferenztisch hin und her führte. Seine Ärmel waren bis zu seinen kräftigen Oberarmmuskeln aufgerollt und zeigten auf jedem Arm eine patriotische Tätowierung. Auf dem rechten Bizeps stand: »*... begun to fight*«, auf dem linken: »*Give me liberty or ...*«. Mildred mochte Männer, die systematisch vorgingen und nichts dem Zufall überließen. »Ist es eigentlich wahr, daß Sie so phantastisch mit Zahlen umgehen können?« fragte sie plötzlich.

Huxsteps Augen blieben fest auf die Skala seines Detektors gerichtet. »Wollen Sie's mal probieren?«

Mildred zog einen Taschenrechner aus einer reisetaschengroßen Handtasche und tippte Zahlen hinein. »Multiplizieren Sie doch mal 123456789 mit 987654321!« sagte sie.

»Kleinigkeit«, sagte Huxstep lächelnd. »Die Antwort ist 121932631112635269.«

Mildred warf einen Blick auf den Rechner, aber der zeigte nur die ersten neun Ziffern. Die hatte Huxstep allerdings richtig genannt. »Wie machen Sie das?« fragte sie. »Ist das ein Trick?«

»Nein«, sagte Huxstep. »Ich habe bloß gleich gemerkt, daß 987654321 mal 81 insgesamt 80000000001 ergibt. Das habe ich dann mit 123456789 multipliziert, was ja nun wirklich kein großes Problem ist. Am Schluß brauchte ich das Ergebnis nur noch durch 81 zu teilen.« Huxstep lachte vergnügt, verstummte aber abrupt, als er sah, daß die Nadel seines Detektors heftige Ausschläge zeigte. »He, da hat einer angebissen«, rief er.

Der Admiral und Wanamaker, die an Wanamakers Schreibtisch arbeiteten, hoben die Köpfe.

Mit weiteren Bewegungen des Magnetkopfes kreiste Huxstep die Stelle, von der das Signal kam, genau ein, hob dann vorsichtig den Filz an und tastete mit den Fingerspitzen herum. »Scheiße«, murmelte er und hielt eine Büroklammer hoch.

»Weitermachen«, befahl Toothacher und wandte sich wieder seinem Gesprächspartner zu. »Ich habe den letzten Brief bis zur Poststelle der Firma zurückverfolgt. Aber das ist auch nicht viel aufschlußreicher, als wenn ich Ihnen sagen könnte, er sei über das Hauptpostamt von Washington gekommen.«

Wanamaker grunzte; er hatte sich mehr versprochen. »Das ist also eine Sackgasse, ja?«

»Nicht ganz«, sagte Toothacher. Wanamaker hob den Kopf. Ein erwartungsvolles Lächeln erschien auf seinem Puddingmündchen.

Mildred bemühte sich immer noch, mit Huxstep ein Gespräch zu beginnen. »Sie sind wohl ein richtiger Allround-Mann?« fragte sie.

»Eher das Mädchen für alles«, sagte Huxstep, die Augen immer noch auf seinem Detektor.

»Wieso?« fragte Mildred.

»Na ja, ich bin der Chauffeur des Admirals, ich bin der Laufbursche, der Getränke und Sandwiches holt und Botengänge erledigt. Ich sorge dafür, daß sich der Admiral nach Feierabend nicht langweilt. Zwischendrin suche ich die Büros mal nach Wanzen ab. Aber richtigen Spaß macht mir das alles nicht.«

Mildred hob einladend ihren Schleier. Ihre Stimme schlug an den Konferenztisch wie Meereswellen ans Ufer. »Nun ja, manche Dinge müssen einfach getan werden. Was würden Sie denn *richtig gern* machen?«

Huxstep betrachtete ihr Gesicht. Von ihren Augenwinkeln gingen kleine Lachfältchen aus; ihre ausgezupften Augenbrauen wölbten sich voller Erwartung. »Ehe ich zur Navy kam«, sagte er, »habe ich im Zirkus gearbeitet. Ich habe Rechenkunststücke vorgeführt. Die Leute riefen mir Aufgaben zu, und ich habe sie im Kopf gelöst. Mittwochs mußte ich meistens den Feuerschlukker vertreten. Ich habe den Mund voll Alkohol genommen, ein Streichholz angezündet und allen die Augenbrauen abgesengt, die mich schief angeschaut haben.«

Mildred war beeindruckt. »Sie können Feuer schlucken?« staunte sie.

Huxsteps Gesicht verzog sich zu einem Grinsen. »Was ich außer Zahlen noch gut kann, ist Gewalt. Wende ich auch gern an. Macht mir Spaß.«

Mildreds Zunge berührte ihre Oberlippe, und der Schleier senkte sich wieder über ihr Gesicht. »*Chacun a sa faiblesse*«, sagte sie heiser.

»Ich versteh' leider bloß Englisch«, murmelte Huxstep. »Und der Admiral sagt immer, ich spreche nicht einmal das gut.«

Auf der anderen Seite des Raumes sagte der Admiral zu Wanamaker: »Wer immer diese Briefe geschrieben hat, arbeitet für die Firma. Sonst hätte er ja keinen Zugang zur internen Hauspost gehabt.«

Wanamaker schüttelte frustriert den Kopf. »Wer kann es bloß sein? Wer? Wer? Wer?«

»Lassen Sie uns das Problem noch mal von der anderen Seite betrachten«, schlug der Admiral vor. »Konzentrieren wir uns auf das Motiv. Warum macht der Mann oder die Frau das? Warum?«

»Haben Sie eine bestimmte Idee?«

»Sie könnten sich diese Liebesbriefe auch selbst geschickt haben.«

Diese Attacke überraschte Wanamaker total. Sein ausdrucksloser Gesichtsausdruck löste sich vollkommen auf. »Ich? Warum sollte ich so was tun?«

»Vielleicht suchen Sie einen Vorwand, um eine Operation abzubrechen, von der Sie sich nichts versprechen, die Ihnen zu gefährlich erscheint – ohne daß Ihre Vorgesetzten merken, daß Sie kalte Füße gekriegt haben.«

»Wenn ich die Sache abbrechen wollte, würde ich einfach aufhören. Basta. Davon hängt mein Prestige nicht ab.«

»Es könnte ja auch einer von Ihren Leuten sein, der Bedenken moralischer oder technischer Art hat und *Stufftingle* abwürgen möchte, ohne gleich als linker Spinner oder Salonkommunist verdächtigt zu werden. Mildred zum Beispiel oder Webb oder Parker.«

Wanamaker dachte einen Augenblick nach. Dann sagte er: »Die halten mich alle drei für einen Scheißliberalen. Die sind absolut dreihundertprozentig. Was wir machen, geht ihnen alles noch nicht weit genug. Die versuchen bestimmt nicht zu bremsen. Da liegt die Lösung des Rätsels auf keinen Fall.«

Der Admiral schlug einen anderen Weg ein. »Wer immer Ihnen diese Briefe schickt, könnte sie genausogut an den Direktor der CIA, ans Weiße Haus oder die *Washington Post* schicken – mit entsprechenden kleinen Hinweisen auf die Einsatzgruppe *Charlie* der SIAG. Aber das tut der Betreffende nicht. Er schickt seine Briefe an Sie.«

»Und was bedeutet das?«

»Es könnte bedeuten, daß er sich keineswegs sicher ist, was ›Brennstäbe‹, ›Zünder‹ und ›Keile‹ überhaupt sind, und Sie bloß verunsichern will. Vielleicht hat er auch eine Ahnung und versucht Sie zu stoppen, ohne der Firma zu schaden.« Der Admiral drehte sich um und starrte auf das bißchen Himmel, das durch die schmutzigen Scheiben hereinsah. »Vielleicht auch alles zusammen«, sagte er mehr zu sich selbst als zu Wanamaker. »Oder gar nichts von alledem. Oder eine beliebige Kombination.«

Huxstep hatte inzwischen begonnen, den Detektor in ein schwarzes Plexiglasgehäuse zu packen. »Wenn in dem Zimmer hier eine Wanze ist«, rief er zu Toothacher hinüber, »dann bin ich bereit, sie zu fressen.«

Parker, ein Mann Anfang Vierzig mit säuerlichem Atem und säuerlichem Gesicht, stolzierte herein und brachte den Ledersack mit der Hauspost. Er zog einen Brief heraus und ließ ihn zwischen Wanamaker und dem Admiral auf den Tisch fallen. Auf der Vorderseite des Umschlags stand in kindlicher Krakelschrift:

R. Wanamaker
Einsatzgruppe Charlie
Special Interagency Anti-Terror-Gruppe (SIAG)

Mildred, die zusammen mit Parker näher gekommen war, starrte den Brief entsetzt an. Wanamaker riß ihn mit ausdruckslosem Gesicht auf, zog mit einem nicht ganz sauberen Taschentuch das zusammengefaltete Blatt heraus, das darin steckte, und strich es auf dem Tisch glatt. Es war eine Computergrafik. Sie zeigte einen Mann mit gebrochener Nase, aus dessen Mund eine pilzförmige Wolke kam. Im Inneren der Wolke standen die Worte ›Stufftingle‹ und ›Iden des März‹.

»Er kennt den Decknamen unserer Operation«, stöhnte Wanamaker.

»Und das Datum auch«, ergänzte Parker.

»Aber es gibt in diesem Büro doch keinerlei Wanzen oder Mikrofone«, sagte Mildred verzweifelt.

»Nein«, sagte Huxstep, »absolut keine.«

»Merkwürden, absolut merkwürden«, sagte der Admiral.

»Merkwürden«, murmelte Huxstep. »Und dann beschuldigen mich der Herr Admiral immer, ich spreche nicht richtig englisch!«

12

Wanamaker nickte den beiden jungen Männern in den weitgeschnittenen Sportsakkos, die den Eingang zur Herrentoilette bewachten, freundlich zu und hob die Arme über den Kopf. Einer der beiden begann ihn abzutasten.

Wanamaker verdrehte die Augen und gähnte gelangweilt. »Ich bin nicht bewaffnet«, sagte er.

»Wir suchen auch nicht nach Waffen«, sagte der andere junge Mann. »Wir suchen nach Tonbandgeräten und Mikrofonen.«

»Ich bin auch nicht verdrahtet«, sagte Wanamaker.

»Da kann man gar nicht vorsichtig genug sein«, stellte der junge Mann fest, der Wanamaker durchsucht hatte. Er richtete sich wieder auf und nickte in Richtung der Tür.

Im Inneren des weißgekachelten Raums stank es nach einem übelriechenden Tabak. Der untersetzte Mann rieb sich unter einem Heißlufttrockner die Hände. Plötzlich riß der Luftstrom ab.

Als er Wanamaker entdeckte, griff der untersetzte Mann in die Tasche und stellte sein Hörgerät lauter. »Machen Sie's kurz«, sagte er. »Was hat der Admiral rausgekriegt?«

»Kurz gesagt: gar nichts. Null. Zero. Zilch.«

»Er muß doch wenigstens eine Vermutung haben, eine Ahnung, den Anfang einer Hypothese«, sagte der Untersetzte.

»Er denkt, ich schicke mir die Briefe selbst, weil ich kalte Füße gekriegt habe und die Sache nicht durchziehen will.«

»Ist das so?«

Wanamaker verzog das Gesicht.

»Ich habe mich ein bißchen umgehört«, sagte der untersetzte Mann. »Im Kongreß ist, soweit ich das beurteilen kann, alles ruhig. Der Geheimdienstausschuß scheint nichts zu wissen.«

»Sehr tröstlich«, sagte Wanamaker sarkastisch. »Ich dagegen bin ziemlich beunruhigt. Ich hatte gestern schon wieder so einen Brief in der Post.«

Wieder wartete der untersetzte Mann mit scheinbar unendlicher Geduld darauf, daß Wanamaker fortfuhr.

Wanamaker haßte es, mit Leuten zu tun zu haben, die ihre Gefühle so völlig beherrschten. Er fragte: »Wollen Sie nicht wissen, was drinstand?«

»Irre ich mich, oder werden Sie es mir gleich erzählen?«

Wanamaker zuckte mit einer Schulter. »Es war nicht viel. Nur ›Stufftingle‹ und ›Iden des März‹. Wer immer diesen Brief abgeschickt hat, weiß jetzt also auch den Decknamen und das Datum der Operation.«

Der untersetzte Mann saugte an seiner Pfeife. Dann stieß er Wanamaker eine beißende Wolke Tabakqualm ins Gesicht. Der Gestank überdeckte sogar den Kampfergeruch aus den Urinalen. »Ich verstehe«, sagte der untersetzte Mann schließlich.

»Wie meinen Sie das? Brechen wir ab?«

»Nein. Sie haben es offensichtlich mit einem Einzelgänger zu tun, der aus Gründen, die uns vorerst unbekannt sind, beschlossen hat, Sie zu ärgern, und zwar nur Sie. Wenn er zur *Washington Post* gegangen wäre, hätten wir es in der Zeitung gelesen.

Wenn er sich an den Direktor oder den Geheimdienstausschuß gewandt hätte, wären Sie inzwischen vorgeladen worden. Nein. Nein. Worauf es ankommt, ist, die Nerven nicht zu verlieren. Es sind immer noch drei Wochen bis zum Termin – Zeit genug für den Admiral, der Sache auf den Grund zu gehen.«

»Sie haben leicht reden. Auf dem silbernen Tablett liegt aber *mein* Kopf.«

»Wir haben immer damit rechnen müssen, daß etwas schiefgeht – daß Sie mit der Sache in Verbindung gebracht werden. In diesem Falle müssen Sie eben alles abstreiten, und da es keine schriftlichen Unterlagen gibt, kann Ihnen auch niemand etwas beweisen.«

»Na ja«, sagte Wanamaker und wünschte, daß der andere recht hätte.

»Und im allerschlimmsten Falle«, fuhr der untersetzte Mann fort, »würden Sie auch bereit sein, sich in Ihr Schwert zu stürzen – wenn nichts anderes mehr bliebe.«

»Wild darauf bin ich nicht«, sagte Wanamaker. »Aber ich bin dazu bereit, ja.«

»Der frühere Direktor hat oft von Ihnen gesprochen. Ihnen würden die Ohren klingen, wenn ich Ihnen erzählen würde, was er gesagt hat.«

Wanamaker war sich bewußt, daß man ihm Honig ums Maul schmierte, ließ es sich aber trotzdem gefallen. »Ich habe auch gern für ihn gearbeitet«, sagte er.

Der untersetzte Mann wurde ganz ehrfürchtig. Es war, als ob er einen Amtseid ablegen wollte. »Wir sind es ihm schuldig«, sagte er. »Wir sind es seinem Andenken schuldig.«

Wanamaker nickte feierlich.

13

Es war eines der Wochenenden, an denen der Gärtner kein Besuchsrecht bei seinem Sohn hatte. Die schmerzhafte Leere versuchte er mit einem Ausflug in die Geschichte zu füllen. Er stöberte auf einem Flohmarkt herum und betrachtete begehrlich ein vorrevolutionäres Pulverhorn, eine Flinte aus Pennsylvania mit den Initialen eines deutschen Büchsenmachers, ein schmales Rollbett, eine Sammlung von Münzen und Banknoten aus dem Unabhängigkeitskrieg und einen abgeschabten Mantelsack mit der aufgeprägten Jahreszahl 1776. Ein Exemplar von Friedrichs ›Instruktionen für seine Generale‹ hätte er beinahe gekauft, verzichtete aber doch lieber, als er hörte, was der Verkäufer verlangte. Schade. Hatte nicht Washington ein Exemplar der berühmten ›Instruktionen‹ bei sich gehabt, als die Gefechte auf Long Island und auf den Harlem Heights stattfanden? Ob Nate das Buch wohl gesehen hatte, als er ins Hauptquartier des Oberkommandierenden bestellt worden war? Wie er Nate und seine Liebe zu Büchern kannte, hielt es der Gärtner für durchaus möglich. Wenn er das nächste Mal in Yale war, mußte er unbedingt überprüfen, ob die Beinecke-Bibliothek für seltene Bücher und Manuskripte ein Exemplar hatte.

Am späteren Vormittag zog es den Gärtner dann mächtig nach Soho zu seinem Computer. Es war zwar Sonntag, aber er konnte der Versuchung einfach nicht widerstehen, trotzdem schnell nachzusehen, ob im *Bauernkalender* nicht ein paar neue Details auftauchten. Wanamaker arbeitete oft am Samstag und Samstagabend. Er gehörte zu den Leuten, die man mit Gewalt vom Schreibtisch wegzerren mußte. Die Operation *Stufftingle* nahm mit Sicherheit den größten Teil seiner Arbeitszeit und -kraft in Anspruch und – wenn man zwischen den säuberlich gedruckten Zeilen der Computerauszüge zu lesen verstand – wahrscheinlich auch den größten Teil seiner Leidenschaft und Gedanken. Aber was hatte er vor? Die Einsatzgruppe *Charlie* hatte die Aufgabe, die Terrorgruppen im Nahen Osten im Auge zu behalten, soviel wußte der Gärtner. Fast alles, was der Computer am Anfang aufgezeichnet hatte, bezog sich auf terroristische Aktivitäten: Woher kam das Geld, woher kamen die Waffen und woher die Befehle? Aber jedesmal, wenn Wanamaker, Parker, Webb und eine Frau namens Mildred allein waren, hatten die Gespräche einen anderen Charakter. Am Anfang hatte der Computer des Gärtners einen Haufen vager politischer Phrasen aufgefangen, die von ziemlich rechtsaußen hereintönten. »Amerika betreibt heute eine angeblich gemäßigte Außenpolitik«, hatte Wanamaker zum Beispiel erklärt. »Bei allen internationalen Konflikten unterstützen wir die Leute, die unserer Meinung nach gewinnen sollten, bloß halbherzig.« Er hatte sofort Unterstützung erhalten: »Wir müssen uns mit ganzer Kraft engagieren«, hatte eine andere Stimme gesagt. Und die anderen fügten hinzu: »Man muß die Zähne zusammenbeißen und Ordnung schaffen.« Und: »Was hat es für einen Sinn, eine Weltmacht zu werden, wenn man Angst davor hat, seine Mittel auch so zu gebrauchen, daß die Welt ein bißchen freundlicher wird? Wir haben es doch nicht nötig, daß uns diese ganzen drittklassigen Staaten auf der Nase herumtanzen!«

Allmählich waren die theoretischen Erörterungen von konkreten Begriffen verdrängt worden. Am selben Tag, an dem der Gärtner die brillante Idee gehabt hatte, den Computer auf stark substantivische Satzkonstruktionen zu programmieren, hatten ihn die Aufzeichnungen auf eine neue Fährte gebracht. Immer wieder tauchten die Worte ›Brennstäbe‹, ›Zünder‹ und ›Keile‹ in Wanamakers Ausführungen auf. Tagelang schien er von gar nichts anderem mehr reden zu können. Der Gärtner hatte vermutet, daß es um irgendwelche Explosivstoffe ging. Es schien ganz so, als hätte die Einsatzgruppe *Charlie* einen geplanten Terroranschlag aufgedeckt. Und der Gärtner hatte sie dabei beobachtet.

Die Idee, einen Lauschangriff auf Wanamaker zu starten, war dem Gärtner gekommen, als er Wanamaker im Frühjahr bei einem Ehemaligentreffen in Yale begegnet war. Er hatte hinter dem Pult gestanden und blindlings in das Meer der Gesichter gestarrt, das den Hörsaal erfüllte, als er plötzlich Wanamaker in einer der hinteren Reihen entdeckte. Um seine Verwirrung zu verbergen, hatte er rasch auf die Karteikarten geblickt, die er vor sich auf dem Pult liegen hatte. Sie waren mit Notizen bedeckt wie die Leinwand eines Expressionisten mit Farbklecksen: frisch aus der Tube. Einzelne Zitate und Sätze tropften an den Rändern herunter, und ein geheimes System von Sternchen, Pfeilen und Unterstreichungen wies ihn auf besonders pikante Details hin, die, wie er meinte, direkt ins Herz der Dinge trafen. Als der Gärtner noch Student in Yale gewesen war, hatte einer seiner Professoren einmal zufällig einen Blick auf seine Notizen geworfen und ihm daraufhin mitgeteilt, es werde wohl nie ein zünftiger Historiker aus ihm werden. Ihm fehle der richtige Blick für das Essentielle, und er neige dazu, Lücken in den historischen Quellen durch eigene Erfindungen zu überbrücken. Ach, wenn ihn der – inzwischen längst begrabene – Professor jetzt hätte sehen können, bei seiner Vorlesung vor ein paar hundert erfolgreichen Yale-Absolventen!

»Was mich zu der Frage bringt, was wir *nicht* wissen«, hatte der Gärtner sich sagen gehört. »Wir haben ein ziemlich vollständiges Bild darüber, wo sich unser Mann bis zum 15. September herumgetrieben hat. Und wir wissen nur allzu genau, was ihm am 22. widerfuhr. Aber über die Woche dazwischen wissen wir nichts. Die ist ein schwarzes Loch in der Geschichte. Wo hat sich unser Mann aufgehalten? Mit wem hat er Kontakt aufgenommen? Was hat er geleistet? Oder ist er vollkommen gescheitert? In einem alten Befehls- und Parolenbuch habe ich Hinweise darauf gefunden, daß Codes benutzt wurden, was darauf hindeuten könnte, daß er vielleicht tatsächlich eine Nachricht zurückgeschickt hat. Und in den Erinnerungen seines Bruders Enoch, die allerdings lange nach den Ereignissen abgefaßt wurden, ist davon die Rede, daß Nate mit einer gewissen Person in Brooklyn habe Kontakt aufnehmen sollen, einer Patriotin, die ihm dabei helfen sollte, seine Anwesenheit zu erklären und seinen wahren

Auftrag zu tarnen. Nate wollte sich als reisender Schuhmacher ausgeben, der von Ort zu Ort zog und bei Privatleuten Quartier nahm. Enoch scheint genau gewußt zu haben, was sein Bruder in der fehlenden Woche getan hat. Er behauptet, seine Informationen stammten aus einem Brief von Alexander Hamilton. Dieser Brief ist bisher unauffindbar geblieben. Ich bin ihm aber dicht auf der Spur. Auch nach etwaigen Aufzeichnungen der Kontaktperson in Brooklyn suche ich intensiv. Mit Hilfe dieser Quellen könnte ich vielleicht eins der größten Geheimnisse der amerikanischen Geschichte aufklären und der Welt nach über zweihundert Jahren mitteilen, was unser Mann in jener kritischen Woche getan hat.«

Es hatte freundlichen Beifall gegeben. Nichts, was man auf der Richterskala bemerkt hätte, aber doch mehr als höflichen Applaus. Der Professor, der den Gärtner eingeladen hatte, war aufgesprungen und hatte ihm die Hand geschüttelt. Während er seine Karteikarten einsammelte, hatte der Gärtner erneut einen Blick auf seinen früheren Zimmergenossen Wanamaker geworfen.

Der unterdrückte gerade ein Gähnen.

Wieder einmal mußte der Gärtner feststellen, daß Leute, die sich lange nicht gesehen haben, emotional genau dort weitermachen, wo sie aufgehört haben.

Er und Wanamaker hatten im Studentenwohnheim des Branford College im selben Zimmer gewohnt. Bis zu dem Ereignis jedenfalls, dem tödlichen Unfall, dem Mord. Wanamaker hatte ihm danach die Hand hingestreckt und gesagt, er hoffe, daß ihm Sibley nichts nachtrage. Es sei schließlich nicht seine Idee gewesen. Er habe ihr nur gesagt, wo sie die Kapseln kriegen könne, die sie unbedingt wollte. Wenn er ihr nicht weitergeholfen hätte, wäre es jemand anderes gewesen. Und was dann passiert sei, habe ja niemand voraussehen können. Es sei nicht möglich gewesen, irgendwelche Vorsichtsmaßnahmen zu treffen.

Wenn der Gärtner gehofft haben sollte, Wanamaker aus dem Weg gehen zu können, hatte er sich getäuscht. Nach dem feierlichen Mittagessen der Ehemaligen stießen sie ausgerechnet vor dem Denkmal für Nate Hale vor der Connecticut Hall zusammen, das ihn mit Handschellen, Fußfesseln und geballten Fäusten zeigt. Warum hatte er die Fäuste geballt? Aus Angst? Aus Wut? Oder (die unbewiesene Lieblingstheorie des Gärtners) aus Freude über den Streich, den er dem Feind gespielt hatte?

»Interessante Vorlesung, die du da heute gehalten hast«, sagte Wanamaker.

»Ich bezweifle, daß du auch nur zwei Minuten lang zugehört hast«, gab der Gärtner zurück.

»Du hast leider recht«, gestand Wanamaker. »Ich wollte bloß höflich sein.« Nur mit Mühe hatte er dabei das Grinsen unterdrückt, das sein Gesicht überzog.

»Höflich? Das paßt aber gar nicht zu dir«, sagte der Gärtner. Er hatte Wanamaker mißtrauisch gemustert. Er wußte, daß sein ehemaliger Studienkollege für die Firma arbeitete. Auch bei der Grundausbildung auf der »Farm« hatten sich ihre Wege gekreuzt. Drei Tage lang hatten sie sogar im selben Kurs sitzen müssen, als der berühmte Admiral Toothacher aufgekreuzt war, um seine Gastvorlesung über Grundlagen der nachrichtendienstlichen Arbeit zu halten. »Na«, fragte der Gärtner mit dem Rücken zu Nate, »und was für befreundete Regierungen ›destabilisiert‹ ihr jetzt gerade?«

Wanamakers Gesicht hatte sofort allen Ausdruck verloren. »Ich will dir nicht zu nahe treten«, sagte er dienstlich, »aber was hast du für eine Einstufung?«

»Hoch genug, um alles zu wissen, was auch der Präsident wissen darf.« Mit einem inneren Naserümpfen sah der Gärtner, daß Wanamaker seinen klobigen amerikanischen Körper in einen italienischen Anzug gepreßt hatte, der dadurch ziemlich an Eleganz eingebüßt hatte.

»Tut mir leid«, gab Wanamaker zurück. »Aber...« Er beendete seinen Satz mit jenem selbstgefälligen Versandhauslächeln, das den Gärtner schon seit eh und je in Wut versetzt hatte.

»Dann werde ich mich eben woanders erkundigen«, sagte der

Gärtner obenhin, nur um das dämliche Lächeln aus dem Gesicht des anderen zu wischen.

»Das würde ich an deiner Stelle lieber lassen«, knurrte Wanamaker wütend.

»Und warum? Was wäre denn, wenn ich herausfinde, was du so treibst? Wäre das ein Weltuntergang? Oder vielleicht bloß das Ende deiner Karriere?«

»Wenn du das herausfinden würdest...« Andere Ehemalige des Jahrgangs 1973 näherten sich, und Wanamaker senkte die Stimme. »...müßte ich dich wahrscheinlich umbringen lassen«, zischte er.

Wenn das keine Herausforderung war! In dieser Beziehung war der Gärtner nicht anders als Nate: Herausforderungen konnte er einfach nicht widerstehen.

Er hatte zwei Monate gebraucht, um herauszufinden, daß Wanamaker nach der Ausbildung einer *Interagency-Gruppe* zugeteilt worden war. Nach einem weiteren Monat erfuhr er von der Existenz der Einsatzgruppe *Charlie*, und nach einigen weiteren Wochen gelang es ihm auch, einer Sekretärin in der Personalabteilung die Telefonnummer der Einsatzgruppe zu entlocken. (Die unerfahrene junge Frau hatte ihm geglaubt, als er behauptete, die Universität Yale wolle Wanamaker den Ehrendoktor anbieten.)

Statt dessen hatte der Gärtner Wanamakers Telefon auf die Liste der Apparate gesetzt, die sein IBM-Computer belauschte.

14

Die Straßen Manhattans wimmelten von New Yorkern, die beim ersten Sonnenstrahl aus ihren Wohnungen geströmt waren, um das schöne Wetter zu genießen. Die meisten von ihnen gingen in Paaren. Merkwürdig, dachte der Gärtner, daß die grundlegende gesellschaftliche Einheit der westlichen Kultur heute die Zweierbeziehungen waren. In früheren Zeiten, die noch etwas heroischer waren, hatten die Männer gejagt, gekämpft, Forschungsreisen unternommen oder – wie Nate – dem Tod mit Festigkeit und Mut ins Auge geblickt; heute schien ihre einzige Möglichkeit, sich ihrer Männlichkeit zu versichern, darin zu bestehen, daß sie Frauen verführten. Was bedeutete, daß die Verführung, ganz gleich wie sie sich im einzelnen darstellte, im wesentlichen einem narzißtischen Zweck diente. Die Frauen, mit denen der Gärtner zusammengewesen war, also vor allem seine Ex-Ehefrau und die fünf, sechs anderen, die davor und danach gekommen waren, schienen das gespürt und immer einen Teil von sich zurückgehalten zu haben, so als ob ihre Gefühle gegenüber Männern vor allem von starken Ressentiments geprägt wären.

Für einen sonnigen Sonntagmorgen waren das etwas eigenartige Gedanken. Waren die anonymen Liebesbriefe des Gärtners ein Versuch, sich an Wanamaker zu rächen? Siebzehn Jahre danach? Oder waren seine Motive doch komplizierter? Suchte er vielleicht in seinem New Yorker Schlupfloch, wo er an einem Projekt arbeitete, das mit dem Hauptstrom der Geschichte nur wenig zu tun hatte, nach einer Gelegenheit, mit einem alten Feind die Kräfte zu messen? Wollte er sich etwas beweisen? Daß er kein Frauenheld war, hatte er seit langem begriffen. Es war ihm nie gelungen, eine dauerhafte Beziehung zu einer Frau aufzubauen. Richtete er seine Frustrationen jetzt gegen einen Konkurrenten, der für denselben Auftraggeber wie er selbst arbeitete und sogar noch einen sehr ähnlichen Job hatte? Oder, wie Admiral Toothacher immer gesagt hatte, nichts von alledem? Oder alles zusammen? Oder eine beliebige Kombination?

Mit einem Wort: Wo lag die Wahrheit? Wessen Wahrheit? Und welche?

Auch als er schon das Menü auf dem Bildschirm seines Terminals hatte, grübelte der Gärtner noch darüber nach. Es war nicht viel vorgefallen in der vergangenen Nacht. Sawinkow hatte entdeckt, daß das FBI einen seiner toten Briefkästen hinter einem

Heizkörper in der Herrentoilette des Isabella-Stuart-Gardner-Museums in Boston beobachtete. Der Gärtner überlegte einen Augenblick, was er mit der Information anfangen sollte, beschloß aber rasch, daß es besser war, sie nicht zu verbreiten. Wenn das FBI die Observation abrupt aufgab, hätte das nur geschadet. Sawinkow hätte angefangen, darüber nachzudenken, woher das FBI wußte, was er wußte, und wäre als alter Profi schnell dahintergekommen, daß seine Gespräche abgehört wurden.

Dann holte sich der Gärtner das neue Material aus dem *Bauernkalender* auf den Bildschirm. Nacheinander erschienen erst Lichtpunkte, dann Buchstaben und Wörter. Schließlich ganze Phrasen und Sätze.

»Wer? Wer? Wer?«

»Warum... Warum?«

»Ich? Warum sollte ich so etwas tun?«

»...einer von Ihren Leuten... Bedenken moralischer oder technischer Art...«

»Das ist nicht die Lösung.«

»Vielleicht auch alles zusammen. Oder gar nichts von alledem oder eine beliebige Kombination.«

Der Gärtner lächelte. Das mußte der Admiral sein.

»Er kennt den Decknamen...«

»Und das Datum...«

»Merkwürden, absolut merkwürden.«

Es entstand eine Pause. Der Computer lauschte. Der Gärtner hörte kaum das leise Schwirren der Magnetbänder hinter dem Wandschirm. Dann erschienen auf dem Bildschirm weitere Wörter:

»...das Ziel...«

»...Zentrum in Kabir... ein amerikanischer Fünf-Megawatt...«

»...auf dreiundneunzig Prozent angereichertes Uran... genügt für...«

»...Lasertechnik...«

»... das waffenfähige Uran vom anderen zu trennen...«
»... oder Plutonium 239...«
»... vom Typ der Nagasaki-Bombe...«
»... Explosion wie in Nagasaki...«

15

Ein puertorikanischer Handwerker in einem fleckenlosen weißen Kittel hängte gerade die letzte Lithographie im Büro des DDI, des neuen stellvertretenden Direktors der CIA, auf, als der Gärtner hereingeführt wurde.

»Höher«, sagte der DDI. Sein Name war Rudd. Er musterte den Gärtner über seine Großmutterbrille hinweg, die ihm fast bis auf die Nasenspitze gerutscht war, und winkte ihm, sich zu setzen. »Das ist vielleicht doch ein bißchen zu hoch«, beschied er den Handwerker anschließend. »Was meinen Sie, Mister Sibley?«

»Ich würde es ein bißchen weiter nach links hängen. Auf Mitte. Ich mag es nicht, wenn die Dinge nicht richtig zentriert sind.«

»Da bin ich anderer Meinung«, sagte der DDI und schenkte dem Gärtner ein schmerzliches Lächeln. »Asymmetrische Anordnungen können sehr... befriedigend sein.« Er wandte sich wieder dem Handwerker zu. »Hängen Sie's etwas tiefer, Henry. Ungefähr fünf Zentimeter. Ja, genau da!«

Der Handwerker markierte die Stelle, schlug einen Nagel ein und hängte das Bild auf. Dann trat er zurück und betrachtete das Ergebnis. »Ich glaube, Ihr Freund hier hat doch recht«, sagte er.

»Wenn ich mich dazu entschließen sollte, etwas zu ändern«, sagte der DDI ärgerlich, »werde ich Ihnen Bescheid sagen.«

»Jederzeit«, sagte der Handwerker, packte seinen Hammer in die Werkzeugkiste und ging.

Der DDI nickte zu der Lithographie hinüber. »Es ist ein Maillol«, sagte er. »Ich weiß nicht, ob Sie so etwas interessiert. Nummer dreiundzwanzig von fünfzig numerierten Exemplaren. Damals hielten sie die Auflagen klein, und die Sachen sind dementsprechend wertvoll geblieben.« Der DDI war in Hemdsärmeln. Er spielte mit seinen goldenen Manschettenknöpfen, während er den Gast musterte. »Hatten Sie einen guten Flug?«

»Ich bin mit dem Mittags-Shuttle von La Guardia gekommen. Neben mir saß eine Börsenmaklerin, die zuviel Parfüm trug, aber sonst gab es keine Probleme.«

»Jetzt, wo man schon nirgends mehr rauchen darf, sollten sie als nächstes eigentlich diese Duftwässer verbieten.«

Der Gärtner nickte. »Vielleicht sollte man auf den Flaschen eine Warnung des Gesundheitsministers anbringen. *Übermäßiger Parfümgebrauch kann Ihre Gesundheit gefährden* oder dergleichen.«

»Haben Sie den Wagen ohne Schwierigkeiten gefunden?«

»Das war nett, daß Sie mir einen geschickt haben.«

»Soviel ich gehört habe, werden Sie der ›Gärtner‹ genannt. Wie kommt das?«

»Ich glaube, das haben die Engländer erfunden. Bei unseren Freunden vom MI5 und MI6 werden die Verwalter der Archive als ›Gärtner‹ bezeichnet. Ich habe Geschichte studiert, was im wesentlichen bedeutet, daß ich gern in alten Akten herumkrame und keine Allergie gegen Staub habe. Als ich eingestellt wurde, hat man mich zuerst im Archiv arbeiten lassen. Jedesmal wenn jemand den Antrag stellte, irgendwelche Unterlagen einsehen zu dürfen, mußte ich die Akten durchblättern und alles herausjäten, was nicht an die Öffentlichkeit kommen sollte. Mein damaliger Chef, Mr. Linkletter, hatte einige Monate in London verbracht und fing an, mich den ›Gärtner‹ zu nennen. Der Name ist irgendwie hängengeblieben. Es war so eine Art Insiderwitz.«

»Dann müssen Sie im Laufe der Jahre ja eine Menge schmutzige Wäsche gesehen haben«, sagte der DDI und lächelte wieder sein schiefes Lächeln, das offensichtlich eine Antwort herauslokken sollte.

Der Gärtner lächelte unverbindlich zurück. Wenn der neue DDI auf schmutzige Wäsche so scharf war, dann wären die Einsatzgruppe *Charlie* und *Stufftingle* genau das richtige für ihn. Irgendeine Terroristengruppe wollte Mitte März an einem Ort namens Kabir eine primitive Atombombe zünden. Aber soweit der Gärtner ausmachen konnte, wollte Wanamaker nicht das geringste dagegen tun. Nicht einmal die amerikanischen Staatsangehörigen, die sich in der bedrohten Zone befanden, sollten gewarnt werden. Wenn das keine schmutzige Wäsche war!

»Mein Vorgänger«, sagte Rudd, »hat mir mitgeteilt, daß Sie eine sehr sensible, streng geheime Operation laufen haben, die unmittelbar dem DDI untersteht. Es gibt keinen Dienstweg und keine Schaltstellen. Können Sie mich bitte ins Bild setzen?«

»Mit Vergnügen«, sagte der Gärtner. Er betrachtete die Maillol-Lithographie. Sie hätte eben doch besser auf Mitte gehangen! »Vor etwa zehn Jahren, Ende der siebziger Jahre, haben unsere Spezialisten entdeckt, daß Telefone auch dann auf jedes in der Umgebung gesprochene Wort reagieren, wenn der Hörer sich auf der Gabel befindet. Sie übermitteln winzige Impulse, die sich herausfiltern und wieder in vernehmbare akustische Töne zurückwandeln lassen. Das technische Problem bestand darin, daß die Apparate, die man zum Auffangen dieser Impulse brauchte, sehr klobig waren und auch nur in unmittelbarer Umgebung der belauschten Telefone eingesetzt werden konnten. Die Techniker arbeiteten an dem Problem, und nach einiger Zeit hatten sie Apparate, die empfindlicher waren und in praktisch jeder Entfernung vom Ziel des Lauschangriffs aufgestellt werden konnten. Die Impulse waren zwar immer noch unglaublich schwach, wenn sie bei der Empfangsstation eintrafen, aber mit Hilfe eines Computers, der die Impulse in Schriftzeichen umwandelt, sind wir heute in der Lage, aus jedem Telefon in diesem Land eine Wanze zu machen.«

Die Augenbrauen des DDI hatten buchstäblich zu tanzen begonnen. »Wollen Sie etwa behaupten, daß Sie in Ihrem Loft in Soho sitzen, jede beliebige Nummer in Amerika anrufen und ein bißchen zuhören können, was die Leute in der Umgebung so sagen?«

»Ja, so ungefähr«, sagte der Gärtner. »Wissen Sie, wenn man Dokumente fotografiert, kann man nie sicher sein, ob sie einem nicht absichtlich hingelegt worden sind. Oder ob es die richtigen sind. Aber wenn man Gespräche belauscht, sieht man den Leuten direkt in den Kopf – man gewinnt Einblick in alle Gedankengänge. Und das ist einfach Gold wert.«

Rudd warf einen nervösen Blick auf sein Telefon. »Könnte es sein, daß die Gegenseite dasselbe mit uns macht?«

»Das ist nicht sehr wahrscheinlich. Wir verfolgen die Entwicklung ihrer Computertechnologie sehr genau. Bisher haben sie noch nicht das nötige Know-how.«

»Wie kam es, daß Sie mit dieser Sache betraut wurden?«

Der Gärtner zuckte die Achseln. »Ich habe auf der Universität ein bißchen Russisch gelernt, und die Russen waren natürlich der Hauptgegenstand unserer Bemühungen. Außerdem konnte ich programmieren. In Mr. Linkletters Archiven langweilte ich mich zu Tode. Washington fand ich gräßlich. Als man mir anbot, eine eigene Operation von New York aus zu betreiben, habe ich keine Sekunde gezögert.«

»Und wie lange machen Sie das jetzt schon?«

»Seit acht Monaten.«

»Woher beziehen Sie Ihre Mittel?«

»Unsere Kosten sind irgendwo im Beschaffungsprogramm für Computer versteckt. Wir sind auch nicht teuer. Zwei Gehälter, ein bißchen Miete und der IBM-Computer. Und da wir nie jemanden tatsächlich anrufen, ist sogar die Telefonrechnung niedrig. Außer der Grundgebühr brauchen wir nichts zu bezahlen.«

»Wie viele Telefone belauschen Sie denn?«

»Wir sind ein Pilotprojekt, Mr. Rudd. Wir haben einen Computer und zweihundertfünfzig Anschlüsse. Zu jedem gegebenen Zeitpunkt überwachen wir ungefähr zweihundertvierzig Apparate gleichzeitig. Mein Computer verwandelt die eingehenden Impulse in lesbare Schrift. Natürlich können wir nicht alles lesen

– innerhalb von vierundzwanzig Stunden stapeln sich unsere Aufzeichnungen ohnehin schon zu Bergen. Deshalb habe ich den Computer so programmiert, daß er bestimmte Schlüsselbegriffe und -sätze herausfiltert. Mein Kollege und ich können uns ganz auf die saftigen Teile der Unterhaltungen konzentrieren.«

Das Gesicht des DDI sah so gequält aus, als wäre er zu lange unter Wasser geblieben. »Was Sie machen, ist illegal«, sagte er schließlich. »Die CIA darf innerhalb der Vereinigten Staaten selbst nicht operieren.«

»Das ist wohl auch der Grund, weshalb wir Ihnen direkt unterstellt sind und keine Berichte verteilen.«

»Das macht die Sache nicht besser.«

»Würde es Ihnen die Sache erleichtern, wenn ich Ihnen sage, daß die meisten Leute, die wir abhören, Russen und andere Osteuropäer sind, die bei den Vereinten Nationen oder den Botschaften arbeiten?«

Der DDI holte tief Luft. »Was für Dinge haben Sie denn bisher so herausgefunden?«

»Echte Perlen. Zum Beispiel haben wir vor zwei Tagen erfahren, daß Sawinkow einen seiner Leute aus dem Dechiffrierraum veranlassen wird, uns den Februar-Code der Klasse sieben für die Botschaftsfunksprüche zu verkaufen.«

»Und wie geben Sie solche Informationen weiter?«

»Die Perlen kleide ich so ein, als ob sie aus herkömmlicher Telefonüberwachung stammten. Den Rest verbrennen wir jeden Tag. Meine Hauptaufgabe besteht darin, das Computerprogramm so weit zu verfeinern, daß wir immer mehr Weizen und immer weniger Spreu bekommen. Ihr Vorgänger hat gesagt, wenn wir mal aus den Kinderschuhen heraus sind, würde er Mittel beantragen, die es uns erlauben, zweitausendfünfhundert Telefone gleichzeitig zu belauschen. Und wenn alles gutginge, könnten wir die Leistung allmählich auf fünfundzwanzigtausend steigern.«

Geistesabwesend kratzte der DDI sein ohnehin schon gerötetes Ohrläppchen. Der Gärtner fragte sich, ob Rudd wohl eine

Schnapsflasche in der Schreibtischschublade versteckte; vielleicht brauchte er ab und zu einen Schluck, wenn die Geheimnisse zu belastend für ihn wurden. »Sie haben gesagt, die *meisten* Zielpersonen seien Russen und Osteuropäer. Was sind denn die Ausnahmen?«

Über das Gesicht des Gärtners kroch ein verlegenes Lächeln. »Ihr Vorgänger ist mal von Senator Woodbridge gegrillt worden...«

»Daran erinnere ich mich nur allzu gut«, grinste der DDI. »Ich war nämlich sein Schildknappe, als er zum Kapitol mußte, um sich den Fragen zu stellen. Woodbridge muß damals gerade seine Tage gehabt haben – er war bissig wie eine läufige Hündin.«

»Anschließend erhielt ich den Auftrag, den Senator auch auf die Liste zu setzen«, sagte der Gärtner. »Jedesmal wenn ich in Langley war, also ungefähr alle vier oder sechs Wochen, habe ich Ihrem Vorgänger die Computerausdrucke gebracht.«

»War etwas Brauchbares über Woodbridge dabei?«

»Nichts, was man hätte benutzen können.«

»Was gibt es noch für Zielpersonen, die nicht zu den Osteuropäern gehören?«

»Ein paar Journalisten von der *Washington Post*, die ein bißchen zu dicht an unseren Operationen in Lateinamerika dran waren. Ihr Vorgänger wollte wissen, wo sie ihre Informationen herhatten. Außerdem habe ich ein paar Assistenten der Kongreßabgeordneten auf meiner Liste, die über unseren Haushalt befinden. Drei Geschäftsleute, die sehr viel nach Saudi-Arabien exportieren. Zwei, drei Kernkraftgegner, die eine ist ein sehr bekannter Filmstar. Ich glaube, der verstorbene Direktor hat Ihren Vorgänger gebeten, sie ein bißchen unter die Lupe zu nehmen.«

»Und das sind alle?« Wieder erschien das schiefe Lächeln auf dem Gesicht des DDI, das zu Geständnissen einlud.

Der Gärtner war fast schon bereit, auch Wanamaker zu nennen. Aber was hätte er sagen sollen? Daß er seinen früheren Zimmergenossen aus Yale auf die Liste gesetzt hatte, weil der vor

Jahren die Freundin des Gärtners mit LSD gefüttert hatte und das Mädchen aus dem fünften Stock ihres Wohnheims in den Tod gesprungen war? Der DDI hatte gute Verbindungen. Er wußte womöglich, daß Admiral Toothacher für Wanamaker ein Leck stopfen sollte. Wenn er ihm jetzt erzählte, daß er Wanamaker belauschte, würde der DDI zwei und zwei zusammenzählen und sehr rasch darauf kommen, daß der Gärtner die Liebesbriefe an Wanamaker geschickt hatte. Dann würde er auf der Straße sitzen und sich irgendwo an einer Universität einen Job suchen müssen.

Der Gärtner schüttelte den Kopf. »Das sind alle.«

»Okay. Ich werde Ihnen jetzt sagen, was Sie tun werden. Ich möchte, daß Sie alle Zielpersonen streichen, die keine Russen oder anderen Osteuropäer sind. Ich möchte, daß Sie sämtliche Aufzeichnungen über diese Zielpersonen vernichten. Wenn der Geheimdienstausschuß jemals von dieser Sache erfährt, werden die Abgeordneten die Abhöraktion vielleicht gerade noch tolerieren, wenn die Zielpersonen Ostblockleute sind. Aber wenn sie dahinterkommen, daß wir Journalisten oder einen von ihnen abhören, dann gehen sie hoch. Dann haben wir einen Skandal erster Klasse.«

Der Gärtner nickte. »Alles klar. Ab sofort nur noch Ausländer.«

Der DDI warf einen Blick auf seine goldene Uhr, die sich in einer eleganten Wölbung um sein Handgelenk schmiegte. »Warum arbeiten Sie eigentlich für die Firma, Mr. Sibley? Mit Ihren Fähigkeiten könnten Sie in der freien Wirtschaft doch ganz andere Summen verdienen.«

»Wissen Sie«, sagte der Gärtner, »ich bin Patriot, um ein recht altmodisches Wort zu gebrauchen. Ich möchte meinem Land dienen.«

»Haben Sie das Gefühl, daß Sie Ihrem Land dienen?«

»Ich sehe mich als ein kleines Rädchen in einem großen Apparat, der Amerikas erste Verteidigungslinie bildet«, sagte der Gärtner, und das meinte er vollkommen ernst.

»Sie glauben an unsere Firma?«

»Ich glaube an unser Land. Insoweit als die Firma unser Land verteidigt, glaube ich auch an die Firma.«

Der DDI stand auf und streckte seine Hand über den Tisch. Der Gärtner stand ebenfalls auf und ergriff sie. »Ich habe gehört, Sie seien ein direkter Nachkomme von…«, sagte der DDI.

Der Gärtner schnitt ihm das Wort ab. »Nein, nicht von ihm selbst, sondern von seinem Bruder. Der Urgroßvater meines Urgroßvaters war sein Bruder.«

»Gute Abstammung«, sagte der DDI. »Wann kommen Sie das nächste Mal nach Washington?«

»Ich habe noch drei Wochen Resturlaub«, sagte der Gärtner. »Wenn Sie keine Einwände haben, würde ich sie jetzt gerne nehmen.«

»Was machen Sie so im Urlaub?« fragte Rudd. »Sind Sie Angler? Skifahrer? Bergsteiger?«

Der Gärtner grinste verlegen. »Ich bin ein Bücherwurm, Mr. Rudd. In meiner Freizeit suche ich mir einen stillen Winkel in einer großen Bibliothek und lese.«

16

Everard E. Linkletter, der Archivleiter der *Firma*, freute sich, den Gärtner zu sehen. Er putzte sich mit seiner Krawatte die Brille. »Es ist doch immer wieder schön, wenn einer von meinen alten Jungs hier vorbeikommt«, sagte er und setzte sich die Brille zurück auf die Nase. Er hatte den zarten Knochenbau eines Zeisigs, und seine Augen wurden schon bei der geringsten Gefühlsaufwallung feucht. Er hob einen dicken Berg Schnellhefter und Aktenordner von seinem Schreibtisch und legte sie auf den Fußboden. »Nehmen Sie sich einen Stuhl. Ich werde uns ein bißchen Darjeeling aufbrühen lassen. Seit Sie nicht mehr hier sind, funktioniert bei uns überhaupt nichts mehr. Es gibt nicht viele, die sich so gut mit Computern auskennen wie Sie, nicht? Ach, du meine Güte, welcher von diesen Knöpfen hier verbindet mich wohl mit der Frau, die behauptet, meine Sekretärin zu sein?« Er versuchte einen nach dem anderen und rief so lange: »Jemand zu Hause?«, bis er ein Lebenszeichen bemerkte. »*Tea for two, two for tea*«, flötete er. Er legte den Kopf auf die Seite und musterte den Gärtner zufrieden. »Sie sehen besser aus als erwartet«, sagte er.

»Und Sie verändern sich überhaupt nie«, sagte der Gärtner, aber Linkletter wischte das Kompliment weg wie ein lästiges Insekt. »Ich habe neuerdings das Gefühl, irgendwie kleiner geworden zu sein«, sagte er trübsinnig und verzog das Gesicht, als hätten seine Worte einen schlechten Geschmack. »Und ich fühle mich alt, schrecklich alt. Ich hab' mal gehört, das Alter sei nichts für Schwächlinge. Was das für mich bedeutet, weiß ich nicht recht. Ich sehe von Tag zu Tag schlechter, und meine Schwerhörigkeit wird auch immer schlimmer. Mein Kreuz und meine Knie sind schon lange hinüber. Die Verdauung funktioniert noch einigermaßen, wenn ich nicht zuviel trinke. Aber was bleibt schon vom Leben noch übrig, wenn man nicht mehr viel trinken darf? Was treiben Sie denn jetzt immer so, Silas?«

Der Gärtner produzierte wieder einmal ein verlegenes Lächeln. »Aber Chef!« sagte er. »So etwas fragt man doch nicht, bei uns in der Firma.«

»Sie haben ja leider so recht«, seufzte Linkletter. »Das einzige, was mich noch am Schreibtisch hält, ist die Aussicht auf die Pension, die ich in zwei Jahren, drei Monaten und zwölf Tagen kriege.«

Er zog ein frisches Päckchen Mentholzigaretten aus einer Schublade, riß die Zellophanhülle ab und legte sie vor sich auf den Tisch. »Ich weiß gar nicht mehr, ob Sie eigentlich rauchen«, sagte er.

»Nein danke«, sagte der Gärtner. »Ich habe nie geraucht.«

»Ich rauche auch nicht mehr«, sagte Linkletter grinsend. »Aber mein Sieg über die Sucht wäre bedeutungslos, wenn keine

Versuchung mehr da wäre.« Er drehte sich zu seiner Sprechanlage um und drückte auf eine der Tasten. »Wo bleibt eigentlich unser Tee?« fragte er.

»Zum Teekochen«, erklärte eine beleidigte Stimme, »braucht man kochendes Wasser. Um Wasser zum Kochen zu bringen, braucht man Hitze. Und außerdem Zeit.«

Linkletter wandte sich wieder dem Gärtner zu und spreizte entschuldigend die Hände. »Man könnte denken, sie holt das Zeug persönlich aus Indien«, sagte er. »Und jetzt verraten Sie mir: Welcher günstige Wind bringt Sie in dieses stille Gewässer?«

»Ich kam gerade vorbei«, sagte der Gärtner, »und dachte, ich schau' mal rein und sag' guten Tag.«

»Aus alter Anhänglichkeit und so weiter?«

»Ja, genau. Aus alter Anhänglichkeit.«

»Sie sind also nicht etwa irgendeiner kleinen Information auf der Spur, die Sie gern hätten, ohne erst auf den langweiligen Dienstweg zu gehen?«

»Tja, wenn Sie mich so fragen...«

Linkletter seufzte erneut. Es war ein langer, unüberhörbarer Kommentar über den Zustand der Menschheit. »Ich bin schließlich nicht umsonst seit zwanzig Jahren, achtzehn Monaten und achtzehn Tagen Archivar bei der Firma, mein junger Freund.«

Der Gärtner beugte sich ein Stück vor. »Haben Sie jemals von einem Ort namens Kabir gehört, Chef?«

»Haben Sie die Absicht, sich dort als Historiker zu bewerben?« fragte Linkletter mit einem kleinen gutturalen Lachen, das sich wie ein Schluckauf anhörte. »Ich weiß aber nicht, ob Sie die Sprache beherrschen.«

»Welche Sprache ist das denn?« fragte der Gärtner.

»Vorwiegend Persisch, würde ich sagen. Vielleicht auch ein bißchen Kurdisch, Arabisch und ein paar türkische Dialekte. Sie meinen ganz offensichtlich die Amir-Kabir-Universität, früher die Technische Hochschule der Universität Teheran. Die Firma behält diese Universität seit einigen Jahren genau im Auge.

Schon ein flüchtiges Überprüfen der Akten nähme bestimmt eine ganze Woche in Anspruch.«

»Was ist denn so Besonderes an der Amir-Kabir-Universität?«

»Na, sie ist doch das einzige Kernforschungszentrum im Iran! Die Perser haben da einen Fünf-Megawatt-Forschungsreaktor«, sagte Linkletter. »Wenn mich mein Gedächtnis nicht täuscht, was allerdings leider immer häufiger vorkommt, kann der Reaktor mit fünf Kilogramm angereichertem Uran beschickt werden, was ausreichen würde, um eine Atombombe zu bauen, wenn die Ajatollahs die Technologie in den Griff kriegen. Was aber, Gott sei Dank, bisher nicht der Fall zu sein scheint.« Linkletter senkte den Kopf, als wollte er etwas aufspießen. »Amir Kabir wird unter der Rubrik ›Islamische Bombe‹ geführt, wenn Sie wissen, was ich meine.«

Wieder einmal erlebte der Gärtner jenen magischen Augenblick, in dem der letzte Baustein, den er in sein Puzzle einfügen konnte, plötzlich das ganze Bild sichtbar machte. Er begriff nicht nur, was Linkletter meinte, sondern auch, was Wanamaker vorhatte. Er wußte jetzt, worauf *Stufftingle* hinauslaufen sollte. Er begriff, warum die amerikanischen Staatsangehörigen nicht gewarnt werden sollten. Vor seinem inneren Auge sah er die Bombe vom Nagasaki-Typ und die Explosion und eine große, pilzförmige Wolke, die über der Amir-Kabir-Universität in Teheran aufstieg.

»Ich könnte wetten«, sagte er, »die Ajatollahs haben auch schon Laser, um waffenfähiges Uran herzustellen.«

»Stimmt«, sagte Linkletter. »Es gibt Leute in der Firma, die glauben, daß die vier großen Lasergeräte, die 1978 in Frankreich ›gestohlen‹ wurden, letztendlich in Teheran gelandet sind.«

»In der Amir-Kabir-Universität?«

»Es erscheint ziemlich logisch.«

Linkletter blähte die Nüstern, drückte eine Taste auf seiner Wechselsprechanlage und brüllte: »Selbst bei der CIA sollte es doch möglich sein, Wasser innerhalb eines vernünftigen zeitlichen Rahmens zum Kochen zu bringen, oder?«

»Sie können mich gern aus Ihren Diensten entlassen«, gab die Sekretärin zurück. »Suchen Sie sich doch jemand anderen, der Sie bedient. Wenn Sie können.«

Der Archivar lächelte ausdruckslos, als habe sich etwas bestätigt, was er schon lange gewußt hatte. »Die Sekretärinnen sterben auch aus«, sagte er. »Die Instinkte und Talente für diesen Beruf gehen der menschlichen Rasse wahrscheinlich schon in den nächsten Jahren endgültig verloren. Ach, was soll bloß aus der Welt werden?« Er betrachtete den Gärtner mit fast so etwas wie körperlichem Begehren. »Warum haben Sie nach Kabir gefragt? Was wissen Sie, was wir nicht wissen?«

»Ich weiß«, sagte der Gärtner leise, »daß die Welt aus den Fugen ist.«

Der Archivar nickte grimmig. »Wenn Sie mich fragen, steht sie sogar auf dem Kopf.«

17

Während er in der Ausgangshalle die Überprüfung seines Ausweises und seiner Fingerabdrücke abwartete, überlegte der Gärtner, was er jetzt tun sollte. Es war nur allzu klar, was Wanamaker vorhatte. (Wie hatte es nur so lange dauern können, bis er die Sache durchschaute?) Brennstäbe. Zünder. Keile. Die primitive Atombombe sollte keineswegs von Terroristen gezündet werden, sondern von Wanamaker und der Einsatzgruppe *Charlie.* Sie hatten genug Uran nach Teheran hineingeschmuggelt (wahrscheinlich sogar auf das Gelände der Universität selbst), um »eine unkontrollierte Kettenreaktion, mit einem Wort: eine Atomexplosion« auszulösen. Der Gärtner erinnerte sich noch sehr genau an die Worte, die sein Freund, der Physiker, vor einigen Tagen benutzt hatte.

Was hat es für einen Sinn, eine Weltmacht zu werden, wenn man Angst davor hat, seine Mittel auch so zu gebrauchen, daß die Welt ein bißchen freundlicher wird? hatte einer von Wanamakers Leuten gefragt. Genau. Sie würden die Universität und die Stadt Teheran und die ganzen antiamerikanischen Ajatollahs in die Luft sprengen und damit diesen Teil der Welt ein bißchen freundlicher machen. Die Explosion würde so primitiv sein, daß jedermann annehmen müßte, die Iraner hätten versucht, in ihrem Reaktor in der Universität eine islamische Bombe zu bauen, und dabei versehentlich eine Explosion ausgelöst. *Wer mit dem Feuer spielt*, würden die Zeitungen schreiben, *verbrennt sich die Finger*.

Ein Verbrechen, dachte der Gärtner. Meine Leute planen offensichtlich ein schweres Verbrechen. Aber was konnte er schon dagegen tun? Sich beim DDI oder beim Direktor selbst zu beschweren war sinnlos. Wanamaker gehörte genauso zur CIA wie er selbst, also erhielt er seine Befehle vermutlich auch vom Direktor. Er konnte sich aber auch nicht an die *Washington Post* oder den Kongreß wenden. Dann wäre die Firma erledigt und die Sicherheit Amerikas in Gefahr; denn bei der Presse und im Kongreß gab es genug Leute, die den Fall *Stufftingle* mit Vergnügen zum Anlaß nehmen würden, die CIA zu kastrieren. Eine solche Gelegenheit durfte der Gärtner ihnen nicht geben! Er hatte es ernst gemeint, als er dem DDI erklärt hatte, daß er ein Patriot sei.

Damit blieb nur Wanamaker selbst. Er würde ihm noch einen letzten Liebesbrief schicken, aus dem hervorging, daß *Stufftingle* kompromittiert war. Wenn in Teheran eine primitive Atombombe hochging, würde alle Welt erfahren, daß Wanamaker dafür verantwortlich war. Unter diesen Umständen würde er die Operation abblasen müssen. Der Gärtner konnte unterdessen Wanamaker und *Stufftingle* von seiner Lauschliste streichen, alle Computerausdrucke verstecken und sich nach Neuengland zurückziehen, bis der Staub sich wieder gelegt hatte. Es war kein absolut vollkommener Plan. Aber hatte nicht Admiral Toothacher bei seinen Vorlesungen immer gesagt, das Perfekte sei der Feind des Guten?

Die Augen des Gärtners wanderten zu der Schrift an einer

Wand der Halle. Er hatte sie schon hundertmal gelesen, ohne darüber nachzudenken, was es eigentlich bedeutete, daß sie in diesem Gebäude angebracht war. *Ihr werdet die Wahrheit erkennen*, stand da, *und die Wahrheit wird euch frei machen.*

Wessen Wahrheit? Und welche?

18

Ich bin jetzt an der Stelle, wo unser Held zwei Schritte vortritt. Ich sehe es deutlich vor mir:

Das morgendliche Trompetensignal der Reveille war vom sonnendurchtränkten Nebel gedämpft worden. Nate hatte es wahrscheinlich ohnehin nicht gehört. Wie ein Indianer saß er auf einem Hirschfell in seinem Zelt und studierte Ramsays ›Reisen des persischen Prinzen Cyrus‹ (die ihm sein jüngerer Bruder Richard, der Urgroßvater meines Urgroßvaters, bei der Abschlußfeier in Yale geschenkt hatte). Nate liebte die Helden der Antike. Er versuchte sich oft vorzustellen, wie es wohl gewesen wäre, wenn er zur Zeit des Trojanischen Krieges gelebt hätte. Er wäre gern ein Held gewesen, wie er sie aus der ›Ilias‹ kannte, und manchmal dachte er, daß er das Zeug dazu hätte. Aber er war sich nicht sicher.

Colonel Knowltons sechzehnjähriger Sohn Frederick trat ein und unterbrach Nates Lektüre mit der Mitteilung, sein Vater, der Colonel, wünsche seine vier Captains (darunter auch Nate), seine Leutnants und Fähnriche augenblicklich auf einer Wiese außerhalb des Lagers zu sprechen. Nates Zeltkamerad, W. Hull, drehte sich schlaftrunken auf die andere Seite, blinzelte und fragte, wie spät es sei. »Es ist Zeit, den Arsch zu lüften und den Rotröcken ordentlich Zunder zu geben«, höre ich Nate vergnügt antworten. »Es ist Zeit, den Krieg zu gewinnen und ein freies Land aufzubauen.«

Hull muß höhnisch gegrunzt haben. »Verschone mich«, sagte er oder dergleichen.

Lachend legte sich Nate ein Lesezeichen in die ›Reisen des persischen Prinzen‹ – ich kann mir nicht vorstellen, daß er seine Bücher wie manche anderen Leute mit Eselsohren verunzierte – und ging zum Appellplatz.

Der Morgennebel begann an diesem warmen Septembertag schnell zu verfliegen, und in den sich auflösenden Dunstschwaden sah man jetzt, wie die Offiziere der Knowlton Rangers in einer lässigen Reihe auf einer Wiese in Westchester angetreten waren. Zwei oder drei trugen Hosen und Hosenträger, aber kein Hemd. Einer hatte den Rasierschaum noch im Gesicht. Hull kam sogar barfüßig auf den Appellplatz. Ein selbstgenähter Wimpel mit einer zusammengerollten Schlange und den Worten *Don't tread on me* hing schlaff von der Fahnenstange in der Mitte der Wiese. Knowlton, wie immer tadellos gekleidet, marschierte ungeduldig vor der Front auf und ab. Er trug eine Pistole mit einem silberbeschlagenen Elfenbeingriff im Gürtel. In den Anfangstagen der Rebellion in Boston hatte Knowlton in der sogenannten Schlacht am Bunker Hill (die eigentlich am Breed's Hill stattgefunden hatte) die Stellung am Fuß von Breed's Hill gegen General Howes Flankenangriff gehalten. Colonel Knowlton war beliebt bei seinen Soldaten. Seine Rangers, alles handverlesene Freiwillige, beteten ihn an. Nate jedenfalls muß begeistert von ihm gewesen sein, nach seinen Briefen an den Vater zu schließen. In einem davon schwört er, für Knowlton durchs Feuer gehen zu wollen.

Über einer etwas entfernten Baumreihe ging jetzt die Sonne auf, und ihre Strahlen fielen Nate über Knowltons Schulter direkt ins Auge. Blinzelnd hörte er die dröhnende Stimme des Colonels, dessen Silhouette schwarz vor dem grellen Licht stand. »Männer«, sagte Knowlton. »Wir haben Long Island verloren. Howe ist mit 15000 Rotröcken in der Graves End Bay gelandet, hat seine Truppen im Eilmarsch über den unbewachten Jamaica Pass geführt und ist uns dann in die Flanke gefallen. Unsere Jungs mußten sich, soweit sie noch konnten, auf die Brookland Heights zurückziehen und wurden schließlich in den Langbooten der Marbleheaders über den East River evakuiert. Der Oberkommandierende ist nicht mehr in New York. Er beabsichtigt, einen Kundschafter hinter die britischen Linien in Brookland zu schicken, und hat mich beauftragt, diesen Mann auszusuchen. Er muß unbedingt wissen, wo der nächste Schlag fällt.«

An dieser Stelle blieb der Colonel abrupt stehen, stemmte die Arme in die Hüften und musterte seine Offiziere mit zusammengekniffenen Lippen. Dann entschloß er sich, Klartext zu reden: »Was ich brauche, ist ein Freiwilliger für einen gefährlichen, schmutzigen Auftrag.«

Was er braucht, dachte Nate, ist jemand, der bereit ist, durchs Feuer zu gehen.

Plötzlich bemerkte Nate, daß rings um ihn herum jede Bewegung erstarrt war; seine Kameraden standen wie Salzsäulen da. Der Colonel, dem das nicht entgangen war, verzog sein Gesicht zu einer schmerzlichen Grimasse. »Muß ich dem Oberkommandierenden melden, daß keiner seiner Offiziere, nicht einer, den Mut hatte, ein paar Schritte vorzutreten und sich zu melden? Wenn das die allgemeine Einstellung ist, wird unser Freiheitskampf allerdings bald enden.«

Ich habe mir die Szene tausendmal vorgestellt. Ich habe mir ausgemalt, wie Knowlton seine Offiziere wütend herausfordert. Ich habe mir vorgestellt, wie sie seinem fiebernden Blick ausweichen. Ich habe mir vorzustellen versucht, was Nate durch den Kopf ging. Bestimmt hat er daran gedacht, wie Hickey auf dem Karren des Henkers getanzt hatte, bis plötzlich kein Karren mehr da war. Bestimmt hat er nicht vergessen, wie der Gehängte am Strick zappelte, bis einer der Grenzer seinem Schluckauf und seinem Leben ein Ende bereitete. Er muß gespürt haben, wie ihn die Angst überfiel: Spione wurden grundsätzlich gehängt, wenn sie gefaßt wurden. Wenn ich meinen Nate richtig einschätze, hat er seine Kraft an dieser Angst gemessen.

Können Sie es sich vorstellen? Ich sehe es deutlich vor mir. Ein dunstiger Septembermorgen. Eine leichte Brise weht vom Long Island Sund herauf und bringt die Gräser zum Schwanken. Die Sonne scheint träge auf Knowltons Schultern. Und Nate tritt plötzlich zwei Schritte vor.

Als sie wieder in ihrem Zelt waren, versuchten Hull und Stephen Hempstead, ihren Kameraden von seinem Entschluß abzubringen. »Den Rotröcken in der Schlacht entgegenzutreten ist eine Sache«, sagte Hull, der in Yale mit Nate zusammen studiert hatte, »einen unmännlichen, ja geradezu unehrenhaften Auftrag auszuführen ist eine andere. Welcher vernünftige Mensch hat denn Achtung vor einem Spion?«

»Niemand«, ergänzte Hempstead.

»Als Soldaten«, fuhr Hull heftig fort, »sind wir gehalten, im Feld unsere Pflicht zu tun. Aber niemand kann von uns verlangen, daß wir unsere Ehre opfern.«

»Um Gottes willen«, bat Hempstead. »Hör auf ihn, Nate, und spiel nicht den Helden.«

»Nur Verrückte wollen unbedingt Helden sein«, sagte Hull.

»Nur Verrückte melden sich als Spione«, sagte Hempstead.

Aber wenn sich Nate einmal etwas in den Kopf gesetzt hatte, ließ er sich davon nicht so leicht wieder abbringen. »Was redet ihr da von Unehrenhaftigkeit«, sagte er. »Ich will unserer Sache dienen, und jeder Auftrag, der unserer Sache dient, ist ehrenvoll.«

Stephen Hempstead versuchte es noch einmal anders: »Du machst einen Fehler, wenn du denkst, Spionieren sei nützlich. Womöglich schadest du unserer Sache sogar.«

»Erklär mir das«, verlangte Nate.

Hempstead warf Hull einen Blick zu, und der nickte. »Also ich finde«, begann Hempstead, »ein Spion kann doch nie sicher sein, ob das auch stimmt, was er herausfindet. Vielleicht gibt er genau das weiter, was der Feind bewußt ausgestreut hat, um uns irrezuführen. Und das wäre doch genau das Gegenteil von nützlicher Information.«

Nate schüttelte den Kopf. »Ein Spion muß herausfinden, wozu der Gegner fähig ist«, sagte er, »und aus den Potentialen der Feinde muß er auf ihre Absichten schließen.«

»Aber daß der Feind bestimmte Potentiale hat, heißt doch noch lange nicht, daß er sie auch einsetzt«, sagte Hull.

»Wozu soll er seine Potentiale zusammenziehen, wenn er sie nicht einsetzen will?« fragte Nate. Er war überzeugt, seinen Freunden ein unwiderlegliches Argument geliefert zu haben.

Hull zuckte die Achseln. »Sie werden dir am Ende den Hals in einer hübschen Hanfschlinge langziehen.«

»Dulce et decorum est pro patria mori«, sagte Nate.

»Sehr viel süßer ist es, für sein Vaterland zu *leben*«, gab Hull zurück.

Nate schien nicht davon überzeugt.

Und jetzt die Szene, wie sich Nate noch am selben Nachmittag beim Oberkommandierenden meldete:

Er stand im Säulengang vor dem Haus von Roger Morris am Rand von Coogans Bluff und blickte über die kleine holländische Siedlung Haarlem, die unter ihm auf den salzigen Marschen am Haarlem River lag. Der Oberkommandierende kam um die Hausecke und wischte sich den Schweiß von der Stirn. Er war in Begleitung eines einundzwanzigjährigen Majors namens Aaron Burr, der als Adjutant von Generalmajor Israel Putnam in Washingtons Stab gelangt war. Der Oberkommandierende und seine Stabsoffiziere hatten sich körperlich ertüchtigt, indem sie im Garten hinter dem Haus eine schwere Eisenstange geschleudert hatten. Den Wettbewerb hatte – wie immer – Washington gewonnen. (Hinter seinem

Rücken flüsterte man, der Virginier könne wohl alles gewinnen, nur leider den Krieg nicht.)

Nate bemerkte sofort, daß die Züge des Oberkommandierenden angespannter waren als das letzte Mal. Wie es schien, war soeben die Nachricht eingetroffen, daß der Kongreß die Erlaubnis verweigert hatte, die Stadt New York niederzubrennen. Der alte General Putnam hatte Burr ins Hauptquartier geschickt, um zu hören, ob Washington das für das letzte Wort hielt. »Was ist, wenn wir einfach so tun, als hätten wir den Befehl nicht gekriegt?« fragte Burr. »Was ist, wenn wir New York *versehentlich* niederbrennen?«

Der Virginier erschlug gereizt eine Fliege, die sich auf seine Reithose gesetzt hatte, und schnipste das tote Insekt dann mit dem Finger zu Boden. »Ob er nun recht hat oder nicht«, sagte Washington, »der Kongreß herrscht, und wir sind seine Diener. Wenn wir die Rollen vertauschen, verlieren wir, auch wenn wir gewinnen.«

»Die Armee könnte die Stadt vielleicht doch noch verteidigen«, sagte Burr. »Welche Armee?« fragte der Virginier, der offensichtlich trüber Stimmung war. »Manchmal weiß ich nicht mehr, ob wir eine Armee haben oder dreizehn*.«

Alexander Hamilton, einer der brillanten Adjutanten des Virginiers, brachte dem Oberkommandierenden seine Perücke, aber der winkte ab. »Ich habe es Mr. Henry in Philadelphia gesagt, und ich wiederhole es heute für Euch, Major Burr«, sagte er. »Den Tag, an dem ich das Kommando über die amerikanischen Armeen übernahm, betrachte ich als den Tag, an dem ich meine Reputation ruiniert habe.« Der Oberkommandierende warf einen neugierigen Blick auf Nate, der immer noch vor der verschlossenen Tür stand. Hamilton flüsterte ihm etwas ins Ohr. »Ah, genau der Mann, auf den ich gewartet habe«, sagte der General. Er betrat das Haus,

* Es waren insgesamt dreizehn Neuengland-Staaten, die sich im Unabhängigkeitskrieg gegen die britische Herrschaft auflehnten. Anm. d. Ü.

durchquerte die Eingangshalle und winkte Nate, ihm zu folgen. Seine Reitstiefel knallten heftig auf Mr. Morris' importierten Teakholzdielen.

Niedergeschlagen ließ sich der Virginier auf den Stuhl sinken, der hinter dem Schreibtisch in der Mitte des achteckigen Wohnzimmers stand. Hamilton trat hinter Nate ein und zog die Schiebetür zu. Nate blickte durch die geschlossenen Fenster hinaus in den Garten. Einige Adjutanten des Generals warfen immer noch mit der Eisenstange, und Nate hörte die Rufe, mit denen sie sich gegenseitig anfeuerten. Unauffällig musterte er den Virginier und bemerkte, daß er mit einem Fingernagel an einem braunen, verrotteten Zahn kratzte. Mehrere Zähne des Oberkommandierenden schienen aus Holz zu sein. Auf dem Schreibtisch lagen zwei Bücher, und Nate verrenkte sich fast den Hals, um die Titel zu lesen. Das eine war eine zerlesene Ausgabe von Friedrichs ›Instruktionen für seine Generale‹, in der als Lesezeichen zahlreiche Papierstreifen steckten. Das andere war eine ledergebundene Ausgabe von Addisons ›Cato‹. Die Tragödie war mit Abstand das beliebteste Drama der Zeit, weil darin soviel von Freiheit die Rede war.

»Sagt mir Euren Namen«, verlangte der General.

Nate antwortete mit fester Stimme.

»Der Auftrag ist gefährlich. Warum habt Ihr Euch freiwillig gemeldet?«

»Ich bin Patriot, um ein sehr altmodisches Wort zu gebrauchen. Ich möchte meinem Land dienen.«

»Glaubt Ihr, daß Ihr Eurem Land dient, wenn Ihr Euren Hals riskiert hinter den feindlichen Linien?«

»Euer Exzellenz, ich sehe mich als ein kleines Rädchen in einer großen Maschinerie, die Amerikas erste Verteidigungslinie darstellt.«

»Glaubt Ihr an unsere Armee?«

»Ich glaube an unser Land, Exzellenz. Und soweit sie unser Land beschützt, glaube ich auch an unsere Armee.«

»Wohl gesprochen«, sagte der Virginier. Es war ihm nicht entgangen, daß Nate sich für seine Bücher interessierte, und er fragte: »Habt Ihr Addisons Stück je gelesen?«

»Mehrfach, Euer Exzellenz. Ich habe selbst ein Exemplar, aber das befindet sich bei meinen übrigen Büchern in Connecticut im Haus meines Vaters.«

»Aus Connecticut stammt Ihr also«, sagte der Virginier trocken. »Es tut mir leid, Euch sagen zu müssen, daß das heutzutage leider gar keine Empfehlung mehr darstellt. Der junge Hamilton hier hat nach dem Debakel auf Long Island die Nasen gezählt, und wie es scheint, fehlen von den achttausend Mann aus Connecticut sechstausend.«

»Sind wahrscheinlich einfach nach Hause gegangen«, sagte Hamilton. »Genau wie vor der Schlacht von Breed's Hill. Ihre Verträge waren abgelaufen, und nichts, was wir ihnen versprachen, konnte sie bewegen zu bleiben.«

»Ich sage Euch freimütig«, platzte der Virginier heraus, »der Gemeinsinn liegt so völlig darnieder, es mangelt so gänzlich an Tugend, und jedermann spekuliert so ungeniert auf seinen Vorteil...«

(Der Zorn des Virginiers war um so bemerkenswerter, als es ihm selbst nicht ganz ferngelegen hatte, seinen Vorteil zu suchen. War er es nicht gewesen, der die ersten Maultiere nach Amerika gebracht und dann den Kongreß zu überreden versucht hatte, einige seiner Tiere zu nicht eben niedrigen Preisen für die Armee anzuschaffen?)

»...ein solcher Söldnergeist beherrscht die ganze Armee, daß es mich nicht wundern sollte, wenn eine Katastrophe bevorstünde.«

Nate warf einen Seitenblick zu Colonel Hamilton hinüber, aber der saugte an der Innenseite seiner Wangen und studierte seine Stiefel. Der Virginier faßte in seinen Mund und wackelte an einem seiner hölzernen Zähne. »Der verdammte Zahn ist schon wieder locker«, fluchte er leise. »Man sollte doch annehmen, daß es in einer Zeit, die Watts Dampfmaschine und Arkwrights Spinnmaschine hervorgebracht hat, einen Klebstoff geben sollte, der in der Lage ist, einen Zahn länger als eine Woche an Ort und Stelle zu halten.«

Der Oberkommandierende holte tief Luft; der Wutanfall war vorüber. Er holte eine zusammengerollte Karte der Insel Manhattan aus einer Fichtenholzkiste und breitete sie auf dem Tisch aus. Um die Ecken zu beschweren, benutzte er ein Tintenfaß, seine silberne Taschenuhr und zwei schwere Salzstreuer aus geschliffenem Glas. »Ich nehme an, die Insel Manhattan ist Euch nicht fremd«, sagte er. »Aber kennt Ihr auch Long Island?«

»Als ich Ende April von Boston heruntergekommen bin, war ich drei Wochen bei Colonel Webbs Neunzehnern«, erklärte Nate.

Der Virginier, Nate und Colonel Hamilton beugten sich über die Landkarte. Der Finger des Oberkommandierenden stieß auf verschiedene Punkte herunter. »Das Gros unserer Armee befindet sich hier auf den Haarlem Heights«, sagte er. »General Putnam hat fünftausend Mann in New York, wird sich aber allmählich in Richtung Haarlem Heights zurückziehen. Ich nehme an, er wird fast eine Woche brauchen, um die Kanonen heraufzuholen – er hat nicht genug Pferde und Wagen. Ich mußte ihm schon eins von meinen eigenen Reitpferden leihen, damit er nicht zu Fuß gehen muß. So schlecht stehen die Dinge. Eine Stute. Hoffentlich bekomme ich sie heil zurück.«

Der Zeigefinger des Virginiers fuhr die Uferlinie von Brooklyn entlang, von der Mündung des East Rivers bis zum westlichen Ende des Long-Island-Sunds. »Howe hat seine Regimenter hier aufgestellt und starrt über den Fluß hinweg auf unsere Kehlen. Wann und wo er herüberkommt, weiß kein Mensch. Ich habe alle Stellen, die für eine Landung in Frage kommen, von der Miliz besetzen lassen. Kipp's Cove zum Beispiel, den Murray Hill bei Incleberg und die Marschen bei der Dover Tavern. Aber ich habe keine große Hoffnung, daß wir sie gleich am Strand aufhalten können. Unsere Truppen sind ganz grüne Jungs, ich fürchte, sie werden sofort davonlaufen, wenn die Rotröcke ihre Linienschiffe auffahren lassen und mit der Beschießung beginnen.«

Hamilton sah Nates Gesichtsausdruck und sagte hastig: »Ganz so schlimm stehen die Dinge noch nicht. Wenn die Rotröcke südlich der Haarlem Heights angreifen, geht der General davon aus, daß wir den größten Teil unserer Truppen auf den Heights in Sicherheit bringen können. Und wir gewinnen, solange wir nicht verlieren.«

»Die Heights bilden eine natürliche Verteidigungslinie«, sagte der Virginier. Er sprach jetzt mehr zu sich selbst, schien es Nate (und scheint es auch mir). »Auf Grund dessen, was ihm in Boston am Breed's Hill passiert ist, wird er seine Truppen nicht noch einmal direkt einen Abhang hinaufschikken. Wir können uns möglicherweise wochenlang auf den Heights halten. Vielleicht sogar monatelang. Lang genug jedenfalls, um meinen dreizehn Armeen wieder ein bißchen das Rückgrat zu stärken. Der Kongreß würde Zeit gewinnen, neue Mittel zu bewilligen, so daß ich neue Regimenter anwerben und die, die ich schon habe, richtig ausbilden kann. Mit ein bißchen Glück könnte die Rebellion eine Atempause erlangen. Es sei denn–––«

»Es sei denn?« fragte Nate.

»Es sei denn, Howe entscheidet sich, seine Schiffe den East River hinaufzuschicken, die Hell Gate zu durchqueren und Truppen irgendwo in Westchester landen zu lassen. Von da aus sind es nur noch ein paar Meilen Luftlinie zum North River und der King's Bridge, die Westchester mit Manhattan verbindet. Wenn Howe genug Truppen auf Westchester landet, kann er befestigte Stellungen anlegen und uns auf Manhattan einschließen. Die Schiffe seines Brudes könnten auf dem Hudson und auf dem East River patrouillieren, und wir wären festgenagelt, bis uns der Proviant ausgeht. Meine Armee – meine dreizehn Armeen – würden sich auflösen, und das wäre das Ende der Rebellion und aller Unabhängigkeitsträume.«

»Und warum ziehen wir uns dann nicht gleich nach Westchester zurück, statt die Haarlem Heights zu besetzen?« fragte Nate. Er konnte einfach nicht widerstehen.

Der Virginier schob die Taschenuhr in seine Weste zurück und hob einen der Salzstreuer hoch. Die Karte rollte sich von selbst wieder auf. »Es gibt nichts Schwierigeres in der Kriegskunst, als den geordneten Rückzug einer geschlagenen Armee zu organisieren«, sagte er. »Ich brauche einen Sieg im Kreuz. Ich muß die Moral wieder heben und uns neue Hoffnung geben, ehe ich mich auf einen Rückzug nach Westchester einlassen kann. Wenn ich das jetzt versuchen würde, würden die Armeen, die zu befehlen ich die Ehre habe, sehr rasch dahinschmelzen. Innerhalb von einer Woche würde ich mich mit Hamilton allein und sonst weit und breit niemandem zurückziehen.«

Von draußen drang Hufschlag herein. Jemand näherte sich dem Haus im Galopp. Vor dem Eingang wurden Rufe laut. Der Virginier ging zur Schiebetür. »Was ich brauche«, rief er über die Schulter zurück, »ist Zeit. Ich muß wissen, was die Rotröcke da drüben in Brooklyn vorhaben. Ich muß wissen, ob mir Howe genug Zeit läßt, um einen geordneten Rückzug zu organisieren.«

Was geschehen sein muß, nachdem der Virginier den Raum verlassen hatte, habe ich irgendwann einem Brief entnommen, den Alexander Hamilton zehn Jahre später einem Journalisten aus Connecticut schrieb. Hamilton stellte als erstes einen Paß aus, damit Nate von einem der Häfen auf Westchester nach Long Island übersetzen konnte. Dann nannte er Nate den Namen einer Patriotin in Brooklyn, die ihm Quartier geben konnte, während er die Stellungen der Rotröcke ausspähte. Es handelte sich um die Witwe eines Milizionärs, der in Concord gefallen war. Hamilton schlug sogar vor, daß sich Nate als Handwerksbursche tarnen sollte.

»Geht auf die Walz«, sagte er.

»Auf die Walz?« fragte Nate. Das Wort war ihm offenbar nicht geläufig.

»Ihr könnt Euch als reisender Schuhmacher tarnen, der bei seiner Kundschaft wohnt, solange er die Schuh und Stiefel flickt«, sagte Hamilton. Im übrigen müsse man damit rechnen, daß die Rotröcke New York schon besetzt hätten, ehe Nate Long Island erreicht habe. In diesem Falle solle er dem Feind folgen und sich auch in New York umsehen. Er nannte Nate einen Patrioten in der Stadt, der den Rebellen große Summen Geld vorgestreckt hatte. Es handelte sich um einen kürzlich eingewanderten Juden aus Polen.

Sicher hat Hamilton auch daran gedacht (ich hätte es jedenfalls nicht vergessen), Nate zu fragen, ob er irgendwelche Bekannten oder Verwandten auf Long Island oder in New York hatte, die von seiner Zugehörigkeit zur Kontinentalarmee wußten und ihn verraten konnten, wenn sie ihn entdeckten. »Ja, es gibt eine solche Person«, mußte Nate zugeben. Er hatte einen Cousin namens Samuel, Rechtsanwalt aus Providence, der ein leidenschaftlicher Tory und Loyalist war. Samuel war neun Jahre älter als Nate, er hatte in Harvard studiert. In Boston war er zum Feind übergegangen und mit den Engländern davongesegelt, als sie die Stadt aufgeben mußten. Über seine Familienverbindungen wußte Nate, daß Samuel immer noch bei General Howe war und das Amt eines Stellvertretenden Gefangenenkommissars ausübte.

»Ich brauche Euch wohl nicht zu sagen, daß Ihr diesem Mann unbedingt aus dem Weg gehen müßt«, sagte Hamilton.

»Die Chancen, daß wir uns begegnen, stehen eins zu einer Million«, sagte Nate.

»Damit kommen wir zur Frage verschlüsselter Nachrichten«, sagte Hamilton.

»Ich dachte, ich sollte persönlich berichten, wenn ich zurückkomme«, sagte Nate.

»Ja, natürlich. Aber es ist ein Gebot der Klugheit, sich auf alle Eventualitäten vorzubereiten. Wenn Ihr in Gefangenschaft geraten solltet, wird man Euch Gelegenheit geben, Eurer Familie zu schreiben. Das ist bei den Engländern so üblich. Eure Briefe werden durch meine Hände gehen. Deshalb schlage ich vor, daß wir einen Code vereinbaren, den Ihr in Euren Briefen benutzen könnt, um mich wissen zu lassen, was Ihr entdeckt habt. Da Ihr Addisons ›Cato‹ offenbar kennt und wir ein Exemplar hier haben, schlage ich vor, daß Ihr einige Sätze aus diesem Drama auswendig lernt.«

»Das ist nicht notwendig«, sagte Nate. »Ich kenne es sowieso größtenteils auswendig.«

»Um so besser. Wählt die Sätze aus, die Euch am besten gefallen.« Hamilton reichte Nate das ledergebundene Exemplar des Virginiers.

Nate blätterte darin. »Hier«, sagte er. »Diese Zeile ist von Mr. Patrick Henrys ›*Give me liberty or give me death*‹* inspiriert worden.« Er gab Hamilton das Buch zurück und zitierte aus dem Gedächtnis: ›*Chains, or conquest; liberty, or death.*‹ «**

Hamilton kopierte die Zeile in sein Parolenbuch (jenes Parolenbuch, das ich vor vier Jahren in der Beinecke-Bibliothek entdeckt habe; ein Handschriftenexperte hat die unsignierte Notiz mit Hamiltons Handschrift verglichen und festgestellt, daß sie von ihm stammt). »Diese Zeile soll bedeuten, daß der Feind in unserem Rücken in Westchester landet, um uns auf Manhattan einzuschließen«, sagte Hamilton.

Nate begann erneut in den Seiten des ›Cato‹ zu blättern, bis er einen weiteren patriotischen Satz fand. Auch diesen kopierte Hamilton. »Dieser Satz soll bedeuten, daß der Feind dem General Zeit gibt, den Rückzug der Armee gründlich vorzubereiten.«

Hamilton ließ Nate beide Sätze und ihre Bedeutung mehr-

* »Gebt mir die Freiheit oder den Tod«, Anm. d. Ü.
** »Ketten oder den Sieg, die Freiheit oder den Tod«, Anm. d. Ü.

fach wiederholen. Dann brachte er Nate vor das Haus. Der Virginier stand am Abhang von Coogan's Bluff und spähte mit einem Fernrohr hinaus auf den East River. Auf dem Fluß war ein feindlicher Kutter zu sehen, der flußaufwärts gegen den Wind kreuzte. Hamilton zeigte auf das winzige Segel. »Sieht so aus, als ob Howe die Strömung in der Hell Gate prüfen will«, sagte er. Er schüttelte Nate die Hand. »Viel Glück«, sagte er. »Gott befohlen.«

19

Der Barkeeper wurde Yul genannt, weil er sich den Kopf bis auf die asphaltgraue Schwarte rasiert hatte. Er stellte den Whiskey auf ein Papierdeckchen mit Pseudo-Spitzenrand und schob es dem Mann mit dem schlechtsitzenden Toupet hin, dessen Name Howard Sowieso war.

»Ich warne Sie«, sagte Howard zu Huxstep. »Ich bin Mathelehrer an der Junior Highschool.«

»Wenn Sie dem Mann nicht glauben«, sagte der Barkeeper, »können Sie ja mit ihm wetten.«

Howard ließ einen Finger um die Kante seines Glases kreisen, es gelang ihm aber nicht, einen Ton zu erzeugen. »Wir müssen eine Zeitgrenze setzen«, forderte er.

Huxstep schob sich eine Handvoll gesalzene Erdnüsse in den Mund und spülte sie mit einem Schluck Bier herunter. »Yul, sag ihm bitte, ich brauche nur fünfzehn Sekunden«, sagte er.

Der Mann mit dem Toupet zog eine Kalbslederbrieftasche aus der Brusttasche seines Blazers, nahm eine knisternde Fünfzigdollarnote heraus und legte sie auf die Theke. Huxstep grinste und legte zwei Zwanziger und einen Zehner darauf. Der Mathematiklehrer tippte ein paar Zahlen in seinen Taschenrechner. »Okay, Yul«, sagte er. »Sie stoppen die fünfzehn Sekunden. Dann gibt es hinterher keinen Streit.« Er faßte Huxstep ins

Auge. »Also, hier kommt Ihre Aufgabe: Teilen Sie 9876,54 durch 4567,89.« Yul begann laut zu zählen: »Eine Sekunde, zwei Sekunden, drei...«

Huxsteps Augen schienen ihm fast aus den Höhlen zu fallen. Seine Lippen bewegten sich, und er sagte: »Die Antwort ist 2,1621667.«

Stirnrunzelnd sah der Lehrer zu, wie Huxstep das Geld einsteckte. »Ich habe schon von Leuten wie Ihnen gelesen«, sagte er. »Worin besteht Ihr Trick?«

Huxstep lachte. »Ich liebe eben Zahlen.«

»Zahlen liebe ich auch«, sagte der Mathematiklehrer eifrig. »Man findet so selten jemanden, der genauso empfindet.« Er glitt auf den Barhocker neben Huxstep. »Vielleicht sollten wir uns mal zu einem gemütlichen Abendessen treffen und in aller Ruhe plaudern. Na, was sagst du?«

»Was ich sage?« erwiderte Huxstep. »Ich sage, Sie sollen sich verpissen.«

Howard lächelte selbstsicher. »Ich liebe Männer, die nicht gleich ja sagen.«

»Später sag' ich erst recht nicht mehr ja«, informierte ihn Huxstep. »Hauen Sie ab.«

Auf der anderen Seite der U-förmigen Bar saß der Admiral, der seinen Nachbarn durch halbgesenkte Lider weitaus freundlicher betrachtete. Ihm gefiel, was er sah: die ausgezupften Augenbrauen, die mit Rouge geröteten Wangen, das goldene Medaillon, das an einem dünnen goldenen Kettchen in den tiefen V-Ausschnitt hing, die goldenen Manschettenknöpfe – alles wies auf einen erstklassigen Mann hin. Und der Körper war wie ein Citroën.

Deshalb redete der Admiral natürlich über den Verstand seines Gesprächspartners. »Ach, Sie können wirklich phantastisch mit Worten umgehen«, lobte er. »Darf ich fragen, worüber Sie promoviert haben?«

»Promoviert? Wie meinen Sie das?«

»Worüber haben Sie Ihre Doktorarbeit geschrieben?«

»Doktorarbeit? Ich war doch nie auf der Universität.«

»Sie machen sich über mich lustig. Ihre Erkenntnisse können doch nur von jemandem stammen, der systematisch Philosophie studiert hat. Allen Respekt, wenn Sie sich das selbst erarbeitet haben. Sie sind ein Bücherwurm. Geben Sie's zu.«

Der Nachbar des Admirals spielte mit einem vergoldeten Lippenstift. »Ich habe früher immer Readers Digest von vorne bis hinten gelesen.«

Der Admiral lächelte triumphierend. »Ich wußte doch, daß Sie nicht nur gut aussehen.«

Toothachers neuer Freund streckte ihm eine manikürte Hand hin. Der Admiral ergriff sie und drückte sie mit einem verschwörerischen Grinsen. »Meine Freunde nennen mich Pepper*«, sagte er.

»Wenn Sie Pepper sind, bin ich Salt**.«

Beide lachten. Der Admiral freute sich auf eine weitere muntere Nacht, Salt war froh, daß der langweilige Abend eine Wende zum Besseren genommen hatte.

Der Admiral wollte gerade dem Barkeeper signalisieren, daß er und sein neuer Freund frische Drinks brauchten, als Huxstep sich näherte und mit dem Kopf in Richtung einer Nische im hinteren Teil der Bar nickte. »Jetzt ist er da«, sagte er.

Der Admiral drehte sich auf seinem Barhocker um und spähte zur Nische hin, wo sich im Schatten die Gestalt eines älteren Mannes abzeichnete. Der Neuankömmling hob die rechte Hand zu einem müden Gruß.

Toothacher streifte mit den Fingerspitzen das Handgelenk seines Nachbarn. »Bestell dir noch etwas zu trinken«, sagte er. »Ich bin gleich zurück.« Er hievte seinen schlaksigen Körper vom Barhocker, schlenderte durch die gutbesuchte Bar und setzte sich der Schattengestalt gegenüber. »Ich war mir gar nicht so sicher, ob Sie nicht inzwischen schon unter der Erde sein würden.«

»Ich halte aus«, sagte Everard E. Linkletter, der Archivleiter

* Pfeffer, Anm. d. Ü.

** Salz, Anm. d. Ü.

der CIA. »Aber Sie sehen blendend aus. Fit wie immer. Was hat Sie denn aus dem Paradies für pensionierte Marineoffiziere gelockt?«

»Würden Sie es mir glauben, wenn ich's Ihnen erzähle?«

»Versuchen Sie es doch mal.«

Toothacher zwinkerte unschuldig mit beiden Augenlidern gleichzeitig. »Ich will den Marineminister fragen, ob er wegen der gestiegenen Lebenshaltungskosten nicht meine Pension etwas aufstocken kann.«

Linkletter lachte. »Hören Sie, Pepper, früher haben Sie aber bessere Witze gemacht.« Der Archivar hielt sich eine Gesundheitszigarette unter die Nase und atmete den Mentholgeruch ein. »Früher haben Sie mir Ihre Geheimnisse anvertraut«, klagte er. »Irgend jemand hat Mist gebaut, stimmt's? Und jetzt ist der alte Fuchs persönlich, der berüchtigte Konteradmiral J. Pepper Toothacher, geholt worden, damit er den Film zurückspult und das Leck abdichtet.« Linkletter musterte Toothacher durch seine trüben Brillengläser. »Was zahlen die Herren denn heute so, Pepper?«

»Bestimmt nicht genug«, sagte Toothacher mißmutig. Er dachte gerade an den neuesten Liebesbrief, den Wanamaker heute morgen erhalten, aber dem Admiral nicht gezeigt hatte, weil er angeblich so geheime Informationen enthielt, daß es keine Sicherheitsstufe mehr dafür gab. Wer immer diese Liebesbriefe schrieb, hatte Wanamaker getobt, wußte alles über *Stufftingle* und drohte jetzt, ihn bloßzustellen, wenn er das Projekt weiterverfolgte.

»Er weiß *alles?*« hatte Mildred entsetzt gefragt.

»Absolut alles«, hatte Wanamaker bestätigt.

»Er weiß von den Paketen, die wir eingeschmuggelt haben?« hatte Parker gefragt.

Wanamaker hatte genickt.

Webb hatte ungläubig den Kopf geschüttelt. »Aber er kann doch nicht wissen, *wo*. Das ist doch unmöglich. Wir haben Kabir doch kaum je erwähnt.«

Wanamaker hatte Webb einen wütenden Blick zugeworfen, und das Wort ›Kabir‹ war auch im weiteren Verlauf der Diskussion über einen eventuellen Abbruch der Operation nicht mehr aufgetaucht. Aber der Admiral hatte es nicht überhört.

Linkletter hob die Hand, um die Aufmerksamkeit des Barkeepers auf sich zu lenken. »Mein Arzt hat mir geraten, nicht mehr zu trinken. Daraufhin habe ich mir einen anderen Doktor gesucht. Was möchten Sie, Pepper?«

»Sie sind mein Gast«, sagte Toothacher. »Ich habe Sie eingeladen. Verwalten Sie eigentlich immer noch die staubigen Archive der Firma?«

»Aha, jetzt kommt's«, sagte Linkletter seufzend. »Es ist doch immer dasselbe. An dem Tag, wo ich jemanden treffe, der mich nicht aushorchen will, gebe ich Zigaretten und Sex gleichzeitig auf.«

Der Admiral beugte sich über den Tisch, bis sein Kopf nur noch Zentimeter von Linkletters Stirn entfernt war. »Klingelt bei dem Wort ›Kabir‹ etwas in Ihrem Kopf?«

Linkletter fuhr zurück. »Erstaunlich«, sagte er. »Wirklich unglaublich. Sie sind jetzt schon der zweite in dieser Woche, der nach Kabir fragt.«

Die Augen des Admirals bohrten sich in sein Gegenüber. »Und wer«, fragte er, »war der erste?«

Der Archivar seufzte. »Kommen Sie, Pepper. Sie kennen mich lange genug, um zu wissen, daß ich so eine Frage nicht beantworte. Ich habe nichts dagegen, einem Freund mit ein paar Informationen zu helfen, die er sich auch selbst beschaffen könnte, wenn er das Archiv durchstöbert. Aber gegen die Prinzipien der innerbetrieblichen Sicherheit zu verstoßen ist nicht mein Stil.«

Toothacher klimperte unschuldig mit den Lidern. »So billig kommen Sie mir nicht davon«, sagte er und krümmte einen Zeigefinger in Linkletters Richtung. Der Archivar beugte sich vorsichtig über den Tisch.

»Wissen Sie«, sagte Toothacher leise, »wenn jemand die Firma unter – na, sagen wir – ärgerlichen Umständen verlassen muß, wäre er ziemlich dämlich, wenn er seine privaten Unterlagen nicht mitnehmen würde, nicht wahr? Sonst käme in der Firma womöglich noch jemand auf den Gedanken, die Pension nicht zu zahlen...« Die Augen des Admirals verengten sich, als er sein fotografisches Gedächtnis zu aktivieren versuchte. »Als ich noch bei der Gegenspionage war, ist mir mal so ein Auszug aus einem Polizeibericht auf den Tisch gekommen. Er stammte aus Tampa in Florida, ich habe zu Hause in Guantanamo noch eine Fotokopie. Ich glaube, es war da von unsittlicher Entblößung von Geschlechtsorganen gegenüber einem Minderjährigen auf einem Kinderspielplatz die Rede...«

»Das war alles gelogen«, zischte Linkletter. »Kein Wort davon ist wahr. Der angebliche Minderjährige war neunzehn, ein professioneller Strichjunge. Der Direktor selbst hat gesagt, die Beweise reichten nicht aus, um auch nur... Und für die Firma sei ich viel wertvoller, als daß...«

»Der Direktor ist tot«, sagte Toothacher gelangweilt. »Lang lebe der Direktor.«

»In zwei Jahren, drei Monaten und neun Tagen gehe ich in Pension«, flüsterte Linkletter kläglich. Seine Augen hatten sich mit Tränen gefüllt. »Sie können mich doch nicht...« Er musterte Toothachers starres Gesicht, und seine Stimme versagte.

»Wer«, fragte Toothacher noch einmal, »war der andere, der nach Kabir gefragt hat?«

20

Im Halbschatten seines rauchigen Zimmers, das von dem wenigen Licht, das durch die schmutzigen Fenster drang, nur spärlich erhellt wurde, tigerte Admiral Toothacher nervös auf und ab. Seine Nase zuckte jedesmal unwillkürlich, wenn er einatmete: Die abgestandene Luft, die nach Schimmel, kaltem Zigarrenrauch, vergorenem Hüttenkäse und staubigen Kunstfaserteppichen roch, ließ ihn schaudern. Er nahm das Foto des Präsidenten von der Wand und betrachtete die Spinnweben dahinter. Er ließ seine Fingerspitzen über die Fugen des zugemauerten Kamins gleiten, inspizierte die abgestorbenen Pflanzen auf dem Safe, indem er sie einzeln aus ihren Plastiktöpfen heraushob, untersuchte den Safe und klopfte mit den Knöcheln an die schmutzigen Scheiben. Zum erstenmal fiel ihm auf, daß die Firma Doppelfenster eingebaut hatte, um zu verhindern, daß jemand mit einem Richtmikrofon die Vibrationen der Scheiben aufzeichnete und auf diese Weise mithörte, was im Zimmer gesagt wurde.

Wie hatte der Kerl es gemacht? Die schriftlichen Unterlagen waren es nicht. Die Personalakten gaben auch keine Hinweise. Also war das Leck im elektronischen Bereich.

Irgendwie hatte der Verfasser der Liebesbriefe von den ›Brennstäben‹, ›Zündern‹ und ›Keilen‹ Wind bekommen, hatte den Namen der Operation *Stufftingle* aufgeschnappt und schließlich auch von Kabir gehört.

Toothacher umkreiste den Konferenztisch, als ob er vermint wäre. Abgegessene Papierteller, Plastikgeschirr und leere Diät-Colabüchsen lagen darauf herum. Einer plötzlichen Eingebung folgend, fegte er das ganze Gerümpel mit einer heftigen Handbewegung in einen der großen grauen Regierungspapierkörbe, der mit einem blauen Müllsack ausgelegt war. Zusätzlich riß er auch noch das grüne, von zahllosen Brandlöchern angefressene Tischtuch herunter und warf es in eine Ecke des Zimmers. Nachdenklich betrachtete er die Staubwolke, die sich langsam wieder auf den grünen Filz senkte, und stellte sich vor, die Staubflocken seien Wanamakers Schuppen.

Vorsichtig umkreiste er Wanamakers Schreibtisch und studierte die mit getrocknetem Hüttenkäse verschmierte Glasplatte. Er spielte mit den schwarzen Tasten der Wechselsprechanlage und zog eine Schublade auf, die mit Hunderten verbogener Büroklammern gefüllt war. Er ließ den Drehstuhl kreisen und hörte sich an, wie er quietschte. Dann blieb sein Blick am einzigen Gegenstand hängen, der noch auf dem Tisch stand.

Seine Augen weiteten sich.

»Das Telefon!« sagte er laut, und ein befriedigtes Lächeln überzog sein Gesicht. Es gab eine Wahrheit! Und sie war auch erkennbar! Und er, Toothacher, hatte diese Wahrheit entdeckt.

21

Ein letztes Mal wollte der Gärtner seinen Computer noch auf Wanamakers Telefon richten, ehe er alle Spuren von *Stufftingle* aus der Datenbank löschte. Morgen früh würde er endgültig Schluß machen, sagte er sich, während er dem Summen der Magnetbänder lauschte. Dann würde alles seinen unvermeidlichen Gang nehmen. Wanamaker würde nichts anderes übrigbleiben, als die Operation abzubrechen. Die Einsatzgruppe *Charlie* würde sich wieder darauf beschränken, Terroristen zu überwachen. Und er selbst würde sich für ein paar Wochen zwischen staubigen Bücherregalen verlieren, auf der Suche nach den Spuren der amerikanischen Revolution.

Lichtpunkte tanzten über den Bildschirm. Dann erschienen zwei Worte: »Das Telefon.«

Merkwürdig, daß jemand am Wochenende ins Büro gegangen sein und als einziges: »Das Telefon!« gesagt haben sollte. Was konnte das bedeuten?

Vielleicht war es eine Putzfrau gewesen. Oder vielleicht waren die beiden Worte auch Teil einer längeren Unterhaltung, die der Computer aus irgendeinem Grund nicht erfaßt hatte.

Wichtig war es wohl kaum.

22

Während der Fahrt sah Huxstep ab und zu in den Rückspiegel. Wanamaker starrte trübsinnig und gedankenverloren zum Fenster hinaus. Wenn er den Hals etwas reckte, konnte Huxstep auch den Admiral beobachten, der sich mit fest geschlossenen Augen, leicht gekräuselten Lippen und einem Gesichtsausdruck, den Huxstep normalerweise mit Seekrankheit in Verbindung gebracht hätte, in die andere Ecke des Fahrzeugs geklemmt hatte.

»Sind der Herr Admiral reisekrank?« fragte Huxstep fürsorglich.

»Krank bin ich schon«, flüsterte Toothacher heiser, »aber mit dem Autofahren hat das nichts zu tun.«

Der Chevrolet legte sich in die Kurve, und die Scheinwerfer streiften ein Schild, das eine Straßenkreuzung ankündigte. »Könnten der Herr Admiral mir bitte sagen, ob ich links oder rechts fahren soll?« fragte Huxstep.

»Und könnten der Herr Admiral *mir* bitte sagen, wo es überhaupt hingeht!« fügte Wanamaker hinzu. Er versuchte, seiner Stimme die überlegene Ironie eines Vorgesetzten zu geben, aber selbst seine eigenen Ohren fingen nur das unverkennbare Winseln der Unsicherheit auf.

»An der Kreuzung rechts«, sagte der Admiral, ohne Wanamaker zu beachten. »Dann fahren Sie noch ein Stück weiter, bis zu einer kleinen Brücke. Da können Sie anhalten. Schalten Sie den Motor und das Licht aus.«

Huxstep gehorchte. Als der Wagen zum Stehen gekommen war, sprang der Admiral auf seiner Seite heraus und schlenderte auf die schmale Hängebrücke zu. Ein Schild an der Brückenauffahrt besagte, daß sich Lastwagen von mehr als fünf Tonnen Gewicht besser einen anderen Weg über den Fluß suchen sollten. Nach zwanzig Metern hatte Wanamaker den Admiral eingeholt. »Warum –«

»Warum was?« fragte der Admiral, obwohl er genau wußte, was der andere wollte.

»Warum sind wir mitten in der Nacht eine Stunde weit aus Washington hinausgefahren? Was soll diese Spritztour?«

Es gäbe etwas zu bereden, murmelte Toothacher, und dabei dürften sie nicht belauscht werden.

»Mein Büro ist oft genug nach Wanzen durchsucht worden. Und wenn Ihnen das nicht genügt, hätten wir immer noch auf die Toilette gehen und die Spülung ziehen können, um unser Gespräch abzuschirmen.«

Der Admiral konnte Wanamakers Züge in der Dunkelheit nicht erkennen, aber er hatte eine gute Vorstellung von dem süffisanten Lächeln, das sein früherer Assistent wahrscheinlich aufgesetzt hatte. Wahrscheinlich tat er sich schrecklich leid. Aber er würde sich wohl auch fragen, was der Admiral wußte.

»Am besten fangen wir mit Operation *Stufftingle* an«, sagte Toothacher.

»Ganz wie Sie wünschen«, sagte Wanamaker, und diesmal gelang es ihm, die nötige Ironie in seine Stimme zu legen.

»Stufftingle«, sagte Toothacher, »ist kein Unternehmen der CIA.«

Jetzt zuckte wahrscheinlich ein Muskel über Wanamakers rechtem Auge.

»Wie kommen Sie darauf?« fragte Wanamaker sehr leise.

»Nun, ja«, sagte der Admiral. »Ich bin ja nicht völlig von gestern. Ich habe das schon vermutet, als ich in Guantanamo an Bord des Flugzeugs gegangen bin. Wenn *Stufftingle* ein Unternehmen der CIA wäre, hätten Sie sich eins der CIA-Asse kommen lassen, um das Leck zu stopfen.«

Wanamaker räusperte sich, aber das Geräusch klang nur wie eine schlechte Imitation des gurgelnden Wassers unter der Brücke. Als er wieder zu sprechen begann, wußte der Admiral, daß Wanamakers Gesicht jetzt vollkommen ausdruckslos war. »Um mir das mitzuteilen, haben Sie mich doch nicht den ganzen Weg hier rausgebracht«, sagte der CIA-Mann.

»Ihre Einsatzgruppe *Charlie*«, fuhr der Admiral fort, »ist ein Eisberg.«

Plötzlich wurden Wanamakers Züge sichtbar. Er hatte sich eine Zigarre angezündet. Es bestätigte sich, daß sein Gesicht vollkommen ausdruckslos war. »Es wäre mir lieb, wenn Sie diese stinkenden Dinger nicht rauchen würden«, sagte Toothacher. »Nicht einmal hier in der freien Natur.«

»Tut mir leid«, sagte Wanamaker steif. »Aber wenn ich es richtig sehe, habe ich Sie angestellt und nicht umgekehrt.«

Der Admiral mußte lächeln. Wenn er noch irgendwelche Zweifel an der Richtigkeit seiner Vermutung gehabt haben sollte, wurden sie durch Wanamakers giftige Haltung zerstreut. Wanamaker war wütend, weil der Admiral die Wahrheit herausgefunden hatte. Wie alle Kleingeister konnte er nicht anders reagieren, als seinerseits den zu schikanieren, der den Ärger ausgelöst hatte. »Der Teil des Eisbergs, der sich über der Wasserlinie befindet«, sagte der Admiral und versuchte Wanamaker nicht merken zu lassen, wie sehr ihn der Zigarrenrauch störte, »ist eine ordentliche Dienststelle der US-Administration – eine Untergruppe der SIAG. Sie haben Ihr eigenes Briefpapier. Sie haben schriftliche Protokolle im Safe. Jedermann weiß, daß Sie ein halbes Dutzend terroristischer Organisationen beobachten. Sie schicken Ihre Berichte an Abnehmer auf der BIGOT-Liste innerhalb und außerhalb der SIAG. Sie haben eine Gehaltsliste. Sie halten Konferenzen ab. Sie klauen Büromaterial und führen private Telefongespräche von Ihrem Dienstapparat aus. Sie kämpfen bei der SIAG um ein größeres Budget. Mit einem Wort, Sie tun alles, was man so von einer Dienststelle erwartet.«

Die Spitze von Wanamakers Zigarre leuchtete kurz auf und wurde dann wieder dunkel.

»Und damit kommen wir zum unsichtbaren Teil des Eisbergs«, sagte der Admiral, »dem Teil, der sich unter Wasser befindet. Dieser Teil ist eine geheime, inoffizielle Einsatzgruppe innerhalb der offiziellen Gruppe. Ich vermute, daß sie aus Ihnen, Ihrer Assistentin Mildred, Webb und Parker besteht. Ich weiß aus Erfahrung, wie diese Dinge gedreht werden. Als ich noch beim Marinenachrichtendienst war, habe ich auch solche Sachen gemacht. Es gibt einfach Unternehmen, die den Schnüfflern aus dem Abgeordnetenhaus besser verborgen bleiben. Da veranlaßt man zum Beispiel die Saudis, ein bißchen Kleingeld auf irgendwelchen Schweizer Konten zu deponieren. Man setzt ein paar Mittelsleute ein, um die Spur zu verwischen. Wenn Sie ein Gentleman wären, würde ich mit Ihnen wetten, daß mein Honorar und die Spesen für das Zimmer mit Blick auf den Park, daß überhaupt alle Unkosten für den unsichtbaren Teil Ihrer Aktivitäten nicht aus der Kasse des US-Finanzministers bezahlt werden.«

Wanamaker schien ein Gähnen unterdrücken zu müssen. »Langweile ich Sie mit Dingen, die Sie längst wissen?« fragte der Admiral. »Ich kann gern ein paar Punkte auslassen, damit wir schneller vorankommen.«

»Lassen Sie, lassen Sie. Dann brauchen wir wenigstens nicht die ganze Nacht hier auf der Brücke zu stehen.«

»Ohne Ihnen zu nahe treten zu wollen, darf ich wohl davon ausgehen, daß Sie dieses ganze Arrangement nicht aus eigener Machtvollkommenheit aufgebaut haben. Ich vermute, Sie haben im Auftrag des verstorbenen Direktors gearbeitet, Sie sind seine Erfindung. Diese ganze Iran-Contra-Affäre war über und über mit seinen Fingerabdrücken bedeckt. Und für Ihre Operation *Stufftingle* gilt das erst recht. Es war ja bekannt, daß er die Kakerlaken aus den Kongreßausschüssen nicht gern in der Küche gehabt hat, wenn er seine Spezialitäten zusammenmixte. Hat er Ihnen einen spezifischen Auftrag erteilt?«

Der abnehmende Mond kam hinter einer Wolke hervor, und der Admiral sah Wanamakers Augen. Der Chef der Einsatzgruppe *Charlie* schien sehr zufrieden mit sich zu sein. Auf den ersten Blick begriff Toothacher nicht recht, warum. Und auf den zweiten Blick begriff er es immer noch nicht.

Wanamaker zuckte mit einer Schulter. »Er hat uns die allgemeine Richtung genannt, und wir sind immer weiter marschiert. Einige von uns betrachten unser kleines Unternehmen als Hommage für ihn, zur Erinnerung sozusagen.«

»Ach je«, seufzte der Admiral in die Nacht. »Wie außerordentlich rührend.« Seine weiteren Ausführungen trug er in einem melodischen Singsang vor, der den Eindruck erweckte, er müsse einen Routinevortrag über die Methoden nachrichtendienstlicher Arbeit abspulen. »Kabir ist natürlich die Amir-Kabir-Universität in Teheran, auf deren Gelände sich *zufällig* ein amerikanischer Fünf-Megawatt-Forschungsreaktor befindet. Und *Stufftingle...*« Der Admiral ließ das Wort einen Augenblick lang in der feuchtkalten nächtlichen Luft hängen. »Stufftingle ist der Deckname für den ehrgeizigen Plan der kleinen, von Ihnen, Wanamaker, geleiteten Geheimorganisation, in Teheran eine primitive Atombombe zu zünden und alle Welt glauben zu lassen, die Ajatollahs hätten einen Unfall gehabt, als sie ihre ›Islamische Bombe‹ zu bauen versuchten.«

Der Admiral nahm das angestrengte Schweigen Wanamakers für Zustimmung. Er holte tief Luft und füllte seine Lungen, bis seine Rippenbögen schmerzten. Dann atmete er langsam aus. »Die Zeit war reif für diese Idee«, sagte er leise. »Ein absolut erstklassiger Einfall. Man weiß gar nicht, warum wir nicht schon früher darauf gekommen sind.«

Zu dessen Unbehagen rückte Wanamaker dicht an seinen ehemaligen Vorgesetzten heran. »Sie... billigen es?« fragte er heiser.

»Vielleicht könnten Sie sich *jetzt* entschließen, Ihre Zigarre auszumachen?« fragte Toothacher. Er wartete, bis Wanamaker seine Schimmelpennick in den Fluß geschleudert hatte, und sagte dann: »Natürlich stimme ich zu. Eine Kernexplosion in Teheran wird die Zahl der Ajatollahs ziemlich reduzieren und diejenigen, die überleben, völlig diskreditieren. Die gemäßigten Pragmatiker kämen wieder ans Ruder. Der Iran wird begreifen, was gut für ihn ist, und wieder in die westliche Staatengemeinschaft zurückkehren. Die Ostflanke der NATO wäre wieder gesichert. Die Ölfelder im Nahen Osten wären nicht länger bedroht, und die Saudis brauchten sich nur noch über die lukrativsten Anlagemöglichkeiten für ihre Petrodollars Gedanken zu machen. Die

Region wäre wieder stabil, und die ohnehin schon angeschlagenen Russen würden einen weiteren schweren strategischen Rückschlag erleiden.« An dieser Stelle griff der Admiral zu einer Geste, die er normalerweise für seine erotischen Begegnungen reservierte: Er zwang sich, Wanamaker einen väterlichen Arm um die schuppenbedeckten Schultern zu legen, auch wenn es ihm noch so unangenehm war. »Das Entscheidende ist«, sagte er, »daß die Explosion primitiv genug ist.«

»Daran haben wir gedacht«, sagte Wanamaker mit hörbarem Stolz. »Die Technologie und sämtliche Bauteile stammen aus unseren Handbüchern von 1945.«

Wanamaker konnte es nicht sehen, aber der Admiral zwinkerte ihm beidäugig zu. »Keile«, murmelte er.

»Es wurde auch gefragt«, fuhr Wanamaker eifrig fort, »ob wir nicht die amerikanischen Staatsbürger in aller Stille ausfliegen sollten, aber ich habe diesen Vorschlag sofort unterdrückt. Es wird keinerlei Hinweise auf uns geben. Die Explosion wird sehr schmutzig sein – viel radioaktiver Niederschlag und eine sehr langanhaltende Strahlung, alles Indizien dafür, daß die Bombe ganz primitiv war, zusammengebastelt von religiösen Fanatikern, die nicht wußten, wo oben und unten ist, und die kritische Masse falsch berechnet hatten. Die Ajatollahs haben Murks gemacht, und die Bombe ist ihnen um die Ohren geflogen.«

»Hochempfindliche Zünder«, murmelte der Admiral.

»Wir haben jetzt seit anderthalb Jahren Uran eingeschmuggelt«, vertraute Wanamaker ihm an. »Immer nur in kleinen Mengen. In den Satteltaschen von Kamelen. In Kissenfüllungen. In Düngemittelsäcken. Die Leute, die das Zeug reingeschmuggelt haben, wußten nicht, daß sie schmuggeln. Parker hatte alles glänzend organisiert. Jetzt befindet sich das ganze Zeug im Keller eines Kindergartens direkt neben der Kabir-Universität und wartet darauf, daß wir es hochgehen lassen. Wenn die Erschütterung von den seismologischen Stationen in aller Welt registriert wird, werden alle zu dem Ergebnis gelangen, das Zentrum der

Explosion habe irgendwo auf dem Universitätsgelände gelegen. Der Kabir-Reaktor hat durchgedreht. Die Kettenreaktion ist außer Kontrolle geraten. Es kam zur Kernschmelze, und das ganze Ding ist explodiert.« Wanamaker war so erregt, daß er zu stottern begann. »B-b-bumm. Keine Universität T-Teheran mehr. Kein T-Teheran mehr.«

»Brennstäbe«, murmelte Toothacher. Es war, als ob er ein Kind in den Schlaf wiegen wollte.

Wanamaker riß sich zusammen. »Das wird die Kerle lehren, mit Uran rumzuspielen«, sagte er. »Wer mit dem Feuer spielt, verbrennt sich die Finger.«

»Ein brillanter Plan«, lobte der Admiral. Er nahm seinen Arm von der Schulter des anderen, starrte aber weiter auf den Fluß hinunter, den er zwar hören, aber nicht sehen konnte. Irgendwo heulte ein Zug in der Ferne. Der Admiral seufzte. »Wirklich ein Jammer, daß all diese Bemühungen wegen ein paar dummen Liebesbriefen vergeblich sein sollen.«

Die Bemerkung traf Wanamaker wie ein Eimer mit eiskaltem Wasser. »Eine Minute lang hatte ich das Leck ganz vergessen«, sagte er säuerlich. »Wenn es uns doch bloß...«

»Wenn es uns doch bloß gelungen wäre herauszufinden, wer sie verfaßt hat...«

»Ja. Vielleicht...«

»Vielleicht hätte man...«

»Vielleicht hätte man die Bedrohung noch ausschalten...«

»...und *Stufftingle* doch noch durchführen können.«

»Ja, genau«, sagte Wanamaker. »Dann hätte man *Stufftingle* noch durchführen können.«

Der Admiral wandte sich zu Wanamaker um. »Es ist noch nicht zu spät«, sagte er.

Wanamaker glaubte nicht richtig gehört zu haben. »Noch nicht zu spät? Wofür?«

Toothacher hatte plötzlich viel Zeit. »Kennen Sie jemanden namens Sibley?« fragte er und schien jedes Wort zu genießen. »Silas Sibley?«

»Ja«, sagte Wanamaker. »Ich kenne einen Silas Sibley. Was ist mit ihm?«

»Hegt er irgendeinen Groll gegen Sie? Gibt es einen Grund für ihn, sich an Ihnen zu rächen?«

»Möglich wäre es«, sagte Wanamaker vorsichtig.

»Möglich oder wahrscheinlich?«

»Jetzt, wo Sie es sagen, erscheint es mir durchaus wahrscheinlich. Wie kommen Sie darauf, daß Sibley die Liebesbriefe verfaßt haben könnte?«

»Er hat sich vor kurzem nach Kabir erkundigt.«

»Wie sollte er davon erfahren haben?«

»Ich habe mich gestern ein bißchen umgehört. Habe mit ein paar alten Freunden geredet. Habe mich nach den Kollegen von früher erkundigt. Und nach meinen ehemaligen Schülern. Man hat mir berichtet, daß Sie eine Einsatzgruppe bei der SIAG leiten und Terroristen beobachten. Und daß Sibley eine streng geheime Computeroperation in New York leitet, über die überhaupt niemand was weiß. Mit den Archiven hat sie jedenfalls nichts zu tun, weil die bekanntlich in Washington sind. Was bedeutet, daß es sich um eine Abhöreinrichtung handelt.«

»Huxstep hat doch das Büro nach Wanzen durchsucht«, erinnerte Wanamaker den Admiral. »Und die Räume sind mit Doppelfenstern gegen Richtmikrofone gesichert.«

»Die Fensterscheiben in Ihrem Büro sind so dreckig, daß auch das beste Richtmikrofon keine Chance hätte«, bemerkte der Admiral trocken.

»Und Parker, Webb oder Mildred haben ihm garantiert auch nichts erzählt«, setzte Wanamaker seinen Gedankengang fort. »Die würden jemandem wie Sibley nicht mal die Uhrzeit verraten. Dieses Arschloch hält sich für einen Intellektuellen. Das einzige, was er hat, ist ein gutes Gedächtnis.«

»Damit reduzieren sich die Möglichkeiten auf...« Der Admiral ließ den Satz in der Luft hängen. Er spürte, wie sich Wanamaker in der Dunkelheit zu ihm hinbewegte und den Atem anhielt, um ja kein Wort zu verpassen.

»Damit reduzieren sich die Möglichkeiten ... Worauf?« fragte Wanamaker, als der Admiral nichts mehr sagte.

»Das Telefon«, sagte Toothacher triumphierend.

Wanamaker lachte laut auf. »Das Telefon haben wir natürlich als erstes geprüft. Da ist keine Wanze drin.«

»Sie haben mich falsch verstanden«, flüsterte Toothacher. »Natürlich ist keine Wanze *im* Telefon. Das ganze Telefon *ist* eine Wanze. Jedes Telefon fängt ständig, auch wenn es gar nicht benutzt wird, die Geräusche auf, die in seiner Umgebung erzeugt werden. In den siebziger Jahren, kurz bevor ich in Pension ging, gab es Gerüchte über ein Gerät, das die schwachen Impulse, die dabei erzeugt werden, so zu verstärken vermochte, daß man verstehen konnte, was gesagt worden war. Große Zukunft gab man dem Gerät allerdings nicht. Es war viel zu groß und mußte in unmittelbarer Nähe des belauschten Telefons aufgestellt werden, also im Nebenzimmer zum Beispiel. Was es von vornherein unmöglich machte, etwa den russischen Botschafter im Gespräch mit seinem Stationschef des KGB zu belauschen. Man konnte höchstens mal ein Hotelzimmer abhören.«

»Und was hat das alles mit Sibley zu tun?«

»Begreifen Sie nicht? Sibley ist Computerspezialist. Und mit den neuen, leistungsfähigen Computern von heute hat sich das Bild wahrscheinlich völlig geändert. Wahrscheinlich kann Sibley seine Computer jetzt so programmieren, daß *sie* die schwachen Impulse auffangen und umwandeln, die von den Telefonen ausgehen. Außerdem kann er die Computer veranlassen, das aufgezeichnete Material auszuwerten und die Spreu vom Weizen zu trennen. Um sich über *Stufftingle* zu informieren, brauchte er wahrscheinlich nur Ihre Telefonnummer.«

Vom anderen Ende der Brücke war das heftige Zuschlagen einer Autotüre zu hören. Eine gelangweilte, ärgerliche Stimme rief: »Falls einer der Herren sich dafür interessiert: Wir haben jetzt zwei Uhr morgens.«

Wanamaker stieß einen leisen, etwas feucht geratenen Pfiff aus. »Das *Telefon!*« sagte er. »Auf diese Weise hat er von den

Brennstäben, Zündern, Keilen und den Iden des März gehört. Mann, wenn ich das –« Wanamaker unterbrach sich so abrupt, daß Toothacher zu hören glaubte, wie der Mund des anderen zuschnappte.

Der Admiral lachte. »Das habe ich mir doch gleich gedacht, daß der verstorbene Direktor Sie nicht unbeaufsichtigt gelassen hat. Das war nicht seine Art. Als er erfahren hat, daß er an Krebs sterben würde, hat er Sie an jemanden vererbt, dem er vertraute – irgend jemanden im politischen Überbau, der Ihrem Ego die nötigen Streicheleinheiten verpaßt und Ihnen sagt, wie gut Sie das alles machen, wenn Sie mal deprimiert sind.« Toothacher schlüpfte wieder in die Beichtvaterrolle. »Möchten Sie mir nicht sagen, wer es ist?«

»Das geht nicht. Ich mußte schwören, daß niemand den Namen erfährt.«

Der Admiral war beleidigt.

»Ehrlich«, sage Wanamaker. »Ich würde es Ihnen bestimmt sagen, aber es geht wirklich nicht.« Als der Admiral nichts erwiderte, fragte er: »Was machen wir jetzt?«

»Wann haben Sie Sibley zuletzt gesehen?«

Wanamaker erzählte ihm von dem Ehemaligentreffen in Yale im vergangenen Frühjahr. »Es paßt genau. Das Arschloch wollte unbedingt wissen, woran ich arbeite.«

»Und was haben Sie ihm geantwortet?«

»Ich habe ihm gesagt, er soll sich verpissen.«

»Das muß der Augenblick gewesen sein, in dem er beschlossen hat, Ihr Telefon abzuhören.«

»Ich habe ihm noch etwas gesagt«, erinnerte sich Wanamaker. »Ich habe ihm gesagt, wenn er herausfinden würde, woran ich arbeite, müßte ich ihn umbringen lassen.«

Im Gleichschritt gingen sie zurück zum Wagen. »Als ich noch im aktiven Dienst war«, sagte der Admiral nachdenklich, »haben meine Mitarbeiter nie recht begriffen, worauf es mir im Innersten ankam. Im Kalten Krieg zu kämpfen hat mich nicht besonders begeistert. Ich wollte gewinnen. Wissen Sie was, Roger –

Sie haben doch nichts dagegen, wenn ich Sie Roger nenne? Es ist noch nicht zu spät. Wenn wir *Stufftingle* durchziehen, ist das die entscheidende Wende. Das könnte eine ganze Lawine von Siegen auslösen.« Erneut legte Toothacher seinen Arm um Wanamakers Schultern; ihre gemeinsamen Interessen waren letztlich doch stärker als sein körperlicher Widerwille gegen den anderen. »Jetzt, wo wir wirklich im selben Boot sitzen«, sagte er so väterlich, wie er nur konnte, »können wir uns die Arbeit doch teilen: Sie konzentrieren sich ganz auf *Stufftingle*, und ich kümmere mich um den Verfasser der Briefe.« Die vorstehenden Augen des Admirals funkelten aggressiv. »Unabhängig von allem anderen habe ich nämlich auch noch ein ganz persönliches Hühnchen mit Sibley zu rupfen.«

23

Die Stimme des untersetzten Mannes drang durch eine dichte Wolke von Tabakrauch. »Vorsicht«, warnte er. »Es gibt Dinge, die ich wissen will, und Dinge, die ich nicht wissen will. Ich überlasse es Ihnen, zwischen beiden zu unterscheiden.«

Wanamaker konnte seine Aufregung kaum zügeln. Die Worte versprudelten förmlich aus ihm heraus. »Der Admiral hat den Verfasser der Liebesbriefe identifiziert«, sagte er und fragte sich gleichzeitig, ob der untersetzte Mann die Herrentoilette wohl auf Abhörgeräte hatte untersuchen lassen. Zur Vorsicht drehte er den Kaltwasserhahn auf. Dann fiel ihm ein, daß der untersetzte Mann das vielleicht als Zeichen des Mißtrauens interpretieren könnte, und er begann sich die Hände zu waschen.

Der untersetzte Mann, der am nächsten Waschbecken stand, gab ein zufriedenes Husten von sich. Er studierte sein Abbild im Spiegel, als ob er es schon lange nicht mehr gesehen hätte.

Wanamaker sah nervös zur Tür. »Sind Sie sicher, daß uns niemand stört?« Er stellte sich vor, wie die beiden jungen Männer in den Sportsakkos mit ihren breiten Schultern den Eingang zur Herrentoilette versperrten. »Was ist, wenn jemand sehr dringend muß?«

»Meine Männer hindern die Leute nicht am Pinkeln. Sie hindern sie bloß daran, *hier* zu pinkeln.«

Wanamaker öffnete den Mund, um höflich zu kichern, entschied dann aber, daß es der untersetzte Mann ernst gemeint hatte, und unterdrückte das Lachen. »Ja, also diese Liebesbriefe. Der Bursche, der sie geschickt hat, ist ein gewisser Sibley. Wollen Sie wissen, wie er herausgefunden hat, was *Stufftingle* ist? Oder wie der Admiral ihn enttarnt hat?«

Nachdenklich an seiner Pfeife saugend, sagte der untersetzte Mann: »Nein.«

Wanamaker begann sich die Hände abzutrocknen, stellte aber das Wasser nicht ab. »Dann brauchen wir also nur noch darüber zu reden, wie wir das Leck stopfen.«

Der untersetzte Mann schüttelte den Kopf.

»Das wollen Sie auch nicht hören?«

»Das am allerwenigsten. Das einzige, was mich interessiert, ist *Stufftingle*. Ich möchte das Unternehmen planmäßig ablaufen sehen. Wie Sie dafür sorgen, daß alles glattgeht, überlasse ich Ihnen. Ich denke, Sie sind professionell und diskret genug, um das befriedigend zu regeln. Es ist mir scheißegal, was Sie und Ihre Leute machen, solange Sie es nicht auf der Straße tun und alte Damen erschrecken, die ihre Rehpinscher ausführen.«

»Tja, wir haben nur noch das kleine Problem, den Mann, der die Liebesbriefe geschrieben hat, in den zwei Wochen und zwei Tagen, die uns noch bleiben, zu finden. Aber der Admiral ist sehr zuversichtlich. Der Kerl weiß ja nicht, daß wir wissen, daß er uns die Liebesbriefe geschickt hat.«

Der untersetzte Mann schien irritiert. »Wir?« fragte er.

»Der Admiral und ich.«

»Der Admiral und Sie?«

»Der Admiral hat selbst herausgefunden, was *Stufftingle* ist...«

Der untersetzte Mann drehte sich abrupt zu Wanamaker um. »Soll das heißen, außerhalb Ihrer Zelle weiß jemand über das Unternehmen Bescheid? Ich dachte, wir wären uns einig, daß –«

»Kein Grund zur Besorgnis. Der Admiral unterstützt uns. Er hält es für eine brillante Idee. Er findet, wir hätten das schon vor Jahren tun sollen. Das ist ein Mann vom alten Schrot und Korn, wissen Sie? Er sehnt sich nach den Tagen zurück, als ein Agent noch einen Decknamen hatte und seinen Leuten eine Probe seiner Morsehandschrift hinterließ, damit sie merkten, wenn der Feind in seinem Namen falsche Nachrichten schickte. Er sehnt sich nach den Zeiten, wo jeder noch genau wußte, wer der Feind war, wo alles legitim war, was den Feind schwächte oder verwirrte, und wo man nicht ständig diesen Typen vom Kongreß in den Arsch kriechen mußte. Hören Sie, der Admiral ist einer von uns. Er hat mir angeboten, die Sache mit dem Leck…« Wanamaker wählte seine Worte jetzt besonders sorgfältig, um dem untersetzten Mann nicht versehentlich etwas zu sagen, was der nicht wissen wollte. »…zu ihrem logischen Ende zu führen, wenn Sie wissen, was ich meine.«

»Er wird das Leck abdichten?«

»Ja. Er und Huxstep und Mildred.«

»Und was geschieht, wenn sie keinen Erfolg haben?«

»Der Admiral hat auch für diesen Fall Vorsorge getroffen. Er hat Material zusammengestellt, das uns erlaubt, den Schnüffler als geisteskranken Außenseiter darzustellen, falls er an die Öffentlichkeit gehen sollte. Der Admiral hat einen Psychiater beauftragt, eine entsprechende Diagnose zu schreiben. Sibley leidet an Schizophrenie oder einer anderen schweren Krankheit. Notfalls ziehen wir so etwas aus den Akten, um uns zu schützen.« Wanamaker zuckte mit einer Schulter. »Dann steht unser Wort gegen das eines Verrückten.«

»Weiß Ihr neuer Busenfreund« – der Sarkasmus war nicht zu überhören –, »daß es mich gibt?«

»Nun, der Admiral ist kein Dummkopf. Er könnte auch mit verbundenen Augen seinen Weg durch ein Labyrinth von Halbwahrheiten finden. Er hat sich gleich gedacht, daß ich meine Aufträge von jemandem aus dem politischen Überbau erhalte, aber er weiß nicht, von wem. Und Sie können sich darauf verlassen, daß er es von mir nicht erfährt.«

»Genau darauf verlasse ich mich«, sagte der untersetzte Mann. Er lächelte seinem Spiegelbild flüchtig zu und schien ehrlich erfreut, als es zurücklächelte. »Vielen Dank, daß Sie mich auf den neuesten Stand gebracht haben«, sagte er zu seinem Spiegelbild, griff in die Tasche und stellte sein Hörgerät ab.

»Das Vergnügen...«, wollte Wanamaker sagen, aber als er sah, daß ihn der untersetzte Mann ohnehin nicht mehr hören konnte, ließ er den Satz unvollendet.

24

Während Huxstep seinen riesigen Schlüsselbund durchprobierte, meldete sich der Admiral, dessen elegante Schuhe zum Overall etwas merkwürdig aussahen, bei Mildred. »Traviata, hier Parsifal. Hören Sie mich?«

Mildreds Stimme klang durch das Sprechfunkgerät, als wäre sie unter Wasser. »Parsifal, hier Traviata. Ich höre Sie laut und deutlich, Herr Admiral.«

Der Admiral stöhnte. »Wir benutzen Codenamen wie Parsifal und Traviata«, erläuterte er dem Sprechfunkgerät, »für den Fall, daß uns auf dieser Frequenz jemand zuhört. Auf diese Weise verhindern wir, daß man uns identifiziert.«

Es dauerte eine Weile, ehe Mildred sich wieder meldete. »Meine konspiratorischen Fähigkeiten sind etwas eingerostet. Aber ich lerne sehr schnell.«

»Irgendwas los auf der Straße?« fragte Toothacher.

»Ruhig wie in einer Leichenhalle, Parsifal«, gab das Sprechfunkgerät knatternd zur Antwort.

»So, ich glaube, jetzt hab' ich's geschafft«, knurrte Huxstep.

Der Schlüssel, den er ins Schloß geschoben hatte, klickte hörbar. »Jetzt noch das obere. Wirklich ein mißtrauischer Bursche.«

Der Admiral schlenderte über den Flur und spähte ins Treppenhaus hinunter. Die drei Stockwerke unter Sibleys Wohnung waren von irgendwelchen Firmen gemietet, und vor der Wohnungstür der jungen Frau im Erdgeschoß stapelten sich alte Zeitungen. Wie es schien, waren er und Huxstep allein im Gebäude. Außerdem saß ja draußen noch Mildred im Auto, um sie zu warnen, falls Sibley überraschend auftauchen sollte. Aber wie es schien, war er seit einigen Tagen verreist.

Den Schlüssel für das obere Schloß fand Huxstep noch schneller. Mit seiner mächtigen Pranke schob er behutsam die Tür auf und lauschte. Auf Zehenspitzen folgte der Admiral. Er war mit einer Taschenlampe bewaffnet. »Schlösser knacken«, murmelte Huxstep, »ist irgendwie unfair. Als ob man einem Baby den Schnuller wegnimmt.«

Der Admiral, dessen vorstehende Augen wieder einmal blutrot waren, flüsterte: »Ich habe immer Schwierigkeiten mit Schlössern, auch wenn sie frisch geölt sind und ich den Originalschlüssel habe.«

»Man braucht eine lockere Hand«, sagte Huxstep gelangweilt.

Toothacher warf ihm einen schnellen Blick zu, um zu sehen, ob sich Huxstep womöglich ein Späßchen erlaubte. Aber das Gesicht des Mannes war vollkommen leer und unschuldig. Ironie hätte auch wirklich nicht zu seinem Charakter gepaßt, jedenfalls nicht zu dem Charakter, den Toothacher kannte. Er schob sich an Huxstep vorbei in die Wohnung und knipste seine Taschenlampe an.

Der Strahl der Lampe fiel in einen langen Raum mit unregelmäßigen, hellen Dielen, glatten Ziegelwänden und einem neu eingebauten Dachfenster. Offensichtlich ein ehemaliger Dachboden. Ein frischer, sauberer Geruch lag in der Luft, wie der Admiral sogleich feststellte. Kein Spur von Staub oder Schimmel. Und weit und breit kein Aschenbecher. Eigentlich ein ganz sympathischer Mann, dieser Sibley, den Linkletter eigenartigerweise immer den »Gärtner« genannt hatte. Schade, daß er immer bloß Ärger machte.

Vor der hinteren Wand, in der Nähe der Kochnische, stand ein Doppelbett, das ordentlich mit einer Wolldecke zugedeckt war. Auf einem Stuhl gegenüber war ein kleiner Schwarzweiß-Fernseher. In einer anderen Ecke befand sich ein Eames-Sessel mit Leselampe und Fußbank. An der Wand auf der anderen Seite hing ein riesiger Spiegel mit Goldrahmen, und als der Admiral näher kam, stellte er fest, daß der Gärtner den Spiegel so aufgehängt hatte, daß er sich selbst beim Lesen beobachten konnte, wenn er von seiner Lektüre aufsah. Was darauf hinzudeuten schien, daß auch Silas Sibley zu den Leuten gehörte, denen ihr stilisiertes Ebenbild wichtiger war als ihr reales Ich.

Toothachers Taschenlampe glitt über die Bücherregale, die eine ganze Wand füllten. Sibley las also nicht bloß die Zeitung. »Fangen Sie hier an«, sagte der Admiral. Huxstep grunzte und näherte sich mißtrauisch den Büchern. In der Mitte des Raumes stand ein langer Tisch, der offensichtlich als Schreibtisch benutzt wurde.

Erwartungsvoll setzte sich der Admiral auf den Stuhl mit der geflochtenen Lehne, der als Schreibtischsessel diente. Die Gegenstände auf dem Tisch waren sorgfältig geordnet. Als erstes fiel der Blick des Admirals auf eine Farbfotografie in einem silbernen Rahmen, die einen blonden, etwa dreijährigen Jungen zeigte, der am Strand eine Burg baute. Ein versteinerter Fisch wurde als Briefbeschwerer benutzt. Neben einem wohlgefüllten Tintenfaß aus geschliffenem Glas lagen ein altmodischer Federhalter mit goldener Feder und ein liniertes Schulheft. Der Admiral begann darin zu blättern. Die Eintragungen waren abwechselnd in zwei verschiedenen Handschriften gemacht worden, von denen die eine elegant und flüssig war, während die andere aus ungeschickten Blockbuchstaben bestand, die so eng zusammengequetscht waren, als ob das Papier rationiert wäre.

»Sie verbrauchen so viele Papiertaschentücher«, stand da zum

Beispiel in Blockbuchstaben, »daß ich vermute, Sie haben einen Katarrh. Sagen Sie bloß nicht, ich hätte Sie nicht gewarnt! Es ist sehr leichtsinnig, in einem Bad zu duschen, in dem die Heizung nicht funktioniert. Ich lasse Ihnen ein paar homöopathische Tabletten da. Sie müssen sie viermal am Tag unter der Zunge zergehen lassen. Der Thymian ist auch für Sie. Machen Sie sich einen Aufguß und trinken Sie soviel davon, wie Sie können. Sie sollten auch ordentlich essen. Fieber läßt man hungern, aber Schnupfen muß man füttern. Und lassen Sie um Himmels willen die Heizung reparieren. Haben Sie darüber nachgedacht, was ich das letzte Mal über Aspirin gesagt habe?«

Der Absatz war unterschrieben: »Ihre sehr ergebene M. Doolittle.«

»Vielen Dank«, hieß es dann in flüssiger Handschrift, »für die Tabletten und den Thymian. Es geht mir schon wieder viel besser. Um jeden Tag ein Aspirin gegen Herzinfarkt zu schlucken, fühle ich mich doch noch ein bißchen zu jung. Aber vielen Dank für die Aufklärung! Auf dem Bett liegen ein paar Hemden. Wenn Sie Zeit haben, sie zu bügeln, wäre das schön – wenn's nicht geht, macht das auch nichts.«

Die Unterschrift lautete: »Silas Sibley«.

Eine andere Eintragung in Blockbuchstaben besagte: »Für den Staubsauger brauche ich neue Papierbeutel und für das Bügeleisen destilliertes Wasser. Für die Küche sollten Sie sich neue Papiertücher und Spülmittel besorgen. Auch wenn sie in der Werbung was anderes sagen: Nehmen Sie das billigste, es ist überall dasselbe Zeug drin. Einen Urlaub hätte ich zwar nötig, aber aus den verschiedensten Gründen kann ich mir keinen leisten. Ich wüßte auch gar nicht, wo ich hinfahren sollte. Aber vielen Dank für den Vorschlag. Sie gehören genau zu den weißen Liberalen, die ich mag. Ich meine das ganz ernst. Ihre sehr ergebene M. Doolittle.«

Der Admiral schlug die letzte Eintragung auf, die in Sibleys flüssiger Handschrift verfaßt war: »Morgen fahre ich für drei Wochen weg. Wenn ich Glück habe, gelingt es mir vielleicht, ein paar Lücken zu füllen. Wenn Sie die Wohnung lüften und ein bißchen staubsaugen könnten, bevor ich zurückkomme, wäre ich Ihnen sehr dankbar. Silas Sibley.« Eine Nachschrift besagte: »Könnten Sie bitte auch gelegentlich die Post von unten heraufholen? Ich möchte nicht, daß jeder gleich merkt, daß ich weg bin.«

»Hören Sie«, rief Huxstep aus dem hinteren Teil des Dachbodens, »hier stehen ja mindestens fünf-, sechshundert Bücher, und auf dem Boden sind noch mal hundert gestapelt. Was soll ich denn mit denen machen?«

»Halten Sie jedes einzeln am Rücken hoch und schütteln Sie es. Heben Sie alles auf, was herausfällt.«

Huxstep murmelte irgendwas darüber, daß man sein Geld doch auch leichter verdienen können müßte, und machte sich an die Arbeit. Der Admiral wandte sich dem Aktenschrank zu, der neben dem Tisch an der Wand stand. Er zog eine Schublade heraus und fand Schreibmaschinenpapier, zog eine zweite heraus und fand Umschläge, zog eine dritte heraus und entdeckte einen dicken, verschnürten Schnellhefter. Er legte ihn auf den Tisch und schnürte ihn auf. Im Inneren schien sich der Durchschlag eines Manuskripts zu befinden. Auf der ersten Seite stand ein Zitat aus den *Instruktionen für die Anwerbung von Truppen* im Provinzialkongreß von New York am 20. Juni 1775:

> ...sollen sich unsere Methoden von denen des Feindes ebenso unterscheiden wie unsere Ziele.

Neugierig schlug der Admiral die nächste Seite auf und las: »Als erstes werde ich meinen Nate mal beschreiben: Vor meinem inneren Auge sehe ich ihn als tanzendes Blatt in den Sturmböen der Revolution.«

Seine feuchten Hände und ein leichtes Kribbeln auf der Kopfhaut zeigten Toothacher, daß er etwas Wichtiges entdeckt hatte. Er beugte sich über das Manuskript und las weiter. Er hörte das Schlagen der Kesselpauke vom Bowling Green, seine Augen glitten über die Frage: »Wessen Wahrheit? Und welche?« hin und wurden zum Zeugen der Hinrichtung von Sergeant Hickey. Er kam an die Stelle, wo Nate plötzlich zwei Schritte vortritt. Seine Freunde versuchen, ihn von seinem Vorhaben abzubringen. Nate bleibt hartnäckig. Der Oberkommandierende selbst, keine besonders sympathische Gestalt, gibt ihm seine Instruktionen. »Ich muß wissen, was die Rotröcke vorhaben.« Abgang des Oberkommandierenden. Und dann sucht sich Nate patriotische Zeilen aus Addisons ›Cato‹ heraus, um auf diese Weise Nachrichten verschlüsseln zu können.

Der Admiral hob den Kopf. Sein Freund Linkletter hatte ihm einiges über Sibley erzählt. Dieser Nate, über den Sibley schrieb, war ein entfernter Verwandter von ihm und faszinierte ihn schon seit Jahren. In gewisser Weise machten er und Sibley dasselbe, dachte Toothacher: Sie verfolgten beide ein fehlgeschlagenes Unternehmen zurück, um zu prüfen, was da schiefgelaufen sein könnte. Sibley wollte offensichtlich herausfinden, warum sein berühmter Vorfahr gefangengenommen und gehängt worden war. »Ich fahre für drei Wochen weg. Wenn ich Glück habe, gelingt es mir, ein paar Lücken zu füllen«, hatte Sibley seiner Putzfrau geschrieben.

Aber wohin wollte er fahren? Bis zu den ›Iden des März‹ waren es noch genau zwei Wochen. Wenn sie Sibley bis dahin erwischt und ausgeschaltet hatten, konnte Wanamaker die Operation *Stufftingle* durchführen. Aber die ›Iden des März‹ waren der absolut letzte Termin. Am fünfzehnten wurde die kerntechnische Fakultät geschlossen, denn der Reaktor und alle sonstigen Anlagen sollten abgebaut und in einen abgelegenen Landstrich verlegt werden. Um das Uran dorthin zu schmuggeln und eine Wiederholung des Unternehmens vorzubereiten, hätte Wanamaker Jahre gebraucht. Angesichts einer solchen Verzögerung würden die Kontaktpersonen in Teheran, ganz zu schweigen von Wanamakers Auftraggeber, kalte Füße bekommen und sich zurückziehen. Und damit wäre eine einmalige Gelegenheit, die Welt ein bißchen freundlicher zu machen, für immer dahin.

Der Admiral ließ den Strahl der Taschenlampe über den Tisch gleiten. Unter dem versteinerten Fisch lagen mehrere ungeöffnete Umschläge, die von der tüchtigen Mrs. Doolittle heraufgebracht worden sein mußten. Toothacher unterzog sie einer raschen Prüfung. Das meiste waren Rechnungen, Kontoauszüge und Werbung. Aber zwei Umschläge enthielten offenbar richtige Briefe. Toothacher hielt sie gegen das Licht, konnte aber nichts erkennen, weil die inneren Blätter gefaltet waren. Er griff in die Tasche seines Overalls und zog ein dünnes Bambusstäbchen heraus, das bis zur Hälfte gespalten war. Er schob den Stab vorsichtig durch den schmalen Spalt an der Oberkante des Umschlags, bis sich das im Inneren befindliche Blatt darin festklemmte. Dann drehte er so lange, bis sich der Brief vollständig um den Stab gewickelt hatte und er beides gleichzeitig aus dem Umschlag herausziehen konnte. Das war ein Trick, den er von einem Agenten aus Hongkong gelernt hatte.

Toothacher breitete den Brief auf dem Tisch aus und las. Der Absender war der Direktor der Beinecke-Bibliothek für seltene Bücher und Manuskripte in Yale. »Lieber Silas«, hieß es da, »Sie können auch am Wochenende gern kommen und herumstöbern, solange Sie wollen. Wenn Sie am Sonntagmorgen bei mir zu Hause vorbeikommen, gebe ich Ihnen den Schlüssel für die Hintertür. Sie haben die Bibliothek ganz für sich allein.«

Toothacher überprüfte die im Anschluß an Sibleys Manuskript abgeheftete Liste mit den »Spuren, die noch verfolgt werden müssen« und fand dort auch richtig den Hinweis: »Beinekke-Bibliothek – Alexander Hamiltons Brief an Nates Bruder Enoch befindet sich möglicherweise unter den noch nicht katalogisierten Papieren Hamiltons in der B.B.«

Mit Hilfe seines Bambusstäbchens praktizierte der Admiral den Brief des Bibliotheksdirektors zurück in den Umschlag und fischte den zweiten heraus, der sich als ebenso rätselhaft wie unliebenswürdig erwies. »Am Telefon haben Sie sehr überzeugend gewirkt«, stand da, »aber ich habe es mir noch einmal überlegt. Ich möchte lieber doch nicht gestört werden, Ihre Suche ist sowieso aussichtslos und interessiert mich sehr wenig. Vergessen Sie, daß ich ja gesagt habe, und kommen Sie bitte nicht.« Keine Unterschrift. Keine Absenderangabe. Der Poststempel kam aus Concord, Massachusetts. Auf Sibleys »Spuren«-Liste stand als »der Goldene Topf am Ende des Regenbogens«: »Mollys Tagebuch–späte Erben in Concord?«

Der Admiral knipste seine Taschenlampe aus und starrte einen Augenblick lang ins Dunkel. Er stellte sich den Dachboden, das Bett mit der Kaschmirdecke und das neue Dachfenster vor. Er dachte an Huxstep, der Bücher aus dem Regal zog und ausschüttelte. Er stellte sich vor, wie der Gärtner gemütlich in seinem Eames-Sessel saß, ein gutes Buch las und sich dabei im Spiegel zusah. Abgesehen von zwei Pflichtpatrouillen an Bord eines Zerstörers, die wegen seiner chronischen Seekrankheit stark abgekürzt werden mußten, hatte Toothacher seine gesamte Laufbahn an Land verbracht, beim Nachrichtendienst. Und obwohl er es nie zugegeben hätte, ja, den Gedanken noch nie in Worte gefaßt hatte, war er im Grunde seines Herzens ein reiner Beobachter, kein Täter. Er glaubte zwar, daß es eine Wahrheit gab und daß sie erkennbar war, aber wenn man sie einmal erkannt hatte – was machte man dann? Wenn man einmal erkannt hatte, wozu der Gegner fähig war, kannte man damit auch schon seine Absichten? Besaß er militärische Kräfte, weil er sie einsetzen wollte oder weil er einen glauben machen wollte, er könnte sie einsetzen? In dieser Frage lag eine Quelle ewiger Unsicherheit, und diese Unsicherheit lähmte alle echten Nachrichtenleute. Aber diesmal stellte sich dem Admiral eine ganz andere Aufgabe, die zwar mit dem Nachrichtendienst noch zu tun hatte, aber viel primitiver, viel brutaler und weniger zwiespältig war. Diesmal gab es keine Unsicherheit, kein Zögern und keine Zweifel.

Der Admiral nahm an einer Menschenjagd teil. Und das gefiel ihm sehr gut. Den »Gärtner« aufzuspüren war viel aufregender, als in Guantanamo Cocktails zu schlürfen. Es war sogar schöner als seine abenteuerlichsten nächtlichen Eskapaden.

Eine Taschenlampe näherte sich. Dann legte Huxstep eine Handvoll Zettel vor ihn auf den Schreibtisch. »Ein Benutzerausweis der Städtischen Bibliothek«, sagte er und stopfte ein paar vorwitzige Haare in seine Nasenlöcher zurück, »verschiedene Postkarten, die wahrscheinlich als Lesezeichen benutzt worden sind. Zwei Wäschezettel von der Reinigung, fünf Kinokarten und drei Mahnungen von verschiedenen Bibliotheken. Eine stammt vom 12. August 1972. Wenn er das Buch je zurückbringt, wird er bei 25 Cents täglich« – Huxstep rollte mit den Augen, während er eine rasche Berechnung anstellte – »insgesamt 1414 Dollar zahlen müssen. Es sind immerhin 5656 Tage.«

Überzeugt, daß die Menschenjagd mit diesem Einbruch einen ausgezeichneten Start gehabt hatte, begann der Admiral, die Dinge wieder sorgfältig an Ort und Stelle zu legen. »Huxstep, sagen Sie Mildred Bescheid, daß wir jetzt wieder rauskommen«, befahl er.

Huxstep griff nach dem Sprechfunkgerät. Er liebte alle technischen Spielzeuge. »Traviata, hier ist Parsifals Mädchen für alles«, sagte er. »Sind Sie noch am Leben? Wir kommen jetzt raus.«

Zunächst hörte man nur das laute Krachen atmosphärischer Störungen, dann blubberten die Worte: »Gelobt sei der Herr!« aus dem Lautsprecher.

ZWEITER TEIL

Auf der Walz

Hefftig begehrt, als er noch lebte,
im Tod beklagt.
Eyn Freund, von dem ich so viel hoffte.
Und jetzt ist er dahin.

I

Irgendwann, dachte der Gärtner, müßte ich mich auch selbst mal beschreiben. Vor seinem inneren Auge sah er sich durch den Schnee stapfen, den ausgefransten Kragen seines ehemals wetterfesten, jetzt etwas fadenscheinig gewordenen Mantels aufgestellt, um sich vor den dicken Flocken zu schützen, die wie Leuchtspurmunition auf ihn zuschossen. Sein tiefbraunes Haar war länger geworden seit seiner Scheidung. Er sah jetzt wieder so aus wie damals, als er noch auf der Universität war: eine Randerscheinung des Establishments, kein wirkliches Mitglied. Er war blasser als sonst, weil er in den letzten acht Monaten dauernd an seinem Computer gearbeitet hatte und wenig ins Freie gekommen war. Mit einem Becher heißen Kaffees in der Hand, den er vor allem deshalb gekauft hatte, weil ihm an den Fingern so kalt war, schlenderte er über den Friedhof der Stadt Coventry in Connecticut. Hier und da blieb er stehen, um zu lesen, was die Verstorbenen der Nachwelt mitzuteilen hatten. Er war fest davon überzeugt, daß sie sich die Sprüche auf den schmalen, schräg aus der gefrorenen Erde aufragenden Grabsteinen vor ihrem Tod genau überlegt hatten. Wo Zeit, Wind und Regen die Schrift unlesbar gemacht hatten, betastete der Gärtner die Platten, als wollte er Blindenschrift lesen.

Freund, denke im Vorübergehn:
Auch Deine Zeit bleibt niemals stehn.

Zufriedenheit schafft schlechte Arbeit.

An ihren Taten kennt man wack're Männer.

Wie wohl jeder Historiker fand der Gärtner Friedhöfe außerordentlich faszinierend. Die Sprüche auf den Grabsteinen waren seiner Ansicht nach das amerikanische Äquivalent für Moritaten, Passionsspiele und andere Formen frommer Erbauung. Nate hatte natürlich keinen Grabstein. Ihm hatte man errichtet, was man korrekterweise einen Kenotaph nennt: ein leeres Grabmal für jemanden, der woanders begraben ist. Die Inschrift auf dem Sockel begann mit den Worten:

Durable Stone preserve the monumental record... Ach, wenn »unverwitterbares Gestein« doch tatsächlich die Erinnerung an Nate wachhalten könnte, diesen eigenwilligen, aber feurigen Patrioten, diesen zögernden Spion, der ähnlich wie der Gärtner überzeugt war, daß es besser war, die Post anderer Leute zu lesen, als Menschen sterben zu lassen. Aber bedauerlicherweise war auch das haltbarste Gestein keine Lösung. Die einzige Methode, die Leistungen Nates zu erhellen und die Erinnerung am Leben zu halten, bestand darin, daß ein Historiker sich seiner annahm. Und die Zeit wurde allmählich knapp. Die historischen Fakten häuften sich jetzt schon wie Schnee auf den Höhenzügen der Geschichte auf, und eines Tages würden sie wie Lawinen zu Tal gehen und die Historiker einfach unter sich begraben.

Nach Ansicht des Gärtners waren die Aussichten für die Geschichtswissenschaft düster. Je mehr Geschichte sich hinter ihm auftürmte, um so weniger konnte er hoffen, sie je zu erfassen. Es war eine Sache, die letzten drei-, vierhundert Jahre zu untersuchen. Aber es war etwas vollkommen anderes, eine drei- oder vierhunderttausendjährige Geschichte zu untersuchen. Man brauchte sich nur vorzustellen, man hätte sich auf die europäische Geschichte der Jahre 100 000 bis 200 000 n. Chr. zu spezialisieren! Oder müßte eine Geschichte der letzten 5000 amerikanischen Präsidenten verfassen. Eine beängstigende Aufgabe! Höchstens Verrückte oder Engländer konnten so etwas wagen. Der Gärtner lächelte. Die Geschichte brauchte dringend ab und zu etwas Heiterkeit, selbst wenn man sie nur in Gedanken herbeizaubern konnte. Die Menschheit war dazu verdammt, ihre

Geschichte zu verlieren. Was sich der Gärtner ausmalte, war das Ende der Geschichte, wie er sie kannte. Er war fest überzeugt, eines Tages würde es zuviel Vergangenheit geben, als daß die Historiker sie erforschen könnten. Was die Menschheit einer ewigen Gegenwart überantworten würde. Die Menschen würden der Zukunft entgegenstolpern, ohne auch nur eine Ahnung zu haben, woher sie überhaupt kamen.

Der Gedankengang deprimierte den Gärtner. Er hatte das Gefühl, daß er in einem bloßen Rückzugsgefecht kämpfte. Er zögerte das Unvermeidliche hinaus. Hielt die Horden aus den Steppen noch eine Weile zurück.

Sehr dramatisch, dachte er. Jetzt gehöre ich auch schon zu diesen Intellektuellen, die sich einzureden versuchen, was sie tun, sei irgendwie wichtig.

Der Kaffee war abgekühlt und wärmte die Hände des Gärtners jetzt kaum noch. Er beschloß, ihn auf dem Rückweg zu seinem Auto zu trinken. Der Gärtner fuhr einen VW-Käfer, ein Wagen, von dem er insgeheim hoffte, er würde schon in wenigen Jahren ein klassischer Oldtimer werden. In den beiden letzten Tagen hatte er eine Menge geschafft. Ehe er aus New York abgefahren war, hatte er bei einem Pfandleiher eine alte Geige gekauft, die *Stufftingle*-Papiere darin versteckt und das Instrument dann bei einem anderen Pfandleiher wieder versetzt. Den Pfandschein hatte er in einen festen Umschlag gesteckt und an sich selbst adressiert: postlagernd in Concord, Massachusetts. Nachdem das erledigt war, hatte er sich auf den Weg zur Beinecke-Bibliothek nach New Haven gemacht. Aber da er am Sonntag in der Bibliothek arbeiten wollte, wenn niemand ihn störte, brauchte der Gärtner erst am späten Samstagabend dort einzutreffen, und das erklärte den Abstecher nach Coventry in Connecticut, wo Nates Kenotaph stand.

Der Gärtner traf wie vorgesehen am Samstagnachmittag in New Haven ein und nahm sich ein Zimmer in einem Motel am Stadtrand. Er rief noch einmal rasch beim Direktor der Bibliothek an und fuhr dann aus einem spontanen Entschluß heraus in die Stadt. Er ließ den VW auf einem gutbesetzten Parkplatz in der Nähe der Universität stehen und wanderte bis zum Einbruch der Dunkelheit über den Campus. Yale weckte eine Flut von Erinnerungen in ihm. Er hatte hier nicht nur studiert. Der Campus war der Schauplatz seiner ersten Liebe gewesen – und seines ersten Hasses.

Lag es an ihm oder an seiner Umgebung, daß es ihm nicht gelang, das Gefühl seiner Liebe wieder zu wecken, während sein Haß immer noch so intensiv war wie der Geruch frisch umgegrabener Erde?

Er stöberte in der Universitätsbuchhandlung herum, um zu sehen, was die Studenten heute so lasen, und setzte sich dann in die Copper Kitchen. Hier hatte er damals immer gesessen. Das war *seine* Nische, mit seinen und *ihren* Initialen auf der Rücklehne der Holzbank. Der Gärtner bestellte einen Hamburger, gut durchgebraten, mit Pommes frites und einem Milkshake. Seinerzeit hatte eine solche Mahlzeit fünfundachtzig Cent gekostet. Jetzt wurden dafür fünf Dollar verlangt. Am Nebentisch diskutierten drei junge Männer, offensichtlich Studenten von Yale, ob man sich mustern lassen solle oder nicht. Während er an der Kasse wartete, las der Gärtner die Zettel am Schwarzen Brett. Mitfahrgelegenheiten und Zimmer wurden angeboten oder gesucht. Gebrauchte Stereoanlagen, Rollschuhe, ein kleiner Kühlschrank, eine elektrische Gitarre und ein Doppelbett waren zu verkaufen. Es schien sich wenig geändert zu haben im Laufe der Jahre. Als der Gärtner bezahlt hatte und wieder auf die Straße hinaustrat, war es draußen schon dunkel.

Das konspirative Handwerk hatte nie zu den Stärken des Gärtners gehört. Im Ausbildungslager Camp Perry, das innerhalb der Firma meist nur »die Farm« genannt wurde, hatte er sich mit ein paar ironischen Bemerkungen durch das Räuber- und Gendarmspiel der Grundausbildung gemogelt, aber als er jetzt aus dem Restaurant kam, ertappte er sich dabei, daß er etwas versuchte, was er seither nie mehr getan hatte: Er überprüfte in Gedanken jede einzelne Person auf der Straße. Zwei junge Männer, die sich abwechselnd in einem Einkaufswagen über den Bürgersteig schoben. Ein grauhaariger Professor, der einen flauschigen Bademantel über seine Designer-Jeans gezogen hatte, um seinen grünen Spielzeugpudel spazierenzuführen, dem er auf lateinisch Vorträge hielt. Ein bärtiger Betrunkener, der versuchte, durch bloßes Kopfnicken ein Taxi zu stoppen, und dann doch die Hände aus den Manteltaschen nehmen mußte, ehe es anhielt. Merkwürdig, dachte der Gärtner, manche Leute werden vornehm wie Renaissancefürsten, wenn sie betrunken sind, andere werden im Suff zu Faschisten. Zwei Stadtstreicherinnen. Die eine stocherte in einem Abfalleimer herum, die andere lag zusammengerollt in einem Hauseingang. Auch die dürre, mittelalterliche Frau mit den hochhackigen Galoschen und einem enganliegenden Federhut im Stil der 30er Jahre, dessen maskenähnlicher schwarzer Schleier ihr Gesicht nahezu völlig bedeckte, entging Sibley nicht. Sie stand an einer Bushaltestelle und studierte den Fahrplan. Was Sibley allerdings nicht sah, war das kleine Sprechfunkgerät, das sie aus ihrer Handtasche zog, als er an ihr vorbeigegangen war. Auch die mächtige, schattenhafte Gestalt, die ein Stück weit die Straße hinunter in einem Hauseingang wartete, bemerkte er nicht.

Der Gärtner hatte gerade den Eingang zum Parkplatz erreicht, als er Schritte hinter sich hörte. Er warf einen Blick über die Schulter und sah einen großen, muskulösen Mann in einer ärmellosen Fellweste und einer langen ledernen Hose auf sich zulaufen. Auf dem rechten Arm hatte er eine Tätowierung: *»... begun to fight«*, konnte der Gärtner entziffern. Der Mann trug einen militärischen Crew-Cut und hatte seine Augen fest auf den Gärtner gerichtet. Sein Mund zeigte ein schiefes Lächeln. Er schien sich auf etwas zu freuen. Vom Zeigefinger seiner rechten Hand baumelte eine Glasflasche. Als er den Gärtner fast erreicht hatte, nahm der Mann einen großen Schluck aus der Flasche und spuckte die Flüssigkeit dann in den Rinnstein. Erschrocken fragte der Gärtner: »Was wollen Sie von mir?«

Der Mann, den der Gärtner für einen Rocker oder einen Stadtstreicher hielt, blieb ein paar Schritte entfernt stehen. »Was ich will«, sagte er hart, »was ich will, ist Ihr Geld und Ihr Leben.« Er nahm noch einen Schluck aus der Flasche und spuckte erneut eine klare Flüssigkeit in den Rinnstein.

Der Gärtner ging vorsichtig rückwärts. Er versuchte, die Sache ins Lächerliche zu ziehen, um sich zu schützen. »Sie meinen *oder*, nicht wahr? Geld *oder* Leben.«

Aber der Rocker lachte nicht. »Nein«, sagte er, »Geld *und* Leben.« Er zog ein Feuerzeug aus der Tasche und knipste es an. Es brannte mit einer schmalen, senkrechten Flamme.

Der Rocker war jetzt so nahe, daß Sibley das Gas aus dem Feuerzeug zischen hörte. »Sie sind verrückt«, schrie er.

»Das wäre eine Möglichkeit«, sagte der Rocker. »Es gibt aber noch andere.«

»Wer sind Sie?« flüsterte der Gärtner in plötzlicher Panik. Das Gesicht des Rockers kam ihm bekannt vor. Der Mann sah gar nicht so jung aus, wie er anfangs gedacht hatte. Wo hatte er den Kerl schon gesehen?

Der Rocker wartete, bis der Gärtner rücklings gegen einen geparkten Wagen prallte. Dann hob er das Feuerzeug an die Lippen und ließ eine laut knallende Stichflamme aus seinem Mund fahren. Er hatte sich allerdings in der Entfernung verschätzt und versengte bloß Sibleys Mantel.

Eine Welle von Todesangst überflutete Sibley. Er drängte sich zwischen zwei Wagen hindurch und lief eilig davon. Nirgends war jemand zu sehen. Er schien völlig allein auf dem Parkplatz. Allein mit diesem Verrückten. Er duckte sich atemlos hinter einen auf Hochglanz polierten Ford und sah sich vorsichtig um. Der Rocker kam mit großen Schritten hinter ihm her, trank ab und zu aus seiner Flasche, gurgelte und spuckte Alkohol auf das Pflaster. Dann brachte er wieder das Feuerzeug an die Lippen und ließ eine bläuliche Flamme in der Dunkelheit leuchten. Als er nahe genug war, stieß er einen langen Feuerstrahl aus, der den Gärtner nur um Haaresbreite verfehlte. Sibley duckte sich und rannte. Während er sich ein nicht vorhandenes Muttermal am Hals rieb, dachte er daran, was Nate gesagt hatte: »Ein langes Leben ist ein schleichender Tod.« Er hörte Nate lachen – das Lachen eines Einundzwanzigjährigen, der den Tod fürchtete und sich doch danach sehnte.

Sein Verfolger stieß wieder eine Flamme aus, und der Gärtner spürte die Hitze im Nacken, während er zwischen zwei Kleinbussen wegtauchte. Plötzlich wurde ihm bewußt, daß da nicht Nate lachte, sondern der Mann, der ihn umbringen wollte und ihn langsam, aber sicher in jene Ecke des Parkplatzes trieb, wo zwischen der fensterlosen Brandmauer eines Bürogebäudes und einem hohen, stacheldrahtbewehrten Maschendrahtzaun kein Entkommen mehr war. »Was ich am liebsten mache«, rief der Rocker hinter ihm her, abwechselnd lachend und kleine Feuerbälle ausstoßend, »und was ich gut kann, ist Gewalt!«

Dann gab es plötzlich nur noch sehr wenige Fahrzeuge, hinter denen man sich verstecken konnte, und es wurde dem Gärtner bewußt, wie unwirklich die ganze Situation war. Er versuchte, sie wegzuschieben wie einen Alptraum, aber das wollte ihm nicht gelingen. Es blieb alles so wie zuvor. Verwirrt sah er sich um. Der Wagen, hinter dem er stand, kam ihm irgendwie bekannt vor. Ein verbeulter VW. Er griff in die Tasche, fand einen Schlüssel und schob ihn ins Schloß. Er riß die Tür auf, warf sich hinter das Steuer und verriegelte von innen die Tür.

Sein Verfolger stand jetzt neben ihm und zerrte von außen am Handgriff. Als er sie nicht zu öffnen vermochte, trat er einen Schritt zurück und ließ einen mächtigen Feuerstrahl über den Wagen hinzüngeln. Einen Moment lang schien das ganze Fahrzeug in Flammen zu stehen. Es roch nach verbrannter Farbe, und der Gummi der Scheibenwischer schmolz auf dem Glas. Inzwischen hatte der Gärtner aber auch schon den Schlüssel im Zündschloß herumgedreht und trat heftig aufs Gas. Wie durch ein Wunder sprang der Motor sofort an. Der Gärtner legte den Rückwärtsgang ein, und der Wagen setzte sich im selben Augenblick in Bewegung, in dem eine neue Flammenmauer ihn einhüllte. Der Gestank von verbranntem Gummi und abgesengter Farbe ließ den Gärtner verzweifelt nach Luft schnappen, während der VW auf den hinter ihm geparkten Wagen prallte und ihn ein Stück weit zurückschob. Jetzt hatte der Gärtner vor sich genug Platz, um das Lenkrad richtig einschlagen und den Wagen aus der Parklücke herausmanövrieren zu können. Ohne auf die Feuerwand zu achten, mit der sein Verfolger ihm den Weg zu versperren versuchte, gab er Gas und brauste über den Parkplatz hinaus auf die Straße.

2

Wanamaker war außer sich vor Wut. »Was meinen Sie mit ›beinahe, aber nicht ganz‹?« brüllte er ins Telefon. Dann wurde ihm bewußt, daß er über eine offene Leitung sprach, und er senkte seine Stimme zu einem wütenden Flüstern, als wären damit alle Sicherheitsprobleme gelöst. »Was soll denn das heißen?«

»Unser Mädchen für alles hat ihn entwischen lassen«, sagte der Admiral mit überirdischer Ruhe.

Es dauerte einen Augenblick, bis Wanamaker das verdaut hatte. Dann sagte er: »Er hat unser Mädchen für alles bestimmt wiedererkannt. Es war schließlich Ihr Fahrer, als Sie bei uns auf der Farm waren. Jetzt ist er gewarnt. Er weiß, daß wir wissen, was er weiß.«

»Nicht unbedingt«, sagte der Admiral. »Unser Mädchen für alles hat sich im Lauf der Jahre verändert. Meiner Meinung nach ist es nicht sehr wahrscheinlich, daß unser Freund sich erinnert. Ich glaube, er wird das Ganze für einen gewöhnlichen Raubüberfall halten.«

»Er wird zur Polizei gehen«, sagte Wanamaker. »Wir müssen die Geschichte verbreiten, daß er verrückt ist.«

Der Admiral kicherte leise. Wanamaker war offensichtlich nicht in der Lage, die Dinge logisch zu Ende zu denken. »Bei der

Polizei muß er zunächst mal erklären, wer er überhaupt ist und für wen er arbeitet«, sagte Toothacher. Dann gibt es garantiert Rückfragen. Es wird telefoniert. Seine Geschichte wird überprüft. Es wird alles sehr lästig. Wenn ich ihn richtig einschätze, wird er davon ausgehen, daß es ein Zufall gewesen ist.«

»Was macht Sie so sicher?« fragte Wanamaker. Er betete zu Gott, daß der Admiral die Sache wirklich im Griff hatte.

»Er wird es für einen Zufall halten, weil er unbedingt will, daß es nichts anderes war. Denn alles andere würde ihn mit Dingen konfrontieren, die einfach zu groß für ihn sind, die ihm Angst machen, die seine Verdauung angreifen und ihm schlaflose Nächte bereiten. Das kann er nicht wollen.«

»Und was geschieht jetzt?« wollte Wanamaker wissen.

»Na, was werden wir wohl tun«, fragte der Admiral kühl, »wenn wir beim ersten Mal keinen Erfolg hatten?«

3

Nachdem er sich eine Nacht lang unruhig im Bett gewälzt hatte, zwang sich der Gärtner, die Sache noch einmal von Anfang an zu durchdenken. Er näherte sich dem Problem von den verschiedensten Seiten, quälte sich mit Vermutungen, versuchte sich vorzustellen, was es für Möglichkeiten gab (die in seiner Vorstellung immer fast schon zu Tatsachen wurden), kam aber schließlich zu dem Ergebnis, es sei nicht sehr wahrscheinlich, daß ihn der Admiral als Verfasser der Liebesbriefe identifiziert hatte. Was den Überfall auf dem Universitäts-Parkplatz zu einem häßlichen, aber letztlich folgenlosen Zwischenspiel machte, das man am besten so schnell wie möglich vergaß.

Getröstet, aber noch nicht ganz beruhigt (Wie kam es nur, daß ihm der Feuerschlucker so bekannt vorgekommen war?) fuhr der Gärtner zum Direktor der Beinecke-Sammlung und holte sich den Schlüssel zur Bibliothek.

Das helle, hochmoderne, fünfstöckige Gebäude der Beinecke-Bibliothek hob sich deutlich von den altersdunklen, neogotischen und klassizistischen Fassaden der übrigen Universitätsbauten ab. Der Gärtner betrat das im Grundriß fast quadratische Gebäude mit seinem charakteristischen Flachdach durch einen Seiteneingang. Im Inneren gab es einen spektakulären gläsernen Turm, in dem die eigentlichen Schätze der Sammlung, die seltenen Drucke und Manuskripte aufbewahrt wurden. Auch hier konnte sich der Gärtner mit Hilfe der Schlüssel Zutritt verschaffen, die ihm der Direktor anvertraut hatte.

Wo sich die erst kürzlich entdeckten und deshalb noch nicht katalogisierten Manuskripte aus dem Nachlaß von Alexander Hamilton befanden, wußte der Gärtner bereits. Er holte sich die beiden großen Mappen, in denen sich die Papiere befanden, und legte sie auf einen der Buchbindertische, an dem er arbeiten wollte. Seine Gedanken wanderten immer wieder zu dem muskulösen, feuerspeienden Rocker mit der grünen Alkoholflasche, aber er zwang sich zur Konzentration auf die vor ihm ausgebreiteten Dokumente. »Ich bin ein Bücherwurm«, hatte er dem neuen DDI erklärt. »In meiner Freizeit suche ich mir einen stillen Winkel in einer großen Bibliothek und lese.« Und genau das würde er tun.

Er begann in den Hamilton-Akten zu blättern. Da gab es detaillierte Rechnungen für Dienstleistungen und Kleider, ja sogar für die Wiederherstellung einer Außentoilette im Garten hinter dem Haus. Alle trugen Daten aus der Zeit um 1800. Der Gärtner wußte also, daß die Dokumente aus der richtigen, für seine Suche relevanten Epoche stammten. Interessanter waren natürlich die Briefentwürfe, die Hamilton diktiert, aber nicht unterschrieben hatte. Die Handschrift war vermutlich die des jungen Tutors von der Universität Harvard, der Hamilton von 1799 bis zu seinem Tod als Sekretär gedient hatte. Das waren genau die Jahre, in denen sich Nates Bruder Enoch gerühmt hatte, einen Brief des großen Alexander Hamilton erhalten zu haben.

Die meisten Briefe enthielten Klatsch und Tratsch über mehr

oder weniger bekannte Politiker der damaligen Zeit. Der Bürgermeister der Stadt New York hatte Schmiergelder von einer Firma erhalten, die sich um den Auftrag bemühte, jene großen Pferdekutschen zu bauen, die als sogenannte »Straßenbahnen« den öffentlichen Nahverkehr bewältigen sollten. Aaron Burr hatte das Vermögen seiner Frau bei einer großen Spekulation mit der Urbarmachung von Neuland verloren und tröstete sich in den Armen einer schwarzen Mätresse. Und George Washington hatte inzwischen angeblich so viele hölzerne Zähne im Mund, daß er sich nicht mehr von einem Zahnarzt behandeln ließ, sondern von einem Schreiner.

Eingeklemmt zwischen zwei leeren Blättern mit dem Wasserzeichen »Fool's cap«, entdeckte der Gärtner einen undatierten, nicht unterschriebenen Briefentwurf, in dem von den »stürmischen Zeiten« die Rede war, die man hinter sich habe. Ein »höchst erinnerungswürdiger Patriot« habe sich damals freiwillig gemeldet, um als Kundschafter hinter die englischen Linien zu gehen. Der Verfasser des Briefes habe die Ehre gehabt, dieses erste nachrichtendienstliche Unternehmen der amerikanischen Armee zu überwachen. Es folgte eine detaillierte Beschreibung, wie sich der Freiwillige als reisender Handwerksbursche verkleidet und den Long-Island-Sund überquert hatte. Auf Long Island hatte er sich in dem Dorf Flatbush im Haus einer jungen Witwe einquartiert, deren Mann in Concord gefallen war und zu den ersten Märtyrern der amerikanischen Revolution gehört hatte. Von hier aus hatte er mit Hilfe der Witwe die britischen Positionen in Brookland und an der westlichen Küste von Long Island erkundet und beobachtet, daß »die tyrannischen Briten nach ihrem Sieg über die coloniale Armee triumphieren, als seyen sie dem Asyl von Bedlam entsprungen«. Dem Tagebuch der jungen Witwe habe Hamilton später entnommen, daß sein Kundschafter tiefen Einblick in die weiteren Pläne der Briten gewonnen und nach Mitteln und Wegen gesucht habe, sie zu vereiteln. Unter anderem habe er einen verschlüsselten Bericht abgefaßt, der dem Oberkommandierenden entscheidende Informationen verschaffte. Daß der Krieg damals nicht innerhalb weniger Tage verloren gegangen sei, habe man nicht zum kleinsten Teil diesem »Märtyrer für die herrliche Sache der Freiheit« zu danken, der auf so »grausame und unchristliche« Weise zu Tode gebracht worden sei, daß es bei allen, die die wahre Geschichte gekannt hätten, »große Bestürzung und Mitleid« ausgelöst habe.

Es hatte Zeiten im Leben des Gärtners gegeben, in denen ihn die Entdeckung eines Dokuments, das auch nur indirekt auf Nate anspielte, völlig schwindlig gemacht hätte. Jetzt aber lauerte bei aller Freude über seinen Fund in einer Ecke seines Bewußtseins immer noch die Erinnerung an den Überfall vom vorigen Abend. Warum hatte der muskulöse Bursche versucht, ihn zu verbrennen? Der Gärtner wurde das Gefühl nicht los, etwas Wichtiges übersehen zu haben, einen Hinweis, der die Sache mit einem Schlag aufgeklärt hätte. Hatte er den Angreifer irgendwo schon einmal gesehen? Und wenn ja, wo? Zum hundertsten Mal ließ er den Wortwechsel mit dem Mann innerlich Revue passieren und suchte nach Hinweisen.

»Was wollen Sie von mir?«

»Was ich will, ist Ihr Geld und Ihr Leben.«

Der Gärtner hatte dem Mann Gelegenheit gegeben, sich zu verbessern. »Sie meinen *oder*, nicht wahr?«

»Nein, Geld *und* Leben.«

»Sie sind verrückt.«

»Das wäre eine Möglichkeit. Es gibt aber noch andere.«

Der Gärtner starrte gedankenverloren auf die endlosen Reihen mit seltenen Büchern, die sich vor ihm erstreckten, und fragte sich zum hundertsten Mal, welche anderen Möglichkeiten der Bursche gemeint haben könnte. Ein zufälliger Raubüberfall. Oder eine Verwechslung. Oder der Angreifer stand unter Drogen. Oder war doch verrückt. Oder vielleicht auch alles zusammen. Oder gar nichts von alledem. Oder eine beliebige Kombination. Hätte Admiral Toothacher gesagt. Das gehörte zu seinen Lieblingsmaximen. Der Gärtner hatte es oft genug gehört auf der Farm, während der Grundausbildung.

Und plötzlich fiel dem Gärtner wieder ein, wo er den Feuerspeier schon einmal gesehen hatte. Am Morgen war der Admiral immer in einer blitzenden schwarzen Limousine mit Weißwandreifen und Stander vorgefahren und hatte sich von seinem Fahrer, einem bulligen Unteroffizier mit Crew-Cut und zinnfarbenen Augen, den Schlag öffnen lassen. Der Mann, der ihn gestern auf dem Parkplatz überfallen und sein Geld *und* sein Leben gewollt hatte, war dieser Chauffeur!

Der Admiral hatte den Film zurückgespult und die Liebesbriefe irgendwie mit dem Gärtner in Verbindung gebracht. Und jetzt, wo sie das Leck gefunden hatten, versuchten sie es zu stopfen.

Fröstelnd stand der Gärtner auf. Eine eisige Hand schien ihm das Rückgrat zu streicheln. Er mußte sofort zur nächsten Polizeiwache gehen und dem diensthabenden Beamten erklären... ja, was eigentlich? Daß ihn gestern abend ein Feuerschlucker hatte verbrennen wollen, weil er wußte, daß der Geheimdienst der Vereinigten Staaten an den ›Iden des März‹ eine primitive Atombombe in der Universität Teheran zur Explosion bringen wollte? Weil er auf etwas törichte Weise versucht hatte, dieses Verbrechen zu unterbinden, ohne die CIA zu kompromittieren? Das würde ihm doch kein Mensch glauben. Oder – noch schlimmer – man glaubte ihm wirklich, und er wurde in einer Zwangsjacke der Obhut der CIA übergeben, weil sich die örtliche Polizei nicht in Geheimdienstangelegenheiten einmischen wollte.

Auf jeden Fall war es gefährlich, sich weiter in Yale aufzuhalten. Wenn sie ihm einmal aufgelauert hatten, würden sie ihm auch ein zweites Mal auflauern. Verzweifelt versuchte sich der Gärtner an die Tricks zu erinnern, die man ihm auf der Farm beigebracht hatte, um sich der Beobachtung zu entziehen, aber alles war wie ausgelöscht. Schließlich kam er zu dem Ergebnis, daß es wahrscheinlich das Klügste war, wenn er seine Kleider im Hotel und seinen beinahe klassischen VW-Käfer auf dem Parkplatz vor der Tür ließ. Dann konnte er einen Leihwagen nehmen und damit irgendwo in Neuengland verschwinden. Selbst wenn seine

Verfolger herausfanden, daß er einen Leihwagen hatte, konnten sie unmöglich wissen, wo er hinfahren würde. Und wenn er sich ihrem Zugriff bis Mitte März zu entziehen vermochte...

Irgendwo unter ihm schlug eine schwere Feuertür zu. Das Geräusch hallte laut in dem gläsernen Turm wider, der das Herzstück der Beinecke-Bibliothek bildete. Dann wiederholte es sich: Eine weitere Feuertür wurde geschlossen. Und dann noch eine dritte. Der Gärtner schob sich zwischen zwei Regalen bis an die gläserne Wand des Bücherturms vor und spähte vorsichtig in die Eingangshalle hinunter. Zwei Stockwerke unter ihm stand am Empfangstisch außerhalb des eigentlichen Bücherturms eine spindeldürre Frau mit einem enganliegenden Federhut, dessen maskenähnlicher Schleier ihr Gesicht fast völlig bedeckte. Bildete er sich das ein, oder kam sie ihm auch bekannt vor? Jetzt hatte sie den Gärtner offenbar entdeckt, denn sie hob den rechten Zeigefinger und drohte ihm, als hätte er gegen eins der biblischen Gebote verstoßen und werde jetzt milde getadelt. Gleichzeitig erschien am anderen Ende der Eingangshalle ein muskulöser Mann, in dem der Gärtner den Feuerschlucker vom Vorabend erkannte. Er trug eine Pistole mit Schalldämpfer. Als ihn die Frau auf den Gärtner aufmerksam machte, hob er wie ein kleiner Junge die leere Faust und drückte auf einen imaginären Abzugshebel. »Peng! Peng! Du bist tot!« schien er zu rufen.

Und dann entdeckte der Gärtner auch den Admiral, der unmittelbar an der Glaswand zu seinen Füßen gestanden haben mußte und jetzt mit großen Schritten zurücktrat, um sein Opfer in Augenschein zu nehmen. Seine weißen Haare standen nach allen Seiten vom Kopf weg, und seine Augen glotzten wie die eines Frosches, der sich anschickt, einen Schmetterling zu verspeisen. Dann wandte er sich dem großen roten Feuermelder an der Wand zu. Er schlug mit dem dafür vorgesehenen kleinen Hammer die Scheibe ein, öffnete eine Sicherheitstür und zog dann einen großen Messinghebel herunter, bis er in der Position »Gefahr/Absaugen« stand. Aus den Lüftungsschächten im Inneren des Glasturms kam ein bedrohliches Fauchen.

Der Gärtner hatte während seines Studiums lange genug als Hilfskraft in der Bibliothek gearbeitet, um zu wissen, woher das Geräusch kam und was es bedeutete. Die Beinecke-Bibliothek enthielt einige der kostbarsten Bücher und Manuskripte der Welt. Um sie vor Feuer zu schützen, hatten sich die Architekten ein besonders raffiniertes System ausgedacht, um jeden Brand gleich im Keim zu ersticken. Bei Brandgefahr oder Rauchentwicklung schlossen sich automatisch die Feuertüren des gläsernen Bücherturms, und über die Klimaanlage wurde die Luft abgesaugt. Ohne Luft mußte jedes Feuer in kurzer Zeit ersticken. Natürlich gab es ein Alarmsystem, das die Bibliothekare und etwaige Besucher warnte. Wenn die (vom Admiral und seinen Leuten offenbar außer Gefecht gesetzte) Sirene ertönte, blieben einem noch genau dreißig Sekunden, um den Turm zu verlassen.

Gemessen daran, daß man nun schon zum zweitenmal innerhalb von vierundzwanzig Stunden versuchte, seinem Leben ein gewaltsames Ende zu setzen, blieb der Gärtner unglaublich ruhig. Während die Luft aus dem Bücherturm abgesaugt wurde, rannte er zu einer schmalen Treppe im hinteren Teil des Gebäudes, die ins oberste Stockwerk hinaufführte. Er wußte nämlich, was der Admiral offensichtlich nicht wußte: Es gab einen Weg, sich zu retten, wenn man in dem gläsernen Gefängnis eingesperrt war.

4

Wanamaker gab sich große Mühe, sich zu beherrschen, und grunzte nur ab und zu ins Telefon, um zu zeigen, daß er den Admiral zwar gut verstehen konnte, aber erheblich mißbilligte, was er sagte. Hatte er den Admiral womöglich doch überschätzt? Ein Leck aufzuspüren war eine Verstandesleistung, die Toothachers Fähigkeiten vollkommen entsprach. Aber seine Erkenntnisse in die Tat umzusetzen war eine andere Sache. Vielleicht lag ihm das einfach nicht. Wanamaker zuckte mit einer Schulter. Was hatte er letzten Endes für Alternativen?

»Theoretisch«, sagte der Admiral, »war es ein perfekter Plan. Wahrscheinlich war das auch das Problem... Das Perfekte ist der Feind des Guten. Unser Mädchen für alles hatte die Sicherung der Alarmanlage entfernt, so daß die Sirene nicht losging, als wir die Feuertüren zumachten. Die Luft im Inneren des Glaskäfigs wurde innerhalb von dreißig Sekunden abgesaugt, und unser Freund hat nicht mal versucht, die Feuertüren zu öffnen. Sind Sie noch da?«

Wanamaker grunzte.

»Wir haben elf Minuten gewartet, ehe wir die Luft wieder reingelassen haben. In der Zeit hätte er schon dreimal erstickt sein müssen. Sogar Houdini konnte die Luft nur vier Minuten lang anhalten.«

Wanamaker, der sich für den Spielverlauf nicht sonderlich interessierte, wenn er das Endergebnis schon kannte, grunzte erneut.

»Unser Mädchen für alles und Ihre Assistentin sind reingegangen und haben alles durchsucht. Sie können sich wahrscheinlich vorstellen, wie erstaunt sie waren, als sie unseren Freund nirgends entdeckten.« Der Admiral schien zu spüren, daß Wanamaker nicht mehr sehr aufmerksam war. »Interessiert es Sie gar nicht, wie er rausgekommen ist?« fragte er.

Wanamaker grunzte, und der Admiral interpretierte das als Aufforderung, seinen Bericht zu beenden. »Wir haben zwar unseren Freund nicht gefunden, dafür aber im obersten Stockwerk des Gebäudes einen Kasten mit der Aufschrift: ›Sauerstoffmaske. Nur für den Notfall. Scheibe einschlagen und Maske anlegen‹ oder dergleichen. Die Scheibe war auch tatsächlich eingeschlagen, und die Sauerstoffmaske fehlte. Und ganz in der Nähe war eine Wendeltreppe, die durch eine Art Luftschleuse und einen Kriechgang aufs Dach der Bibliothek hinaufführte. Und vom Dach der Bibliothek wiederum führte eine Feuerleiter auf den Campus hinunter. Bezeichnenderweise war auch der untere

Treppenabsatz heruntergeklappt. Sie verstehen, was das bedeutet?«

Ein weiterer Grunzlaut kam über die Leitung, dicht gefolgt von einer Frage: »Glauben Sie immer noch, daß er das alles für Zufälle hält?«

Einen Augenblick lang gab der Admiral keine Antwort. Dann sagte er leise: »Ich glaube, Sie sollten wissen, daß unser Freund mich gesehen hat.«

»Sie haben zugelassen, daß er sie erkannt hat?!«

Der Admiral hörte deutlich das Erstaunen in Wanamakers Stimme. Er konnte sich nur allzu gut vorstellen, wie er verzweifelt seinen ungepflegten Kopf schüttelte und die Schuppen in dichten Wolken auf die Schultern seines zerknitterten Sportsakkos und eine geöffnete Plastikschale mit extramagerem Hüttenkäse herabrieselten. Angewidert verzog der Admiral das Gesicht. Seiner Ansicht nach war das Problem der CIA zuviel HYP – zuviel Harvard, Yale und Princeton. Wenn er den Gärtner erwischt hatte, würde es von diesen Kerlen einen weniger geben. Das war auch ein Erfolg.

»Er hat vom zweiten Stock heruntergeschaut und gesehen, wie ich die Pumpen zum Absaugen der Luft in Gang gesetzt habe.«

»Gott im Himmel! Wenn er Sie gesehen hat, dann hat er Sie auch erkannt. Wir waren beide in Ihrem Kurs auf der Farm.« Wanamaker entzündete offenbar am feuchten Stummel der alten eine neue Zigarre, denn eine Zeitlang sagte er nichts mehr. Dann: »Jetzt geht er bestimmt zur Polizei.«

»Was soll er denen denn sagen?« fragte der Admiral. »Daß die Firma, für die er arbeitet, ihn umbringen will? Die Beamten würden ihn doch sofort in die Psychiatrie überweisen. Und wenn sie ihm glauben, würde herauskommen, daß die Firma gewöhnliche amerikanische Telefone abhört. Stellen Sie sich mal vor, was das für Schlagzeilen in der New York Times gäbe! Das wäre doch ein Riesenskandal! Der Kongreß würde der Firma die Eier abschneiden. Das wird unser Freund nicht wollen. Glücklicherweise hat er einen Ruf als treuer Patriot. Ich nehme an, er wird flüchten und sich zu verkriechen versuchen. Aber wir werden ihn sicher schon in den nächsten Tagen erwischen. Dann ist er bald ein toter Patriot.«

5

Von Boston aus rief der Gärtner die Nummer erneut an, erreichte aber wieder nur den Anrufbeantworter. »Hier spricht Snow«, sagte eine rauhe, leicht gehemmte und ablehnende Stimme. »Ich nehme keine Telefonanrufe entgegen. Außer Sonntags. Und dann auch nicht immer. Sie brauchen sich nicht die Mühe zu machen, eine Nachricht zu hinterlassen.«

Davon ließ sich der Gärtner nicht abhalten. »Ich bin es noch einmal. Silas Sibley. Ich rufe jetzt schon zum vierten Mal an. Ich habe eine ziemlich weite Reise gemacht, um Sie zu sehen. Ich rufe heute nachmittag noch mal an. Könnten Sie vielleicht so nett sein und selbst ans Telefon gehen? Es ist sehr wichtig. Für mich jedenfalls.«

Um Zeit totzuschlagen, fuhr der Gärtner nach Charlestown und streifte ein paar Stunden lang über das Schlachtfeld am Breed's Hill. Während ihm der Wind um die Ohren pfiff, spürte er den Sog der Geschichte. Er glaubte, die aufreizenden Klänge der Querpfeifen und Trommeln zu hören, zu denen sich die Rotröcke, deren Reihen bei zwei vorhergehenden Angriffen schon stark dezimiert worden waren, zum dritten Sturmangriff neu formierten. Er sah, wie die ungefähr hundert Milizionäre hinter dem Staketenzaun am Abhang von Breed's Hill frische Feuersteine in ihre Gewehrschlösser einsetzten, damit die Waffen nicht womöglich versagten. Wenn er den Kopf schräg legte, glaubte er das Schreien und Stöhnen der englischen Verwundeten zu hören, die von der Verteidigungslinie der Aufständischen wegkrochen. Deutlich vernehmbar waren die gebrüllten Befehle in der Entfernung. Das mußte der britische General Howe sein, der seinen Leuten befahl, das schwere Marschgepäck abzulegen, damit sie schneller vorrücken konnten. Der Gärtner sah, wie sich General Howe an die Spitze der leichten Infanterie und Grenadiere stellte, die erneut zum Sturm auf den Staketenzaun antraten. Colonel Knowlton, der Kommandeur der Verteidiger, rief seinen Milizionären zu, sie sollten noch nicht feuern. Howe brüllte einen Befehl, und die erste Reihe der Rotröcke kniete sich hin, hob die Gewehre und feuerte eine Salve auf die Verteidiger ab. Die meisten Kugeln gingen in hohem Bogen über die Verteidigungslinie hinweg. Die Engländer, erinnerte sich der Gärtner, schossen fast immer zu weit, weil sie zuviel Pulver in ihre Gewehrläufe stopften.

Howe zog seinen Säbel. Die Rotröcke senkten ihre Bajonette und begannen zu laufen. Als sie die Sperren erreichten, die von den Rebellen etwa vierzig Meter vor der Verteidigungslinie in den Boden gerammt worden waren, schossen die Milizionäre. Der Gärtner sah, wie rings um Howe die jungen Offiziere getroffen wurden und fielen. Die Reihe der Angreifer brach auseinander. Howe brüllte laute Befehle. Daraufhin schlossen sich die englischen Reihen noch einmal, und die Soldaten trotteten weiter. Der Gärtner sah, wie Colonel Knowlton verzweifelt einen Arm schwenkte, wie die Rebellen, die ihr Pulver verschossen hatten und keine Bajonette besaßen, in gebückter Haltung davonliefen. Die Rotröcke schickten den Fliehenden noch eine letzte Salve hinterher, dann verschwand der Staketenzaun minutenlang in einer Pulverdampfwolke, die sich nur langsam verzog. Der Gärtner sah Howe auf dem Schlachtfeld, umgeben von Hunderten von gefallenen Engländern, die in jenen grotesken Haltungen dalagen, in denen sie der Tod überrascht hatte. Howes Gesicht zeigte Schrecken und helles Entsetzen. Die dünnen Siegesschreie der Überlebenden schienen ihn nicht zu erreichen.

Und plötzlich, als hätte jemand die Nadel von einer alten Schallplatte genommen, riß der Jubel ab, und der Gärtner hörte nur noch den Wind vorbeistreichen. Das Geräusch holte ihn gegen seinen Willen in die Gegenwart zurück. Als er bemerkte, daß er sich vor der aktuellen Lebensgefahr in die Geschichte geflüchtet hatte, verzog sich sein Mund zu einem verlegenen Lächeln.

Es war nicht das erste Mal, daß ihm das passierte. Die Geschichte hatte ihm schon öfter Zuflucht geboten, wenn die Gegenwart ihm nicht gefiel.

Auch seine lebenslange Beschäftigung mit Nate war eine Art Flucht. Aber sie bedeutete ihm noch weit mehr. Der Gärtner glaubte sich mit seinem berühmten Vorfahren durch ein Gefühl verbunden, das sich nicht auf die zerbrechlichen Beziehungen zwischen Liebenden, Verwandten und Freunden bezog, sondern auf jenes größere Gemeinwesen, das wir »Vaterland« nennen. Tief innerlich hatte sich der Gärtner demselben Gesellschaftsvertrag verschrieben wie Nate: dem Glauben, daß es ein amerikanisches Ideal gab, für das zu kämpfen sich lohnte.

Jetzt, auf der Flucht, fühlte sich der Gärtner Nate stärker verbunden als jemals zuvor. Auch Nate war um sein Leben gelaufen. Auch Nate hatte ständig über die Schulter geblickt, um zu sehen, ob seine Verfolger ihm schon auf der Spur waren. Und doch hatte er (so vermutete der Gärtner zumindest) zuletzt einen Fehler gemacht und das nicht gesehen, was ihn schließlich eingeholt hatte. Als er seinem Schicksal begegnete, besaß er (soweit der Gärtner feststellen konnte) keinen anderen Schutz mehr als seinen eigenwilligen Patriotismus, eine Vision, die ihre Kraft aus der Kenntnis dessen bezog, wie die Dinge jetzt waren und wie sie einmal sein könnten. Mit einem Wort, Nate hegte große Hoffnungen. Und der Gärtner, der dem Stern seines Vorbilds zu folgen versuchte, teilte diese Hoffnungen.

Die Sonne hing schon tief über den Dächern von Charlestown, als sich der Gärtner erneut in eine Telefonzelle zwängte, einige Münzen in den Apparat warf und die Nummer in Concord wählte. Es läutete vier Mal, dann meldete sich eine weibliche Stimme.

»Ja.«

»Hier spricht Silas Sibley. Wir haben vor drei Wochen miteinander telefoniert. Sie haben gesagt, ich dürfte Sie mal besuchen und mit Ihnen über ein Projekt sprechen, an dem ich arbeite.«

»Haben Sie meinen Brief nicht bekommen?«

»Ihren Brief? Nein. Ich bin schon vor einer Woche aus New York weggefahren. Ich habe in New Haven einige Recherchen angestellt.«

»Ich habe Ihnen geschrieben, daß ich es mir anders überlegt habe.« Die Stimme am anderen Ende zögerte hörbar. »Kann ich Sie etwas fragen?«

»Bitte«, sagte der Gärtner.

Die Stimme veränderte sich. Sie klang nicht mehr abwehrend, sondern interessiert. »Unter welchem Sternzeichen sind Sie geboren?«

»Ich bin ein Steinbock.«

»Und was ist Ihr Aszendent?«

»Um ganz ehrlich zu sein: Ich weiß gar nicht, was Sie damit meinen.«

»An welchem Tag sind Sie geboren?«

»Am selben Tag wie Elvis Presley, am 8. Januar.«

Diese Antwort schien den ganzen Trend des Gesprächs zu verändern. »Ah«, sagte die Stimme am anderen Ende. Und dann, nach leichtem Zögern: »Dann kommen Sie eben vorbei, wenn Ihnen soviel daran liegt.« Die junge Frau beschrieb ihm sogar den Weg. Kannte er die Straße, die an der North Bridge vorbei führte? Etwa zehn Kilometer hinter der Brücke ging es nach rechts weg. Dort, wo der knallrote Briefkasten stand. Die Straße war nicht asphaltiert, nach einiger Zeit kam eine Weggabel. Er mußte sich links halten. Die Straße war eine Sackgasse und endete direkt vor ihrem Haus. Er würde kein Licht sehen, weil sie keinen elektrischen Strom hatte. Die Stimme fragte, ob er es bis gegen acht Uhr schaffen könnte. Der Gärtner bejahte eifrig und wollte sich noch ausführlich bedanken, aber da war die Leitung schon wieder unterbrochen.

Als er wieder in seinem Leihwagen saß, wanderten die Gedanken des Gärtners automatisch zu seinen Verfolgern. Den versengten VW, den er in einer Seitenstraße neben der Universität in New Haven abgestellt hatte, dürfte der Admiral mittlerweile entdeckt haben. Darauf, daß er sich einen Leihwagen gemietet hatte, war er vermutlich auch schon gekommen. Wahrscheinlich hatte er sich bei den entsprechenden Verleihern erkundigt und inzwischen von der Firma Hertz auch eine Beschreibung seines Toyota bekommen. Vielleicht hatte er sogar die örtliche Polizei unter irgendeinem Vorwand veranlaßt, nach ihm Ausschau zu halten. Erneut versuchte der Gärtner sich an das zu erinnern, was man ihm auf der Farm darüber beigebracht hatte, wie man sich einer Fahndung entzieht. »Wechseln Sie den Wagen, wechseln Sie den Zug, wechseln Sie den Bus, wechseln Sie das Hotel«, hatte ein ehemaliger Agent ihnen geraten. »Ändern Sie Ihren Tageslauf und Ihre Gewohnheiten, wechseln Sie Ihre Kleider, wechseln Sie Ihren Wohnort, wechseln Sie alles, was Sie irgendwie wechseln können.«

»Auch die Frau?« hatte der Gärtner gefragt, der keinen Kalauer auslassen konnte. »Soll man die auch wechseln?«

Der Kurs hatte dankbar gelacht. »Wenn Sie die Frau wechseln können«, hatte der Instrukteur gesagt, »kann es sicher nichts schaden, aber den Wagen zu wechseln ist wahrscheinlich einfacher.«

Da er bis zu seiner Verabredung immer noch mehr als vier Stunden Zeit hatte, beschloß der Gärtner, seine Spuren erneut zu verwischen. Er fuhr durch den dichten Feierabendverkehr zum Logan Airport hinaus und stellte den Toyota auf dem Dauerparkplatz ab. Dann wartete er brav in der Schlange am Taxistandplatz, und als er endlich eins hatte, bat er den Fahrer, ihn vor einem Avis-Büro in der Innenstadt abzusetzen. Der Taxifahrer warf seinem Passagier einen prüfenden Blick zu. »Warum mieten Sie denn nicht gleich hier draußen ein Auto?« fragte er mißtrauisch. »In der Ankunftshalle sind doch genug Leihwagenfirmen.«

Der Gärtner schüttelte den Kopf. »Ich miete keine Autos auf Flughäfen. So was bringt Unglück.«

»Jeder spinnt auf seine Weise«, murmelte der Fahrer und fuhr los.

Am Schalter des Avis-Büros in der Stadt erkundigte sich der Gärtner ausführlich nach dem Weg zum Cape Cod und ließ sich sogar eine Landkarte mitgeben, auf der die beste Route eingezeichnet war. Dann fuhr er auf den Massachusetts Turnpike hinaus Richtung Concord. Dort kam er gerade noch rechtzeitig zum Postamt, um den Umschlag mit dem Pfandschein abzuholen, den er postlagernd an sich adressiert hatte. Er verspeiste in einem Schnellrestaurant einen Hamburger mit Pommes und trank danach zwei ausgedehnte Tassen Kaffee, um noch ein bißchen Zeit zu vertrödeln, ehe er zu dem Haus aufbrach, in dem die Frau namens Snow lebte.

Bei dem roten Briefkasten bog er von der Hauptstraße ab und holperte über eine ungepflasterte Straße voller Schlaglöcher, während seine Scheinwerfer über schmutzige Schneehaufen, entwurzelte Bäume und alte Zäune hinglitten. Nach einiger Zeit ging es um eine Kurve, und seine Scheinwerfer erfaßten die verwitterten Schindeln eines alten Hauses, das auf einer Waldlichtung stand. In einem der Fenster flackerten mehrere Kerzen. Der Gärtner stellte die Scheinwerfer und den Motor ab und stieg aus dem Wagen.

Die Haustür öffnete sich, noch ehe er anklopfen konnte. Eine Frau mit derben Cordjeans und einem Flanellhemd stand in der Tür. Sie hielt einen Messingleuchter in der Hand, dessen Reflektor das Licht auf den Gärtner richtete, während ihr eigenes Gesicht im Schatten blieb.

»Ich bin Silas Sibley«, sagte der Gärtner.

»Sie sehen nicht aus wie ein Steinbock«, sagte sie.

»Wie sehen Steinböcke denn aus?«

»Ganz allgemein gesprochen sehen sie nicht so aus, als hätten sie Angst. Sie sind offener, verführerischer. Haben Sie wirklich meinen Brief nicht erhalten?«

Der Gärtner schüttelte den Kopf. »Muß gekommen sein, als ich schon weg war.«

»Na ja«, sagte die Frau. »Was einmal geschehen ist, kann man nicht ändern. Dann kommen Sie eben rein. Meine Freunde nennen mich Snow. Bis sich herausgestellt hat, ob Sie einer werden, nennen Sie mich am besten Matilda.«

Der Gärtner streifte sich auf der Fußmatte den Schmutz von den Schuhen, hängte seinen Mantel über eine Stuhllehne und stellte sich vor das Kaminfeuer, das den Mittelpunkt des Raumes zu bilden schien. Er hielt die Hände in Richtung der Flammen und rieb sich die Finger, um sie zu wärmen.

Snow stellte ihren Leuchter auf einem kleinen Tisch ab. Unzufrieden musterte sie den Mantel des Gärtners und hängte ihn dann an einen Haken hinter der Tür, wo schon ein Mackinaw hing. Der Gärtner beobachtete sie aus den Augenwinkeln und dachte: Was ihr wichtig ist, nimmt sie sehr ernst. Eine Fanatikerin!

Snow verschwand einen Augenblick und kehrte dann mit einem Glas zurück. »Pflaumenwein«, sagte sie. »Natürlich selbstgemacht. Wann kriegt man im Supermarkt schon mal so was? Trinken Sie! Ein altes Hausmittel gegen Verstopfung, eingewachsene Zehennägel und Warzen.«

Der Gärtner hatte zum erstenmal Gelegenheit, seine Gastgeberin genauer zu betrachten. Snow hatte eine unglaublich weiße Haut. Ihr glattes schwarzes Haar war in der Mitte gescheitelt und nach hinten gebunden, wobei einzelne Strähnen nachlässig auf ihren schlanken Hals fielen. Über ihrer rechten Augenbraue war eine winzige Narbe zu sehen. Die Finger, die ihm das Glas mit dem roten Pflaumenwein hinhielten, waren lang und dünn, die Fingernägel bis aufs rohe Fleisch heruntergebissen. Trotzdem erschien sie greifbarer und vernünftiger, als er sie sich aufgrund ihrer beiden Telefongespräche vorgestellt hatte. Der Gärtner war sehr erleichtert, daß er sie nicht würde erfinden müssen.

Er nahm das Glas mit dem Pflaumenwein und sah sich, soweit das beim Licht des Kaminfeuers und einiger im Raum verteilter

Kerzen möglich war, um. Das Haus schien das Wesen seiner Eigentümerin zu spiegeln: Es war ebenso streng und solide wie sie. Auf einem großen, abgelaugten Eichentisch in der Ecke lagen mehrere Kameras, Objektive und Stative. An der Rückwand des Raumes hing ein lebensgroßes Aktfoto. Es war eine Schwarzweißaufnahme. Die dargestellte Frau stand hinter einer halbgeöffneten Tür und verdeckte ihr Gesicht mit den Händen. Nur ihre Augen schienen den Betrachter durch die gespreizten Finger hindurch voller Schüchternheit oder Trauer zu mustern. Das Foto wurde von einer Kerze beleuchtet, die davor auf dem Fußboden stand und genau der Kerze vor den nackten Füßen der Frau auf dem Foto entsprach.

Den Geruch nach frischgebackenem Kuchen verströmte ein Backblech mit Keksen, die auf einem unbenutzten Holzofen am Fenster auskühlten. Den leichten Kampfergeruch konnte der Gärtner sich nicht gleich erklären.

»Der Kampfergeruch«, sagte Snow, als hätte sie seine Gedanken gelesen, »kommt von meinem Mackinaw da an der Tür. Ich habe ihn heute erst aus der Truhe mit den Mottenkugeln geholt.« Sie durchquerte den Raum und setzte sich auf einen Schaukelstuhl. Der Gärtner glaubte bei jedem ihrer Schritte ein leichtes Zögern wahrzunehmen, das von einem unmerklichen Hinken herrühren mochte. Während sie ihren erst ein-, dann wieder aus- und schließlich erneut eingeladenen Gast musterte, schaukelte Snow leicht hin und her und spielte dabei mit einem schmalen goldenen Ring. Der Gärtner schien seinen Blick nicht von dem Aktfoto lösen zu können. »Sie fragen sich vermutlich, ob ich wohl die Frau auf dem Bild bin«, sagte sie, »aber Sie sind zu höflich, um direkt zu fragen, nicht wahr?« Der Gärtner zögerte. »Die Antwort ist: ja. Bei Kundera heißt es irgendwo, durch die Nacktheit seines Körpers werde das Gesicht eines Mädchens beleuchtet. Das war die Wirkung, die ich bei diesem Bild angestrebt habe.« Sie drehte sich in ihrem Schaukelstuhl um und betrachtete einen Augenblick lang die Fotografie. »Letzten Endes sind Kleider ja auch eine Form der Maskierung«, fügte sie nach einer kurzen Pause hinzu. Sie wandte sich zu ihrem Gast um und zeigte auf seine Kleider, die sich in ziemlich kläglichem Zustand befanden. Sibleys Schuhe waren abgestoßen, seine Hose zerknittert, die Jacke an den Ärmeln ausgefranst. »Ziehen Sie sich immer so an, wenn Sie jemanden besuchen?« fragte sie mit deutlicher Ironie.

Der Gärtner grinste verlegen. »Thoreau, der ja hier aus der Gegend stammt, hat gesagt, man solle jedem Unternehmen mißtrauen, zu dem neue Kleider notwendig seien.«

Auf Snows Gesicht erschien ein angestrengtes Lächeln, das der Gärtner sogleich erkannte; es war das Lächeln von jemandem, der alle Mühe hatte, nicht zu weinen. Beim Begräbnis seines Vaters hatte er dieses Lächeln auf dem Gesicht seiner Mutter gesehen, und an dem Tag, als er von der Arbeit nach Hause gekommen war und feststellen mußte, daß ihn seine Frau für immer verlassen und auch seinen kleinen Sohn mitgenommen hatte, da hatte ihm aus dem Spiegel auch so ein Lächeln entgegengestarrt.

»Was wollen Sie von mir?« fragte Snow.

»Ein bißchen höflich plaudern«, sagte der Gärtner.

»Eine merkwürdige Formulierung.«

»Warum haben Sie es sich nach meinem Anruf aus New York noch einmal anders überlegt?«

»Ich fand einfach, daß ich schon genug Sorgen hätte, um mich auch noch um Ihre zu kümmern.«

Der Gärtner dachte sofort an die heruntergebissenen Nägel und das gequälte Lächeln, das als Schutz vor den Tränen herhalten mußte. Es wurde ihm bewußt, daß sie irgendwie in die Enge getrieben worden war – aber wovon, vermochte er nicht zu sagen. »Worüber machen Sie sich denn Sorgen?« fragte er.

»Über Pflanzenschutzmittel im Wein, Schwefelsäure im Regen, Parasiten im Sushi und Radium im Kartoffelkeller unter dem Haus. Ich mache mir Sorgen wegen des Ozonlochs. Ich mache mir Sorgen, weil es hier unten zuviel Ozon gibt, das meine Lungen schädigt. Ich mache mir Sorgen, weil die Erde aufgeheizt wird und die Polkappen abschmelzen. Vielleicht gibt es aber auch eine neue Eiszeit. Und erst gestern habe ich in der Zeitung gelesen, daß unsere Milchstraße auf dem besten Weg ist, mit dem Andromeda-Nebel zusammenzustoßen.«

»Das wird aber erst in ein paar Milliarden Jahren akut«, sagte der Gärtner. »Bis dahin ist unsere Sonne sowieso ausgebrannt.«

Snow knabberte geistesabwesend an einem Stück Nagelhaut. »Deswegen mache ich mir auch Sorgen. Daß die Sonne am Abend untergeht, heißt noch lange nicht, daß sie am nächsten Tag auch wieder aufgeht.« Sie lehnte sich erschöpft in ihrem Schaukelstuhl zurück. Der Gärtner erinnerte sich an Nate und dachte: Leute, die Angst haben, sind viel interessanter als Leute, die zum Angsthaben zu dumm sind. Snow mußte wohl seine Gedanken erraten haben, denn sie sagte: »Bitte glauben Sie nicht, ich wollte mich bloß interessant machen. Ich habe wirklich Angst. Ich bin mir einfach bewußt, was rings um uns vorgeht.«

»Solche Klarheit«, sagte der Gärtner, »ist der Feind der Leidenschaft. Man ist sich ständig seiner selbst bewußt. Und dessen, daß man sich seiner bewußt ist.«

Snow betrachtete ihren Gast, als ob sie ihn zum ersten Mal sähe. Schließlich sagte sie: »Mal abgesehen von Ihrer höflichen Plauderei, was wollen Sie wirklich von mir?«

»Snowden heißen Sie erst, seit Sie verheiratet sind, Matilda? Ihr Mädchenname ist Davis, nicht wahr? Ihr Vater stammte aus Acton und war ein direkter Nachkomme von Isaac Davis, der im Jahre 1775 an der North Bridge in Concord gefallen ist, als er die Acton-Kompanie gegen die Engländer führte.«

Der Gärtner stellte sein Glas auf den Kaminsims und setzte sich auf einen Stuhl. »Isaac Davis war mit einer Cousine zweiten Grades verheiratet, die er auf Long Island kennengelernt hatte. Ihr Name war Molly. Damals suchten noch die Väter die richtigen Ehemänner für ihre Töchter aus, was vor allem damit zu tun hatte, daß man den Besitz in der Familie halten wollte. Und als sich Isaac in Molly verliebte und um ihre Hand anhielt, sagte ihr Vater ganz einfach nein. Daraufhin ließ sich Molly von Isaac schwängern, um ihren Vater zum Einlenken zu zwingen. Wenn er keinen Skandal wollte, mußte er in die Ehe einwilligen. Das war die einzige Methode, wie sich ein Mädchen ein Mitspracherecht bei der Entscheidung verschaffen konnte, wen sie heiraten sollte. Mollys Vater gab dann auch seine Zustimmung, das junge Paar heiratete und gründete einen Hausstand in Acton. Allerdings ist in den Kirchenbüchern verzeichnet, daß ihr Baby wenige Tage nach der Geburt starb. Und Isaac fiel an der North Bridge. Molly erhielt das ihr zustehende Drittel des Erbes, das aus einem Wagen mit zwei Pferden, etwas Bargeld und einem Sklaven namens John Jack bestand, der auf hundertundzwanzig Pfund geschätzt wurde. Damit wurde sie von der Familie ihres Mannes, die auch ohne sie genug hungrige Mäuler zu stopfen hatte, zurück nach Long Island geschickt. Dort wurde sie Haushälterin einer Großtante, die in der Nähe des Dorfes Flatbush eine bescheidene Farm hatte. Mollys zweites Kind, von dem auch Sie abstammen, wurde auf dieser Farm in Flatbush geboren.«

»Schön und gut«, sagte Snow. »Ich verstehe nur nicht ganz, warum Sie mir das alles erzählen. Was wollen Sie von mir?«

»Dazu komme ich gleich. Mollys Mädchenname war Fitzgerald, sie kam aus Irland, und sie haßte die Engländer leidenschaftlich. Sie wäre zu allem bereit gewesen, um ihnen zu schaden. Als entschiedene Patriotin trat sie auch in den Versammlungen öffentlich für die Unabhängigkeit ein, was – wie man den Protokollen entnehmen kann – den Gemeindevorstehern ziemlich gegen den Strich ging, denn damals hatten die Frauen politisch noch gar nichts zu sagen. Isaac dagegen scheint immer sehr stolz auf ihre engagierte Haltung gewesen zu sein. Noch ehe die Engländer auf Concord vorrückten, hatte Molly bereits ein weibliches Hilfskorps organisiert und ließ die Frauen Patronen füllen und Verbandsmaterial wickeln. Als sie verwitwet und nach Long Island zurückgekehrt war, schrieb sie einem ihrer Bekannten im Stab des Oberkommandierenden einen Brief, in dem sie erklärte, im Dienste der Unabhängigkeit sei sie bereit, die Rebellenarmee in jeder Weise zu unterstützen. Erst vor zwei Tagen habe ich einen Brief dieses Mannes gefunden, der kein Geringerer als Alexander Hamilton war, und aus diesem Brief geht hervor, daß er tatsächlich von Mollys Angebot Gebrauch gemacht hat. Er schickte ihr einen Spion, der hinter den englischen Linien operierte, und Molly hat diesem Mann geholfen, die englischen Positionen in Brooklyn auszukundschaften.«

Der Gärtner trank sein Glas leer und lehnte sich auf seinem Stuhl zurück.

Snow beugte sich vor. »Und was geschah dann?«

»Das war eigentlich alles. Mehr weiß ich auch nicht. Die Spur endet bei Molly Davis. Eine Woche später wurde der Spion von den Briten gefaßt und in einer Artilleriestellung in Manhattan gehängt, ungefähr dort, wo heute die Kreuzung der Third Avenue und der Dreiundsechzigsten Straße ist. Was im einzelnen in dieser Woche geschah, ist ein Rätsel.«

»Und ich soll Ihnen helfen können, dieses Rätsel zu lösen?«

»In diesem Brief, den Alexander Hamilton an den Bruder des Gehängten geschrieben hat, gibt es einen Hinweis, daß Molly Davis ein Tagebuch geführt hat. Die Lösung des Rätsels ist wahrscheinlich in den Seiten dieses Buches zu finden.« Der Gärtner musterte Snows Gesicht. »Wahrscheinlich findet sich dort auch die Lösung Ihres Rätsels.«

Snow schüttelte irritiert den Kopf. »Was bezeichnen Sie als *mein* Rätsel?«

»Das Baby, um dessentwillen Molly und Isaac hatten heiraten dürfen, starb unmittelbar nach der Geburt. Isaac starb am 19. April 1775 in Concord. Mollys zweites Kind, der Urgroßvater Ihres Urgroßvaters, wurde aber erst im Jahre 1777 in Flatbush geboren. Was bedeutet, daß Isaac Davis nicht sein Vater gewesen sein kann.«

»In unserer Familie wurde immer erzählt, daß Molly wieder schwanger gewesen sei, als Isaac fiel, und daß später nur das Geburtsdatum falsch eingetragen worden sei.«

»Vielleicht.«

»Was soll dieses ›vielleicht‹ heißen?«

»Es bedeutet, daß es vielleicht tatsächlich so war. Vielleicht aber auch ganz anders.«

Snow ließ ihren Schaukelstuhl wieder zurückwippen. »Mein Großvater redete manchmal stundenlang über die Revolution und Isaac und Molly. Für mich war das alles Schnee von gestern, aber ich habe mich oft gefragt, was für eine Frau diese Molly wohl war.«

»Sie muß einen sehr starken Willen gehabt haben«, sagte der Gärtner. »Das kann man schon daran erkennen, daß sie sich schwängern ließ, um den Mann, den sie liebte, zu heiraten. Sie soll eine bemerkenswerte Schönheit gewesen sein. Das behauptet jedenfalls Isaac Davis, aber der war vielleicht nicht ganz unvoreingenommen. Ich habe zwei verschiedene Hinweise auf sie in den Tagebüchern anderer Frauen aus Acton gefunden und kann mir deshalb eine gewisse Vorstellung machen. Auch in den damaligen puritanischen Zeiten wußten sich die Mädchen so herzurichten, daß sie für Männer anziehend waren. Aber Molly scheint sich eher zurückgenommen zu haben. Ihre Hände waren rauh und voller Schwielen, weil sie auf der Farm schwere Arbeit leistete; es heißt, sie habe auf dem Feld gearbeitet wie ein Mann. Sie hatte kurzgeschnittenes Haar, weil das praktischer war. Sie bevorzugte weite Kleidung...« Die Stimme des Gärtners war immer leiser geworden und verstummte jetzt gänzlich, weil er bemerkt hatte, daß seine Beschreibung genau auf die Frau paßte, die ihm gegenüber im Schaukelstuhl saß. »Das übrige weiß ich nicht so genau«, fuhr er vorsichtig fort, »aber ich stelle mir vor, daß hinter ihrem kühnen Blick eine gewisse Schüchternheit und Trauer lagen. Sie hatte ein Kind bei der Geburt verloren, ihr Mann war gefallen. So etwas hinterläßt Spuren.«

Die Geschichte und der Eifer, mit dem sie der Gärtner erzählt hatte, waren nicht ohne Wirkung geblieben. »Wenn Sie das Tagebuch bei mir suchen«, sagte Snow, »das habe ich nicht.« Und fügte, als sie die Enttäuschung auf dem Gesicht des Gärtners bemerkte, hinzu: »Vielleicht haben Sie im Heimatmuseum mehr

Glück. Dort gibt es ein paar Tagebücher und andere Dokumente aus der Revolutionszeit.«

»Mit dem Museum und mit der städtischen Bibliothek habe ich schon seit langem Kontakt. Die haben es nicht. Meine letzte Hoffnung sind Sie. Sind Sie sicher, daß Sie nicht noch irgendwo eine alte Truhe herumstehen haben? Da findet man gelegentlich solche Sachen.«

Snow schüttelte den Kopf.

»Ihr Großvater ist wahrscheinlich schon tot?«

»Seit vielen Jahren tot und begraben.« Ein Gedanke kreuzte ihr Gehirn. »Er hat mir immer Fotos in einem Album gezeigt.«

»Fotos nutzen mir nichts«, sagte der Gärtner.

»Ich erinnere mich«, sagte Snow, »daß er das Album in einer alten Seemannskiste mit einem großen Vorhängeschloß aufbewahrt hat, und ich habe immer schon das Gefühl gehabt, daß da noch eine Menge anderer Sachen drin waren, außer dem Album.«

»Wo ist diese Kiste denn jetzt?«

Snow dachte einen Augenblick nach. »Ich nehme an, der ganze Besitz meines Großvaters ging an seine Frau, die viel jünger als er war. Als sie starb, wohnte sie bei der jüngsten Schwester meines Großvaters, Esther. Das ist meine Großtante. Sie lebt noch. Sie hat vor ein paar Jahren das Haus verkauft und ist nach Boston gezogen.«

»Geben Sie mir vielleicht die Adresse?«

»Die nützt Ihnen gar nichts. Esther ist eine völlige Einsiedlerin. Seit sie ihre Haare verloren hat, empfängt sie niemanden mehr, außer der engsten Familie.«

»Würde sie mich vielleicht empfangen, wenn Sie mich begleiten?« fragte der Gärtner mit leiser Stimme.

»Vielleicht.«

Er lächelte. »Und wie stehen Sie dazu, Mathilda? Werden Sie mir helfen, unser kleines Rätsel zu lösen?«

Snow fuhr sich mit dem Daumen über die Narbe an ihrer Stirn. »Machen wir ein Geschäft«, sagte sie. »Ich muß morgen nach Boston. Da brauche ich eine Mitfahrgelegenheit. Ich fahre nicht mehr Auto. Sie fahren mich in die Stadt, ich erledige ein paar Dinge, und dann besuchen wir meine Tante Esther. Okay?«

6

Den Anfang des Gesprächs hatte Wanamaker wegen einer atmosphärischen Störung nicht richtig verstanden. »Wiederholen Sie das noch mal«, sagte er.

Huxstep, der seinen bulligen Körper mit Mühe in eine Telefonzelle in Concord geklemmt hatte, sagte: »Der... ach, Sie-wissen-schon-wer hat mir gesagt, ich sollte Sie anrufen.«

»Und warum ruft Sie-wissen-schon-wer mich nicht selbst an?« wollte Wanamaker wissen.

Huxstep war klug genug, um die Frage zu ignorieren. »Wollen Sie die guten Nachrichten erst hören oder die schlechten?«

Wanamaker grunzte irgendwas. Er habe schon genug atmosphärische Störungen in seinem Leben, oder dergleichen. »Fangen Sie mit den Lichtblicken an«, sagte er.

»Wir haben den Leihwagen bis zum Dauerparkplatz am Logan Airport verfolgt. Man hat ihn vor fünf Stunden gefunden.«

Wanamaker hatte das Gefühl, daß das eher zu den schlechten Nachrichten gehörte. »Wir haben noch zehn Tage bis zu den ›Iden des März‹, sagte er. »Und jetzt erzählen Sie mir, er habe ein Flugzeug genommen und sei wer weiß wohin abgeschwirrt?«

»Er hat ein Taxi genommen«, sagte Huxstep. »Und zwar zu einem Avis-Büro unten in Boston. Er wollte seine Spur verwischen. Aber auf sehr dilettantische Weise.«

»Also wißt ihr jetzt, was für einen Wagen er fährt«, sagte Wanamaker, um die Dinge voranzutreiben.

Aber Huxstep ließ sich nicht drängen. »Er hat so getan, als wüßte er nicht, wie man hinaus nach Cape Cod kommt. Also fährt er da bestimmt nicht hin.«

»Also, wissen Sie jetzt, wo er ist, oder nicht?« wollte Wanamaker wissen.

»Da wir immer noch bei den guten Nachrichten sind, können Sie sich die Antwort auf diese Frage ja selbst geben«, knurrte Huxstep.

Wanamaker war geneigt, Huxstep daran zu erinnern, daß er bloß ein Ersatzspieler war, der mit dem Trainer telefonierte, verzichtete dann aber doch lieber auf einen entsprechenden Hinweis, um das Gespräch nicht unnötig in die Länge zu ziehen. Geduldig wartete er, bis Huxstep seinen Bericht fortsetzte.

Huxstep räusperte sich so ausführlich, daß Wanamaker schon dachte, die Leitung sei gestört, aber dann ging es weiter. »Der... Sie-wissen-schon-wer hat sich plötzlich daran erinnert, daß er in der New Yorker Wohnung unseres Freundes etwas über einen Goldenen Topf am Ende des Regenbogens gelesen hat, der womöglich in Concord, Massachusetts, sein könnte.«

»Was für einen Goldenen Topf?« fragte Wanamaker gänzlich verwirrt. Wenn das die guten Nachrichten waren, wie mochten dann erst die schlechten aussehen!

»Also haben wir uns an den drei Einfallstraßen nach Concord auf die Lauer gelegt«, sagte Huxstep, »ich an der einen, Ihre Assistentin an der anderen und Sie-wissen-schon-wer an der dritten. Und nun raten Sie mal, wer nach kaum einer Stunde daherkam?«

»Ein Leihwagen der Firma Avis?« sagte Wanamaker müde.

»Ein Leihwagen der Firma Avis«, bestätigte Huxstep. »Wir brauchten ihm nur hinterherzufahren, und schon wußten wir, wo er übernachtet und wen er besucht.«

»Darf ich Sie etwas fragen?« sagte Wanamaker, und seine Stimme triefte vor billiger Ironie.

»Natürlich. Sie bezahlen ja für das Gespräch.«

»Wann gedenkt Sie-wissen-schon-wer die Operation zu beenden?«

»Tja, diese Frage bringt mich zu dem Teil mit den schlechten Nachrichten.«

»Ach, herrje! Ich hoffte schon, den hätten Sie vergessen.«

»Die schlechten Nachrichten sind, daß unser Freund jetzt mit dem Topf am Ende des Regenbogens Kontakt aufgenommen hat. Und Sie-wissen-schon-wer befürchtet nun, daß er der Lady inzwischen vielleicht die Geschichte seines Lebens erzählt hat.«

»Das sind aber wirklich schlechte Nachrichten«, bestätigte Wanamaker.

»Aus diesem Grunde«, sagte Huxstep, und jetzt las er Wort für Wort vor, was ihm der Admiral auf einen alten Briefumschlag geschrieben hatte, »denkt Sie-wissen-schon-wer jetzt daran, wenn Sie nichts dagegen haben, zwei Fliegen mit einer Klappe zu schlagen. Aber dazu muß er warten, bis sich gleich zu gleich gesellt.«

Wanamaker explodierte. »Wenn ich nichts dagegen habe! Sagen Sie Sie-wissen-schon-wem, daß ich hier in Washington sitze, während er da draußen mit seiner verdammten Fliegenklatsche herumfuchtelt. Er soll sich gefälligst selbst überlegen, was zu tun ist, und dann endlich was unternehmen. Sagen Sie ihm, daß es zu den Privilegien seines Ranges gehört, die Verantwortung für seine Unternehmungen selbst zu tragen! Er soll nicht den Versuch machen, die Verantwortung auf jemanden abzuwälzen, der fünfhundert Meilen weit weg sitzt. Ich kann von hier aus gar nichts genehmigen. Sagen Sie ihm...« Wanamaker ging die Luft aus. »Sagen Sie ihm«, fügte er mit zusammengepreßten Lippen hinzu, »er soll das Leck stopfen. Es ist seine Sache, wie er das macht.«

7

Vor seinen Augen sah der Gärtner ständig das Exekutionskommando. Er warf sich auf seinem durchgelegenen Bett hin und her und lauschte auf das dumpfe Summen des Verkehrs auf der Straße. Irgendwo im Stockwerk über ihm bediente jemand die

Toilettenspülung, und eine donnernde Kaskade rauschte durch die Röhren in der Wand hinter ihm. Er hörte die Reifen eines langsamen Fahrzeugs auf dem Kiesweg vor dem Motel knirschen, und sein Herz setzte eine Sekunde lang aus. Er sprang aus dem Bett auf und überprüfte, ob die Tür auch wirklich fest zugesperrt war, dann ging er zum Fenster und schob die Vorhänge einen Fingerbreit auseinander.

Der Gärtner erwartete zu sehen, wie der Admiral draußen stand und auf seine Tür zeigte. Er erwartete, den bulligen Fahrer mit der großen Pistole oder die dünne Frau mit dem Schleier zu sehen. Aber das einzige, was er sah, waren zwei Dutzend geparkte Autos. Er wartete längere Zeit, aber in keinem der Fahrzeuge war irgendein Lebenszeichen zu sehen. Hatte er sich das Knirschen der Reifen bloß eingebildet? Hatte er sich den Admiral, die dünne Frau und den bulligen Mann bloß eingebildet? Hatte er sich die Anschläge auf sein Leben bloß eingebildet?

Schön wäre es gewesen! Aber er spürte die Hitze der Flammen, die ihm der bullige Mann hinterhergeschleudert hatte, noch im Genick. Er sah ihn noch in der Halle der Bibliothek stehen und »Peng! Peng! Du bist tot!« rufen.

Obwohl er nicht im mindesten schläfrig war, legte sich der Gärtner noch einmal in seine Hängematte von Bett. Er schloß die Augen und versuchte, alle Gedanken aus seinem Kopf fernzuhalten. Er stellte sich vor, er sei ein Eisläufer, der allen Gedanken ausweichen müsse, als ob sie dünne Stellen im Eis wären. Jede dieser gefährlichen Stellen war mit einem Schild markiert. Auf dem einen stand ›Brennstäbe‹, auf einem anderen ›Zünder‹ und auf dem dritten ›Keile‹. Es gelang dem Gärtner auch tatsächlich, an diesen Warnsignalen vorbeizukommen und sich den Bildern zu nähern, die er undeutlich am Horizont ahnte. Eins davon zeigte Nate, wie er an der North Shore barfuß aus einem Langboot ins seichte Wasser sprang und in der Dunkelheit an den Strand watete. Dort setzte er sich auf einen großen Stein, um sich seine Strümpfe und die Schuhe mit den silbernen Schnallen wieder anzuziehen. Der Gärtner glaubte auch Molly mit ihren kurzgeschnittenen schwarzen Haaren erkennen zu können, die mit einem unmerklichen Hinken auf Nate zuging und sich dabei mit scheuen Blicken umsah, um nicht in einen Hinterhalt zu geraten – aber war das überhaupt Molly? War das nicht die von Melancholie umflutete Snow, die zu klarsichtig war, um leidenschaftlich zu sein? Die sich immer bewußt war, daß sie sich ihrer bewußt war?

8

Snow hatte ihre ausgewaschenen Jeans in knöchelhohe Lederstiefel gesteckt und den Mackinaw übergestreift, als sie mit ihrem charakteristischen, leicht gehemmten Gang zum Wagen des Gärtners herauskam. Über der Schulter trug sie eine Kameratasche. »Guten Morgen«, sagte sie und setzte sich auf den Beifahrersitz. »Haben Sie gut geschlafen?«

»Eigentlich nicht«, sagte der Gärtner. Er spürte den leichten Kampferduft, der von ihrem Mackinaw ausging, und wurde sich bewußt, daß er diesen Duft bereits als ihre persönliche Aura empfand. »Ich habe unter dieser scheußlichen Form der Schlaflosigkeit gelitten, bei der man ständig träumt, man wäre noch wach.« Er legte den Gang ein und steuerte den Wagen behutsam über den ungeteerten Feldweg zur Hauptstraße.

»Sie sollten sich abends, ehe Sie zu Bett gehen, immer einen Kräutertee machen«, sagte Snow und stellte die Kameratasche zwischen ihre Beine. »Dann schlafen Sie wie ein Säugling. Außerdem ist es gut fürs Sexualleben und fürs Gedächtnis und hilft gegen brüchige Nägel.« Der Gärtner warf Snow einen schnellen Seitenblick zu, um zu sehen, ob sie ihn auf den Arm nehmen wollte, aber sie sah aus, als meinte sie alles vollkommen ernst.

»Ich bin ganz froh, daß Sie mich in die Stadt fahren«, sagte sie. »Wenn ich alleine losziehe, komme ich meist nie dorthin, wo ich eigentlich hinwollte. Jedenfalls nicht rechtzeitig.«

»Sie lassen sich ablenken«, sagte der Gärtner. Als er auf die Hauptstraße eingebogen war, warf er einen langen Blick in den Rückspiegel.

Snow entging dieser Blick nicht, aber sie vermutete, daß der Gärtner einfach ein rücksichtsvoller Verkehrsteilnehmer war. »Nein, es ist keine Frage der Ablenkungen«, sagte sie. »Es liegt wohl an mir. Mein Mann hat immer gesagt, ehe er starb, meine ich... Er sagte immer, ich erinnerte ihn an späte Rosen. Was bedeuten sollte, ich hätte eine Tendenz zum Verweilen.« Auf ihrem Gesicht erschien jenes starre Lächeln, das die Tränen zurückhalten sollte.

»Wie lange sind Sie schon Witwe?« fragte der Gärtner leise.

»Seit Ewigkeiten. Jedenfalls kommt es mir manchmal so vor.«

»Ich wollte nicht neugierig sein.«

»Mein Mann ist vor vier Jahren bei einem Autounfall ums Leben gekommen. *Ich* habe damals am Steuer gesessen.«

»Ich glaube, ich verstehe«, sagte der Gärtner.

Snow drehte sich beinahe eifrig zu ihm hin. »Was glauben Sie zu verstehen?« fragte sie.

»Ich glaube, ich weiß, in welche Falle Sie geraten sind«, sagte er.

»Als Falle habe ich es eigentlich nie angesehen«, sagte sie und begann nervös an ihren Fingernägeln zu knabbern. »Wenn ich es vermeiden konnte, habe ich versucht, gar nicht daran zu denken.«

»Vielleicht ist gerade das eins der größten Probleme«, sagte der Gärtner.

»Ach, verschonen Sie mich doch mit Ihrer Dreigroschenpsychologie«, schnappte Snow.

Eine Zeitlang sagten sie nichts mehr. Snow konzentrierte sich darauf, nicht an gewisse Dinge zu denken. Der Gärtner konzentrierte sich aufs Fahren und auf den Rückspiegel. Er bog auf die Ringstraße ein, die zum Turnpike nach Boston hinaufführte. Ein weiterer Trick aus seiner Grundausbildung fiel ihm ein: Er verlangsamte abrupt das Tempo und fuhr auf die rechte Fahrbahn.

Tatsächlich glaubte er im Rückspiegel zu sehen, daß auch einen halben Kilometer hinter ihm ein fremdes Fahrzeug langsamer wurde und sich auf der rechten Spur einordnete – oder bildete er sich das nur ein? Er beschleunigte, fuhr erst auf die mittlere und dann auf die linke Fahrbahn hinüber, überholte ein paar andere Wagen und fiel dann wieder auf die rechte Spur zurück. Aber obwohl er den Rückspiegel ständig im Auge behielt, nahm er nichts Ungewöhnliches wahr.

»Sie haben einen sehr eigenwilligen Fahrstil«, sagte Snow.

Der Gärtner lenkte rasch ab. »Wo fahren wir hin?« fragte er.

»Als erstes muß ich zu einer Galerie in der Nähe der Docks unten in Boston. Dort werden ein paar Fotos von mir ausgestellt. Die Serie ›Angriffe‹. Ich möchte die Beleuchtung noch mal überprüfen.«

»Was bedeutet ›Angriffe‹?«

»Ich habe die Serie ›Angriffe‹ genannt, weil die Fotos vor allem Angriffe auf das Privatleben, auf die Intimsphäre zeigen. Eins davon haben Sie gestern abend bei mir zu Hause gesehen. Die meisten sind Akte und Halbakte, durch Türen, Fenster oder Jalousien gesehen. Was ich damit aussagen will, ist, daß wir in einer Zeit der Invasionen, der Interventionen, der Ein- und Angriffe leben. Ein Land greift das andere an, die Regierung und die Justiz schnüffeln in unseren Schlafzimmern herum, Männer dringen in Frauen ein, das Fernsehen besetzt unser Denken, der Punk Rock durchsetzt unsere Kultur und unser Körpergefühl. Und so weiter. Die Liste ist lang. Wir hören jeden Tag von neuen Eingriffen und warten darauf, daß wir an der Reihe sind. Eins aber hat sich geändert: Früher wußte man, daß ein Angriff stattfand, und konnte sich wehren. Heute sind die Angriffe subtiler – oft wissen wir gar nicht, daß sie überhaupt stattfinden.«

Snows Fotos machten den Gärtner betroffen. Sie hingen in schmalen Silberrahmen an weißgekalkten Wänden und waren weit mehr als gekonnte Aktfotos. Sie zeigten Eingriffe, Verletzungen, seelische Wunden. Da gab es zum Beispiel drei Fotos von älteren Frauen, die durch halboffene Badezimmertüren fotografiert waren. Die eine puderte ihren Körper. Die zweite rasierte sich mit einem Rasierapparat. Die dritte studierte das Spiegelbild ihres schlaffen Körpers mit traurigen, ungläubigen Augen. Es gab aber auch mehrere Fotos einer schlanken jungen Frau, d. h., eigentlich sah man nur schmale vertikale Ausschnitte ihrer Gestalt, denn auch sie war durch eine fast geschlossene Tür fotografiert. Das dritte dieser Fotos hing der alten Frau direkt gegenüber, die sich im Spiegel ansah. Die junge Frau hatte herausfordernd den Kopf gehoben und musterte mit kritischem Blick ihren nackten Körper. Es war nicht zu übersehen, daß ihr der Anblick gefiel. Eine andere Bilderserie zeigte, durch ein halbgeöffnetes Jalousienfenster, einen nackten Mann mit einer Zigarette beim Fernsehen. Auf einem der Fotos starrte er auf den Bildschirm, als hätte er einen Witz gehört, ohne ihn zu verstehen.

»Na?« fragte Snow, als sie wieder in Sibleys Leihwagen saßen und auf dem Fitzgerald Expressway zum North End hinauffuhren, wo Snow eine Gruppe von Hausbesetzern fotografieren wollte, die ein zum Abriß bestimmtes Gebäude in Beschlag genommen haben sollten. »Was halten Sie von meinen ›Angriffen‹?«

»Einige haben mich ziemlich verlegen gemacht.«

»Das sollten sie auch. Alles, was wirklich gut ist, alles, was Tiefgang hat, macht einen verlegen oder beschämt einen. Manchmal denke ich, daß bei aller echten Kunst die Privatsphäre verletzt werden muß. Bei einem Roman ist es wahrscheinlich oft genug die des Verfassers. Aber auch wenn man der Callas zuhört, hat man das Gefühl, daß man in ihre Privatsphäre eindringt. Sie erlaubt einem, Dinge zu hören, die so privat sind, daß man sich schämt, sie zu hören.«

»Ich habe immer gedacht, sie verschaffe mir Zugang zu Bereichen meiner *eigenen* Privatsphäre, die ich bisher nicht gekannt habe.«

»Das auch«, sagte Snow. Sie musterte den Gärtner mit neuem

Interesse. »Was machen Sie eigentlich hauptberuflich? Sind Sie einer, der in das Privatleben anderer eindringt, oder gehören Sie zu den Opfern?«

»Ich arbeite für die Regierung«, sagte der Gärtner unbestimmt.

»Damit gehören Sie wohl automatisch auf die Seite der Eindringlinge«, sagte Snow mit offensichtlicher Enttäuschung.

»Ja, sieht so aus«, sagte der Gärtner.

»Aber wenn Sie selbst einer der Eindringlinge sind«, fragte Snow plötzlich, »warum starren Sie dann dauernd so gebannt in den Rückspiegel?«

»Ich achte immer ganz gern drauf, was die Fahrer hinter mir machen.«

»Sie sind nicht sehr überzeugend, wenn Sie zu lügen versuchen. Jetzt bitte nach links abbiegen. Den Wagen können Sie vor dem Zaun abstellen. Den Rest des Weges gehen wir besser zu Fuß. Ich möchte nicht, daß die Hausbesetzer den Wagen sehen. Sonst verscheuchen wir sie womöglich.«

Das Gebäude, das vor ihnen aufragte, hatte sechs Stockwerke. Es stand völlig allein in den zertrümmerten Überresten anderer Häuser, die schon abgerissen worden waren. In den Fensterhöhlen waren nirgendwo Scheiben. Abgesehen von zwei riesigen Kränen, von deren mächtigen Auslegern schwere eiserne Abrißbirnen herunterhingen, war das Grundstück vollkommen leer. Ein handgeschriebenes Schild über dem Eingang des Gebäudes besagte: »Betreten des Gebäudes verboten. Zuwiderhandlungen werden polizeilich verfolgt.« Snow nahm eine Leica aus ihrer Kameratasche und schraubte das Teleobjektiv darauf. »Vor ein paar Tagen hat in der Zeitung gestanden, das Gebäude sei von Wohnungssuchenden besetzt worden, die es erst räumen wollten, wenn die Stadt ihnen billige Unterkünfte verschafft«, sagte sie.

Der Gärtner betrachtete das Gebäude genauer. »Wenn da wirklich Leute drin sind«, sagte er, »dann benehmen sie sich sehr zurückhaltend.«

Snow blieb ebenfalls stehen und starrte zu den leeren Fensterhöhlen hinauf. »Ich habe mal einen Bienenstock gesehen, in dem eine Wand aus Glas war. Da konnte man die Bienen beim Honigmachen beobachten. Stellen Sie sich mal ein Appartementhaus mit einer gläsernen Wand vor.«

»Das wäre ein ziemlicher Angriff auf die Privatsphäre, oder?« sagte der Gärtner.

»Ja«, sagte Snow. »Die Dinge, die wir fürchten, faszinieren uns wohl auch am meisten.« Sie ging auf den Eingang zu. »Sie können ja hier warten, wenn Sie wollen.«

Mit zwei schnellen Schritten hatte der Gärtner sie wieder eingeholt. Sie wechselten einen raschen Blick. Dann hob der Gärtner eine Augenbraue. »Ich glaube«, sagte er, »ich lasse Sie da lieber nicht alleine hineingehen.« Zum erstenmal, seit er sie kennengelernt hatte, lächelte sie ganz unbefangen und fröhlich, bückte sich und schlüpfte in das leere Gebäude. Der Gärtner sah sich noch einmal gründlich um. Erst als er wirklich überzeugt war, daß niemand sonst auf dem Grundstück war, folgte er ihr.

Gemeinsam gingen sie die mit Unrat und Müll übersäte Treppe hinauf. Auf jedem Stockwerk machte Snow eine Pause, steckte den Kopf in den Korridor, der zu den Wohnungen führte, und lauschte einen Moment lang. Im sechsten Stock begann sie, die Wohnungen einzeln zu untersuchen. Einige Zwischenwände waren bereits zertrümmert, Waschbecken waren heruntergerissen, Badewannen umgekippt und Toiletten mit Vorschlaghämmern zerstört worden – »wahrscheinlich, um die Hausbesetzer daran zu hindern, sie zu benutzen«, sagte Snow. Auch die Fenster waren systematisch zerschlagen und herausgerissen worden, so daß der eisige Wind ungehindert hereinfegte. Frustriert stieß Snow einen Stapel leerer Konservenbüchsen um: Offensichtlich waren tatsächlich Hausbesetzer dagewesen, hatten das Gebäude inzwischen aber wieder verlassen. Scheppernd rollten die leeren Dosen über den nackten Küchenfußboden, von dem das Linoleum heruntergerissen worden war. »Sieht so aus, als hätte ich Sie umsonst hergeschleppt«, sagte Snow.

Draußen hörte man Reifen auf dem Schutt knirschen. Vorsichtig näherte sich der Gärtner einem der Fenster. Es hatte leicht zu schneien begonnen, und die Flocken wirbelten durch das Mauerloch in sein Gesicht. Blinzelnd spähte der Gärtner hinunter.

Sechs Stockwerke unter ihm kroch eine dunkle, viertürige Limousine über das Grundstück und blieb in einiger Entfernung stehen. Drei der vier Türen öffneten sich, und der Admiral, die dünne Frau mit dem Schleier und der bullige Mann mit der großen Pistole sprangen heraus. Der Mann und die Frau liefen zur Seite und verschwanden aus dem Gesichtsfeld des Gärtners. Der Admiral dagegen verrenkte seinen krummen Rücken und starrte zu den leeren Fensterhöhlen hinauf. Als er den Gärtner entdeckte, winkte er fröhlich. Man hätte denken können, er sei zum Kaffee gekommen.

Snow wollte ebenfalls ans Fenster treten, aber der Gärtner stieß sie heftig zurück. »Wir müssen hier raus«, schrie er mit einer so von Angst getränkten Stimme, daß Snow sofort begriff, daß jetzt mehr als nur ihre Privatsphäre bedroht war.

Der Gärtner rannte zum Treppenhaus. Von draußen hörte man erst das Auf- und Abschwellen einer von Hand bedienten Sirene, dann folgten einige gedämpfte Fehlzündungen, und dann begannen die mächtigen Motoren der beiden Kräne zu arbeiten. Der Gärtner beugte sich vorsichtig über das Geländer und spähte in den Treppenschacht hinunter.

»Warum müssen wir weglaufen?« fragte Snow in einem ängstlichen Flüstern.

»Da draußen sind Leute, die wollen mein Geld *und* mein Leben«, sagte der Gärtner, und im selben Augenblick krachte ein Stockwerk unter ihnen eine der wuchtigen Abrißbirnen durch die Wand ins Gebäude. Und dann, nur Sekundenbruchteile später, die zweite.

Beide ließen eine Spur der Verwüstung zurück. Der Boden schwankte unter den Füßen des Gärtners, und eine dichte Mörtel- und Staubwolke wirbelte von unten herauf. Er vermochte nichts mehr zu sehen und kaum noch zu atmen. Snow zerrte mit schreckgeweiteten Augen ein Halstuch aus ihrer Tasche und hielt es sich über Mund und Nase. Der Gärtner bedeckte sein Gesicht mit einem Taschentuch und zog Snow zurück ins obere Stockwerk.

»Wo wollen Sie hin?« schrie Snow durch ihr Halstuch und versuchte sich seinem Griff zu entziehen. »Wir müssen die Treppe hinunter.«

»Da ist keine Treppe mehr«, sagte der Gärtner. »Die haben sie gerade weggeschlagen. Jedenfalls zwischen dem fünften und sechsten Stockwerk.«

»Soll das heißen, wir sind hier oben gefangen?«

Der Gärtner zog sie in eine der Wohnungen und drängte sie in eine Ecke. Unten jaulten die Kranmotoren auf höchsten Touren. Und dann krachte direkt vor ihnen eine der beiden Abrißbirnen durch die Außenmauer des Hauses, schwang zur Decke hinauf und verschwand dann wieder durch das Loch, das sie gemacht hatte. Die zweite explodierte in dem Raum hinter ihnen. Ringsum verdunkelte der Staub die Luft. Der Gärtner hörte Snow schreien, griff mit tränenden Augen nach ihrem Mackinaw und zog sie durch eine Türöffnung auf den Korridor hinaus. Hinter ihnen krachten die Abrißbirnen erneut durch die Wände. Putz, zersplitterte Ziegelsteine und Mörtel flogen ihnen um die Ohren.

»Sie wollen uns lebendig begraben«, schrie Snow.

»Sie wollen das ganze obere Stockwerk zertrümmern«, sagte der Gärtner. »Wir müssen unbedingt weiter hinunter.« Seine Augen suchten verzweifelt nach einem Ausweg.

Von draußen schlugen jetzt in regelmäßigen Abständen von zehn oder zwanzig Sekunden die Abrißbirnen wie riesige Fäuste auf das Gebäude ein. Jeder Doppelschlag schien lauter und näher zu sein als der vorhergehende. Unerbittlich arbeiteten sich die Stahlbomben an die Stelle heran, wo der Gärtner und Snow sich versteckten.

Snow sank in die Knie und preßte sich die Fäuste auf die Ohren, um den entsetzlichen Krach abzuwehren. »Warum tun diese Leute das?« schluchzte sie.

Der Gärtner hockte sich neben sie hin und legte ihr den Arm um die Schultern. »Ich kenne diese Leute«, gab er zu. »Ich bin ein Idiot, daß ich Sie da hineingezogen habe.«

Eine der Stahlkugeln krachte in den Raum direkt neben ihnen. Die Wand, an die sich Snow angelehnt hatte, bebte heftig. Man hörte Mauern brechen, und dann das feine Rieseln von Putz. Auch Snow hatte zu zittern begonnen. Wie Nate, dachte der Gärtner, wie ein tanzendes Blatt in den Sturmböen der Zeit. Eine neue, noch stärkere Explosion erschütterte den nächsten Raum. Der Gärtner wußte, daß die Zeit allmählich knapp wurde. Er versuchte sich zu bewegen, aber seine Füße waren wie Blei. In seinem innersten Herzen wußte er, daß es jetzt keine Hoffnung und keinen Ausweg mehr gab. Ihre zerschmetterten Körper würden erst entdeckt werden, wenn die Bulldozer den Schutt auf die Lastwagen luden. Mit großer Anstrengung versuchte der Gärtner, Snow an sich zu ziehen. Sie schien sich zu wehren. Sie schien wütend zu sein. Sie schlug mit der flachen Hand auf den Boden. Die dünne Narbe auf ihrer Stirn wurde blaßblau. Tränen strömten ihr über die Wangen und hinterließen feuchte Spuren auf ihrer staubigen Haut. Der Gärtner brachte seinen Mund an ihr Ohr und schrie etwas heraus, was er gerade entdeckt hatte: »Snow, ich hätte dich gerne geliebt.«

Snow gab ihm etwas zur Antwort, aber was sie sagte, ging unter im ungeheuren Aufprall der Stahlkugel, die erneut auf der anderen Seite der Wand in das Gebäude hineinschlug.

»Was?« brüllte der Gärtner.

Snow beugte sich zu ihm hin. »Sag mir, wer du bist«, schrie sie voller Angst.

Der Gärtner schüttelte den Kopf. Die Frage war sinnlos. Man kann doch niemandem sagen, wer man ist, dachte er. Dann wurde ihm bewußt, daß er es laut gesagt hatte.

Snow preßte ihm ihre Lippen aufs Ohr. »Dann *zeig* mir doch, wer du bist!«

Ihre Worte schienen den Knoten in der Brust des Gärtners zu lösen. Die lähmende Angst fiel von ihm ab, und er vermochte erst den einen und dann den anderen Fuß zu bewegen. Die Abrißbirne hatte inzwischen schon die Wand unmittelbar hinter ihnen erreicht. Eben war sie noch da, dann schwankte sie, brach und zerfiel, und der Gärtner konnte im wirbelnden Staub die große blanke Stahlkugel in den grauen Himmel zurückschwingen sehen. Als sie den höchsten Punkt erreicht hatte, blieb sie einen Augenblick in der Luft stehen und stürzte dann mit rasender Geschwindigkeit direkt auf sie zu.

Der Gärtner riß Snow auf die Füße und schob sie rückwärts durch eine Türöffnung, während die schwere Stahlkugel die Ecke wegfetzte, in der sie eben noch gehockt hatten. Ohne ihren Mantel loszulassen, zog der Gärtner Snow den Korridor entlang. Die bloße Tatsache, daß sie sich jetzt von den Abrißbirnen entfernten, gab ihm Kraft. Er entdeckte einen Raum voller Heizungs- und Abwasserrohre und zog Snow hinein. An der einen Wand war eine Ofenklappe, daneben eine Tür.

Der Gärtner schob Snow in eine Ecke und riß die Tür auf. Ein Lastenaufzug! Zwei dicke Seile hingen in dem schmalen Schacht, der hinabführte. Er zog daran, um zu sehen, ob sie gut festgemacht waren, aber das Seil, das er in der Hand hatte, gab sofort nach. Gleichzeitig bewegte sich aber das andere, und aus der Tiefe des Schachtes war das mahlende Geräusch eines schweren Gegenstandes zu hören, der sich bewegte. Hand über Hand holte der Gärtner den Aufzug herauf. Draußen zerschmetterten die Stahlkugeln mittlerweile die Wände des Korridors. Der Gärtner zog immer rascher an seinem Zugseil. Endlich kam eine kleine Plattform in Sicht, nicht viel größer als einen halben Quadratmeter. Der Gärtner fixierte das Zugseil und drehte sich zu seiner Begleiterin um, die mit leeren Augen zur Zimmerdecke hinaufstarrte, von der jetzt ständig Mörtel herabrieselte. Der Gärtner packte die junge Frau an der Knopfleiste des Mantels und schob sie in den engen Schacht hinein. Schließlich kniete sie geduckt auf der schmalen Plattform des Aufzugs.

Im gleichen Augenblick krachte eine der Stahlbirnen hinter und über dem Gärtner in den Flur. Ein großes Stück Putz und Dutzende von Ziegelsteinen brachen herunter. Der Gärtner löste das Seil und ließ Snow so behutsam wie möglich ins Dunkel hinunter, während die ersten Schneeflocken durch das Loch in der Decke hereinwirbelten und sich wie eisige Nadeln in sein Gesicht und seinen Hals bohrten. Ein neuer Schlag traf das Gebäude. Sekundenlang dachte der Gärtner, der Fußboden würde unter ihm wegbrechen, aber er hielt. Er zerrte verzweifelt an seinem Seil, aber der Aufzug bewegte sich nicht mehr.

Zuerst dachte er, die Plattform sei steckengeblieben und Snow sei irgendwo da unten gefangen, aber dann dämmerte ihm, daß sie wahrscheinlich im Keller gelandet war. Er fixierte das Seil, setzte sich auf den Fußboden, klammerte sich mit Händen und Füßen am Seil fest und schwang sich hinaus in den Schacht. Seine Hände und Füße rutschten viel schneller, als er gedacht hatte, und seine Handflächen brannten wie Feuer. Aber als er oben erneut die Abrißbirnen ins Haus krachen hörte, versuchte er gar nicht mehr, seinen schnellen Abstieg zu bremsen.

Er landete auf Snows Rücken, die einen erschreckten Schmerzensschrei ausstieß. Ein ohrenbetäubendes Krachen ertönte. Die Abrißbirne hatte den Aufzugsschacht erreicht, riß dem Gärtner das Seil aus den Händen und ließ einen Hagelschauer von Splittern und Mörtel auf ihn herabregnen. Der Schacht füllte sich mit Kalkstaub. Snow keuchte, als sei sie kurz davor zu ersticken. Mit Fußtritten und Faustschlägen suchte der Gärtner nach einem Ausweg aus der Dunkelheit und den scheinbar undurchdringlichen Mauern. Endlich öffnete sich eine Tür. Snow fiel über die Schwelle und sank auf den Zementfußboden des Kellers. Auf den Knien kroch der Gärtner dem schwachen Licht entgegen, das von draußen hereindrang. Hinter sich schlug er die Tür zu.

Hoch über ihren Köpfen, wie fernes Donnergrollen, hörten sie, wie die Abrißbirnen ihr grausames Zerstörungswerk fortsetzten und das oberste Stockwerk Stück für Stück kleinschlugen.

9

Der Admiral war begeistert. »Man glaubt es nicht, wenn man nicht selbst dabeigewesen ist«, flüsterte er. »Ihre Assistentin hat dieses Monstrum bedient, als wäre sie seit Jahren gelernte Kranführerin! Erst haben wir die Treppe zertrümmert...« Der Admiral blies die Backen auf und entließ eine kleine Explosion in den Hörer. »Rumms! Eben war sie noch da, und im nächsten Augenblick war da bloß noch ein Loch, und sie konnten nicht mehr herunter! Danach brauchten wir bloß noch systematisch das obere Stockwerk niederzulegen. Die Mauern zerfielen einfach zu Staub. Ich habe noch nie so etwas gesehen. Einfach phantastisch! Teratogenisch!«

»Teratowas?«

»Ganz ungeheuer! Es kommt aus dem Griechischen, wissen Sie, die Vorsilbe...«

Wanamaker hatte Mühe, zu Wort zu kommen. »Sind Sie hundertprozentig sicher, daß unser kleines Problem jetzt gelöst ist?«

»Aber ja! Hundertfünfzigprozentig! Zweihundertprozentig! Wenn der Rest des Gebäudes abgerissen wird, werden die Arbeiter nur noch die verstümmelten Leichen im Schutt finden. Zu identifizieren sind sie dann mit Sicherheit nicht mehr! Die Polizei wird nicht mal mehr feststellen können, daß eins eine Frau und das andere ein Mann war! Flickenpuppen. Arme, Beine, Köpfe, Geschlechtsorgane und Därme zu Brei gequetscht und mit Mörtel und Splittern vermischt.« Der Admiral stieß ein schrilles Lachen aus. »Vielleicht merken sie nicht einmal, daß es Menschen gewesen sind. Vielleicht denken Sie, daß irgendwelche Tiere sich in die alte Ruine verirrt hatten.«

»Kann ich bitte mal mit dem Mädchen für alles sprechen?« fragte Wanamaker so sanft wie nur möglich.

Toothacher war überrascht. »Mit dem Mädchen für alles wollen Sie sprechen?«

»Wenn Sie nichts dagegen haben.«

»Ich habe Ihnen doch schon alles erzählt?«

»Wir müssen über ein paar Dinge reden, die im Haushalt zu tun sind.«

»Im Haushalt?«

»Ja. Darf ich jetzt mit ihm reden?«

Wanamaker hörte den Admiral verwirrt husten. Dann seine Stimme, die gellend schrie: »Huxstep! Kommen Sie sofort her!«

Der Hörer stieß mit einem dumpfen Knall irgendwo an. Dann meldete sich endlich Huxstep. »Ja?«

»Können Sie frei sprechen?« Es entstand eine Pause. Wanamaker preßte sein Ohr an den Hörer. Man hörte die Tür der Telefonzelle zuschlagen.

»Ja. Jetzt kann ich reden.«

»Was zum Teufel ist denn mit Sie-wissen-schon-wem los? Er hört sich ja völlig durchgedreht an.«

»Er hat ein kleines Stimmungshoch, das ist alles. Kommt vor, wenn man so etwas nicht gewöhnt ist.«

Wanamaker glaubte, Huxstep rede von irgendeiner Droge, die der Admiral offensichtlich geschluckt habe. »Gewöhnt? Woran ist Sie-wissen-schon-wer nicht gewöhnt?«

Huxstep räusperte sich verlegen. »An Gewalt.«

»Oh.«

»Während die Sache lief, war er ganz ruhig. Regelte den Verkehr sozusagen: mehr nach links, mehr nach rechts. Aber als er begriffen hatte, was passiert war, flippte er aus. Sie müssen dran denken, daß er bisher nur am Schreibtisch gearbeitet hat. All seine Kriege hat er nur im Kopf ausgefochten.«

»Geht das denn wieder vorbei?« fragte Wanamaker besorgt. Ein verrückter alter Admiral war das letzte, was er brauchte.

»Ja«, sagte Huxstep, »das geht in der Regel wieder vorbei. Ich denke, ich werde ihm Gelegenheit geben, heute abend ein bißchen zu feiern. Zur Ablenkung sozusagen. Die Freuden des Fleisches, wenn Sie wissen, was ich meine.«

»Falls Gefahr besteht, daß er einen Nervenzusammenbruch erleidet«, sagte Wanamaker trocken, »will ich ihn hinter Schloß und Riegel! Halten Sie ihn unter Kontrolle!«

Ein Unterton von Zuneigung schlich sich in Huxsteps Stimme. »Machen Sie sich keine Sorgen. Ich halt' ihm das Händchen, bis sein Puls wieder normal ist. Dann bringe ich ihn zurück.« Huxstep schien jetzt mehr mit sich selbst als mit Wanamaker zu reden. »So einen Mann finden Sie nur einmal in einem Jahrhundert von Sonntagen. Unter dem Lack ist echtes Leder. Überlassen Sie die Sache nur mir. Sie-wissen-schon-wer ist der Bewahrer der heiligen Flamme, und ich bin das Kindermädchen von Sie-wissen-schon-wem.«

10

Der Gärtner saß auf dem Rand der Badewanne im ersten Stock und streckte Snow seine Handflächen hin. Als sie ihm das antiseptische Mittel auf die verbrannte Haut tupfte, wandte er das Gesicht ab. Snow griff nach einer Tube mit einer homöopathischen Salbe und kleckste sie ihm auf die Hände. Seit sie gebadet hatte, war Snow wieder ruhiger geworden, aber immer noch zitterten ihre Lippen, und ab und zu brach ihre Stimme, als wäre die Erinnerung plötzlich wieder lebendig geworden. »Fang einfach damit an, daß du die Salbe verreibst«, sagte sie. »Und dann erzähl mir, was eigentlich los ist. Wer waren diese Leute? Und warum wollten sie dein Geld *und* dein Leben?«

Vorsichtig verteilte der Gärtner die Salbe auf seinen Handflächen. Sowohl die linke als auch die rechte waren von einer breiten, grellroten Brandwunde gezeichnet. »Merkwürdig«, sagte er, »als ich an dem Seil runtergerutscht bin, hab' ich es gar nicht gespürt.«

»Du hast meine Frage nicht beantwortet«, sagte Snow.

Der Gärtner hob den Blick und sah ihr direkt in die Augen. Snow wandte sich ab und lehnte sich an die gekachelte Wand. Ihr Hinken war jetzt deutlicher als zuvor, wahrscheinlich weil sie erschöpft war. Ihr weißer Bademantel, ihre weißen Hände und ihr blasses Gesicht hoben sich kaum von den weißen Kacheln der Wand ab, so daß ihre Augen und Haare um so stärker hervortraten. »Wenn das stimmt, was du vorhin gesagt hast, wollten diese Leute mich umbringen, weil sie dachten, du hättest mir etwas erzählt. Was aber nicht stimmt. Du verschweigst es mir ja sogar jetzt noch.« Sie spürte, daß sein Widerstand nachließ. »Kurz bevor sie ihre Taschen mit Steinen vollpackte, um sich zu ertränken, hat Virginia Woolf irgendwas darüber geschrieben, daß sie zu weit gegangen sei, um noch zurückkehren zu können. Mir geht es genauso« – ihre Stimme brach, und Snow mußte sich räuspern, ehe sie fortfahren konnte. »Ich bin auch zu weit gegangen. Wenn du denkst, ich sei zu neugierig, dann denk bitte auch daran, wo ich gewesen bin, als diese Stahlkugeln die Mauern des Hauses einrissen, in dem wir gehockt haben.«

Tatsächlich hatte der Gärtner in den letzten Stunden über kaum etwas anderes nachgedacht. Als sie in der Finsternis eines fensterlosen Kellerraums gesessen und zugehört hatten, wie die Abrißbirnen das sechste Stockwerk in Trümmer legten, genauso wie später, als sie bei Einbruch der Dunkelheit aus dem Gebäude geschlüpft waren. Vor Angst und Kälte hatte Snow wie Espenlaub gezittert, und ihre Zähne klapperten laut. Sie hatten den Schnee vom Leihwagen des Gärtner gefegt und waren wortlos durch die stillen, schneebedeckten Straßen gefahren, wobei der Gärtner ununterbrochen in den Rückspiegel gestarrt hatte.

Snow stieß ein nervöses Lachen aus. »Angesichts dessen, was wir heute durchgemacht haben, ist es wohl angemessen, wenn du mich jetzt auch Snow nennst wie alle anderen Leute.«

»Du wirst mir kaum glauben«, sagte der Gärtner. »Was ich dir zu sagen habe, klingt so phantastisch, daß du wahrscheinlich denkst, ich erfinde das alles.«

Snow lächelte wieder dieses Lächeln, das sie benutzte, um die Tränen zurückzuhalten. »Du kannst es ja mal versuchen.«

Also fing er an zu erzählen: Von Wanamaker und der Einsatzgruppe *Charlie*, von *Stufftingle*, von der Universität Teheran, vom Teufelskreis implodierender Urankeile, die eine kritische

Masse bilden und eine unkontrollierte Kettenreaktion in Gang setzen konnten. Wie er das alles entdeckt hatte, weil er Wanamaker eins auswischen wollte; und wie er versucht hatte, das Verbrechen zu verhindern, indem er drohte, seine Urheber zu kompromittieren. Und daß Wanamaker jetzt einen ehemaligen Admiral gerufen hatte, der das Leck stopfen sollte. Nachdem er einmal angefangen hatte, wußte der Gärtner bald nicht mehr, wo er aufhören sollte. Der emotionale Druck der letzten Tage löste sich in einem gewaltigen Wortschwall. Worte und Sätze sprudelten heftig heraus. Er machte Vor- und Rückgriffe und Zwischenbemerkungen, er zog Schlußfolgerungen und lieferte die Beweise dafür anschließend nach. »Wanamaker war für ihren Tod verantwortlich. Wenn er auch nur die mindeste Reue gezeigt hätte... wenn er wenigstens gesagt hätte, daß es ihm *leid* tat. Aber davon war überhaupt nicht die Rede. Ich mußte einfach etwas unternehmen, um dieses dreiste Lächeln aus seinem Gesicht zu wischen, nicht wahr? Also bin ich in seine Intimsphäre eingedrungen, und was habe ich gefunden? *Stufftingle*. Und jetzt versucht er, in meinen Lebensbereich einzudringen.«

»In unseren.«

Der Gärtner nickte. »Das Leben bewegt sich auch in Teufelskreisen«, sagte er. »Daß Wanamaker mich liquidieren will, habe ich gemerkt, als ich den bulligen Kerl erkannt habe, der mich auf dem Parkplatz zu grillen versucht hat – der Kerl war früher mal Fahrer des Admirals. Sein Name war Hukstep oder so ähnlich. Genau, Huxstep mit x. Er hat immer Rechenkunststücke vorgeführt. Er konnte Multiplikationsaufgaben im Kopf schneller lösen als andere Leute auf dem Papier. Wir mußten alle an einer Grundausbildung in konspirativen Techniken teilnehmen. Das war Pflicht. Auch für Historiker und künftige Archivare. Zum Beispiel wurden wir mitten in der Nacht mit verbundenen Augen irgendwo in einem Maisfeld abgesetzt und mußten bis Sonnenaufgang zurück auf der Farm sein. Mich hat dann die Polizei abgeliefert, anderthalb Tage später. Dann verlangten sie von uns, wir sollten in eine Fabrik eindringen, die Jagdbomber herstellte, und irgendwas klauen. Ich hatte den Fuß noch nicht ganz in der Tür, als mich der Werkschutz schon hoppnahm. Nur bei einer Übung hatte ich einen durchschlagenden Erfolg: Wir sollten nämlich irgend jemanden auf der Farm ein paar Stunden lang beschatten und dann einen Bericht darüber schreiben. Bis zum heutigen Tag kann ich nicht sagen, warum ich mir gerade den Admiral ausgesucht habe. Ich folgte ihm zwei Nächte hintereinander. Beide Male fuhr ihn Huxstep zu einer ziemlich üblen Bar irgendwo im Vergnügungsviertel. Der Admiral interessierte sich offenbar nicht bloß für Frauen; er war schwul oder bi oder irgend so was. Das schrieb ich alles brav in meinen Bericht und gab den dann bei unserem Instrukteur ab. Am nächsten Tag rief mich der Direktor der Schule in sein Büro. Als ich hereinkam, las er in meinem Bericht. Er war genau zwei Seiten lang. Sehr präzis. Keine Kommafehler, keine orthographischen Fehler. Ich finde korrekte Satzzeichen sehr wichtig, weil sie die Beziehungen zwischen den Satzteilen herstellen. ›Sie dürfen über den Inhalt dieses Berichts mit niemandem sprechen‹, sagte er. ›Jetzt nicht und später auch nicht. Die Firma wäscht ihre schmutzige Wäsche nicht in der Öffentlichkeit.‹ Eine Woche später hieß es dann in der Zeitung, der Admiral sei pensioniert worden – mit Rücksicht auf seine Gesundheit.«

Der Gärtner redete immer weiter und fuchtelte dabei mit seinen verbrannten Händen in der Luft herum wie ein Wilder. Die Firma habe ihren moralischen Kompaß verloren. Sie habe die Methoden des Gegners übernommen, sei selbst schon genauso schlimm wie der Gegner. Jeder Historiker kenne Beispiele aus der Geschichte für eine solche Entwicklung. So hätten zum Beispiel die Bolschewiki nach der Revolution den Roten Terror erfunden, um den Terror der Weißen zu brechen. Und nachdem die Roten gesiegt hatten, wurde der Terror zur festen Einrichtung. Die Leute wurden nicht mehr überzeugt, sondern mit Gewalt gezwungen, sich der Revolution anzuschließen. Wanamakers Operation *Stufftingle* war auch so eine Terrormaßnahme. Institutionalisierter CIA-Terror. Der gute Nate würde sich in seinem unbekannten Grab umdrehen, wenn er das hörte. Für so etwas hätte er nicht sein Leben riskiert. Kannte Snow – ohne nachzudenken, benutzte der Gärtner zum ersten Mal diesen Namen – die Instruktionen für die Anwerbung von Truppen aus dem Provinzialkongreß von New York? Nein? Der Gärtner kannte die Passage auswendig: Unsere Methoden sollen sich von denen des Feindes ebenso unterscheiden wie unsere Ziele. Sokrates sei auch der Meinung gewesen, der Unterschied zwischen Gut und Böse sei in den Methoden zu suchen. Und das wahre Übel der heutigen Zeit zeige sich darin, daß sich eine Organisation wie die CIA von einem ihrer Diener überzeugen lasse, eine Atomexplosion im Herzen von Teheran liege im nationalen Interesse der Vereinigten Staaten.

Der Gärtner hätte immer weitergeredet, wenn nicht Snows Tante in ihrer vom Alter gefärbten, melodischen Stimme die Treppe hochgerufen hätte, die Suppe würde allmählich kalt. Snow schlich zurück in ihr Schlafzimmer, streifte ein paar Sachen über und ging dann mit dem Gärtner ins Erdgeschoß hinunter. »Einen Vorteil hat der Terror von heute nachmittag«, sagte sie. »Diese Leute denken jetzt, wir wären unter den Trümmern des Hauses begraben, und wir sind erst einmal sicher. Wer weiß, vielleicht brauchen sie Wochen, ehe sie merken, daß wir noch leben.«

»Die ›Iden des März‹ sind am Dienstag in einer Woche«, sagte der Gärtner.

»Was soll das denn schon wieder bedeuten?«

»Das ist der Termin für die Explosion der Atombombe in Teheran.«

Jetzt begriff Snow, worauf er hinauswollte. »Und wenn –«

»Und wenn die denken, ich wäre tot und könnte sie nicht mehr verraten, dann geht das Ding hoch.«

»Du willst doch nicht etwa –«

»Ich glaube, mir bleibt gar keine andere Wahl«, sagte der Gärtner mit einem verlegenen Lächeln. »Ich muß auch an Nate denken.«

II

Snows Großtante behauptete, zweiundneunzig zu sein. Sie saß am oberen Ende des Küchentischs, schob mit der Zungenspitze ihr Gebiß hin und her und hielt Hof. Ihre zerbrechlichen Schultern wärmte ein dicker Schal, ihre fehlenden Haare wurden durch ein buntes Kopftuch ersetzt. »Seien Sie doch nicht so höflich«, sagte sie und schob dem Gärtner eine Schüssel über den Tisch. »Nehmen Sie, nehmen Sie!« Sie mußte aufstoßen und hielt sich ihre arthritische Hand vor den Mund. Mit angehaltenem Atem und weit aufgerissenen Augen wartete sie, ob der Schluckauf zurückkehren würde. Als das nicht der Fall war, lächelte sie zufrieden. »Wissen Sie, was ich immer sage? Höflichkeit macht das Kraut nicht fett. Und soviel ist richtig: Zurückhaltung beim Essen beeindruckt mich überhaupt nicht. Weiß gar nicht, was die Leute daran so vorbildlich finden.« Sie verlor den Faden und verstummte. Dann drehte sie sich abrupt zu Snow um und fragte: »Wo war ich stehengeblieben?«

»Du hast uns mitgeteilt, daß Höflichkeit das Kraut nicht fett macht«, sagte Snow.

Esther schien überrascht. »Das soll ich gesagt haben? Ich muß ja völlig verrückt sein.« Sie wandte sich wieder dem Gärtner zu. »Manche Leute sind fest überzeugt, ich wäre *gaga*. Ich finde, das Leben ist wie eine Rennstrecke. Man fängt an und ist ganz bescheuert vernünftig. Dann wird man allmählich ein bißchen schrullig, und die Leute denken, man sei verrückt. Früher oder später fangen sie an, darüber zu reden, ob sie einen nicht besser entmündigen und in eine Anstalt tun sollen. Aber wenn man erst einmal richtig verrückt ist, rutscht man plötzlich wieder über die Startlinie, und hoppla! ist man im Lande der Weisheit. Ein Weiser ist jemand, der so verrückt ist, daß er die Dinge klarer sieht als die sogenannten normalen, vernünftigen Leute. Ja, und in diesem Zustand befinde ich mich jetzt, junger Mann«, sagte sie und faßte den Gärtner mit einem spöttischen Blick fest ins Auge. »Und wissen Sie, was ich sehe? Ich sehe, daß Sie vor etwas davonlaufen. Geben Sie es zu, junger Mann! Ich habe gesehen, daß Sie gleich, als Sie gekommen sind, durch die Jalousien hinaus auf die Straße geschaut haben, und als Sie zum Essen gekommen sind, haben Sie es wieder getan. Aber was mir vor allem gezeigt hat, was mit Ihnen los ist, junger Mann, das sind Ihre Augen. Ihre Augen sind voller Angst. Deswegen braucht man sich nicht zu schämen. Ich finde, Leute, die Angst haben, leben ein viel erfüllteres Leben. Ich persönlich verstehe es sehr gut, wenn man Angst hat. In meinem Körper pulsiert die Angst wie in einem Baumstamm der Saft. Ich muß ja fürchten, daß jeder Tag mein letzter auf Gottes Erdboden ist. Ich kann mich aber, toi, toi, toi, bisher nicht beschweren. Ich habe mehr gelebt als die meisten anderen Menschen. Und mehr geliebt auch. Und bin auch mehr geliebt worden.« Sie warf dem Foxterrier, der zu ihren Füßen schnarchte, einen zärtlichen Blick zu. Der Hund hatte offenbar eine Hautkrankheit, denn er war so haarlos und rosa wie ein frischgeborenes Ferkel. »Ich versuche mir manchmal vorzustellen, was wohl in seinem Kopf vorgeht«, sagte Esther, als der Schwanz und die Pfoten des Hundes kurz zuckten. »Wahrscheinlich denkt er an irgendein saftiges Kaninchen, dem er mal nachgejagt ist.« Sie mußte wieder aufstoßen, aber diesmal ignorierte sie es. »Ich hoffe, daß ich auch im Schlaf zucke«, sagte sie mit plötzlicher Heftigkeit. »Ich hoffe, ich träume auch von den saftigen Kaninchen, die ich zu meiner Zeit gejagt habe.« Müde sank sie in ihren Sessel zurück, lächelte und ließ ihr Gebiß klikken. »Ich hoffe, ich bin auch noch zu dieser oder jener Jagd fähig...« Ihre Augen schienen plötzlich weit weg zu sein. Ihre Zunge spielte ein bißchen mit ihrem Gebiß, dann wandte sie sich geistesabwesend an Snow. »Wo war ich stehengeblieben, meine Liebe?«

»Du hast behauptet, daß Silas vor etwas davonläuft.«

»Na, und?« fragte Esther. »Es stimmt doch, nicht wahr?«

Snow nickte.

»Weißt du, vor wem er davonläuft?«

Snow nickte wieder. »Es handelt sich um einen Mann namens

Nate. Das Besondere an Silas ist nämlich...« Snow warf dem Gärtner über den Tisch einen Blick zu und entdeckte eine Wahrheit, von der sie bisher nichts gewußt hatte: »Das Besondere an Silas ist, daß er möglichst langsam läuft, damit er sicher sein kann, daß man ihn fängt.«

Esther ließ ihrem Schluckauf vor lauter Empörung jetzt freien Lauf. »Das klingt ja entsetzlich bedeutungsvoll. Ich fürchte nur, ich habe nicht mehr die Ausdauer, unter der Oberfläche zu bohren. Aber vielleicht könnt ihr mir eine andere Frage beantworten.« Sie zwinkerte listig vom einen zum anderen. »Schlaft ihr im selben Bett oder getrennt?«

Snow errötete und sagte im selben Augenblick: »Getrennt«, als der Gärtner, ohne nachzudenken, sagte: »Zusammen.«

Wieder fixierte ihn Esther mit ihrem festen Blick. »Snow sagt die Wahrheit. Und bei Ihnen ist der Wunsch der Vater des Gedankens, stimmt's? In Wirklichkeit seid ihr gar nicht intim genug, um miteinander zu schlafen. Soviel ich weiß, kann man sehr intim sein, ohne miteinander zu schlafen, aber das Gegenteil ist für alle Beteiligten ein einziges Elend. Die jungen Leute heutzutage sehen das wahrscheinlich ein bißchen anders, aber wenn sie erst mal so viel erlebt haben wie ich, werden sie auch nicht anders denken. Du meine Güte, ich rede und rede... Wenn es in den Sternen steht, daß zwei ein Liebespaar werden, dann haben sie auf jeden Fall einen Vorteil: Die Zeit arbeitet für sie. Sie brauchen sich nicht zu beeilen. Sie können sich darauf verlassen, daß die Natur ihren Lauf nimmt. Ein Luxus, den heute fast niemand mehr kennt. Alle Uhren gehen schneller, und die Leute sind ständig in Eile, wissen aber gar nicht, wohin sie rennen. Sie haben es so eilig, ins Nichts zu laufen, daß sie nicht mal miteinander reden.«

Wieder lockerte Esther ihr Gebiß mit der Zunge und ließ es schnalzend an Ort und Stelle zurückschnappen. »Ich habe die Erfahrung gemacht«, sagte sie, schob ihren Stuhl mit lautem Scharren zurück und stützte sich hoch, »ich habe die Erfahrung gemacht, daß Leute, die sich gut kennen, gern eine Art Geheimsprache verwenden. Interessieren Sie sich für Geheimsprachen und Codes, Mr. Sibley?«

Der Gärtner war ebenfalls aufgesprungen. »Ja, ich interessiere mich tatsächlich für Codes.«

Mit einer Kopfbewegung forderte Esther ihn auf, ihr ins Wohnzimmer zu folgen. »Erzählen Sie mir davon«, sagte sie. Sie wehrte ihn ab, als er nach ihrem Arm greifen wollte, und ging leicht schwankend zur Tür. Der Gärtner wandte sich zu Snow um und fragte, ob er helfen könne, den Tisch abzuräumen, aber die winkte ebenfalls ab. »Du wolltest doch mit ihr reden!«

»Wo war ich stehengeblieben?« fragte Esther, als sich der Gärtner neben sie auf die Couch gesetzt hatte.

»Sie hatten mich nach meinem Interesse an Codes gefragt«, sagte der Gärtner.

»Ach, wirklich? Kann mich gar nicht erinnern. Aber warum soll man nicht über Codes reden? Ein sehr brauchbares Gesprächsthema. Wissen Sie, ich kann nämlich nicht schlafen.« Sie kicherte. »Mein Vater, Gott hab' ihn selig, sagte immer, das Alter sei wie ein Schiffsuntergang. Erst in den letzten zwanzig Jahren hab' ich begriffen, wie er das gemeint hat. Und weil an Schlaf nicht zu denken ist, versuche ich jedes Gespräch so lange wie möglich fortzusetzen. Also, junger Mann, jetzt erzählen Sie mir, was sie an Codes so interessiert!«

»Ich interessiere mich für einen ganz bestimmten Code«, sagte der Gärtner und erzählte von den Sätzen aus Addisons ›Cato‹, mit denen sein Vorfahre Nate und Alexander Hamilton sich über die Pläne der Engländer hatten verständigen wollen.

»Mein Vater war eine Art Spezialist für alles, was mit der Revolution zu tun hatte«, sagte Esther. »Er hätte sich bestimmt für das interessiert, was Sie da über Nate erzählen. Er war sehr stolz darauf, daß sein Urgroßvater einer der ersten war, die im Kampf um die Unabhängigkeit fielen. Er wurde von den Briten erschossen, als er seine Männer gegen die North Bridge in Concord führte. Ich erinnere mich, daß mein Vater immer voller Stolz erzählte, auch seine Urgroßmutter sei eine Patriotin gewesen und habe sogar einmal einem Beauftragten von General Washington persönlich geholfen.«

»Seine Urgroßmutter muß Molly Davis gewesen sein«, sagte der Gärtner vorsichtig.

Esther ließ überrascht ihr Gebiß schnalzen. »Woher kennen Sie Molly Davis?«

»Weil der Beauftragte von General Washington, dem sie geholfen hat, mein Urgroßonkel Nate Hale war!«

»Ist das der Nate, vor dem Sie so lange davonlaufen, daß er Sie auch bestimmt einholt?«

Der Gärtner lächelte. »Hat Ihr Vater in Zusammenhang mit Molly Davis jemals den Namen Nate oder Nathan erwähnt?«

Esther dachte einen Augenblick nach. »Wenn ich ehrlich sein soll, kann ich mich an den Namen Nate nicht erinnern. Aber ich erinnere mich, daß er einmal die Ankunft von General Washingtons Beauftragtem in Flatbush beschrieben hat. Molly, muß ich leider zugeben, hatte einen Sklaven...«

»John Jack.«

»Genau. So hieß er: John Jack. Der erwischte einen jungen Burschen, der seine Herrin durchs Fenster zu beobachten versuchte, stieß ihm die Flinte ins Kreuz und führte ihn zur vorderen Tür.« Esther grinste. »Wenn der Mann und Ihr Nate tatsächlich ein und dieselbe Person sind, dann war Ihr Urgroßonkel ein *Voyeur*, junger Mann!«

»Woher wußte Ihr Vater eigentlich soviel über Molly Davis?« fragte der Gärtner.

»Einen Teil hat er wahrscheinlich von seinem Vater und Großvater erfahren, und außerdem hatte er natürlich noch Mollys Notizheft.«

»Mollys Notizheft?« Sibleys Gesicht kribbelte. »Was wurde denn aus diesem Notizheft?«

»Ich nehme an, es steckt immer noch in dieser alten Seemannskiste oben auf dem Dachboden«, sagte Esther. »Warum? Wollen Sie sich's mal ansehen?«

»Das würde ich gern tun«, sagte der Gärtner sehr leise.

12

Hier kommt jetzt endlich die Begegnung zwischen Nate und Molly:

Ich sehe ihn so deutlich, als ginge ich neben ihm. Er kommt von den New Lots herunter nach Flatbush...

Die Nacht war so hell, wie eine Nacht mit schmaler Mondsichel nur sein kann. Wahrscheinlich wehte eine warme Brise vom Atlantik herüber. Die Luft war feucht, die Planeten sahen zum Greifen nah aus. Ein Meteoritenschwarm zog über den Himmel und hinterließ lange, leuchtende Spuren. Auf beiden Seiten des Weges saßen Tausende von Glühwürmchen im Gras, die sich mit ihren Blinkfeuern verschlüsselte Nachrichten schickten. Das stellte sich Nate jedenfalls vor, denke ich.

Nate war in eine rauhe Hose und einen alten Mantel mit tiefen Taschen gekleidet. Auf dem Rücken trug er den Ranzen mit dem Schuhmacherwerkzeug. Etwa auf dem halben Weg zwischen den New Lots und Flatbush hörte er Hufschlag hinter sich auf der Straße und konnte sich gerade noch rechtzeitig in den Büschen verstecken, um der englischen Patrouille zu entgehen. Den hohen Bärenfellmützen nach zu schließen, die sich vor dem Sternenlicht abhoben, handelte es sich um Grenadiere. Sie ritten so dicht an Nate vorbei, daß er ihre Messingknöpfe gegen die Streichholzschachteln aus Messing schlagen hörte, die an ihren Uniformröcken hingen.

Einige Meilen weiter westlich fand Nate dann tatsächlich die Farm, die ihm Alexander Hamilton beschrieben hatte. Das Haus stand am Dorfrand von Flatbush, es war gleich das zweite Haus neben der Gemeindescheune, mit der Jahreszahl 1747 über dem Torbogen. Zur Vorsicht beschloß Nate, das Haus erst einmal zu beobachten, ehe er sich an der Eingangstür meldete.

Aus einem der vorderen Zimmer hörte er ein Pianoforte, konnte aber nicht erkennen, wer darauf spielte, denn die Fensterläden waren geschlossen. Beim Licht der Glühwürmchen schlich er sich hinter das Haus. Ganz in der Nähe bellte plötzlich ein Hund, und andere Hunde im Dorf stimmten ein. Das Gebell endete aber genauso plötzlich, wie es begonnen hatte. Hinter dem Haus entdeckte Nate einen schwachen Lichtschein. Ein Fensterladen war nicht ganz geschlossen. Nate stieg über den Gartenzaun und näherte sich dem erleuchteten Fenster. Drei der vier Scheiben waren mit ölgetränktem Leder bespannt, nur eine war durchsichtig.

Nate schob sich näher heran. Der erleuchtete Raum war offensichtlich ein Schlafzimmer. An der Rückwand sah Nate ein schmales Bett mit einer blauen Decke. In einer niedrigen Badewanne in der Mitte des Raumes stand eine junge Frau. Sie zeigte Nate ihr Profil und war vollkommen nackt. Der Geruch des kampfergetränkten Tuches, das sie sich über Mund und Nase gebunden hatte, drang bis hinaus in den Garten. Die kleine Lampe mit Walöl, die neben der Frau auf dem Fußboden stand, warf zuckende Schatten, als sie sich mit ihrem Schwamm wusch.

Sicher hat Nate ihre Gestalt und die tanzenden Schatten mit angehaltenem Atem beobachtet. Bestimmt kribbelte die Haut auf seinem Gesicht. Aufmerksam verfolgte er jede ihrer Bewegungen und vergaß alles um sich herum. Ich sehe vor meinem inneren Auge, wie die Frau nach einem Handtuch greift, das über einer Stuhllehne hängt. Ich glaube, sie ist ungefähr dreißig. Ihre Haut ist unglaublich weiß, und ihre Augen spiegeln Schüchternheit oder Trauer. Oder beides. Ihr dunkles Haar ist kurz geschnitten und in der Mitte gescheitelt, wobei einzelne Strähnen nachlässig auf ihren schlanken Hals fallen. Ihre Schultern sind eckig und schmal, ihre Brüste klein und fest. Ein flacher Bauch und darunter ein Gewirr aus feuchten Locken: das Schamhaar.

Mit dem Handtuch über der Schulter trat die junge Frau aus der Wanne und ging mit einem leichten Hinken (sie hatte sich bei einem Sturz vom Pferd das Bein gebrochen, und der Knochen war nicht gut eingerichtet worden) zu dem hohen Spiegel, der hinter der Tür hing.

Nate beobachtete die Frau, die jetzt ihr Spiegelbild kritisch musterte, mit gierigen Augen. Der schlanke Rücken, die schön gewölbten Hinterbacken, die kräftigen Schenkel und Waden (auf dem »Laufrad« ihrer Spinnmaschine legte sie täglich mehr als zwanzig Meilen zurück), die nackten Knöchel und Füße erregten ihn mehr als alles andere, was er je gesehen hatte. Nie hatte er etwas so begehrt wie diese Frau.

Nate war kein Heiliger (auch wenn das später so dargestellt worden ist). Tatsache war, daß er noch nie eine nackte Frau gesehen hatte. Er hatte schon oft von einer geträumt, hatte mit seinen Klassenkameraden in Yale in medizinischen Lehrbüchern nach Bildern gesucht, hatte einmal sogar ein Mädchen dazu überredet, Schuhe und Strümpfe auszuziehen und ein paar Schritte weit in den Connecticut River mit ihm zu waten (und dann monatelang von der Erinnerung an ihre nackten Waden und Füße gezehrt). Aber der Anblick, der sich ihm jetzt bot, hob ihn auf eine ganz andere Stufe des Daseins. Das Blut stieg ihm zu Kopf, er wurde von Schwindelgefühlen erfaßt. Er hörte sein Herz schlagen und spürte, wie sich in seiner Hose die Männlichkeit rührte. Instinktiv preßte er seinen Unterleib an die Mauer des Hauses. (Ja, Nate, ich weiß, daß ich dir jetzt zu sehr auf den Leib rücke! Du würdest lieber in der Unnahbarkeit deines Mythos verhüllt bleiben, nicht wahr?)

Wahrscheinlich wäre Nate gern freiwillig zur Salzsäule erstarrt und hätte für den Rest seines Lebens sein Gesicht an die Scheibe und seinen Unterleib an die Hauswand gepreßt und die schöne Nackte hinter dem Fenster beobachtet, aber jetzt spürte er unter seinem Schuhmacherranzen plötzlich eine Gewehrmündung in seinem Kreuz. Ein zufriedenes Grunzen kam aus der Dunkelheit hinter ihm. »Dacht' ich mir doch, daß die Hunde nich' umsonst gebellt haben«, sagte eine dunkle Negerstimme. »Ich hab' 'ne Kugel un' Schrot in der Flinte. Eine falsche Bewegung, un' ich schieß' dich in zwei Teile, du Spanner. So, un' jetzt heb mal schön langsam die Hände.«

Nate streckte beide Arme in die Luft und erstarrte.

»Un' jetz' gehs' du schön langam nach vorne zur Haustür, wo ein Gentleman, was du bestimmt nich' bist, gleich von Anfang an hingegangen wäre.«

Nate riskierte einen Blick zurück über die Schulter, sah einen baumlangen Neger mit einer gewaltigen Donnerbüchse und gehorchte. Er gelangte zur Vordertür, die er mit der Fußspitze aufstieß, und trat in die Diele. Eine vom Alter gebeugte Greisin, deren zerbrechliche Gestalt von einer dicken Stola umhüllt war, saß auf einem Hocker vor dem Pianoforte, sang (einen halben Ton zu tief) ein englisches Kinderlied und wiegte dabei ihren Körper im Takt. Zu ihren Füßen lag ein Hund, der gelegentlich im Schlaf zusammenzuckte.

Nate erkannte das Lied sofort:

> Die Blume jagt der Biene nach,
> Die Schiffe sind an Land,
> Die Kirche schwimmt im Meer,
> Die Pferde reiten auf den Männern,
> Die Kühe wer'n vom Gras gefressen.
> Die Katzen verstecken sich in den Löchern der Mäuse,
> Die Mütter verkaufen die Kinder,
> Der Winter ist Frühling, der Frühling ist Sommer.
> Die Welt steht auf dem Kopf, ja Kopf.

Die alte Frau hämmerte mit ihren arthritischen Fingern auf die Tasten und wiederholte den Refrain:

Die Welt steht auf dem Kopf, ja Kopf.

Plötzlich sah sie den Neger, der mit der Muskete im Anschlag einen Fremden hereinführte. Ihre Augen weiteten sich. Sie öffnete den Mund, brachte aber zunächst keinen Ton heraus. Nach mehreren vergeblichen Anläufen fand sie schließlich ihre Stimme wieder und krächzte: »He, Molly! Komm schnell! Ich glaube, John Jack hat einen Rebellen gefangen!«

Die Tür zum hinteren Zimmer flog auf. Die Frau aus der Badewanne stand auf der Schwelle, in einen grauen Morgenmantel gekleidet. Ihre Füße, die unter dem Saum sichtbar wurden, waren immer noch nackt. Das Tuch vor Mund und Nase war verschwunden, aber der Kampfergeruch war noch da.

»Der Kerl hat durchs Fenster spioniert«, sagte John Jack und stieß Nate den Lauf der Muskete ins Kreuz. »Wer hat dir erlaubt, die Hände herunterzunehmen?«

Nates Hände gingen wieder zu Decke, und er wandte sich an die junge Frau: »Ihr seid Molly Davis, nicht wahr?«

»Was wollt Ihr von mir?« fragte sie von der Tür aus.

»Nur ein bißchen höflich plaudern.«

Die junge Frau musterte Nate einen langen Moment lang mit ihren traurigen Augen. Schließlich fragte sie: »Wie ist Euer Name?«

Nate sagte es ihr. Sie zögerte, deutete dann mit einer Kopfbewegung zum Schlafzimmer. John Jack und die alte Frau tauschten einen verwunderten Blick. Schließlich zuckte der Schwarze die Achseln und senkte seine Muskete. Nate ließ seine Hände sinken und stürmte an Molly vorbei in den Kampfergeruch des hinteren Zimmers. Sie folgte ihm und schloß die Tür hinter sich. Er drehte sich zu ihr um. Die halbgefüllte Zinkbadewanne zwischen ihnen war wie ein See.

Jetzt sah er sie wieder nackt in der Wanne stehen, dachte an den aufwärts gerichteten Schwung ihrer Brüste und hatte Mühe, sich zu sammeln. »Ich habe einen Brief für Euch«, stieß er schließlich hervor. »Von Alexander Hamilton.«

Er ließ den Ranzen mit dem Werkzeug von den Schultern gleiten, setzte sich auf einen Stuhl und zog seinen rechten Schuh aus. Aus einem Versteck zwischen der inneren und äußeren Sohle holte Nate einen mehrfach gefalteten Brief. Molly kam um den See mit dem Badewasser herum, nahm Nate den Brief aus der Hand und die Walöllampe vom Boden und ging mit ihrem unmerklichen Hinken zum Bett. Sie stellte die Lampe auf den Nachttisch, setzte sich auf die Bettkante und riß mit dem Fingernagel den Brief auf. Beim Lesen bewegte sie deutlich die Lippen. »Den müssen wir verbrennen«, sagte sie, als sie fertig war. »Ich werde Euch helfen, so gut ich es kann.« Sie hob den Kopf, aber ihre Augen vermieden Nates Blick. »Ist das wahr, daß Ihr mich durchs Fenster... beobachtet habt?«

Nate errötete. »Ich wollte ganz sicher sein, daß ich vor dem richtigen Haus stand.« Er nickte in Richtung des Baumwolltuchs, das auf einem Beistelltisch lag, und versuchte das Thema zu wechseln. »Warum inhaliert Ihr mit Kampfer?«

»Eine Frau aus dem Dorf hat mir gesagt, wenn man sich jeden Tag fünf Minuten lang ein kampfergetränktes Tuch vors Gesicht hält, schützt einen das gegen Gelbfieber. Außerdem reinigt es die Atemwege und Lungen. Ihr braucht gar nicht so töricht zu lächeln, bloß weil Ihr nichts von diesen Dingen versteht. Das steht Euch schlecht an. Zu Hause in Irland haben wir ein Sprichwort: Was Butter und Whiskey nicht heilen können, ist unheilbar. Das glaube ich nicht. Ich bin fest überzeugt, man kann mit Kräuterumschlägen und Quittensaft, Lilienwurzeln und dergleichen viel heilen. Zum Beispiel gibt es da eine Salbe aus Honig und Opium, die sehr wirksam ist. Daß Arsen in kleinen Dosen gegen Verdauungsstörungen hilft, weiß man schon lange. Und das Harz des Drachenbaums lindert die Gicht.« Molly spürte, daß Nate sie unverwandt ansah. »He, was starrt Ihr mich so an?« fragte sie. »Etwa weil Ihr mich ohne Kleider gesehen habt? Ihr müßt noch sehr unschuldig sein. Habt Ihr Eure Zunge verschluckt? Sprecht!« Mollys Augenbrauen zogen sich zusammen, und ihr Mund streckte sich zu einem Lächeln. Nate hatte allerdings das Gefühl, daß es sich um ein Lächeln handelte, wie man es braucht, um nicht zu weinen. »Als erstes erzählt mir jetzt, woher Ihr eigentlich kommt.«

»Connecticut.«

»Und wo in Connecticut?«

»Coventry.«

»Sind die Leute in Connecticut immer noch so scharf auf den Krieg?«

»Eher lauwarm«, mußte Nate zugeben. »In einigen Gemeinden mußten sie schon das Los ziehen, um genug Rekruten für die Sommerkampagne zu finden. Und manche von denen, die gezogen wurden, haben lieber Ersatzmänner bezahlt, als selbst einzurücken. Ich habe sogar gehört, daß einer seinen Sklaven geschickt hat.«

»Ein einziger richtiger Sieg würde das bestimmt ändern«, sagte Molly zuversichtlich. »Habt Ihr gehört, daß die Rotröcke auf Manhattan gelandet sind?«

Nate schüttelte überrascht den Kopf. »John Jack hat es heute nachmittag in Brooklyn gehört. Wie es scheint, sind die Rotröcke am Fünfzehnten vom New Town Creek zur Kipp's Cove übergesetzt. Die Leute von der Kontinentalarmee, die den Strand verteidigen sollten, sind sofort geflohen, als die Engländer auftauchten. Es heißt, General Washington sei fast in Gefangenschaft geraten, als er seine Truppen zurückhalten wollte.«

»Und was ist aus General Putnam und seinen Leuten geworden?«

»Es heißt, sie ziehen sich von New York aus über den Broad Way nach Norden zurück, um sich mit Washingtons Truppen auf den Haarlem Heights zu vereinigen. Wenn die Rotröcke New York noch nicht besetzt haben, werden sie es bald tun.«

Nate mußte zugeben, daß die militärische Lage nicht gerade rosig aussah, und Molly stimmte zu. Dann erläuterte Nate, warum ihn Washington hinter die britischen Linien geschickt hatte. »Er glaubt, er muß einen oder zwei Monate lang auf den Heights aushalten, um seine Truppen auf den Rückzug vorzubereiten. Er hat mich hergeschickt, damit ich herausfinde, ob ihm Howe genug Zeit dazu läßt.«

Molly erhob sich. Wieder tanzte ihr Schatten hinter ihr an der Wand. »Ich kenne die Westküste von Long Island wie meine eigene Hand«, sagte sie. »Am New Town Creek bin ich mit Isaac mehrmals zum Picknick gewesen. Wir brechen gleich morgen früh auf.«

»Wir? Wer hat gesagt, daß Ihr mitkommen sollt?«

»Auf den Straßen wimmelt es von englischen Patrouillen, und die Torys haben überall Straßensperren errichtet«, sagte Molly. »Wenn Ihr eine Frau dabeihabt, werdet Ihr weniger auffallen. Ich kann ja sagen, ich würde Euch mit nach Hause nehmen, damit Ihr unsere Schuhe flickt. Die Rotröcke werden sich zuzwinkern und schmutzige Bemerkungen machen, aber es bestehen gute Aussichten, daß sie uns durchlassen.« Ehe Nate widersprechen konnte, ging Molly zur Tür. »Seid vorsichtig mit dem, was Ihr in Gegenwart meiner Großtante sagt«, ermahnte sie Nate, ehe sie öffnete. »Sie ist ein überzeugter Tory und schließt Georg III. allabendlich ins Nachtgebet ein. Was ich übrigens auch tue: Ich bete zu Gott, daß er dieses Scheusal im Fegefeuer braten läßt.«

Molly machte Nate ein Glas heiße Milch mit Honig, suchte ihm eine überzählige Decke und bereitete ihm auf einer Matratze in der Speisekammer ein Nachtlager. Dann ging sie zurück in ihr eigenes Zimmer, nahm ein Dokumentenkästchen aus ihrer Wäschetruhe, schloß es mit einem Schlüssel auf, der in einer Ritze zwischen den Dielenbrettern versteckt war, schob ein paar juristische Dokumente beiseite (die Heiratsurkunde, die Eigentumsbestätigung für John Jack) und zog das kleine Notizheft heraus, in dem sie seit ihrer Hochzeit Tagebuch führte: »Überfallen von Trauer«, stand auf der tränenfleckigen Seite, die vom Tod ihres Mannes berichtete. »Das Leben scheynt nicht mehr lebenswert.« Sie schlug eine leere Seite auf, tauchte einen Gänsekiel in ein Tintenfaß und schrieb:

»Den 19ten Sept. 1776. Heute kam eyn Beauftragter von General Washington mit Namen Nate Hale auff die Farm, ein bemerckenswerther Mann ohne Fehl und Tadel, aber noch sehr jungk. Sol die feintlichen Linien auskuntschafften. Ich sah ihn, als ich nackt beym Bade gewesen, zum Fenster hereinschauen. Gefühlen nachgehend, die ich seyt langem totgeglaubt, liess ich mir nichts mercken und zoegerte sogar eyn Wenig, um ihn mehr sehen zu lassen. Ich frage mich, ob es sündig & wider die Natur ist, wenn man wuenscht, begehrt zu werden.« Molly blickte von ihrem Tagebuch auf, sann über die moralischen Aspekte nach, beugte dann den Kopf wieder über das Heft und schrieb: »Und ich antworte: Nein!«

Ich bin jetzt an der Stelle, wo Nate und Molly die Dispositionen der Engländer auskundschaften:

Die immer noch leicht nach Kampfer duftende Molly weckte den friedlich schlummernden Nate beim ersten Licht des neuen Tages. Als er seine Speisekammer verließ und ins Wohnzimmer kam, reichte sie ihm eine dampfende Tasse Mokka. Durch die offene Tür konnte Nate sehen, daß John Jack bereits den leichten Wagen angespannt hatte. Eine hübsche graue Stute stand im Geschirr. Molly zog einen Umhang über ihr Kleid und ging mit ihrem leicht zögernden Hinken hinaus. Nate streifte den Ranzen mit dem Werkzeug lässig über die rechte Schulter, trank den letzten Schluck Mokka und folgte der jungen Frau. Im Dorf krähten gerade die ersten Hähne. Molly raffte ihre Röcke (wie ich Nate kenne, ließ er sich einen kurzen Blick auf ihre weißen Knöchel nicht entgehen) und kletterte geschickt auf den Wagen. Nate packte seinen Ranzen auf die Ladefläche, dann schwang er sich neben sie auf den Bock. John Jack reichte Molly die Zügel. »Achte darauf, daß meine Tante sich warm hält und ihre Stola nicht ablegt«, instruierte Molly den Schwarzen. »Wenn sie über geschwollene Gelenke klagt, mußt du ihr einen Fingerhut von dem Harz aus dem irdenen Topf in den Tee tun. In zwei Tagen sind wir wieder zurück, so Gott will.« Sie ließ die Zunge und die Zügel leicht schnalzen, und das Pferd trottete gehorsam die Straße hinunter.

Rauch kräuselte sich über den Schornsteinen, als Nate und Molly über die verlassene Dorfstraße und dann durch einen Hohlweg nach Brookland hinauffuhren. Am nördlichen Ende des Hohlwegs stießen sie auf eine Straßensperre der Torys, aber die beiden Wachen gaben sich damit zufrieden, Nates Ranzen zu überprüfen und ihm ein Flugblatt in die Hand zu drücken, mit dem sie Soldaten anwerben sollten. Beim Weiterfahren las Nate es seiner Begleiterin vor.

»Die Überschrift lautet: ›An alle furchtlosen, wehrtüchtigen Helden‹«, sagte er. »Hört Euch diesen Quatsch an. ›Beherzte Burschen, die in unsere Reihen eintreten, ernten nach dem siegreichen Ende des Krieges nicht nur Ruhm und Ehre, sondern erhalten auch 50 Morgen bestes Land.‹ Auf unserer Seite kämpfen die Leute aus Patriotismus.«

»Und was ist Patriotismus?« fragte Molly.

»Nicht mehr und nicht weniger als das Gefühl, das man für sein Land und seine Landsleute hat; nicht mehr und nicht weniger als die Überzeugung, daß die eigenen Methoden sich von denen des Feindes unterscheiden und daß die eigenen Landsleute zu großen Kraftanstrengungen, unendlicher Großzügigkeit und grenzenloser Gerechtigkeit fähig sind.«

»Ihr habt also keinerlei Zweifel an unserer Rebellion?«

»Hinsichtlich der Rebellion habe ich keinerlei Zweifel. Hinsichtlich dessen, was danach kommt, bin ich mir nicht ganz so sicher.«

Molly fragte, wie er das meine. Nate nannte einige der

Probleme, die ihn beschäftigten: John Adams behauptete, wenn man die gesetzgebende Versammlung, die Regierung und die Justiz in etwa mit gleicher Machtvollkommenheit ausstatte, könne man die in der menschlichen Natur verankerte Neigung zur Tyrannei damit kontrollieren, aber Nate war sich nicht sicher, ob das wirklich so war. Und das war nicht das einzige Problem. Würde das stehende Heer, das Washington so entschieden verlangte, nach einem Sieg auch wirklich die Freiheit verteidigen? Oder würde es sie unterdrücken? Würde Washington König der Kolonien? Würden die größeren Staaten bei einem Zusammenschluß die kleineren schlucken? Würden die Sklavenhalterstaaten mit ihren billigen Arbeitskräften die anderen zwingen, ebenfalls die Sklaverei einzuführen, weil sie sonst nicht konkurrenzfähig wären?

»Würdet Ihr den Sklavenhalterstaaten Euren Standpunkt denn aufzwingen wollen? Müßten sie die Sklaverei abschaffen, um in die Union aufgenommen zu werden?« fragte Molly.

Ja, sagte Nate, wenn er etwas zu sagen hätte, würde er das verlangen. »Wir können uns schlecht darüber beklagen, daß uns die Briten wie Sklaven behandeln, wenn wir selbst ein Sechstel der Bevölkerung in einem Zustand ständiger Sklaverei halten. Das ist nicht nur ungerecht, sondern auch unlogisch.«

Molly zog die Peitsche aus ihrer Halterung und schlug der Stute ärgerlich eins über den Rücken. Das Tier beschleunigte seine Schritte. »Dann haltet Ihr es gewiß auch für inkonsequent, daß ich einerseits ein Rebell gegen den König bin und andererseits einen Sklaven besitze.«

»Ich wollte Euch nicht kritisieren–«

»Es war sehr deutlich, was Ihr gemeint habt! John Jack war Teil meines Erbguts als Witwe eines gefallenen Kriegers. Sein Wert wurde mit hundertundzwanzig Pfund angesetzt. John Jack, die Stute, der Wagen, meine Wäschetruhe, fünfzig

Pfund Sterling und eine Handvoll wertloser Continentals, ein paar Zinnteller, mein Spinnrad und die Kleider, die ich am Leib trug, waren alles, was ich erhielt, als man mich zu meiner Großtante abschob, die ein leeres Zimmer hatte und jemanden brauchte, der sie versorgte. Ohne John Jack müßte ich jemanden bezahlen, der pflügt und sät und erntet, und dann wären wir sehr bald am Ende.« Der grauen Mähre spritzte Schaum aus dem Maul und durchnäßte ihr Kleid, aber Molly schien es nicht zu bemerken. »Ihr erregt Euch so wegen der Rechte der Schwarzen, aber eine verheiratete Frau hat weniger Rechte als eine Sklavin. Ein Sklave kann sowohl Schwarze als auch Weiße verklagen, aber eine verheiratete Frau existiert gar nicht für die Gerichte. Sie hat kein Stimmrecht, sie kann keine Klage einreichen und keinen Vertrag unterschreiben. Sie darf nicht mal ein Testament machen. Ein Sklave kann den Lohn behalten, den er erhält, und manche haben sogar genug gespart, um ihre Freiheit zu kaufen, aber was eine Frau verdient, gehört ihrem Mann.« Molly merkte plötzlich, daß ihre Stute Schaum vor dem Maul hatte, und straffte die Zügel, damit das Pferd langsamer lief. Mit einem Seitenblick auf Nate sagte sie bitter: »Wann hätte man je von einer Frau gehört, die genug sparen konnte, um sich ihre Freiheit zu kaufen?«

»War denn Eure Ehe so schlecht?« fragte Nate.

»Isaac war ein zärtlicher Mann und ein guter Liebhaber, und ich vermisse ihn sehr«, sagte Molly. »Aber«, fügte sie leidenschaftlich hinzu, »das ändert nichts daran, daß eine verheiratete Frau weniger Rechte hat als eine Sklavin.«

Molly verstummte, und Nate gelangte zu der Überzeugung, daß es klüger war, die Sache auf sich beruhen zu lassen. Eine Kompanie königlicher Artilleristen in blau-roten Uniformröken überholte den Wagen. Sie kamen offensichtlich von Graves End. Vierzehn Sechspfünder und fünf Planwagen mit Pulver und Munition zählte Nate. Die Artilleristen auf den Pferden, die das Geschütz zogen, begannen mit Molly zu scherzen, als sie vorbeiritten. »Was ein Mädchen wie du braucht, ist ein Mann des Königs«, rief ein Soldat mit grauem Bart.

»Ja glaubst du denn, du kriegst ihn hoch, so weit weg von zu Hause?« rief Molly fröhlich zurück.

»Wenn ich ihn rauskriege, krieg' ich ihn auch hoch!« rief der Soldat zurück. Seine Kameraden johlten.

»Hütet Euch, daß Ihr sie nicht ärgert«, flüsterte Nate. Aber Molly lachte laut über jeden Scherz der Soldaten und teilte genauso aus, wie sie einstecken mußte. Sie hatte angehalten, damit die Stute sich ausruhen konnte und der Staub, den die Artilleristen aufgewirbelt hatten, sich wieder legte. Dann ging es weiter. Die Häuser von Brookland kamen in Sicht, als sie die Anhöhe erreichten. Am Stadtrand hielt ein Trupp Dragoner mit schmutzigen roten Federbüschen an den Messinghelmen sie an und fragte nach dem Woher und Wohin. Molly erklärte, sie habe eine Tante in Flatbush besucht und wolle jetzt mit einem Schuhmacher, den sie unterwegs getroffen habe, nach Brookland zurückkehren. Die Engländer tauschten wissende Blicke, überprüften Nates Ranzen und ließen sie dann passieren.

Sie hielten unten am Hafen beim *Sign of the Black Kettle* und ließen sich zwei Stücke Pastete und zwei Gläser Most geben. Im Schankraum des Gasthofs drängten sich Dutzende von Kaufleuten und Händlern, und sie mußten sich auf eine schmale Bank im Hintergrund quetschen. Ihnen gegenüber saßen zwei Faßbinder, die rohe Knoblauchzehen zu ihrer Mahlzeit verzehrten. Weiter unten am Tisch tranken einige junge Offiziere von einem Tory-Regiment Madeira. Einer von ihnen behauptete gerade unter großem Getöse, Washingtons Tage seien gezählt. Ein Tory mit sichelförmigen Koteletten fragte, wie weit es vom Frog's Neck zur King's Bridge sei. Acht bis zehn Meilen Luftlinie, vermutete einer am Tisch. Der Tory mit den Koteletten sagte etwas, was Nate nicht verstand. Die anderen lachten angeberisch. Nate und Molly vermieden es, sich anzusehen.

Nach dem Lunch gingen sie am Hafen spazieren und sahen sich die Fracht- und Kriegsschiffe an, die an der Pier festgemacht waren oder weiter draußen im Hafen lagen und darauf warteten, entladen zu werden. Nate merkte sich die Namen der Kriegsschiffe und zählte ihre Kanonen, dann ging er hinter einem Schuppen in Deckung und kritzelte lateinische Wörter in sein Notizbuch.

HMS Roebuck, vierzig Kanonen,
HMS Orpheus, zweiunddreißig Kanonen,
HMS Carysfort, achtundzwanzig Kanonen,
HMS Rose, zweiunddreißig Kanonen,
HMS Phoenix, vierzig Kanonen.

»Ist Euch nichts aufgefallen an den englischen Kriegsschiffen?« fragte Nate, als sie ihren Wagen wieder bestiegen.

»Nichts außer dem Union Jack, und der läßt mir die Galle aufsteigen«, sagte Molly.

»Linienschiffe führen normalerweise vier bis sechs Beiboote mit, aber die waren nirgends zu sehen. Es hingen keine an den Davits, es waren keine im Wasser, es lagen keine am Kai.«

»Vielleicht sind sie alle unterwegs und bringen Proviant und Munition nach Manhattan.«

»Ja, vielleicht«, sagte Nate nachdenklich.

»Was bedeuten soll: Wahrscheinlich nicht«, gab Molly zurück.

Die Landstraße nach Nordosten wimmelte von Rotröcken, die in beide Richtungen unterwegs waren. Dank Mollys Zungenfertigkeit passierten sie ohne irgendwelche Beanstandungen zwei weitere Straßensperren, von denen eine mit Torys und die andere mit Füsilieren aus Northumberland besetzt war, die hohe Bärenfellmützen trugen. In rascher Fahrt ging es am New Town Creek entlang, von wo aus die Straße über New Town nach Flushing hinaufführte. Zur Linken verdeckte eine niedrige Hügelkette die Marschen an der Mündung des Flüßchens. »Von hier aus haben die Rotröcke ihre Boote zur Kipp's Cove geschickt«, sagte Molly.

»Vielleicht sollten wir mal einen Blick hinunter werfen«, schlug Nate vor.

Molly lenkte den Wagen an den Straßenrand und versteckte ihn hinter einem hohen Brombeergestrüpp. Ihren Staubmantel ließ sie im Wagen, stopfte sich ein paar reife Brombeeren in den Mund und schlenderte langsam hinter Nate her, der sich bereits daran gemacht hatte, über eine steil ansteigende Wiese eine kleine Anhöhe zu erklimmen. Die letzten Meter vor dem Hügelkamm kroch er sogar auf den Knien, um nicht von der anderen Seite des Abhangs gesehen zu werden.

Molly war seinem Beispiel gefolgt. Ihre Lippen waren blau von den Beeren. Gemeinsam lagen sie im hohen Gras und spähten zur Mündung des New Town Creek in den East River hinunter. Hinter dem Fluß war Manhattan zu sehen. Der Nachmittag war glutheiß. Ringsum zirpten die Grillen. Kipp's Farm und weiter nördlich, oberhalb der Turtle Bay, das Anwesen der Familie Beekman waren gut zu erkennen. Die Wasserfläche des New Town Creek war dicht mit Langbooten besetzt. Jeweils ein Dutzend waren Bordwand an Bordwand zusammengebunden. Zehn Reihen zählte Nate. Es herrschte große Geschäftigkeit rings um die Boote. Dutzende von Zelten standen am Ufer, und Hunderte von Soldaten stapelten Pulverfässer und Munition an den Stegen, die zu den Booten hinausführten. Andere reinigten Musketen oder Kanonen und kalfaterten die Boote, die zur Überholung an Land gebracht worden waren. Auf einer Wiese jenseits der Zelte ließ ein Feldwebel fünfzig Highlander in Schottenröcken exerzieren. Auf einen gebrüllten Befehl hin, der bis zu Nate und Molly herübertönte, kniete die Hälfte der Männer sich hin, hob die Gewehre und zielte. Ohne tatsächlich gefeuert zu haben, erhob sich die vordere Reihe dann wieder, und eine zweite trat an ihre Stelle. Nate pfiff lautlos durch die Zähne und legte Molly eine Hand auf den Rücken. Ihr Kleid war ganz naßgeschwitzt, wie er feststellte. »Die mit den blauen Uniformen sind hessische Grenadiere, die mit grünen Uniformen sind Jäger. Es heißt, die Jäger seien alle hervorragende Scharfschützen, die unter den Förstern und Wildhütern in Deutschland rekrutiert worden sind. Die in den gelben Uniformen müssen die 29er aus Worcestershire sein, einen von denen haben wir bei der Schlacht um Boston gefangengenommen. Die mit den purpurroten Uniformen sind die 59er aus East Lancashire. Seht Ihr die mit den weißen Hosen und den roten Röcken? Das müssen die berühmten Grenadierregimenter fünf und zweiundfünfzig sein, die Howe am Breed's Hill gegen die Stellungen von Colonel Knowlton geführt hat. Ich schätze, da unten sind mindestens dreitausend Mann!«

»Was glaubt Ihr, wieviel Mann kann so ein Langboot befördern?« fragte Molly.

Nate machte sich bereits wieder in lateinischer Sprache Notizen. »Fünfzig oder sechzig, würde ich sagen.«

»Neun Reihen mit je zwölf Booten macht einhundertundacht. Drei sind gerade zum Überholen an Land. Macht zusammen einhundertundelf. Mal, sagen wir, fünfzig macht...« – sie kratzte mit einer Fingerspitze im Sand – »...fünftausendfünfhundertundfünfzig.« Mollys Augen verengten sich zu haßerfüllten Schlitzen, als sie die Soldaten betrachtete. »Wenn ich die Kerle sehe, gerät mein irisches Blut so in Wallung, daß keine zarten weiblichen Gefühle mehr bleiben.«

»Wie alt seid Ihr eigentlich gewesen, als Ihr in die Kolonien kamt?« fragte Nate.

»Beinahe sieben.«

»Erinnert Ihr Euch denn an Irland?«

»Ich erinnere mich, wie demütigend es war, in einem besetzten Land zu leben. Ich erinnere mich an die Brutalität der

Besatzer, an die Menschenjagden, an die öffentlichen Hinrichtungen. Einmal haben die Rotröcke ein vierzehnjähriges Mädchen aufgehängt, weil es ein Spitzentaschentuch gestohlen haben sollte. Bis zu meinem letzten Stündchen werde ich hören, wie sie geschrien hat, als sie mit einem Schild um den Hals durch die Straßen gekarrt wurde. Ich erinnere mich auch noch sehr gut an das Geräusch der Wellen, die mich von alledem forttrugen. Jedenfalls hoffte ich damals, sie würden mich forttragen. Aber jetzt sind sie wieder da, die Soldaten. Ihr und Euresgleichen kämpft, weil Ihr Patrioten seid. Ich kämpfe, weil ich wie jeder gute Ire auf der Welt Engländer töten will.«

Nate hatte seine Notizen beendet. Er erinnerte sich daran, daß der Offizier im *Black Kettle* nach der King's Bridge und nach Frog's Neck gefragt hatte. »Wo ist eigentlich dieser Frog's Neck?« erkundigte er sich bei Molly.

»Wenn man den East River hinaufsegelt, kommt man erst zur Hell Gate, dann zu den Two Brothers und dann zu einer langgestreckten Halbinsel am Nordufer, die Frog's Neck genannt wird. Danach öffnet sich der East River dann zum Long-Island-Sund.«

»Ich habe gehört, in der Hell Gate gebe es tückische Strudel.«

»Das hängt sehr von der Jahreszeit und von den Künsten des Steuermanns ab«, sagte Molly. »Die ortsansässigen Fischer fahren dauernd durch die Hell Gate, sonst könnten sie ja nicht im Long-Island-Sund fischen.«

Von jenseits des New Town Creek kam der lang hingezogene Befehl des Feldwebels: »Ba... jo... nette auf... stekken!« Nate murmelte: »Bei uns in Connecticut sagen die Leute, man kann keinen Acker pflügen, wenn man die Schollen bloß in Gedanken umdreht. Wir haben alles gesehen, was wir sehen müssen. Kommt!«

Jetzt beschreibe ich, wie Nate zu erraten versucht, was die Rotröcke ausbrüten, und was er sich ausdenkt, um ihren Plan zu vereiteln:

Nate und Molly kehrten gemächlich nach Brookland zurück, wobei sie sich sehr viel Zeit ließen, damit sie nicht an die Straßensperren kamen, bevor die Wachen vom Vormittag abgelöst worden waren. Sie stellten den Wagen am Hafen ab, ließen ihr Pferd auf einer Koppel weiden, gaben einem jungen Burschen ein kleines Trinkgeld, damit er beides im Auge behielt, und setzten mit der flachen Fähre nach New York über. Als sie eintrafen, ging über dem Steilufer von New Jersey gerade die Sonne unter. Eine seidenweiche Brise blies von den Narrows herein und blähte in den offenstehenden Fenstern die Vorhänge. Auf den breiten Straßen lagen hohe Müllhaufen, in denen kaninchengroße Ratten herumhuschten. Kinder mit Pfeil und Bogen lauerten den fetten Nagern auf, aber die Ratten waren zu schlau und zu schnell für die Jäger. Die von der Rebellenarmee zum Fluß hin errichteten Barrikaden waren von den Engländern beiseite geräumt worden und lagen jetzt als wirre Haufen vor den Gebäuden.

»Zimmer zu vermieten«, stand an einem breit hingestreckten, schindelverkleideten Haus, etwa hundert Meter von der Anlegestelle der Fähre entfernt. Die mürrische Wirtin erklärte, sie habe nur ein Bett und ein Zimmer frei, und Nate wollte sich schon wieder abwenden, aber als er Mollys Ellenbogen im Kreuz spürte, nahm er es doch. Er bezahlte im voraus, schrieb einen erfundenen Namen ins Gästebuch, und als er Mollys hochgezogene Augenbrauen sah, kritzelte er hastig »nebst Gemahlin« dahinter. Er warf seinen Ranzen über die Schulter, und dann folgten er und Molly der Wirtin zwei Treppen hinauf in ein kleines Hinterzimmer, dessen bleiverglastes Fenster auf einen Gemüsegarten hinausging. Ein schmales Bett auf hohen Beinen, eine große Schüssel und ein Krug mit frischem Wasser auf einer niedrigen Kommode waren die wichtigsten Einrichtungsgegenstände. Darüber hinaus war das Zimmer mit einer nicht funktionierenden Wanduhr und einem Porträt von Georg III. ausgestattet, das offenbar aus einer Zeitung gerissen und hastig gerahmt worden war.

»Die Kerzen«, sagte die Vermieterin und nickte zu den beiden Zinnleuchtern hin, die auf dem Tisch standen, »gehen extra. Die könnt Ihr bei der Abreise zahlen.«

Kaum war die alte Vettel gegangen, wendete sich Molly zu Nate um und setzte eine vorangegangene Diskussion fort. »Woher wollt Ihr das so genau wissen?« fragte sie.

»Zwei Dinge wissen wir über General Howe«, sagte Nate. »Er ist ein Experte für Landemanöver. Das hat er schon zweimal bewiesen. Einmal, als er 15 000 Mann nach Graves End gebracht hat, um Long Island besetzen zu können. Und jetzt wieder mit seiner Landung in Kipp's Cove, die ihm den Angriff auf Manhattan ermöglicht hat.«

»Bloß weil–«, wollte Molly einwerfen, aber Nate ließ sich nicht unterbrechen.

»Zweitens wissen wir über Howe, daß ihn die Verluste der Rotröcke beim Sturm auf Breed's Hill sehr erschüttert haben. Er wird künftig vor einem direkten Angriff auf befestigte Stellungen zurückscheuen, so wie ein Pferd vor dem Sprung über eine Mauer zurückscheut. Das hat sich sehr deutlich gezeigt, als er unsere Männer auf Long Island zuerst auf die Brookland Heights trieb, dann aber trotz seiner gewaltigen Übermacht darauf verzichtete, sie anzugreifen, so daß Washington alle Mann über den Fluß nach Manhattan evakuieren konnte.«

»Trotzdem verstehe ich nicht–«

»Laßt mich ausreden. Howe hat seine Truppen auf Manhattan so aufgestellt, daß sie der Kontinentalarmee auf den Haarlem Heights direkt gegenüberstehen. Meiner Ansicht nach hat er jetzt zwei Möglichkeiten. Er kann frontal angreifen. Dann laufen seine Leute ins Feuer, so wie sie am Breed's Hill ins Feuer gelaufen sind, und er riskiert große Verluste.

Dabei darf man nicht vergessen, daß Howe für jeden Mann, der verletzt wird oder fällt, Ersatz nur aus England beschaffen kann. Er kann aber auch ein weiteres Landemanöver versuchen: Er transportiert eine größere Armee an der Hell Gate vorbei zum Frog's Neck, läßt sie dort landen und besetzt dann die King's Bridge. Wenn seine Kriegsschiffe auf dem East River und dem North River patrouillieren und seine Landungsarmee den Übergang von Manhattan nach Westchester kontrolliert, dann ist Washington auf den Haarlem Heights gefangen. Die ohnehin schon sehr angeschlagene Moral der Kontinentalarmee würde noch weiter absinken und die Zahl der Deserteure zunehmen. Bald würde der Proviant knapp werden. Der Kongreß würde Washington und Washington dem Kongreß die Schuld geben. Wenn Howe geduldig genug wäre, hätte er gute Aussichten, die Kontinentalarmee auszuhungern und die Rebellion in sich zusammenbrechen zu lassen, ohne daß er einen Schuß abfeuern muß.«

Molly trat ans Fenster und starrte die Wetterhähne auf den gegenüberliegenden Dächern an. »Ich muß zugeben, daß Eure Überlegungen sehr überzeugend klingen«, sagte sie schließlich.

»Ich fürchte sogar, daß ich recht habe«, sagte Nate düster. »Das würde zumindest erklären, warum sich am New Town Creek fünftausendfünfhundertundfünfzig Rotröcke mit einhundertundelf Langbooten versteckt halten. Wenn Howe sie lediglich nach Manhattan übersetzen lassen wollte, um seinen Brückenkopf in New York zu verstärken, könnte er das einfach mit der Fähre von der Anlegestelle in Brookland aus tun.«

Molly drehte sich zu Nate um. Sie lächelte, um nicht zu heulen. »Wenn Ihr recht hättet, wäre ja alles verloren!«

»Vielleicht auch nicht«, sagte er nachdenklich. Und dann enthüllte er ihr seinen Plan: Wie wäre es, wenn er in lateinischer Sprache einen Bericht schreiben würde, in dem er alle Dispositionen der Engländer detailliert beschrieb, insbesondere alles, was er am New Town Creek beobachtet hatte? Wie wäre es, wenn dieser Bericht auch den Hinweis enthielte, die Engländer wollten wahrscheinlich am Frog's Neck landen und Washington auf Manhattan einschließen? Wie wäre es, wenn er einen Vermerk auf dem Brief anbringen würde, aus dem hervorging, daß es sich um eine Kopie handelte und das Original sich bereits in Washingtons Händen befand? Molly könnte ja einen zweiten Brief schreiben, der so abgefaßt sein müßte, als hätte Alexander Hamilton ihn diktiert. Sie sollen nur kommen, müßte darin stehen, im Vergleich zu dem Empfang, den wir ihnen diesmal bereiten, wird ihnen Breed's Hill wie ein Picknick vorkommen. Oder ähnlich markige Worte. »Alexander Hamilton« könnte ja andeuten, daß die Kontinentalarmee sich gut vorbereitet habe, daß auf den Two Brothers starke Batterien versteckt seien, die den englischen Langbooten Saures geben würden, wenn sie aus den Strudeln von Hell Gate herauskamen, daß Frog's Neck und alle anderen guten Landeplätze im Umkreis von zwanzig Meilen befestigt seien und so weiter. Nate müßte dann diese beiden Briefe zusammen mit den rohen Aufzeichnungen in seinem Notizbuch zwischen der inneren und äußeren Sohle seiner Schuhe verstecken und sich gefangennehmen lassen. Die Papiere würden den Engländern in die Hände fallen. Howe müßte annehmen, daß Washington seine Pläne durchschaut hatte und auf den Angriff vorbereitet war, und müßte sein Landungsunternehmen aufgeben. Washington würde Zeit gewinnen, seine Truppen auf den Haarlem Heights zu verstärken und auszubilden und einen geordneten Rückzug zu organisieren. Howe würde verlieren, weil er keinen Sieg erlangt hätte; Washington würde gewinnen, weil er keine Niederlage hinnehmen müßte.

Molly schauderte. »Aber die Engländer würden Euch als Spion hängen!«

»Es könnte genausogut sein, daß ich ausgetauscht werde«, sagte Nate. »Auf jeden Fall ist es üblich, Gefangene einen

Brief an die Familie schreiben zu lassen. Euer Freund Hamilton hat mir ein paar Codewörter genannt, um Nachrichten zu verschlüsseln... wenn ich wüßte, daß Howe auf meinen Trick hereinfällt, könnte ich Washington das signalisieren.«

Im Zwielicht erkannte Nate den Ausdruck des Entsetzens auf Mollys Gesicht. »Denkt Euch an meine Stelle«, sagte er. »Würdet Ihr nicht genauso handeln?«

»Der Preis ist zu hoch«, sagte Molly leidenschaftlich.

»Bei uns zu Hause haben wir noch ein anderes Sprichwort«, sagte Nate. »Nur was teuer erkauft wird, wird auch geschätzt.«

Molly sah ein, daß es ihr nicht gelingen würde, ihm seinen Plan auszureden. Und so versuchte sie es mit Einzeleinwänden. »Wie stellt Ihr Euch vor, daß Ihr Euch gefangennehmen laßt?« fragte sie. »Wollt Ihr zum erstbesten Engländer gehen und sagen: ›Ich bin ein Spion‹? Da werden die bestimmt mißtrauisch.«

»Ja«, sagte Nate. »Das habe ich mir auch schon überlegt. Aber da gibt es Samuel, meinen Vetter aus Portsmouth, der ist ein Tory durch und durch und soll hier bei General Howe sein. Er weiß, daß ich Offizier der Rebellenarmee bin. Wenn er mich irgendwo sähe, würde er mich bestimmt anzeigen.«

Molly atmete erleichtert auf. »Aber hier in New York gibt es zehn- bis fünfzehntausend Menschen. Es könnte Wochen dauern, bis Ihr Euren Cousin findet. Bis dahin können die Engländer die King's Bridge längst besetzt haben, und die Rebellion ist vorbei.«

Aber Nate schien in Gedanken schon wieder woanders zu sein. »Hamilton hat mir eine Kontaktperson in New York genannt, an die ich mich wenden soll, wenn ich Unterstützung brauche. Auf diese Weise finde ich meinen Vetter vielleicht schon sehr bald.«

Und jetzt kommt, was Molly zur Rebellion beigetragen hat:

Im Schatten einer kleinen Gasse auf der anderen Straßenseite verborgen, beobachtete Molly, wie Nate zur Wall Street Nr. 22 ging und an die Tür klopfte. Ein flackerndes Licht erschien in einem der Fenster, die Tür öffnete sich, und Nate verschwand im Haus. Zwanzig Minuten später kam er wieder heraus. Er überzeugte sich, daß nicht gerade eine Patrouille vorbeikam, dann überquerte er die Straße. Molly hakte sich bei ihm ein, und gemeinsam gingen sie zu ihrer Unterkunft zurück. Nach einiger Zeit sagte Molly: »Wollt Ihr jetzt wohl so gütig sein, mir zu sagen, wen Ihr da besucht habt?«

»Einen jüdischen Makler namens Haym Salomon.«

Molly war überrascht. »Ich habe noch nie mit einem Juden geredet. Was ist er denn für ein Mensch?«

»Er scheint recht manierlich zu sein. Er hat mein Beglaubigungsschreiben gelesen und sich sofort bereit erklärt, mir zu helfen. Durch einen glücklichen Zufall ist er persönlich mit dem unmittelbaren Vorgesetzten meines Vetters, einem gewissen Loring, bekannt. Er hat mir gesagt, wenn ich gegen Sonnenaufgang zurückkäme, könne er mir wahrscheinlich genau mitteilen, wo mein Vetter sich aufhält.«

»Oh«, sagte Molly erschrocken. Sie hatte gehofft, Nate würde in einer Sackgasse landen.

Als sie wieder in ihrem Zimmer waren, steckte Nate die beiden Kerzen an und legte Papier, Tinte und Feder bereit. Mollys Unterlippe begann zu zittern. Zum erstenmal drohten die Tränen über ihr trauriges Lächeln zu siegen. Er wollte seinen Plan also tatsächlich ausführen!

Nates Federkiel kratzte über das Papier. Er schrieb: »Exemplum litterarum missarum ad ducem Washington«. »Das wird ihnen Eindruck machen«, sagte er, »Kopie eines Briefes an Washington.« Er blickte auf, überlegte eine Weile und schrieb dann weiter in lateinischer Sprache: »Howe bereitet Landeunternehmen am Frog's Neck vor. Ich habe persönlich 111 Langboote mit entsprechenden Truppen und Vorräten am New Town Creek beobachten können.«

Nate legte das Papier beiseite, damit die Tinte trocknen konnte, und bereitete ein neues Blatt vor. »Den hier müßt Ihr schreiben«, sagte er zu Molly und drängte sie, auf dem einzigen Stuhl Platz zu nehmen. Dann buchstabierte er ihr auf lateinisch, was sie schreiben sollte. »Zu Händen von Captain Hale. Vertraulich. Durch Boten.« Ab und zu sah er Molly über die Schulter, um zu kontrollieren, ob sie auch alles korrekt zu Papier brachte. Dann überlegte er wieder. »Hmmm. Was würde Captain Hamilton wohl in so einem Brief schreiben? Daß mein Bericht sehr wertvoll gewesen ist. Und ein kleiner Hinweis, daß Washington die Two Brothers und Frog's Neck befestigt hat.« Nate konzentrierte sich auf möglichst elegante lateinische Formulierungen und begann zu diktieren.

Als Molly ihr Werk beendet hatte, faltete Nate die beiden Briefe und seine Notizen mehrfach zusammen, so als wären sie mehr als einmal gelesen worden, und versteckte sie in seinen Schuhen. »Jetzt muß ich nur noch dafür sorgen, daß die Briefe auch in Howes Hände gelangen«, sagte er.

Molly holte tief Luft, dann flüsterte sie leise: »Wenn Ihr diesen verrückten Plan tatsächlich durchführen wollt, Nathan, dann schlage ich vor, daß wir heiraten.«

Nates Augen weiteten sich. »Heiraten? Ja, geht das denn?«

»Vergeßt nicht, die Welt steht auf dem Kopf«, flüsterte Molly. Sie lächelte, als sie seine Verlegenheit sah. »Ihr habt offensichtlich noch keine Erfahrung mit Frauen«, sagte sie. »Das mindeste, was ich für Euch tun kann, ist, dafür zu sorgen, daß Ihr nicht unerfahren sterbt. Betrachtet das als meinen Beitrag zur Revolution. Aber bevor ich mit Euch ins Bett gehen kann, müßt Ihr mir einige Dinge versprechen.«

Nate war beleidigt. »Woher wollt Ihr so genau wissen, daß ich noch... unerfahren bin?«

Molly hinkte zu ihm hin und legte ihm die Hand auf die Schulter. »Die Art und Weise, wie Ihr mich durch das Fenster beobachtet habt, als ich mich gewaschen habe, hat mich davon überzeugt.«

»Ihr habt gesehen, daß ich Euch zugeschaut habe, und Ihr habt nichts unternommen?«

»Nun, ich weiß nicht, ob Ihr das versteht, aber bevor... die Trauer mich überfiel, war ich eine glücklich verheiratete Frau... und es gibt gewisse Dinge, die eine Frau vermißt, wenn ihr das Schicksal den Mann raubt.« Ängstlich fügte sie hinzu: »Im Gegensatz zu dem, was man gemeinhin glaubt, haben auch Frauen Bedürfnisse.«

Impulsiv griff Nate nach ihrer Hand. »Gleich als ich Euch gesehen habe, wußte ich, daß ich Euch gerne geliebt hätte. Was wollen wir uns versprechen?«

»Ich möchte, daß wir uns versprechen, unser Haus, falls wir je eines haben, nach Gottes Geboten zu führen.«

»Ich verspreche es«, sagte Nate eifrig.

»Ich verspreche es auch. Ich möchte, daß wir auf alles eitle Betragen verzichten. Ich möchte, daß wir auf jede gutgemeinte Ermahnung hören und freundschaftlichen Rat annehmen.«

»Ich verspreche es.«

»Ich verspreche es auch. Und schließlich möchte ich, daß Ihr versprecht, mich zu lieben und zu ehren. Dafür will ich Euch versprechen, Euch zu gehorchen, soweit mein Gehorsam nicht gegen unsere Prinzipien verstößt.«

»Ich verspreche es von ganzem Herzen«, flüsterte Nate.

»Ich verspreche es auch von ganzem Herzen«, flüsterte Molly.

Sie sah sein Gesicht prüfend an und sagte schließlich. »Wenn Ihr wollt, dürft Ihr mich jetzt küssen.«

Immer noch ihre Hand haltend, beugte er sich vor und berührte mit seinem Mund ihre Lippen.

Molly wandte sich ab, damit er die Tränen in ihren Augen

nicht sah. Sie nahm das Porträt von Georg III. ab und stellte es mit dem Gesicht zur Wand auf den Boden. Dann löschte sie die Kerzen.

»Ich muß aber Licht haben«, sagte Nate erschrocken.

Molly zündete die Kerzen wieder an und stellte sie auf den Boden. Ihr Schatten tanzte an der Wand. Nate sagte irgendwas Törichtes über Schatten und wie er sie liebe und daß man dafür Licht brauche. Molly nahm die Schüssel von der Kommode und füllte sie zur Hälfte mit Wasser. Dann begann sie sich auszukleiden: erst die spitzen Schuhe, dann die sandfarbenen, langen Strümpfe. Dann knöpfte sie vorn an ihrem Kleid die vielen kleinen Knöpfe auf und schlüpfte heraus. Sie bückte sich und faßte den Saum ihres Unterkleides, richtete sich auf und streifte es dabei ab. Barbrüstig, nur noch mit einer bauschigen, selbstgesponnenen knielangen Hose bekleidet, wandte sie sich zu Nate um, der mitten im Zimmer stand, mit offenem Mund, und ihren Schatten anstarrte.

»Ich habe noch nie etwas so Schönes–«, begann er, aber Molly fuhr ihm über den Mund.

»Es ist vollkommen unnötig, ja nicht einmal wünschenswert, in solchen Augenblicken zu sprechen«, sagte sie und wandte sich ab. Sie löste die Bänder ihrer Hose, ließ sie zu Boden gleiten und stieß sie mit dem Fuß beiseite. Dann stellte sie sich in die Waschschüssel und begann sich zu waschen. Über ihre nackte Schulter hinweg sagte sie: »Ihr dürft Euch jetzt ausziehen, Nathan. Schlagt bitte das Bett auf.«

Sie hörte, wie seine Schuhe und Kleider zu Boden fielen. Sie spürte, wie seine Hände zitterten, als er sie an den Schultern faßte und zu sich herumdrehte. Sie lächelte, um eine Flut von Tränen zurückzuhalten, aber das half ihr jetzt nicht mehr. Sie preßte ihre feuchte Haut auf seine trockene Haut und schmiegte ihren Körper an seinen. Ihr Gesicht ruhte an seinem Kinn, ihre Lippen küßten das Muttermal an seinem Hals, und sie schluchzte, wie sie erst zweimal zuvor in ihrem Leben geschluchzt hatte.

13

Der Admiral blieb mit hervorquellenden Augen in der Tür stehen. Wanamakers Vorzimmer sah aus, als wäre eine Flutwelle hindurchgegangen. Schreibtische, Drehstühle, Aktenschränke, Sessel, Zeitungsständer, Telefone, Stehlampen und Kleiderständer waren alle in der Mitte des größten Raumes zusammengespült und mit einer schmutzigen Plastikfolie abgedeckt worden. Zwei Männer in farbverspritzten weißen Overalls mit farbverspritzten Zigaretten in den Mundwinkeln verteilten mit methodischen Armbewegungen eine neue, himmelblaue Farbschicht auf den schmierigen Wänden. Admiral Toothacher blieb vor der Empfangsdame mit dem knappen Minirock stehen, die auf dem einzigen nicht abgedeckten Drehstuhl des Raumes saß und ihre Fingernägel mit einem Metallic-Lack anpinselte, den man am besten als »zinnfarben« bezeichnete. Sie hob den Kopf, unterdrückte angesichts der wild nach allen Seiten abstehenden weißen Haare ihres Gegenübers ein flüchtiges Lächeln und fragte: »Na, was denken Sie, Admiral?«

»Worüber soll ich was denken?« fragte der Admiral steif. Es irritierte ihn einigermaßen, daß ihn ausgerechnet eine *Sekretärin* so direkt und familiär ansprach.

»Na, die Farbe natürlich!«

Toothacher warf einen verwirrten Blick auf die Wände. »Ganz normal«, sagte er.

»Ich rede nicht von den Wänden. Ich rede von meinen Fingernägeln!« Die Sekretärin wedelte ihm mit den gespreizten Fingern einer fast schon trockenen Hand vor der Nase herum.

Erschrocken fuhr der Admiral zurück. »Ich habe schon Schlimmeres gesehen«, sagte er mit wohlüberlegter Unhöflichkeit. »Ich weiß bloß nicht mehr, wo.« (Es gehörte zu seinen besondern Freuden, wenn er unhöflich sein konnte.) »Darf ich Ihre *Arbeit* mal einen Augenblick unterbrechen? Ich würde gern wissen, ob Mr. Wanamaker schon da ist.«

Die Sekretärin musterte den Admiral mit erkennbarem Abscheu, schüttelte ihre strohigen, offensichtlich selbstgepreßten Dauerwellen, um anzudeuten, daß die Beförderungspolitik der Marine ihrer Ansicht nach völlig verfehlt war, und warf einen niederschmetternd gelangweilten Blick in Richtung auf die geschlossene Tür von Wanamakers Mönchsklause, um anzudeuten, daß ihr Chef ein unverbesserlicher Frühaufsteher und daher schon anwesend sei. Der Admiral starrte mit solcher Intensität auf die Tür, daß die Sekretärin sich eine Sekunde lang fragte, ob er Röntgenaugen habe. Als sie sich wieder gefangen hatte, war der Admiral schon bei Wanamaker verschwunden und knallte die Tür lautstark hinter sich zu.

Toothacher warf einen Blick auf Wanamakers schmutziggrauen Zweitagebart und wußte sofort, daß etwas nicht stimmte. »Sie sehen aus, als trügen Sie das Gewicht der Welt auf den Schultern«, sagte er, versuchte den schiefgesessenen Sessel abzustauben, der vor Wanamakers Schreibtisch stand, und ließ sich dann vorsichtig darauf nieder.

»Ja, ich habe mit der Schwerkraft gewisse Probleme«, gab Wanamaker zu.

Der Admiral beschloß, großzügig zu sein und zu versuchen, das Eis zu brechen. »Wollen Sie mir nicht einen Kaffee, Tee oder etwas anderes, weniger Braves, anbieten?« fragte er und lächelte so komplizenhaft er nur konnte.

Wanamaker schob sich eine Zigarre zwischen die Zähne und steckte sie an. Ein vollendeter Rauchring segelte dem Admiral entgegen. Gleichzeitig schob ihm Wanamaker ein Telegramm über den Tisch. Toothacher duckte sich, um dem stinkenden Zigarrenrauch zu entgehen, und griff nach dem Telegramm. »Ich bin gesund und munter«, las er laut vor. »Und *Stuffbingle* tot. Herzlich, der Gärtner.«

»Es soll natürlich ›tingle‹ heißen, nicht ›bingle‹«, erläuterte Wanamaker trübsinnig. »Das t muß irgendwo zwischen hier und Boston gegen ein b vertauscht worden sein.«

»Irgend jemand will Sie veräppeln«, sagte der Admiral, aber er glaubte es selbst nicht so recht. Sein Herz sank.

Ein weiterer Rauchring löste sich von Wanamakers Lippen und segelte über den Tisch. Wanamakers Worte sprangen wie trainierte Tiger hinterher: »Es gibt kein Corpus delicti!«

»Kein Corpus delicti?«

»In den Trümmern. In Boston. Ich habe das überprüfen lassen.«

»Aber das ist doch unmöglich«, sagte der Admiral.

Wanamaker bog mit seinen dicken Fingernägeln eine Büroklammer auf und krümmte sie zu einer modernistischen Drahtplastik. Dann knickte er das Metall hin und her, bis es brach, und warf die Bruchstücke achtlos in eine Schublade. »Sie haben mich ziemlich enttäuscht«, teilte er dem Admiral mit. Sein Gesicht war völlig ausdruckslos, aber seine Stimme klang wie die eines psalmodierenden Priesters. »Sie waren mein großes Vorbild«, sagte er. »Meine Vaterfigur. Eine Zeitlang habe ich geglaubt, Sie wären der einzige, der uns noch vor den bolschewistischen Horden beschützt.« Wanamaker zuckte mit einer Schulter, um anzudeuten, daß die Dinge sich geändert hätten. »Und jetzt können Sie nicht einmal dafür sorgen, daß ich in Ruhe eine kleine Atombombe in Teheran zünden kann.«

Toothacher ließ seine Augen durch den Raum schweifen, um Wanamakers Blick auszuweichen. An dem kitschigen Präsidentenbild blieben sie hängen. Toothacher zwinkerte, um es genauer sehen zu können, und mußte zu seiner Überraschung feststellen, daß es zurückzwinkerte. Nervös zerrte der Admiral ein großes Taschentuch heraus und wischte sich den Schweiß von der Stirn. Ach, hätte er doch auf diesen Höflichkeitsbesuch bei Wanamaker verzichtet! Er hätte einfach das nächste Flugzeug nehmen und nach Guantanamo zu seinen langweiligen Cocktailstunden zurückfliegen sollen, ohne sich noch lange von diesem Mann zu verabschieden. Jetzt würden seine Kleider und seine Haare nach Farbe und Tabakrauch stinken. Seine Kleider konnte er reinigen lassen und die Haare waschen. Aber der Makel, versagt zu haben – der würde sich nicht mehr beseitigen lassen. Der Admiral beobachtete aus den Augenwinkeln, wie Wanamaker an seiner Zigarre nuckelte, und hatte plötzlich das intensive Gefühl, seine Zeit zu vergeuden. Hatte er sein Leben verfehlt? Wo waren die herrlichen Zeiten geblieben, als die Agenten alle noch Decknamen hatten – sein eigener war ›Parsifal‹ gewesen – und eine Probe ihrer Morsehandschrift hinterlassen mußten, damit der Feind an ihrer Stelle keine Nachrichten senden konnte? Damals war ein Agent ein Metaphysiker gewesen, der aus scheinbar unzusammenhängenden Erkenntnissen eine neue Realität schaffen mußte, um das wahre Wesen der Dinge zu sehen. Es war alles sehr rein gewesen, beinahe schön. Aber die Welt war nicht stehengeblieben.

Der Admiral seufzte innerlich. Wenn es ihm gelingen sollte, diesen letzten Auftrag wenigstens halbwegs erfolgreich zu Ende zu bringen, das schwor er sich, würde er sich nie wieder aus seinem wohlverdienten Ruhestand locken lassen.

»Was für einen Tag haben wir heute?« fragte er.

»Den siebenten.«

»Dann haben wir immer noch acht Tage bis zu den ›Iden‹«, sagte der Admiral ohne große Überzeugung.

14

Am Mittelfinger der rechten Hand knabbernd, schlug Snow die nächste Seite des Manuskripts auf. Sie war jetzt an der Stelle, wo der Gärtner beschrieb, wie Molly und Nate die Ehegelübde ablegten. Ihre Augen wurden feucht. Sie zog ein Taschentuch aus ihrer Jeans, putzte sich geräuschvoll die Nase und las gespannt weiter.

Der Gärtner sah, daß ihre Schultern zitterten. »Wo bist du?« fragte er leise.

»Bei der Szene im Gasthaus«, erwiderte Snow. »Molly hat Nate gerade aufgefordert, allem Stolz und aller Eitelkeit zu entsagen.« Sie beugte sich wieder über das Manuskript, seufzte leise, blätterte ungeduldig zur nächsten Seite, las, hob den Kopf und schloß die Augen. Ihre Nüstern blähten sich. Als sie wieder ruhiger geworden war, las sie die Seite noch einmal. »Ach«, sagte sie. »Das ist wirklich eine unglaubliche Geschichte. Und du erzählst sie so... Was ich so toll finde, ist, daß sie gar nichts verheimlicht. Sie gibt mir das Gefühl, als ob...«

»Als ob du in sie eindringst«, sagte der Gärtner, »nicht wahr? Als ob du sie nackt durch eine halboffene Tür fotografierst?«

Snow nickte nachdenklich. »Ich habe meine Fotografien immer als Abbildung von Wunden gesehen, und die Sprache, die man benutzen würde, um solche Bilder einem Blinden zu beschreiben, sehe ich als Versuche, diese Wunden zu heilen. Molly ist von Trauer verletzt worden – daher rührt ihre Wunde. Und sie behandelt diese Wunde mit Sprache. Eine Wunde zu beschreiben ist ein Weg, sie zu heilen. Wenn sie Nate mitteilt, sie habe Bedürfnisse, dann meint sie damit, glaube ich, nicht nur sexuelle Bedürfnisse. Sie spricht von einem Hunger nach Leben; sie meint Beziehungen zu Menschen überhaupt, die sich unglaublich schwer herstellen lassen, wenn man von Trauer verletzt worden ist.«

»Du sprichst ganz offenbar aus Erfahrung?«

Snow nickte zögernd. »Weißt du, ich habe am Steuer gesessen, als mein Mann... als Jeb gestorben ist. Wenn ich besser aufgepaßt hätte... oder wenn ich schneller reagiert hätte...« Sie zuckte müde die Achseln. »Wenn, wenn, wenn.« Das Lächeln, mit dem sie die Tränen in Schach hielt, erschien wieder auf ihren Lippen, und sie wandte sich hastig dem Manuskript zu.

Der Gärtner sah ihr von der anderen Seite des Zimmers aus zu. Die scheinbar unzusammenhängenden Hinweise, die er in den letzten Jahren gesammelt hatte, fügten sich jetzt alle zusammen: General Howes Brief an seinen Bruder mit der kryptischen Bemerkung, der Spion sei deshalb so verabscheuungswürdig, weil er aus Colonel Knowltons Regiment stamme; Montresors Brief an seine Frau, in dem er detailliert schildert, wie man ihm befohlen habe, einige lateinische Dokumente ins Englische zu übertragen; der aus einem Tagebuch stammende Bericht, aus dem hervorging, daß Provost Marshal Cunningham einem zum Tode Verurteilten verboten habe, letzte Briefe zu schreiben oder einen Geistlichen zu empfangen; Alexander Hamiltons Hinweis, daß er eine Methode mit Nate verabredet hatte, um verschlüsselte Nachrichten zu schicken; die Beschreibung einer Hinrichtung, wie sie John Jack erzählt hat.

Snow beendete ihre Lektüre und hob den Blick. »Hat dir das alles meine Tante Esther erzählt?«

»Sie hat mich einen Blick auf Mollys Tagebuch werfen lassen. Die Lücken habe ich selbst ausgefüllt.«

»Woher weißt du soviel über Nate?«

Der Gärtner grinste verlegen. »Nate, das bin ich.«

Snow musterte unsicher sein Gesicht, sie wußte nicht recht, wie das zu verstehen sein sollte. »Du bist Nate?«

Er sah, daß die Vorstellung sie irritierte, und machte einen Rückzieher. »In gewisser Weise, ja.«

Der Gärtner trat ans Fenster und starrte hinaus. Die Nacht war erfüllt vom Rauschen der Autobahn, die zwei Straßenzüge entfernt durch die Stadt schnitt. Auf der anderen Seite der schmalen Nebenstraße konnte er hinter dem erleuchteten Fenster eines schachtelförmigen Apartmenthauses eine junge Frau in Jeans beobachten, die an der Wand lehnte und telefonierte. Sie hatte die Jalousie nur zur Hälfte heruntergezogen. Einmal hielt sie den Telefonhörer mit ausgestrecktem Arm vor sich hin und starrte ihn an, als ob sie nicht glauben könnte, was man ihr sagte. Dann hielt sie ihn wieder ans Ohr und setzte das Gespräch fort. Snow trat von hinten an den Gärtner heran – er spürte an seinem Hals ihren Atem – und beobachtete die Frau gemeinsam mit ihm. Der Gärtner schüttelte den Kopf. »Irgendwie habe ich den Geschmack an solchen Eingriffen und Einblicken völlig verloren«, murmelte er. »Ich muß diese Art, meinen Lebensunterhalt zu verdienen, aufgeben.«

»Für mich sind solche Einblicke immer noch lehrreich«, sagte Snow. Sie suchte seine Augen im Spiegel der Fensterscheibe und stellte fest, daß er über irgendwas nachgrübelte. »Wo bist du mit deinen Gedanken?« fragte sie.

»Ich habe über Nate nachgedacht. Ich habe mich gefragt, wie er die Rotröcke wohl dazu gebracht hat, ihre Pläne zu ändern. Howe ist ja nie am Throg's Neck gelandet und hat Washington auch nicht eingeschlossen.« Die Pupillen des Gärtners schienen unfähig geworden zu sein, sich scharf einzustellen. »Letzten Endes war Nates Plan fabelhaft einfach. Es gelang ihm, Howe davon zu überzeugen, daß sein Gegner genau wußte, was er vorhatte. Wenn ich Wanamaker davon überzeugen könnte, daß *sein* Gegner auch genau weiß, was er vorhat...« Seine Stimme versiegte.

»Wer ist denn Wanamakers Gegner?« fragte Snow.

»Wanamakers Gegner sind die Russen. Sein ärgster Feind ist...« Der Gärtner fuhr herum, den Blick auf Snows Gesicht gerichtet. »Wanamakers Gegner ist Sawinkow.«

»Sawinkow?«

»Der Stationschef des KGB in Washington. Wenn ich Wanamaker überzeugen könnte, daß Sawinkow über die Bombe Bescheid weiß und nur darauf wartet, daß sie explodiert und er der Weltöffentlichkeit die Wahrheit über die Hintergründe mitteilen kann, dann muß die Firma auf *Stufftingle* verzichten, so wie Howe sein Landeunternehmen am Throg's Neck aufgeben mußte.«

Snow war sich nicht ganz sicher, ob sie richtig verstanden hatte. »Woher sollte denn dieser Sawinkow über *Stufftingle* Bescheid wissen, wenn er keinen Spion in Wanamakers Büro hat?«

»Das ist ja genau der Punkt«, sagte der Gärtner. »Wie wäre es, wenn ich Sawinkows Spion wäre? Wie wäre es, wenn ich schon seit Jahren für ihn arbeiten würde?«

»Aber das hast du doch gar nicht getan.«

»Ich könnte ja so tun, als ob. Es kann nicht sonderlich schwer sein, an der richtigen Stelle entsprechende Hinweise fallenzulassen.« Plötzlich begannen sich die Augen des Gärtners zu weiten. »Ich könnte ja den toten Briefkasten benutzen!«

»Ich verstehe kein Wort!« sagte Snow. »Was ist denn ein toter Briefkasten?«

Der Gärtner packte sie an den Handgelenken. »Das könnte vielleicht funktionieren! Ein toter Briefkasten ist ein Versteck, das Agenten benutzen, um ihren Auftraggebern Berichte, Geld, Filme oder sonst irgendwas zuzustellen, ohne direkt mit ihnen Kontakt aufnehmen zu müssen. Im Rahmen meiner Tätigkeit habe ich Sawinkow für die Firma belauscht. Dabei habe ich unter anderem folgendes herausgefunden: Sawinkow weiß, daß das FBI einen seiner toten Briefkästen hinter einem Heizkörper in der Herrentoilette eines Museums hier in Boston beobachtet. Was bedeutet, daß alles, was ich dort einwerfen würde, nicht bei Sawinkow, sondern beim FBI landen würde.«

»Und was könntest du in den toten Briefkasten einwerfen?«

Der Gärtner grinste. »Genau das, was Nate in seinen Schuhen versteckt hat – Informationen und Beweismaterial. Anfangen könnte ich mit dem Pfandschein, der würde das FBI zu den Computerausdrucken über *Stufftingle* führen. Das FBI würde natürlich nicht wissen, worum es dabei geht, und sich an die CIA wenden. Die Firma würde dem FBI natürlich nie und nimmer sagen, was die Computerausdrucke bedeuten – aber meine Chefs würden wissen, daß *Stufftingle* kompromittiert ist. Ich könnte noch ein paar persönliche Notizen für Sawinkow hinzufügen. Auf lateinisch – warum nicht? Er spricht nämlich sehr gut Latein, und daß ich das weiß, ist ein weiterer Hinweis darauf, daß ich für ihn arbeite. In meinem Begleitbrief könnte ich schreiben: Hier ist der Rest des Materials über *Stufftingle*. Und eine sehr persönliche Frage dazu stellen. Irgendwas, worüber man nur Bescheid wissen kann, wenn man Sawinkow sehr gut kennt. Seine Hämorrhoiden zum Beispiel! Ich könnte fragen, ob die Salbe, die ich ihm empfohlen habe, etwas genutzt hat!«

Snow faßte nach den Händen des Gärtners, drehte die Handflächen nach oben und berührte vorsichtig den Schorf, der sich über den abgeschürften Stellen gebildet hatte. »Deine Lebenslinien sind weggebrannt worden!« stellte sie sorgenvoll fest.

Der Gärtner zog seine Hände weg und verschränkte die Arme vor der Brust. Er starrte zum Fenster hinaus und überprüfte dabei seinen Plan in Gedanken. Er suchte nach Fehlern, konnte aber keinen entdecken. »Das beste daran ist«, sagte er, »daß es nicht möglich sein wird, das Unternehmen zu einem späteren Termin doch noch durchzuführen. Wenn sie glauben, daß die Russen Bescheid wissen, ist die Sache ein für allemal erledigt.«

»Aber was wird aus dir, wenn sie denken, du bist ein Spion? Was werden sie mit dir machen?«

Der Gärtner zuckte die Achseln, so selbstverständlich schien ihm die Antwort. »Sie können mich schlecht vor Gericht stellen. Dazu weiß ich zuviel. Über die Special-Interagency-Anti-Terror-Gruppe. Über die Einsatzgruppe *Charlie*. Und über *Stufftingle*.«

Snow ließ das erst einmal einsinken. Dann sagte sie: »Hast du schon einmal daran gedacht, irgend jemanden außerhalb der CIA ins Vertrauen zu ziehen? Dich ans Justizministerium zu wenden? Oder an den Präsidenten?«

»Wie soll ich das machen? Einfach ins Oval Office marschieren und sagen: ›Mr. President, bei der CIA gehen Dinge vor, über die Sie Bescheid wissen sollten‹? Hast du schon mal daran gedacht, daß er womöglich längst darüber Bescheid weiß? Daß er *Stufftingle* genehmigt haben könnte? Der Präsident und der verstorbene CIA-Chef haben doch schon seit Jahren miteinander gekungelt. Es würde mich nicht wundern, wenn unser Direktor irgendwann mal zwischen Tür und Angel erwähnt hat, er würde demnächst in Teheran eine Atombombe hochgehen lassen – falls der Präsident nicht innerhalb der nächsten zehn Sekunden einen Hustenanfall hätte. Und als der Präsident nicht gehustet hat, hat er die Räder in Bewegung gesetzt.«

»Du bist paranoid«, sagte Snow. »Im Weißen Haus oder im Justizministerium gibt es bestimmt Leute, die entsetzt wären, wenn sie wüßten, was da läuft. Und damit meine ich nicht bloß diese Bombengeschichte. Wie heißt sie? *Stufftingle*. Sondern auch die Mordanschläge auf den Mann, der diese Wahnsinnstat zu verhindern versucht.«

»Vergiß bitte nicht, daß die Welt auf dem Kopf steht«, sagte der Gärtner und fügte ungeduldig hinzu: »Leider weiß ich, wovon ich rede. Ich weiß, wie diese Dinge gemacht werden. Und naiv und unschuldig zu sein steigert die Überlebenschancen nicht im geringsten.«

»Ich bin nicht naiv«, sagte Snow trocken. »Und ich glaube auch nicht, daß du recht hast.«

»Dich zu überzeugen, daß ich recht habe, ist nicht mein Problem«, sagte der Gärtner mürrisch und zog den Pfandschein aus seiner Brieftasche. »Vielleicht klappt es tatsächlich«, sagte er schließlich.

15

Während er in der Schlange stand, hörte der Gärtner, wie sich zwei etwa sechzehnjährige Mädchen hinter ihm unterhielten. »Ich weiß noch was Geileres«, sagte die eine kichernd. »Unser Biologielehrer hat mir von einer Insektenart erzählt, bei der das Weibchen keine Vagina hat.«

»Und wie treiben die es dann?« fragte die andere entsetzt.

»Na ja, das Männchen stößt ihr einfach ein Loch in den Chitinpanzer mit seinem – du weißt schon –, mit seinem Ding. Er stößt ihr ein Loch in den Panzer, und dann geht's los. An der Zahl der Löcher kann man dann sehen, wie oft sie es schon gemacht hat.«

»Puh!« sagte die andere. »Ich glaube, wir können froh sein, daß wir die richtige Ausrüstung haben. So können unsere Eltern wenigstens nicht gleich sehen, was wir so treiben.«

Die beiden Mädchen begannen zu kichern.

Snows Großtante Esther, die der Gärtner überredet hatte, mit ihm zu kommen, damit er weniger auffiel, hatte seinen Gesichtsausdruck aus den Augenwinkeln beobachtet. Ein leichtes Lächeln spielte um ihre Lippen. »Früher war es umgedreht«, sagte sie. »Wir haben nur brave Sachen gesagt, aber dafür waren unsere Gedanken viel schmutziger. Die heutige Jugend scheint nicht nur gesünder zu sein, sondern hat bestimmt auch mehr Spaß.« Zur Bekräftigung ihres Kommentars ließ sie ihr Gebiß klicken.

»Ich frage mich«, sagte der Gärtner, »ob es überhaupt etwas gibt, was Sie schockiert.«

»Wohl kaum«, sagte Esther. »Ich habe schon viel gesehen, und den Rest hab' ich mir in der Phantasie ausgemalt.«

»Genau«, sagte der Gärtner. »Ich habe mir den Rest auch immer in der Phantasie ausgemalt.«

Als sie die Kasse erreicht hatten, kaufte der Gärtner zwei Eintrittskarten und führte Esther in das Museum, das die reiche und verführerische Isabelle Stuart Gardner im Stil eines venezianischen Palastes erbaut hatte. »Na, habe ich Ihnen zuviel versprochen?« fragte Esther triumphierend und faßte den Gärtner begeistert am Arm, während sie den dicht mit Pflanzen und Bäumen bewachsenen Innenhof mit seinen vielgliedrigen gotischen Fassaden bewunderten. »Irgendwo gibt es auch ein Porträt von Mrs. Gardner. John Singer Sargent hat es gemalt. Kommen Sie, wir suchen es mal!«

»Gehen Sie nur schon voraus«, sagte der Gärtner und machte sich behutsam los. »Ich komme gleich nach.«

»Wo wollen Sie denn hin?«

»Auf die Toilette, wenn Sie es genau wissen wollen.«

»Warum sagen Sie nicht einfach, daß Sie mal aufs Klo müssen? Das ist doch natürlich genug. Kein Grund, darum herumzureden!« Esther ließ ihr Gebiß schnappen und machte sich auf den Weg, um das Porträt von Isabelle Gardner zu suchen.

Der Gärtner schlenderte in Richtung der Toiletten und betrachtete ausgiebig die verschiedenen Schlingpflanzen, die sich an den Säulen des Innenhofs hochrankten. Dabei suchte er unauffällig nach FBI-Leuten, die Sawinkows toten Briefkasten observierten. Aber der einzige, der ihm wirklich auffiel, war ein ordentlicher junger Mann in Bluejeans und Basketballschuhen, der auf der anderen Seite des Innenhofs stand und mit einem Teleobjektiv hantierte. Was ihn verriet, war die leichtgetönte Pilotenbrille in seinem freundlichen Gesicht. Ein älterer Mann mit einem Museumsführer in der Hand verließ die Toilette, und sofort hob der junge Bursche mit den Basketballschuhen beiläufig die Kamera und fotografierte den alten Mann, der jetzt langsam die Treppe zum ersten Stock hinaufging. Dem Gärtner wurde bewußt, daß er wieder einmal eine von zahllosen Verletzungen der Privatsphäre miterlebt hatte. Vielleicht hatte sich Snow ja tatsächlich ein sehr wichtiges Thema für ihre Arbeit gewählt. Verletzungen der Privatsphäre waren vielleicht die einzige Art und Weise, in der die Leute heute noch miteinander umgehen konnten.

Der Gärtner stieß die Tür auf und trat in die Herrentoilette. Er schien völlig allein zu sein. Er nahm den in der letzten Nacht sorgfältig vorbereiteten Briefumschlag aus der Tasche und schob ihn hinter den Heizkörper. Dann wusch er sich in aller Ruhe die Hände, trocknete sie unter dem Heißluftgerät und ging langsam hinaus. Kurz bevor sich die Tür wieder hinter ihm schloß, hörte er ein unterdrücktes Husten aus einer der drei Kabinen in der Toilette. Mit einem freundlichen Lächeln ging er hinauf in den ersten Stock.

Natürlich hatte er den Brief an Sawinkow nicht unterschrieben. Aber das FBI würde seine Fingerabdrücke auf dem Briefumschlag finden, und der junge Mann hatte ihn bestimmt fotografiert. Sie würden nicht lange brauchen, um zwei und zwei zusammenzuzählen und Alarm zu schlagen. Sie würden die Computerausdrucke aus der Pfandleihe holen. Sie würden Wanamaker fragen, ob die Aussagen echt seien. Diejenigen, die dafür zuständig waren, würden zu dem Schluß kommen, daß *Stufftingle* ein für allemal kompromittiert war und nicht mehr durchgeführt werden konnte.

Das war die gute Seite. Die Kehrseite der Medaille war, daß die Jagd auf ihn jetzt erst richtig einsetzen würde.

16

Snow nutzte die Abwesenheit des Gärtners, um zu telefonieren. Erst rief sie eine Freundin in Providence an und ließ sich von ihr die Nummer der Eltern von Michael Fargo geben. Mrs. Fargo erinnerte sich noch gut an Snow, die sie bei der Hochzeit ihres Sohnes kennengelernt hatte, und gab ihr gern Michaels Privatnummer in Washington. Um Michaels Durchwahl im Justizministerium von seiner Frau zu erfahren, mußte sich Snow schon erheblich mehr anstrengen, aber schließlich erreichte sie, was sie wollte.

Nachdenklich starrte sie das Stück Papier an, auf das sie Michaels Nummer gekritzelt hatte. Sie war fest überzeugt, daß Silas sich irrte. Es gab genug Leute in der Politik, deren Moral noch nicht korrumpiert war. Und Michael Fargo war einer davon. Snow kannte ihn seit seiner Studienzeit. Michael war Jebs bester Freund gewesen und Trauzeuge bei ihrer Hochzeit. Wenn es jemanden auf der Welt gab, dem Snow ihr Leben anvertraut hätte, dann war es Michael Fargo. Sie wollte sich ganz vorsichtig an die Sache herantasten. Aber am Schluß würde Silas schon sehen, daß sie recht gehabt hatte.

Snow griff zum Telefon und wählte die Nummer in Washington. Es klingelte nur einmal. Dann meldete sich eine männliche Stimme. Ganz geschäftsmäßig.

»Fargo.«

»Michael?«

»Wer spricht da, bitte?«

»Ich. Snow.«

»Snow! Herrje! Eine Stimme aus dem Grabe!« Fargo verstummte. »Tut mir leid, Snow. Das hätte ich nicht sagen sollen. Sehr gedankenlos von mir. Entschuldige, bitte. Mein Gott, das ist jetzt schon drei Jahre her, daß wir Jeb begraben haben, nicht wahr? Schön, daß du anrufst!«

»Michael...« Snow zögerte.

Fargo spürte das Zögern. »Ist irgendwas?«

Plötzlich begann Snow zu schluchzen. Tränen strömten ihr übers Gesicht. Mit Mühe und Not preßte sie heraus: »Ich brauche Hilfe, Michael.«

17

Fargo schob Snow die Speisekarte über den Tisch. »Bestell dir doch etwas!« sagte er.

»Ich glaube nicht, daß ich etwas essen kann«, sagte Snow.

»Wir haben einen Krabben-Curry, der eigentlich noch jedem geschmeckt hat«, sagte die Kellnerin freundlich.

»Bringen Sie ihr den Krabben-Curry«, sagte Fargo. »Ich nehme Nummer siebzehn. Mit Pommes frites und Brokkoli.«

Die Kellnerin, die auf ihrer Uniform ein großes Namensschild mit der Aufschrift »Minnie« trug, riß die Auftragsbestätigung von ihrem Bestellblock und schob sie unter den Salzstreuer, lächelte und huschte davon. Fargo hob seine Bloody Mary, nickte Snow zu und trank.

»Das war wirklich nett von dir, daß du so schnell gekommen bist«, sagte Snow.

»Jeb war mein bester Freund«, sagte Fargo. »Wie kann ich dir helfen?«

»Was genau machst du eigentlich im Justizministerium?« fragte Snow.

»Du interessierst dich für meine Arbeit?« fragte Fargo. Er nippte noch einmal an seiner Bloody Mary und musterte Snow über den Rand seiner Brille hinweg. Sie hatte Gewicht verloren, seit er sie zuletzt gesehen hatte, bei Jebs Beerdigung. Sie war beinahe hager geworden. Die Verletzung über ihrem Auge war jetzt nur noch eine dünne weiße Linie. »Ich bin der Stellvertretende Chef der Kriminalabteilung, wenn dir das etwas sagt.«

»Ich weiß, das klingt ziemlich dramatisch, aber: Hast du Zugang zum Präsidenten? Könntest du mit ihm reden?«

»Mit welchem Präsidenten?« Dann dämmerte ihm, worauf sie hinauswollte. »Ach, du meinst *den* Präsidenten?«

Snow lächelte gequält und nickte.

Fargos Augenbrauen gingen steil in die Höhe. »Ich glaube, du brauchst wirklich Hilfe, wenn du mich fragst, ob ich im Oval Office vorsprechen kann.«

»Bitte beantworte mir doch meine Frage.«

Fargo zuckte die Achseln. »Ich bin vielleicht schon fünf-, sechsmal im Oval Office gewesen, aber immer nur in Begleitung des Justizministers. Der Minister nimmt mich als Sachverständigen mit. Ich rede nur, wenn ich gefragt werde.«

Snow verzog enttäuscht das Gesicht. »Ich hatte gehofft, du wärst schon so weit oben, daß du den Präsidenten von dir aus aufsuchen kannst.«

»Hör mal, ich weiß zwar immer noch nicht, worauf das hier alles hinauslaufen soll, aber vielleicht hilft es dir, wenn ich dir sage, daß ich jederzeit mit dem Justizminister sprechen kann, wenn es nötig ist. Und der Justizminister steht dem Präsidenten sehr nahe.«

Snow hob nervös die rechte Hand zum Mund und begann an einem Stück Nagelhaut des kleinen Fingers zu knabbern. »Was ist eigentlich los?« fragte Fargo ärgerlich. Und fügte dann leise hinzu: »Jeb hat mir immer vertraut. Das kannst du auch, Snow.«

Wie ein Läufer vor dem Start schien Snow sich zu sammeln. »Okay«, sagte sie schließlich. »Hoffentlich geht es gut.« In langen, atemlosen Sätzen, die sie nur zum Luftholen unterbrach, erzählte sie von der Operation *Stufftingle*, von dem Verbrechen, das ein CIA-Agent namens Wanamaker plante, von den telefonischen Lauschangriffen, die einen anderen Agenten der CIA in die Lage versetzt hatten, von dem geplanten Verbrechen zu wissen, von den Versuchen dieses anderen Agenten, das Verbrechen dadurch zu stoppen, daß er damit drohte, seine Urheber öffentlich zu kompromittieren; von den Versuchen der CIA-Leute, diesen anderen Agenten zu liquidieren, von ihrer Angst, daß sie beim nächsten Mal erfolgreich sein könnten.

»Was meinst du mit ›liquidieren‹?« fragte Fargo.

»Ermorden«, erwiderte sie und beschrieb die drei Anschläge auf Sibleys Leben.

»Das mit dem Feuerschlucker hat dir dein Bekannter erzählt? Und das mit der Bibliothek auch?« Snow nickte trübsinnig. »Und das mit der Abrißbirne? Hat er dir das auch erzählt?«

Snow spürte den Zweifel in Fargos Stimme. Sie sah ihm direkt in die Augen und sagte: »Das brauchte er mir nicht zu erzählen. Das habe ich selbst miterlebt. Direkt über meinem Kopf sind die Wände zusammengebrochen.«

Schlagartig änderte sich Fargos Haltung. »Du bist dabeigewesen? Du hast es gesehen?«

»Ja«, sagte Snow. »Vielleicht glaubst du mir jetzt?«

»Warum seid ihr nicht zur Polizei gegangen?«

»Ich wollte ja, aber mein Bekannter sagte, das käme nicht in Frage. Er sagte, die Polizei würde bei der CIA rückfragen. Die CIA würde ihn für verrückt erklären und dann kassieren.«

»Erzähl mir noch einmal genau, was für ein Verbrechen die CIA vorhat. Hat dein Bekannter irgendwelche Beweise?«

»Er hat ein paar Computerausdrucke mit Gesprächsaufzeichnungen über das Unternehmen versteckt.«

»Und warum hat er das Material nicht an die Presse gegeben? Wenn die Sache erst einmal Schlagzeilen macht, kann ihn die CIA ja nicht mehr gut liquidieren.«

»Du kennst diesen Mann nicht«, sagte Snow. Sie spürte, daß sie am Rand ihrer Kraft war. Trotzdem machte sie noch einen letzten Versuch, Fargo zu überzeugen. »Mein Bekannter ist Patriot. Er möchte die Sache stoppen, ohne daß die CIA und die Vereinigten Staaten durch den Schmutz gezerrt werden.«

»Wer außer dir und deinem Bekannten weiß denn noch von dieser Sache?«

»Soviel ich weiß, niemand.«

Die Kellnerin kam mit dem Essen. Den Krabben-Curry stellte sie Fargo hin, und Nummer siebzehn gab sie Snow. »Guten Appetit«, sagte sie.

Snow und Fargo machten sich nicht die Mühe, die Teller zu tauschen. Keiner von ihnen hatte besonderen Hunger. Fargo spitzte die Lippen, dachte eine Weile nach und fragte schließlich: »Weiß dein Bekannter, daß du mich angerufen hast?«

Snow schloß einen Moment lang die Augen. »Als ich vorgeschlagen habe, sich an der CIA vorbei an jemanden in Washington zu wenden, wurde er böse. Er glaubt...«

»Was glaubt er?« fragte Fargo.

»Er glaubt, der Präsident habe den Plan womöglich genehmigt.« Snow lehnte sich vor. »Wirst du uns helfen, Michael?«

Fargo nickte. »Ich werde mich mal ein bißchen in Washington umhören und sehen, was ich herauskriege. Wo kann ich dich erreichen?«

Snow lehnte sich langsam zurück. »Ich werde dich anrufen«, sagte sie und beobachtete sein Gesicht, um zu sehen, wie er das aufnahm.

Fargo lächelte unmerklich. »Glaubst du, dein Bekannter wäre bereit, sich mit mir zu treffen?«

»Wenn du etwas herausfindest, würde ich versuchen, ihn dazu zu überreden.«

Fargo sah zu, wie Snow ihren Daumennagel zwischen die Zähne schob. Sie braucht dringend Bestätigung, dachte er und griff nach ihrer Hand. »Du kannst auf mich zählen«, sagte er.

»Das tue ich wohl ohnehin«, sagte sie unsicher.

18

Der Justizminister hörte Fargo geduldig zu, ohne ihn auch nur einmal zu unterbrechen. »Es war richtig, daß Sie zu mir gekommen sind«, erklärte er schließlich mit seiner berühmten rauhen Stimme, die bei Fernsehinterviews immer nach kämpferischer Ehrlichkeit klang. »Ich gehe davon aus, daß Ihre Freundin Ihnen den Namen ihres Bekannten nicht nennen wollte?«

Fargo schüttelte den Kopf. »Das finde ich verständlich. Sie hat eben Angst.«

Der Justizminister entfernte das winzige Hörgerät aus seinem Ohr, massierte die Stelle, wo es gesessen hatte, und setzte es dann wieder ein. »Was sagten Sie?«

»Ich habe nichts gesagt.«

»Ach, ich dachte, Sie hätten etwas gesagt. Ja, ich glaube, Ihre Freundin hat allen Grund, Angst zu haben, aber nach allem, was Sie mir erzählt haben, fürchte ich, daß sie noch gar nicht erkannt hat, wo die Gefahr wirklich liegt. Der Name ihres Bekannten ist Silas Sibley, und ich habe eine dicke Akte über ihn. Er ist seit zehn Tagen nicht mehr zur Arbeit gekommen. Bis dahin war er Mitglied eines *Techint*-Teams der CIA, das die Seriennummern sowjetischer Panzer in Osteuropa, Syrien und Ägypten sammelt. Sogar die von den Israelis erbeuteten Panzer werden von diesen Leuten erfaßt. Ziel der Untersuchung ist es, die Rüstungskapazität der Sowjets festzustellen. Dieser Sibley ist ein Computerexperte. Gilt als ein richtiges As. Er hat die Seriennummern mit anderen Daten verglichen, das Ganze durch seinen Computer gejagt und schließlich einen eigenen Bericht eingereicht, wonach die Sowjets angeblich die Seriennummern manipuliert haben, um eine solche Untersuchung unmöglich zu machen. Sibley behauptete, in Wirklichkeit sei die Panzerproduktion der Sowjetunion viel geringer, als wir gedacht hätten.« Der Justizminister zog ein goldenes Feuerzeug aus der Tasche, hielt es schräg, damit die Flamme in seine Pfeife hineinreichte, und begann heftig zu qualmen. »Da sich unsere Produktion von Panzerabwehrwaffen an der sowjetischen Panzerproduktion orientiert, machte sein Bericht einen beträchtlichen Wirbel. Seine Behauptungen wurden von einem Expertenteam überprüft. Dieses Team kam allerdings zu dem Ergebnis, daß nicht die russische Rüstungsindustrie, sondern Sibley die Seriennummern manipuliert hatte.«

Der Justizminister sog nachdenklich an seiner Pfeife. Ein dichter, übelriechender Rauchschleier legte sich um seinen Kopf. »Die Experten warfen die Frage auf, ob Sibley vielleicht für die

Russen arbeitet. Sein Zugang zu Geheimunterlagen wurde eingeschränkt, während das überprüft wurde. Daraufhin geriet Sibley in Panik. Er schickte an alle möglichen Stellen böse Briefe, in denen er behauptete, man wolle ihn fertigmachen, weil er der Rüstungsindustrie und den Militärs nicht das gesagt habe, was sie hören wollten. Einen Test mit dem Lügendetektor lehnte er wegen der notorischen Unzuverlässigkeit dieser Geräte glatt ab. Immerhin gelang es uns, einen Psychiater in das Komitee zu schmuggeln, bei dem er seine Beschwerden vortragen sollte. Das Ergebnis«, sagte der Justizminister, »war ein psychiatrisches Gutachten, das darauf hindeutet, daß der Mann völlig verrückt ist.« Der Justizminister griff nach dem Telefon und sagte: »Bringen Sie mir doch bitte mal den psychiatrischen Bericht über diesen Sibley, ja?« Er betrachtete Fargo durch eine Tabakrauchwolke hindurch. »Den ganzen psychologischen Jargon verstehe ich auch nicht«, sagte er, »aber ich glaube, wenn Sie sich die Diagnose mal durchlesen, bekommen Sie schon ein ganz zutreffendes Bild. Paranoia, Verfolgungswahn, Größenwahn und ein starker Todestrieb, der sich in einer geradezu rührenden Identifikation mit Nathan Hale äußert. Sibley hat offenbar den Leuten erzählt, er wäre ein direkter Nachkomme von Hale. Er behauptet, er wolle die letzten Lebenstage von Hale aus allen möglichen, in Tagebüchern und Briefen versteckten Hinweisen rekonstruieren, aber in Wirklichkeit hat er die ganze Geschichte wohl einfach erfunden. Sein ganzes Leben scheint aus solchen Mystifikationen zu bestehen: die Hale-Geschichte, die Verschwörung innerhalb der Regierung usw. Überall, wohin er sich wandte, hat er nur Feinde gesehen. Leute, die ihn umzubringen versuchen, und dergleichen.«

Ein Sekretär mit einem Blatt Papier in der Hand kam über den dicken Teppichboden geeilt. Der Justizminister nickte zu Fargo hinüber. Der Sekretär gab Fargo den Bericht und zog sich wieder zurück. »Sibley«, sagte der Justizminister, »scheint einen besonderen Groll gegen einen früheren Studienkollegen zu hegen, der ebenfalls für die CIA arbeitet. Sibley ist offenbar überzeugt, der

Mann sei für den Tod einer gemeinsamen Freundin verantwortlich. Ich habe vergessen, wie der Mann heißt.«

Fargo überflog den Bericht und sagte: »Wanamaker?«

»Ja, das klingt richtig. Wanamaker.«

Fargo sah von dem Bericht auf. »Haben Sie jemals von einem Unternehmen *Stufftingle* gehört?«

Der Justizminister nickte nachdenklich. »*Stufftingle* ist eins von diesen Billigunternehmen, die Wanamaker so liebt. Er läßt die sowjetischen Telefonbücher überprüfen, um die Hackordnung der verschiedenen Ministerien zu ermitteln.«

»Meine Freundin hat gesagt, das Wort *Stufftingle* komme von einem Witz, der bei den Physikern kursierte, die in Los Alamos die erste Atombombe gebaut haben«, sagte Fargo.

Der Justizminister zuckte die Achseln. »Sie wissen genau wie ich, wie diese Codenamen ausgesucht werden. Sie stehen auf einer Liste, auf der ein Computer zufällige Silben zu sinnlosen Wörtern zusammengewürfelt hat. Natürlich besteht immer die Möglichkeit, daß irgendein zwei- oder dreisilbiges Wort mal eine Bedeutung gehabt hat, aber bei Wörtern wie Stufftingle ist das rein zufällig.« Der Justizminister zeigte mit dem Pfeifenstiel auf den Bericht. »Lesen Sie mal den vorletzten Absatz.«

Fargos Augen wanderten zurück zu dem Blatt Papier. »Sibley braucht unbedingt eine Behandlung durch geschultes Personal«, hatte der Psychiater geschrieben. »Bis dahin müssen sich alle Beteiligten ständig bewußt sein, *daß es äußerst gefährlich wäre, seine Wahnvorstellungen in irgendeiner Weise in Frage zu stellen*. Wenn man an seinen Vorstellungen zweifelt, scheint sich der seelische Druck zu verstärken, und er erfindet immer neue Geschichten, um die alten zu rechtfertigen. Wenn er in die Enge getrieben wird, besteht eine erhebliche Wahrscheinlichkeit, daß er gewalttätig wird.«

Der Justizminister nickte. »Wenn er wieder zur Arbeit gekommen wäre, hätte sich jemand um ihn gekümmert. Wir hätten ihn zur Behandlung in ein schönes privates Sanatorium gebracht, das der CIA gehört. Da hätte er richtig ausspannen können.«

Fargo legte den Bericht auf den Tisch. »Eins vergessen Sie«, sagte er. »Bei dem dritten Mordversuch, der an Sibley verübt wurde, war meine Freundin dabei!«

Der Justizminister saugte an seiner Pfeife, ohne zu antworten, und Fargo begann sich zu fragen, ob er nicht vielleicht sein Hörgerät abgestellt hatte. Er hatte schon oft beobachtet, daß sich der Minister aus Unterhaltungen einfach ausklinkte. Fargo hob die Stimme und brüllte: »Meine Freundin war beim dritten Mordversuch dabei! Sie ist Augenzeugin!«

»Schreien Sie doch nicht so!« fauchte der Minister. »Ich habe Sie schon beim ersten Mal sehr gut verstanden. Also schön, nehmen wir einmal an, Ihre Freundin hat alles genauso erzählt, wie es war. Von den beiden ersten Mordanschlägen wissen wir nur, was Sibley erzählt hat – und Sie müssen zugeben, daß seine Geschichte sich anhört wie ein schlechter James-Bond-Film. Was nun den dritten Mordanschlag angeht, so scheint er ja folgendermaßen abgelaufen zu sein: Ihre Freundin hat um die Mittagszeit ein verlassenes Gebäude aufgesucht, das abgerissen werden sollte. Dort wollte sie Hausbesetzer fotografieren. Sibley begleitete sie. Sie haben ihr Auto in einer Seitenstraße abgestellt, um die Hausbesetzer nicht zu vertreiben, und gingen ins Haus. Sie gingen bis ins oberste Stockwerk, ohne jemanden zu sehen. Und plötzlich fingen diese beiden Abrißbirnen an, das Haus zu zertrümmern.« Der Justizminister saugte an seiner Pfeife und stieß eine mächtige Rauchwolke aus. »Ist das so schwer zu erklären? Die Leute von der Abrißfirma kamen aus der Mittagspause zurück und haben weitergearbeitet. Sie konnten ja nicht wissen, daß sich jemand eingeschlichen hatte. Aber wie alle Leute, die unter Verfolgungswahn leiden, hat Sibley die tatsächlichen Ereignisse nahtlos in seine Wahnvorstellungen eingebaut und Ihrer Freundin erklärt, man wolle ihn umbringen. Und sie hat es geglaubt.«

»Ich auch«, mußte Fargo zugeben.

»Wenn Sie Ihrer Freundin helfen wollen, sorgen Sie dafür, daß Sibley möglichst rasch ärztliche Hilfe erhält. Denken Sie daran, daß der Psychiater gesagt hat, er könnte womöglich gewalttätig werden. Wir können nur hoffen, daß Ihre Freundin ihn nicht in die Enge treibt...«

»Hoffentlich nicht«, sagte Fargo bekümmert.

»Glauben Sie, Sie können sie dazu überreden, daß sie ein Treffen zwischen Ihnen und Sibley herbeiführt?«

»Ich kann es versuchen.«

»Sie dürfen aber auf keinen Fall durchblicken lassen, daß Sie seine Geschichte bezweifeln«, sagte der Minister.

»Ich werde sagen, ich hätte die Geschichte überprüft und wolle ihm helfen.«

»Sie wollten ihn persönlich kennenlernen.«

»Um eine Methode zu finden, wie man das Verbrechen stoppen und die Schuldigen bestrafen kann.«

»Das ist die richtige Masche«, bestätigte der Minister.

19

Der Gärtner war gar nicht erfreut. Alle Farbe wich aus seinem Gesicht. Seine Augen verengten sich. Ein Lid flatterte. Nervös spähte er zwischen den Lamellen der Jalousie auf die Straße hinaus.

»Ich schwöre dir«, sagte Snow. »Ich habe ihm nicht gesagt, wo du dich aufhältst.«

»Er könnte dir ja gefolgt sein.«

»Ich habe ihn ins Taxi steigen und abfahren sehen. Ich bin am Copley Square quer durch die Menschenmenge gegangen und habe auf der Heimfahrt zweimal den Bus gewechselt.«

»Er könnte eine Fangschaltung in seinem Telefon haben, um Telefonanrufe verfolgen zu können.«

»Ich habe von einer Telefonzelle aus angerufen.«

Mißtrauisch verfolgten die Augen des Gärtners eine Limousine, die langsam vorbeifuhr. Es kamen nicht viele Fahrzeuge durch die stille Seitenstraße, in der Esthers Haus lag. »Ich verstehe nicht, wie du so dumm sein konntest«, sagte der Gärtner. Sein Blick irrte durch den Raum und blieb schließlich an einem schweren Leuchter aus Zinn mit einer weißen Kerze hängen. Er nahm ihn vom Tisch und wog ihn gedankenlos in der Hand, als wollte er jemanden damit erschlagen. »Ich kenne diese Leute aus Washington – die sind alle gleich. Was hast du ihm sonst noch erzählt?«

Snow starrte den Leuchter an. »Sonst nichts. Das schwöre ich dir.«

»Du hast ihm nichts davon gesagt, daß ich so tun will, als wäre ich ein russischer Spion?«

»Nein, diese ganze Sache habe ich gar nicht erwähnt.«

»Du hast ihm nur gesagt, ich wolle ein Verbrechen verhindern, ja? Das war alles?«

»Ich habe ihm von den Mordanschlägen gegen dich erzählt.«

»Drei Mordversuche, ja. Hast du ihm erzählt, daß es drei waren?«

Snow nickte. »Ich habe ihm die ersten beiden beschrieben – die Sache mit dem tätowierten Mann, der dich zu verbrennen versucht hat, und die Sache mit der Bibliothek, aus der die Luft abgesaugt wurde.«

»Hat er dir geglaubt?«

Snow lächelte nervös. »Silas, du machst mir Angst«, flüsterte sie.

»Ich muß wissen, ob er dir geglaubt hat«, wiederholte der Gärtner. »Alles... *alles*... hängt davon ab.«

»Ich glaube, er hat mir erst geglaubt, als ich ihm von dem dritten Mordversuch erzählt habe. Als ich ihm gesagt habe, ich sei dabeigewesen und hätte es selbst gesehen.«

Die Spannung wich aus dem Gesicht des Gärtners. Für Snow sah es so aus, als ob eine Flutwelle zurückginge. Ein Anlauf zu einem verlegenen Lächeln huschte über seine Züge. »Erzähl mir noch einmal, was er heute morgen gesagt hat«, befahl er.

»Das habe ich doch schon zweimal erzählt.«

»Dann erzähl es mir zum drittenmal.«

»Er sagte, er hätte sich ›umgehört‹, wie er sich ausdrückte. Er sei überzeugt, daß du etwas sehr Wichtiges entdeckt hättest. Er hat gesagt, ihr solltet mal persönlich darüber reden.«

»Ich könnte ihn anrufen«, sagte der Gärtner.

»Er will nicht über das Telefon mit dir reden. Er sagt, das sei zu gefährlich. Er sagt, er müsse dich unbedingt persönlich treffen.« Snow streckte die Hand aus und berührte die um den Leuchter verkrampften Finger des Gärtners. »Ich kenne Michael Fargo, Silas. Ich würde ihm jederzeit mein Leben anvertrauen.«

»Es ist aber *mein* Leben, das du ihm anvertraust«, sagte der Gärtner.

»Wenn es darauf ankommt«, sagte Snow sehr leise, »dann würde ich ihm auch dein Leben anvertrauen.«

»Du hast leicht reden...«

»Es fällt mir keineswegs leicht, das zu sagen«, erwiderte Snow wütend. »Zum erstenmal seit Jebs Tod...« Sie holte tief Luft und begann noch einmal von vorn. »Du bedeutest mir sehr viel, Silas.«

Es entstand eine Pause. »Wo will er mich denn treffen?« fragte der Gärtner dann zögernd.

»In einem Fischrestaurant in der Nähe des Hafens. Morgen um zwölf.«

»Mußt du den Termin noch bestätigen?«

»Er sagte, ich solle ihn lieber nicht noch einmal anrufen. Je weniger wir das Telefon benutzten, um so besser. Er wird auf jeden Fall kommen. Er sagt, es würde mir schon gelingen, dich zu diesem Treffen zu überreden.«

»Ich weiß nicht«, murmelte der Gärtner.

Es wurde allmählich dunkel im Zimmer. Der Gärtner ging wieder zum Fenster und spähte noch einmal durch die Jalousien hinaus. Die Straße war verlassen. Die gelben Natriumlampen, die von der Stadtverwaltung neuerdings installiert worden waren, ließen alles ziemlich unwirklich aussehen. Der Gärtner sah eine schmale Mondsichel über dem gegenüberliegenden Haus hängen. Der jedenfalls sah einigermaßen echt aus. »In der Nacht, als Nate auf dem Weg nach Flatbush zu Molly war, hing auch eine schmale Mondsichel über Long Island«, sagte er.

Snow spürte, daß er wieder in eine Rolle hineinschlüpfte, daß er sich als Reinkarnation fühlte, aber sie weigerte sich, ihm zu folgen. Sie hatte keine Lust, die Worte einer anderen zu wiederholen. Sie weigerte sich, ein Leben zu leben, das schon gelebt worden war.

Der Gärtner stellte den Leuchter auf den Fußboden, kramte Streichhölzer aus seiner Tasche und entzündete die Kerze. Schatten tanzten an den Wänden. Seine Augen begannen zu glänzen, und er sah sich um, als ob er in einer Laterna magica stünde. »Ich liebe Schatten«, flüsterte er und starrte gebannt in die stille, bläulich schimmernde Flamme.

Snow hinkte zu ihm hin, zog ihn zu sich hoch und legte ihm die Arme um den Hals. Sie fröstelte, brachte ihre Gefühle aber sogleich wieder unter Kontrolle und küßte ihn auf die Lippen. Und während sie ein Lächeln lächelte, das einen ganzen Sturzbach von Tränen zurückhielt, begann sie die winzigen Knöpfe an ihrem Hemd aufzuknöpfen.

20

»Was tust du?« fragte Snow, als der Gärtner zum fünften Mal durch die Einkaufspassage schlenderte, die dem Fischrestaurant schräg gegenüber lag.

»Ich übe mich in einer Kunst, die ich nicht besonders beherrsche«, sagte der Gärtner. Er gab sich keine Mühe, seine Verbitterung zu verbergen. »Da, wo ich früher gearbeitet habe, wurde sie das Handwerkzeug genannt.« Er schob die Hände tiefer in die Manteltaschen und stellte sich vor das Schaufenster eines Schallplattengeschäfts. Er betrachtete allerdings nicht die Auslagen, sondern benutzte die Scheiben als Spiegel, um zu sehen, was hinter ihm vorging. Vor allem hielt er Ausschau nach schlanken jungen Männern mit Regenmänteln und gefärbten Pilotenbrillen, die vor Schaufenstern mit Sachen standen, die sie ohnehin nie gekauft hätten. »Das letzte Mal, als ich mich an diesen Methoden versucht habe, hätte mich allerdings beinahe ein Feuerschlucker gegrillt.« Ohne Vorwarnung zog er Snow in eine Kleiderboutique und ließ sie einen langen Rock anprobieren, während er durch das Schaufenster die Menschenmenge auf der Straße beobachtete. Snow spielte bereitwillig mit. »Wie gefalle ich dir in Lila?« fragte sie und drehte eine Pirouette, so daß der Rock um ihre Knöchel wirbelte.

Der Gärtner erhaschte einen Blick auf ihre Waden und dachte an Nate, wie er hinter Molly auf den Wagen klettert. »Probier mal den schwarzen an«, sagte er und wandte sich wieder zum Fenster um.

Die Sonne kam hinter einer Wolke hervor, als sie den Laden wieder verließen. Snow warf einen besorgten Blick auf die Uhr. »Er hat gesagt, wir sollten um zwölf Uhr da sein. Jetzt ist es schon zwanzig nach.«

Aber der Gärtner zögerte immer noch. Soweit er das beurteilen konnte, war alles in Ordnung, aber angesichts seiner mangelhaften Beherrschung des konspirativen Handwerks bedeutete das nicht sehr viel. »Wie hat er reagiert, als du ihm den dritten Mordanschlag beschrieben hast?« fragte er Snow zum wiederholten Mal. Snow begriff, daß er Bestätigung brauchte, und entschloß sich zu einer großzügigen Dosis. »Als ihm klar wurde, daß dieser dritte Mordversuch keine Geschichte aus zweiter Hand war, sondern daß ich auch beinahe umgebracht worden wäre, hat er mir alles geglaubt. Jedes Wort. Er ist auf unserer Seite, Silas.«

Snow lächelte und zeigte ermunternd in Richtung des Fischrestaurants. Sein Atem beschleunigte sich. »Okay«, sagte er zögernd. »Dann reden wir mal mit deinem Freund.«

Das Restaurant lag in einer Fußgängerzone. Sie überquerten die Straße und gingen auf das Lokal zu. An der Ecke stand ein bulliger Kastanienverkäufer mit einem Schubkarren, der Wollhandschuhe mit abgeschnittenen Fingerspitzen trug. Eine Gruppe schwarzer Teenager stand um ein dröhnendes Kofferradio herum, sie trugen alle die gleichen Jeansjacken. »Born to love« stand darauf. Das Fischrestaurant war jetzt schon ganz nahe. Ein älteres Ehepaar kam gerade heraus. Als sie in die Sonne hinaustraten, lachten die beiden alten Leute vergnügt und wickelten sich lange bunte Schals um. Snow betrachtete gerade einen Zwerg, der in einem Hauseingang hockte und japanische Handpuppen feilbot, als sie hinter sich ein Bremsenkreischen hörte. Was soll das? dachte sie. Wir sind doch in einer Fußgängerzone! Sie drehte sich um und wollte nach der Hand des Gärtners greifen, aber ihr Begleiter war nicht mehr da – Snow sah gerade noch, wie er von vier kräftigen jungen Männern in Nadelstreifenanzügen auf den Rücksitz einer schwarzen Limousine gedrängt wurde. Dann schlug die Wagentür zu.

»Silas!« schrie Snow und versuchte, sich durch die Menge zu schieben. Aber ihr Schrei ging im Aufheulen des Motors unter, als der Wagen zurückstieß und mit kreischenden Reifen um die Ecke verschwand. Die Teenager vor dem Kofferradio nickten weiter mit den Köpfen im Takt der Musik und sahen mit leeren Augen zu, wie Snow auf Stöckelschuhen hinter den Entführern herzulaufen versuchte. Der alte Mann mit dem bunten Schal sagte unsicher: »Sollte nicht jemand die Polizei rufen?« Der Kastanienverkäufer hielt einen in Plastik eingeschweißten Ausweis hoch und rief: »Die Show ist vorbei, Leute! Bitte gehen Sie weiter! Nicht stehenbleiben! Die Show ist vorbei.«

Während sie noch hinter dem Wagen herstarrte, wurde Snow plötzlich am Ellenbogen gepackt. Sie versuchte sich loszureißen, spürte aber zu ihrem Entsetzen, daß sie nicht die Kraft dazu hatte. Ihr Blick fiel auf Fargos aschfahles Gesicht. »Du elender Bastard!« flüsterte sie heiser. Dann brüllte sie: »Bastard! Bastard! Bastard!« Fargo hatte begonnen, sie zu einem zweiten Wagen zu führen, der aus dem Nichts aufgetaucht war. Der bullige Mann mit den fingerlosen Handschuhen hielt den Schlag auf, und Fargo versuchte Snow hineinzuschieben, aber sie drehte sich um und führte mit ihrer freien Hand einen schwachen Schlag gegen sein Gesicht. Fargo duckte sich, packte ihre Handgelenke und preßte sie auf das Wagendach. »Er ist geisteskrank«, rief er. »Er hat alles erfunden.«

»Der Geisteskranke bist du«, kreischte Snow. »Du hast mich mißbraucht.«

»Ich habe Beweise«, sagte Fargo.

Snow riß sich mit einer Hand los, wirbelte herum und schlug dabei schmerzhaft mit dem Kopf an den Wagen. »Sie werden ihn umbringen!« schluchzte sie.

Der bullige Kastanienverkäufer packte Snows Haare und hielt ihren Kopf fest, damit sie sich nicht verletzte. Hinter ihm standen die Teenager und nickten im Takt der Musik mit den Köpfen. »Niemand wird ihm etwas tun«, schrie Fargo. »Er ist krank. Er braucht ärztliche Hilfe. Wir sorgen nur dafür, daß er sie kriegt.«

Endlich gelang es den beiden Männern, Snow auf den Rücksitz der Limousine zu schieben. Farge setzte sich neben sie und gab dem Fahrer ein Zeichen.

»Wohin fahren wir?« fragte Snow, als der Wagen um die Ecke bog und sich in den Verkehr einordnete. Es war klar, daß es ihr völlig egal war.

»In ein Büro«, sagte Fargo. »Sobald du dich beruhigt hast, werde ich dir beweisen, daß er geistesgestört ist.«

Die Sonne verdunkelte sich, und große Schneeflocken begannen vom Himmel zu rieseln. Sie wurden vom Fahrtwind am Seitenfenster des Wagens vorbei und wieder nach oben gerissen. Sie fallen nach oben, dachte Snow, die Welt steht auf dem Kopf. Ihre Lider schlossen sich unter dem eigenen Gewicht, und sie sank zurück in die Polster. Wieder einmal war sie in eine Falle gegangen...

Der Fahrer bog von der Commonwealth Avenue auf eine Seitenstraße ab und dann von dieser Seitenstraße auf einen verlassenen Hof, der von einer leeren Laderampe beherrscht wurde.

Fargo stieg aus, kam um den Wagen herum, hielt Snow die Tür auf und streckte ihr seine Hand hin, um ihr zu helfen. Sie ignorierte ihn und schwang ihre Beine hinaus. Während sie die Stufen zur Rampe hinaufkletterte, dachte sie an den langen lila Rock und stellte sich vor, die Augen des Gärtners ruhten auf ihren Waden. Sie war zu schwach, um sich dagegen zu wehren, daß Fargo sie am Arm faßte und in einen gepolsterten Lastenaufzug hineindirigierte. Sie lehnte sich an die Polsterung und spürte, wie ihr Gewicht in die Beine ging, als der Aufzug nach oben schoß. Dann hielt er an, die Türen öffneten sich.

Eine junge Frau in einem gestreiften Schneiderkostüm mit ausgepolsterten Schultern wartete neben einer offenen Tür. Sie packte Snow energisch am Arm und führte sie den Gang hinunter zur Damentoilette. »Spritzen Sie sich kaltes Wasser übers Gesicht«, sagte sie. »Das wird Ihnen helfen.«

Die junge Frau führte Snow über den Korridor zurück in ein spärlich möbliertes Büro und schob sie in einen Sessel. »Kann ich Ihnen was zu trinken holen? Ein Glas warme Milch? Einen Drink?«

Snow reagierte nicht. Die junge Frau warf Fargo einen fragenden Blick zu. Er nickte zur Tür hin, und die Frau ging. Fargo setzte sich auf die gegenüberliegende Seite des niedrigen Tisches. Durch das Glas der Tischplatte konnte Snow die offenbar brandneuen Schuhe ihres Gegenübers bewundern. Man solle jedem Unternehmen mißtrauen, hatte Silas gesagt, zu dem neue Kleider notwendig sind.

»Ich weiß, das alles hier ist nicht einfach für dich«, sagte Fargo. »Aber es ist besser, wenn du dich von Anfang an mit den Tatsachen vertraut machst.« Er streckte ihr ein Blatt Papier hin. Snow sah es mit leeren Augen an. »Was man nicht weiß, kann einem durchaus schaden«, sagte Fargo und legte das Blatt auf den Tisch.

Snows Augen sanken müde darauf herunter. »Was soll so ein Papier schon ändern?« fragte sie. »Jeder, der eine Schreibmaschine hat, kann so etwas tippen.« Sie lächelte, aber trotzdem strömten die Tränen. »Er hat mir gesagt, es würde seine Überlebenschancen nicht erhöhen, wenn ich naiv wäre.«

»Lies den Bericht«, sagte Fargo.

»Irgend jemand hat mal gesagt, es sei gefährlich, recht zu haben, wenn die Regierung nicht recht hat. Es sieht so aus, als ob er recht gehabt hätte.«

»Lies«, sagte Fargo.

»Was spielen wir eigentlich für ein Spiel?« fragte Snow mit plötzlicher Heftigkeit. »Wenn ich das gelesen habe... muß ich dann so tun, als glaubte ich es, damit ihr mich nicht auch umbringt? Oder darf ich trotzdem weiter glauben, daß er völlig gesund ist und sein Leben aufs Spiel gesetzt hat, um ein Verbrechen zu verhindern?«

»Wenn du das gelesen hast«, sagte Fargo, »wirst du es glauben, weil es zutreffend ist. Du wirst dich an Dinge erinnern, die er gesagt und getan hat, und du wirst feststellen, daß alles zu dem paßt, was in diesem Befund steht.«

Snow griff nach dem Blatt und zog es über die Tischplatte. Ihre Augen waren immer noch voller Tränen, und sie mußte sie erst mit dem Ärmel abwischen, um einigermaßen sehen zu können. Als erstes las sie den Titel: ›Vorläufiger psychiatrischer Befund über Silas N. Sibley. Streng geheim.‹ »Ich wußte gar nicht, daß er einen Mittelnamen hat«, murmelte sie.

»Das N steht natürlich für Nathan. Auf seiner Geburtsurkunde steht es nicht. Und in seiner offiziellen Personalakte auch nicht. Erst seit etwa zweieinhalb Jahren hat er angefangen, das N zu benutzen.«

»Und was soll das beweisen?« fragte Snow. »Er ist ein Abkömmling Nathans. Warum soll er das N nicht benutzen?«

»Lies nur weiter. Er ist kein Abkömmling Nathans. Seine Vorfahren stammen aus Skandinavien und sind erst Mitte des letzten Jahrhunderts eingewandert.«

Snow begann den Befund des Psychiaters zu lesen. Es war natürlich alles erfunden. Die Behörden versuchten, Silas zu diskreditieren, damit ihm niemand die Geschichte mit der Atombombe glaubte.

»Er hat auch nicht in New York gewohnt oder gearbeitet«, fuhr Fargo fort. Seine Stimme klang wie der Kommentar bei einem Dokumentationsfilm des Fernsehens. »Er hat in Washington gelebt und gearbeitet. Dieses angebliche Programm zur Überwachung bestimmter Personen mit Hilfe von Telefonen gibt es überhaupt nicht – das habe ich persönlich überprüft. Er hat vielmehr die Seriennummern sowjetischer Panzer analysiert. Ich habe den Bericht gelesen, in dem er behauptet, die Sowjets hätten die Nummern manipuliert. Ich habe ihn selbst in Händen gehabt, Snow.«

Snow zwang sich weiterzulesen. Die kühle, klinische Sprache und der apodiktische Tonfall, in dem der Psychiater seine Aussagen machte, ärgerten sie maßlos.

»Ein Unternehmen *Stufftingle* gibt es tatsächlich«, sagte Fargo. »Es gibt auch einen Mann namens Wanamaker, und dieser Wanamaker war auch tatsächlich ein Studienkollege von Sibley in Yale – für einen Streit zwischen ihnen oder gar den Tod eines Mädchens gibt es allerdings keinen Beweis. Sibley hat einfach das getan, was alle Paranoiker tun: Er hat seine Scheinwelt aus Teilen der wirklichen Welt aufgebaut. *Stufftingle* ist der Deckname für ein Projekt, bei dem die Struktur der sowjetischen Ministerien anhand ihrer Telefonbücher analysiert wird. Wie viele Anschlüsse ein Ministerium hat, wie die Nummern angeordnet sind und so weiter.«

Snow war mittlerweile beim letzten Teil des Berichts angelangt. »Die Ursprünge seines Leidens, die möglicherweise in einer chemischen Störung zu suchen sind, waren schon seit langem vorhanden. Es besteht Grund zu der Annahme, daß Sibley schon jahrelang auf der Grenze zwischen geistiger Gesundheit und Krankheit entlangbalanciert ist. Jedesmal wenn die Gegenwart ihm zu beschwerlich wurde, suchte er in einer von ihm erfundenen Vergangenheit Zuflucht. Er streifte sich die Vergangenheit über, wie sich ein Kind die Bettdecke über den Kopf zieht, wenn es Angst vor der Dunkelheit hat. Eine Zeitlang scheint ihm diese Methode auch die nötige Erleichterung gesichert zu haben. In jüngster Zeit dagegen scheint er neben der Vergangenheit auch eine Gegenwart für sich erfunden zu haben. Auf Grund der bisherigen Beobachtungen ist es noch nicht möglich zu sagen, was diese jüngste Entwicklung ausgelöst hat. Vielleicht ist es die Scheidung oder die Trennung von seinem über alles geliebten Sohn Martin gewesen. Die jahrelange, mühselige Kleinarbeit in untergeordneter Stellung muß für einen Menschen, der sich als patriotischen Helden sah, außerordentlich frustrierend gewesen sein. Um so schlimmer muß es ihn getroffen haben, daß seine Vorgesetzten schließlich nicht nur die Ergebnisse seiner Untersuchungen über die sowjetische Panzerproduktion anzweifelten, sondern auch noch ernsthafter prüfen ließen, ob er nicht womöglich ein Sowjet-Agent war. Diese letztgenannte Entwicklung hat mit Sicherheit den endgültigen Zusammenbruch ausgelöst.

Zusammenfassend läßt sich feststellen, daß wir es leider mit dem typischen Fall eines Menschen zu tun haben, dessen geistige Gesundheit von vornherein nicht allzu stabil war, der dann übermächtigem persönlichem und beruflichem Streß ausgesetzt war und schließlich wie eine alte Schüssel zerbrach, als seine Arbeitsergebnisse und seine Zuverlässigkeit in Frage gestellt wurden. Für die meisten Angestellten ist die CIA eine große Familie, und Ablehnung durch die CIA führt oft genug zur völligen Zerstörung des Charakterpanzers, hinter dem sich die Seele des Angestellten verschanzt hat. Wir haben dieses Phänomen schon in anderen Fällen beobachtet und müssen befürchten, daß es uns immer wieder begegnet. Unter den gegebenen Umständen eine spezifische Diagnose für Sibley zu stellen ist außerordentlich schwierig. Dennoch glauben wir jetzt schon sagen zu können, daß eine spätere, unter klinischen Bedingungen erstellte Diagnose unter anderem Verfolgungswahn, Größenwahn und einen starken Todestrieb feststellen wird. Auf Grund der Tatsache, daß Sibley sich offenbar beliebig in Nathan Hale und zurück verwandeln kann, scheint mir eine Schizophrenie nicht ausgeschlossen.«

Snow gab Fargo den Bericht zurück. Der Jurist überflog ihn noch einmal, nickte dann nachdenklich und steckte ihn geistesabwesend in einen braunen Umschlag mit dem Stempel GEHEIM.

»Na?« fragte er. »Gib zu, daß du anfängst zu zweifeln.«

Snow erinnerte sich, wie sie Silas gefragt hatte, woher er eigentlich soviel über Nate wisse. Nate, hatte er gesagt, bin ich doch selbst. Schon damals hatte sie nicht recht gewußt, was sie damit anfangen sollte. »Und was ist mit dem dritten Mordanschlag?« fragte sie. »Den kannst du sicher auch wegerklären, oder?«

Fargo zog drei Blätter aus dem Aktendeckel, der vor ihm auf dem Tisch lag. Snow überflog sie rasch und gab sie ihm dann zurück. »Diese eidesstattlichen Erklärungen habe ich selbst entgegengenommen. Der Vorarbeiter und die beiden Kranführer schwören Stein und Bein, daß sie das Gebäude durchsucht hätten, als sie aus der Mittagspause zurückkamen. Mit Sicherheit haben sie nichts dergleichen getan, aber sie hüten sich natürlich, das zuzugeben, weil sie nicht rausgeworfen werden wollen. Sie haben offenbar ein Warnsignal mit der Sirene gegeben – du hast doch gesagt, du hättest eine Sirene gehört, nicht wahr? Und dann haben sie gewartet, ob jemand den Kopf zum Fenster herausstreckt. Als das nicht der Fall war, haben sie angefangen, das Haus zu zertrümmern. Seid ihr denn ans Fenster gegangen, um euch bemerkbar zu machen? Habt ihr geschrien oder so was?«

»Silas hat den Admiral gesehen. Und der tätowierte Mann, der ihn zu verbrennen versucht hatte, war auch dabei und die Frau auch.«

»Hast *du* sie gesehen?« fragte Fargo behutsam.

Ein unwillkürlicher Schreckenslaut entfuhr ihren Lippen.

Fargo stand auf. »Ich will dir mal etwas zeigen.« Er führte Snow zu einem wartenden Aufzug und drückte den untersten

Knopf. Schweigend starrten sie auf die gepolsterte Tür, bis diese sich im Tiefgeschoß wieder öffnete. Sie standen in einer grell erleuchteten, blitzsauberen Werkstatt. Ein halbes Dutzend Autos standen herum. Einige davon waren – offenbar auf der Suche nach verborgenen Drogen – säuberlich in ihre Einzelteile zerlegt worden. Zwei Beamte in Overalls waren gerade dabei, von einem aufgebockten Mercedes 190SL die Reifen abzumontieren. Sie warfen Fargo und seiner Begleiterin einen flüchtigen Blick zu, nickten und arbeiteten weiter. Fargo führte Snow zu einem Abschleppwagen, an dessen Haken ein zerbeulter brauner Volkswagen hing. »Was für einen Wagen hat Sibley gefahren?« fragte er.

Snow erinnerte sich, daß er einen VW Käfer erwähnt hatte.

Fargo öffnete die Fahrertür und griff nach einem Umschlag, der mit Gummibändern an der Sonnenblende festgemacht war, nahm die Zulassung heraus und hielt sie Snow hin. »Dieser Volkswagen gehört Silas Sibley. Du kannst dich selbst überzeugen, daß es in seinem Namen kein N gibt. Die Zulassung ist ausgestellt worden, ehe er sich diesen Künstlernamen zugelegt hat. Er hat den Wagen in New Haven in der Nähe der Yale-Universität stehenlassen. Fällt dir irgendwas daran auf?«

Als Snow den Kopf schüttelte, sagte Fargo: »Er hat dir und du hast mir erzählt, der erste Mordanschlag sei auf dem Parkplatz hinter der Uni erfolgt. Er ist dem Feuerschlucker entkommen, indem er sich in sein Auto einschloß, die Autos vor und hinter ihm wegschob und davonbrauste, während der Fahrer des Admirals, dieser Huxstep, ihn ständig mit einem Flammenstrahl zu verbrennen versuchte. Das hat er doch gesagt, oder? Huxstep stieß Flammen aus, und der Lack und der Gummi der Scheibenwischer verbrannten. Jetzt sieh dir den Wagen mal genau an! Sieht der so aus, als ob er versengt worden wäre? Als ob er Hitze und Feuer ausgesetzt gewesen wäre? Und dann schau dir die Stoßstangen an. Sie sind verrostet. Aber sie sehen nicht so aus, als ob jemand andere Autos damit weggeschubst hätte.«

Snow ließ einen Finger über den Kotflügel gleiten. Der Lack

zerbröselte unter ihrer Hand, und sie sah die Roststellen unter der Farbe. »Wie lange habt ihr den Wagen hier unten schon stehen?« fragte sie Fargo.

»Du meine Güte!« sagte er. »Wir haben den Karren nicht neu lackiert, Snow! Und neue Stoßstangen haben wir auch nicht montiert.«

»Ihr hättet es aber tun können.«

Fargo faßte sie am Ellenbogen und führte sie zum Fahrstuhl zurück. »Es gibt einen Beweis, der dich überzeugen wird«, sagte er. »*Niemand wird Sibley umbringen.* Es gibt gar keinen Grund dafür. Es gibt keine verbrecherischen Geheimpläne, die durch einen Mord geschützt werden müßten. Er muß natürlich eine Weile in Quarantäne bleiben. Er hatte Zugang zu geheimen Unterlagen, und er kann CIA-Angehörige identifizieren. Aber wenn diese Phase vorbei ist, helfen sie ihm wieder auf die Füße. Die CIA schickt ihn in Pension. Sie suchen ihm einen Job, verschaffen ihm ein neues Leben. Und wenn du willst, kannst du es mit ihm teilen.« Er lächelte sorgenvoll.

Snow musterte Fargos Gesicht. Es war offensichtlich, daß er jedes Wort von dem glaubte, was er da sagte. Wenn es eine Verschwörung gab, gehörte er nicht dazu. Aber es war natürlich möglich, daß jemand Fargo zum Narren gemacht hatte...

»Das ist die Wahrheit«, sagte er. »Du kannst mir vertrauen.«

Snow hörte Silas in ihrem Kopf lachen. »Wessen Wahrheit? Und welche?« schien er zu sagen. Sie schüttelte müde die Schultern und hob einen Fingernagel zum Mund. »Ich weiß nicht recht, wessen Wahrheit ich trauen soll«, sagte sie.

21

Der Gärtner kam ganz langsam wieder nach oben. Alle zwanzig Meter macht er eine Pause, um sich an die Rückkehr aus der Tiefe zu gewöhnen. Einmal hörte er Stimmen, aber sie waren noch zu weit über ihm, als daß er hätte verstehen können, was sie sagten. Zwei Stationen weiter nahm er einen leichten Ätherduft wahr. Der Geruch löste eine Erinnerung bei ihm aus. Einer der beiden Männer im Fond des Wagens hatte ihm einen Wattebausch auf Mund und Nase gedrückt, während der andere ihn festhielt. Ehe er bewußtlos wurde, hatte er Snows Namen in die äthergetränkte Watte gestöhnt. Warum er das getan hatte, wußte er selbst nicht so recht. Schließlich stand sie doch auf der anderen Seite.

Er trieb jetzt schon dicht unter der Oberfläche dahin. Blaue Lichtstrahlen kitzelten seinen Körper. Die Geräusche von oben wurden immer deutlicher. »Er gehört ganz Ihnen«, sagte jemand. Und eine Frauenstimme antwortete: »Vielen Dank! Die Firma ist Ihnen einiges schuldig.« Mehrere Leute lachten so unbeschwert, als ob sie bei einem Nachmittagstee säßen. Wagentüren schlugen zu, ein Motor sprang an. Ein Elektromotor jaulte und machte ein großes Tor auf, diffuses Licht strömte herein. Ein Wagen entfernte sich. Dann schloß sich das Tor wieder, und das Licht wurde wieder so blau wie zuvor. »Er wird langsam wach«, rief die Frauenstimme ziemlich dicht an seinem Ohr. »Überprüfen Sie die Handschellen«, rief eine Männerstimme von draußen. »Und sorgen Sie dafür, daß er nicht schreit.«

Die Augen des Gärtners öffneten sich im selben Moment, als ihm der Knebel in den Mund gesteckt wurde. Er würgte. Es gelang ihm nicht, genug durch die Nase zu atmen.

»He, der erstickt uns, ehe wir ihn verhört haben«, schrie Mildred erschrocken. Sie stieß ihm ihre Brust ins Gesicht und zerrte hinter seinem Kopf an dem Knoten, den sie gerade gemacht hatte. Dann hockte sie sich neben ihm hin und ließ den Knebel vor seinem Gesicht hin und her pendeln. »Versprechen Sie, daß

Sie ein guter Junge sein und uns keinen Streich spielen wollen? Kein Geschrei? Keine dummen Witze? Keine geistreichen Bemerkungen? Dann brauche ich Ihnen auch keinen Maulkorb mehr zu verpassen«, sagte sie atemlos.

Der Gärtner brachte mühsam ein Nicken zustande. Dann sah er sich um. Er befand sich in einer Art Kabine. Er saß auf dem Fußboden und lehnte mit dem Rücken an der Wand. Seine Handgelenke waren hinter seinem Rücken gefesselt und an einem metallischen Gegenstand festgemacht, der sich ihm schmerzhaft ins Kreuz bohrte. Er verlagerte sein Gewicht, so gut er konnte, um den Schmerz zu verringern. Am einen Ende der Kabine war eine Doppeltür, am anderen ein rundes Fenster. Mildred mit ihrem Dreißiger-Jahre-Hut und dem zur Hälfte von einem Schleier bedeckten Gesicht hockte auf der Koje gegenüber. Ihre Beine waren leicht gespreizt, und unter ihrem hochgerutschten Rock sah man durchsichtige schwarze Strümpfe, die an einem altmodischen Strumpfgürtel festgemacht waren.

In dem runden Fenster erschien jetzt Huxsteps Gesicht. Der bullige Mann stieß das Fenster mit der Hand auf, schob eine große Pistole mit einem Schalldämpfer durch die Öffnung und zielte damit auf den Gärtner.

Der Gärtner keuchte und zerrte an seinen Fesseln. »Was ist mit dem Verhör?« jammerte Mildred, als hätte sie Angst, um ein wesentliches Vergnügen betrogen zu werden.

Aber Huxstep lächelte bloß grausam und zog den Hammer zurück. »Das erfinden wir«, sagte er und drückte am Abzug.

Das scharfe Klicken der Waffe traf den Gärtner wie eine Kugel. Er sank auf die scharfe eiserne Kante zurück, die ihn bisher schon gedrückt hatte, und schrie vor Schmerz.

Huxstep lachte zufrieden. »Kleiner Scherz«, brummte er.

Mildred sah ihn voller Bewunderung an. »Jetzt hab' ich beinah gedacht, Sie machen ernst«, sagte sie.

»Die Geschichte«, preßte der Gärtner heraus, »braucht ab und zu was zu lachen.«

»Na, na!« sagte Mildred und drohte ihm mit dem Finger. »Ich

hatte doch gesagt, Sie sollen uns mit Ihren geistreichen Späßen verschonen.«

Huxstep machte das Bullauge wieder zu und wandte sich ab. Der Gärtner sah aber immer noch seinen Rücken. Er hantierte offenbar an irgendwelchen Hebeln und Rädern. Ein Motor heulte auf, und der Boden fing an zu vibrieren. Stinkender Dieselqualm füllte den Raum. Mildred zog ein Taschentuch heraus und preßte es sich auf den Mund. Huxstep legte den Gang ein und beschleunigte. Leicht schwankend setzte die Kabine sich in Bewegung. Der Gärtner hörte Wasser vorbeirauschen.

»Wir sind auf einem Schiff!« rief er.

»Der Admiral hat gleich gesagt, Sie sind ein heller Junge!« kommentierte Mildred.

»Wohin bringen Sie mich?« fragte der Gärtner.

Mildred sah ihn mit den kalten Augen einer Turteltaube an. »Sie werden die Schönheiten des Meeres kennenlernen, mein Freund.«

Der Gärtner verlagerte sein Gewicht wieder und versuchte, sich dem sanften Auf und Ab des Bodens unter ihm anzupassen. Der Dieselqualm verzog sich allmählich. Außer dem Brummen des Motors hörte er jetzt auch die Schreie der Möwen, das Klingeln einer Boje, an der sie vorbeifuhren, und den dumpfen Ton eines Nebelhorns. Alsbald verklangen diese Geräusche, und es waren nur noch das Brummen des Motors, der regelmäßige Wellenschlag am Bootsrumpf und das leise Schnarchen von Mildred zu hören, die von der Bewegung des Bootes in den Schlaf gewiegt worden war. Der Gärtner spürte, daß er steif wurde, und verlagerte sein Gewicht auf die andere Seite. Auch Mildred rollte herum, schnarchte aber trotzdem weiter. Eine Ewigkeit schien vergangen zu sein, als das Motorengeräusch plötzlich absank. Der Motor wurde gedrosselt und lief schließlich nur noch im Leerlauf. Mildred räkelte sich, warf einen Blick auf ihre Uhr und setzte sich dann so abrupt auf, daß sie mit dem Kopf an die obere Koje knallte. »Verdammt«, schimpfte sie. Sie rieb sich den Schädel, stieß die Doppeltür auf und rief: »Sind wir da?«

»Ich glaube, ich höre ihn schon!« rief Huxstep zurück.

Mildred lauschte und lächelte dann zufrieden, als sie das Tukkern des Hubschraubers hörte, das rasch lauter wurde. Der Gärtner hatte den Eindruck, daß ein riesiger elektrischer Quirl über dem Schiff kreiste. Dann landete jemand mit lautem Plumpsen auf dem Dach der Kabine. Das Dröhnen des Motors wurde wieder leiser und verschwand schließlich ganz. Der Gärtner hörte Schritte über sich auf dem Dach. Jemand ging zum Heck des Bootes.

Mildred trat beiseite, und Admiral Toothacher erschien in der Tür. Er trug eine blaue Marinejacke, und seine kalkweiße Mähne wurde von einer blauen Baseballmütze gekrönt. Er bückte sich und betrat die Kabine. »Ei, ei, ei«, sagte er und rieb sich erwartungsvoll die Hände. »Wen haben wir denn da?«

»Wir haben vor allen Dingen Probleme«, gab Mildred zur Antwort.

Ohne den Blick von seiner Beute abzuwenden, sagte der Admiral: »Machen Sie bitte die Tür zu, wenn Sie rausgehen.«

Mildred war beleidigt. »Aye, aye, Sir«, sagte sie finster, verließ die Kabine und knallte die Tür hinter sich zu.

Immer noch gebückt wie ein Fragezeichen, um sich nicht den Kopf an der Decke zu stoßen, setzte sich der Admiral dem Gärtner gegenüber auf die Koje und zog den Reißverschluß seiner Windjacke auf. Dann schob er einen Finger unter den Kragen seines hautengen schwarzen Rollkragenpullovers, der ihn offensichtlich am Hals kratzte. »Ich gehe mal davon aus, daß Sie Mildreds Anwesenheit nicht vermissen«, sagte er. »Mir selbst sind Männer jedenfalls lieber als Frauen. Verstehen Sie mich bitte nicht falsch! Die Gesellschaft von Frauen kann durchaus angenehm sein, aber nur dann, wenn sie sich ihrer Verführungskünste sicherer sind als unsere Mildred. Die Art und Weise, in der Mildred ständig bereitwillig ein Stück nackten Schenkel herzeigt oder einen mit der Brust an der Schulter oder am Ellbogen berührt, zeigt nur allzu deutlich, wie unsicher sie ist. Aber sicher sind sich ihrer selbst ohnehin nur die sehr schönen, sehr reichen und sehr häßlichen Menschen. Also, Silas – ich hoffe, Sie haben nichts dagegen, wenn ich Sie beim Vornamen nenne? Abgesehen von allem anderen haben Sie also auch noch für die Russen spioniert.«

Der Gärtner versuchte Überraschung und Unschuld zu zeigen. Der Brief, den er auf der Herrentoilette des Museums hinterlassen hatte, war also doch in die richtigen Hände gefallen. »Wie kommen Sie darauf?« fragte er.

Der Admiral zog ein Bündel Fotokopien aus der Innentasche seiner Windjacke. »Mein Latein ist zwar nicht mehr so gut, wie es früher mal war«, sagte er, »aber mit Hilfe eines Wörterbuchs war es nicht sonderlich schwer, Ihre Meisterwerke zu übersetzen. *Haemorrhoidane tibi etiam molesta est?* Woher wußten Sie eigentlich, daß Sawinkow Hämorrhoiden hat, Silas?«

Der Gärtner ließ seine Augen verzweifelt hin und her huschen.

»Es gibt keinen Ausweg«, sagte Toothacher kalt. »Versuchen Sie, vernünftig zu sein. Zu Ihrem eigenen Besten. Bitte, beantworten Sie meine Frage.«

»Was wird aus mir werden?«

»Ihnen wird das passieren, was jedem von uns irgendwann widerfährt. Sie werden sterben. Die Frage ist nur, ob Sie schmerzlos oder friedlich, vielleicht sogar mit Würde sterben oder...« Er ließ den Satz in der Luft hängen, um die Phantasie anzuregen.

Der Gärtner mußte an das Foto von Snow denken, auf dem sie sich selbst nackt durch eine halboffene Tür fotografiert hatte, eine brennende Kerze vor sich auf dem Boden. Sie hatte erst ihre eigene Intimsphäre und dann die des Gärtners verletzt. Sie hatte ihm nicht geglaubt, sie hatte ihn verraten. Er würde bezahlen müssen für diesen Verrat. Er hoffte nur, daß er den Mut dazu hatte. Er mußte sich eben an Nate halten... »Zu sterben bin ich bereit«, sagte er.

Toothacher schnaubte verächtlich. »Sie bedauern bloß, daß Sie nur einmal sterben können... ich weiß, ich weiß. Tatsache ist, daß niemand je sterben will. Obwohl alle ständig dabei sind zu sterben: Mildred mit ihrem lächerlichen Hut, die jungen Mädchen mit den dünnen Röcken, die an ihren geilen, dünnen Schenkeln kleben, die Mitternachtscowboys mit dem unverschämten Lächeln, die Huxstep mir jeden Abend beschafft. Ich weiß gar nicht, wo er diese Typen eigentlich auftreibt. Und was es zu lächeln gibt, weiß ich auch nicht. Lächeln tun immer nur die Leute, die nicht genug wissen. Vor allem wissen sie nicht, daß sie sterben.« Dem Admiral wurde plötzlich bewußt, daß er sich weit vom eigentlichen Thema entfernt hatte. Er lächelte verlegen und wiederholte dann barsch seine Frage. »Also bitte! Was war mit Sawinkow und seinen Hämorrhoiden?«

»Bei einer unserer Besprechungen fiel mir auf, daß er auf einem Gummikissen saß. Ich erinnerte mich, eine Werbung für eine Hämorrhoidensalbe gelesen zu haben, und besorgte ihm welche.«

»Die Krankheiten anderer Leute scheinen wir alle viel besser diagnostizieren zu können als unsere eigenen«, sagte der Admiral. »Wie lange haben Sie schon für Sawinkow gearbeitet?«

»Ich arbeite nicht *für* ihn, ich arbeite *mit* ihm zusammen! Seit zwei oder zweieinhalb Jahren.«

»Wie sind Sie denn mit ihm in Kontakt gekommen?«

»Er hat mit mir Kontakt aufgenommen. Er hat mich angesprochen, als ich vor einem Kino Schlange stand. Nach dem Film haben wir noch ein Bier zusammen getrunken. Er hat gesagt, er sei ein Flüchtling aus Ungarn. Danach haben wir uns dann gelegentlich zum Mittagessen oder zum Dinner getroffen. Wir haben uns angefreundet. Und eines Tages hat er mir dann ganz direkt gesagt, was er wollte.«

»Und was wollte er genau?«

»Er wollte Informationen, die es ihm und seinen Auftraggebern erlaubten, die internationalen Komplotte der CIA unter Kontrolle zu halten. Sawinkow wußte von Anfang an, daß ich ein Patriot bin und daß er nur dann Informationen von mir erhalten würde, wenn ich den Eindruck hatte, meine Seite hätte ihren moralischen Kompaß verloren – wenn zum Beispiel gewählte Regierungen gestürzt werden sollten, weil sie von Sozialisten geführt wurden, wenn Politiker umgebracht werden sollten, weil sie die Amerikaner nicht mochten, oder ähnliche Dinge.«

Der Admiral entfaltete eine Fotokopie der Computerausdrucke, die der Gärtner in der Pfandleihe versteckt hatte. »Als Sie *Stufftingle* entdeckt hatten, haben Sie ihm das natürlich auch mitgeteilt.«

»Nicht sofort. Ich habe zunächst versucht, das Unternehmen dadurch zu stoppen, daß ich Wanamaker zeigte, daß ich Bescheid wußte. Ich versuchte den Eindruck zu erwecken, daß es ein Leck gab. Aber als ich gemerkt habe, daß Wanamaker Sie hinzugezogen hatte, um das Leck zu stopfen und *Stufftingle* doch noch durchführen zu können, habe ich angefangen, die Computerausdrucke in verschiedene tote Briefkästen zu werfen. Innerlich hoffte ich wohl, die Firma würde rechtzeitig merken, daß Sawinkow über das Unternehmen informiert war, und *Stufftingle* abblasen.«

Toothacher wurde plötzlich bewußt, daß der Gärtner offenbar immer noch glaubte, *Stufftingle* sei ein offizielles CIA-Unternehmen. Es schien ihm gar nicht einzufallen, daß Wanamaker auf eigene Faust handeln könnte.

»Wie oft haben Sie Sawinkow getroffen?«

»Seit wir regelmäßig zusammenarbeiten, habe ich ihn nur noch selten gesehen. Wenn ich ihm etwas mitteilen wollte, habe ich normalerweise einen toten Briefkasten benutzt. Um ihn aufmerksam zu machen, habe ich eine Nummer angerufen, die er mir gegeben hatte. Ich habe es dreimal läuten lassen und dann eingehängt.«

»Und wie hat Sawinkow Sie bezahlt?«

Der Gärtner heuchelte Empörung. »Ich habe nie einen Pfennig genommen. Ich habe Ihnen doch gesagt, es ging mir immer nur um mein Land. Ich bin Patriot, auch wenn Leute wie Sie das nicht begreifen.«

Wieder versuchte der Gärtner, sein Gewicht zu verlagern.

Aber ganz gleich, welche Haltung er einnahm, die stechenden Schmerzen in seinem Rücken wollten nicht aufhören. Toothacher, der bequem auf seiner Koje saß, war dagegen nahezu unermüdlich. Er überprüfte noch einmal alles, was er gehört hatte, suchte nach Schwachstellen, Widersprüchen und direkten Lügen. »Wie oft soll ich Ihnen noch sagen, daß es mir nicht ums Geld ging«, platzte der Gärtner einmal heraus. »Sawinkow hat mir Bargeld angeboten. Er hat gesagt, wenn ich kein Bargeld wolle, könne er auch ein Nummernkonto in der Schweiz für mich einrichten. Ich habe das abgelehnt.«

»Sie folgen also dem Vorbild Ihres berühmten Vorfahren, wenn ich das richtig sehe«, sagte der Admiral.

»Das hoffe ich«, sagte der Gärtner gefühlvoll.

Das Verhör zog sich hin. Sorgfältig ging der Admiral allen offenen Fragen und Hinweisen nach. »Nein«, sagte der Gärtner. »An die Telefonnummer kann ich mich nicht mehr erinnern.« Er wußte, daß er keine Details nennen durfte, die der Admiral überprüfen konnte. »Hinter einer Toilette im Smithsonian Institute, unter einem der Papierkörbe am Lincoln Memorial... Es gab so viele tote Briefkästen, ich kann mich gar nicht mehr an alle erinnern.« Ja, er habe Sawinkow von seinen Telefon-Lauschangriffen erzählt, gab er zu. »Ich hatte ja einen Assistenten, deshalb mußte ich sicher sein, daß Sawinkow nicht etwa in der Nähe eines Telefons unsere Zusammenarbeit erwähnte oder gar meinen Namen ausplauderte.«

Nach drei, vier Stunden wurde auch der Admiral müde. »Noch etwas gibt es, wonach ich fragen wollte«, sagte er. »Vor einigen Jahren wurde ich mal auf die Farm eingeladen, um dort eine Reihe von Vorträgen vor neu rekrutierten Angehörigen der Firma zu halten. Damals haben Sie zwei Nächte damit verbracht, mir nachzuspionieren, und dann einen Bericht über meine... Aktivitäten verfaßt. Dieser Bericht mit Ihrer Unterschrift wurde mir vorgelegt, als ich gezwungen wurde, mich vorzeitig pensionieren zu lassen. Was haben Sie –«

»Ach, du meine Güte, Sie wollen doch nicht etwa Dinge wieder ans Tageslicht zerren, die vor fast fünfzehn Jahren passiert sind! Wir hatten den Auftrag, jemanden zu beschatten. Es war Teil einer Übung. Rein zufällig habe ich Sie ausgesucht. Ich hatte keinerlei persönliche Gründe.«

»Sie haben *rein zufällig* meine Karriere beendet«, sagte der Admiral und bewegte dabei kaum seine Lippen. »Sie haben *rein zufällig* mein Leben ruiniert.« Er packte seine Unterlagen wieder ein und zog den Reißverschluß seiner Windjacke zu. Plötzlich wurde ihm klar, wie lange er auf diesen Augenblick gewartet hatte. Rache muß man kalt genießen, dachte er.

»Wann... wie lange...?« begann der Gärtner, unterbrach sich dann aber.

Toothacher wußte genau, was der andere meinte, und wedelte beruhigend mit der Hand. »Diese Frage wird erst in zwei oder drei Tagen geklärt«, sagte er. »Den wievielten haben wir heute? Den zwölften. ›Iden‹ minus drei. Ich muß erst in Washington Bericht erstatten, ehe irgendwelche endgültigen Entscheidungen über Sie oder *Stufftingle* fallen. Es müssen alle Alternativen geprüft werden. Auch die negativen Optionen. Ich muß Ihnen aber jetzt schon in aller Ehrlichkeit sagen, daß es angesichts der Situation, in der wir uns alle befinden, über Ihr Schicksal kaum einen Zweifel geben kann, Sibley. Daß Sie vor Gericht gestellt werden, kommt nicht in Betracht. Sie sind gewiß klug genug, das zu wissen, auch wenn Sie mit dem Ergebnis unserer Überlegungen letztendlich nicht einverstanden sein sollten.«

»Hören Sie«, sagte der Gärtner, als der Admiral schon in der Tür stand. »Ich habe Schmerzen. Irgend etwas drückt mir ins Kreuz. Könnten Sie dagegen was tun?«

Der Admiral beugte sich vor, betrachtete die unglückliche Haltung des Gärtners und schnalzte bedauernd mit der Zunge. Er verschwand für ein, zwei Minuten aus der Kabine und kehrte dann mit Huxstep zurück, der einen großen Zementklotz hinter sich herschleifte, wie sie zum Aufstellen von Verkehrsschildern benutzt werden. Aus dem Zement ragte ein kurzer eiserner Pfosten heraus, in den ein säuberliches Loch gebohrt worden war.

Der Gärtner sah den Zementklotz, und sein Herz begann zu pochen.

Mühsam zerrte Huxstep den Klotz ins Innere der Kabine. Er öffnete die Handschellen hinter dem Rücken des Gärtners und machte ihn von dem Metallgegenstand los, der sich in seinen Rücken gebohrt hatte. Dann schloß er ihn an den eisernen Pfosten an, der aus dem Zementklotz herausragte.

»Das ist nur, damit Sie direkt auf den Meeresgrund sinken«, sagte Huxstep, »und Ihre Leiche nicht etwa an Land gespült wird.«

Der Gärtner drehte sich in panischer Angst zu dem Admiral um. »Sie haben doch gesagt«, keuchte er. »Sie haben versprochen... schmerzlos und friedlich... mit Würde.«

Der Admiral machte ein gekränktes Gesicht. »Wofür halten Sie uns? Unsere Gegner würden solche Leute wie Sie vielleicht lebendig den Haien hinwerfen. In gewissen liberalen Kreisen wird ja gelegentlich die These vertreten, daß sich Gegner immer mehr angleichen, je länger sie sich bekämpfen. Aber das ist nicht richtig. Jedenfalls bei uns nicht. Unsere Methoden unterscheiden sich durchaus von denen unserer Feinde. Unser guter Huxstep hat Befehl, Sie auf jeden Fall zu erschießen, bevor er Sie über Bord wirft.«

Der Gärtner setzte sich auf und massierte sein Handgelenk. Dabei fing er den eiskalten, metallischen Blick auf, mit dem Huxstep ihn musterte. Er hatte früher schon grausame Menschen gesehen, aber Huxstep war eine Klasse für sich. Seine Härte war nicht nur an der Oberfläche, sondern schien in einer tiefsitzenden Bosheit zu wurzeln, die sein ganzes Dasein bestimmte. Ihm war die Welt scheißegal. »Hoffentlich vergißt er das nicht«, sagte der Gärtner trübsinnig.

Mildred steckte den Kopf in die Kabine und sagte: »Ich glaube, der Hubschrauber kommt.«

Der Admiral zuckte sichtlich zusammen, als er ihre kratzige Stimme hinter sich hörte. »Ich glaube nicht, daß wir uns noch einmal sehen«, teilte er dem Gärtner in aller Sachlichkeit mit.

»Aber ich möchte Sie wissen lassen, daß ich Sie bestimmt nicht sobald vergesse. Sie werden ein weiteres Geheimnis sein, das ich mit ins Grab nehme.« Er lüftete seine Baseballmütze zum Gruß und fuhr sich mit seinen knochigen Fingern durch die buschigen Haare. »Sie sind jetzt schon eins der vielen weißen Haare auf meinem Kopf.«

22

Und jetzt kommt die Begegnung Nates mit seinem royalistischen Vetter Samuel:

Nate brachte Molly noch vor Tagesanbruch zur Fähre nach Brookland. Sie weigerte sich, ihn zu verlassen, aber er erinnerte sie daran, daß sie ihm Gehorsam gelobt hatte. »Ich verletze ja keine Prinzipien, die dir heilig wären, sondern handle danach!«

Der Fährmann rief alle an Bord, die nach Brookland hinüberwollten, und einige Kaufleute mit schweren Säcken voller Waren folgten dem Aufruf. Molly klammerte sich an Nates Mantel. »Dein Patriotismus ist genauso stark wie mein Haß«, flüsterte sie, »aber ich lasse dich trotzdem nicht gehen.«

Nate löste ihre Finger, so behutsam er konnte. »Ich frage dich nicht um Erlaubnis.«

Er trat zurück. Molly hob die Augen zum Himmel, als ließe sich dort etwas finden, was den Lauf der Ereignisse aufhalten könnte. Ihr Blick fiel auf die schmale, im ersten Tageslicht schon verblassende Mondsichel. »Ich bin wie der Mond«, sagte sie, »ich brauche die Nacht.« Damit ging sie rückwärts auf die flache Fähre, den Blick fest auf ihren Geliebten gerichtet, während das Schifflein langsam davonglitt. Sie starrte ihm nach, bis ihn die Dunkelheit aufsaugte.

Mit seinem Schuhmacherranzen über der Schulter ging Nate zur Wall Street. Vor dem Haus Nr. 22 stand eine Ordonnanz und hielt ein halbes Dutzend Pferde am Zügel. Plötzlich entstand vor der Haustür Bewegung. Zwei Kavalleristen zerrten den Juden Haym Salomon auf die Straße herunter. Oben auf der Treppe stand Salomons Frau und versuchte mit ihrer Schürze die Tränen zu trocknen, die ihr übers Gesicht strömten. Der eine Uniformierte fesselte dem Juden die Hände, der andere war schon aufgesessen, und als ihm sein Kamerad das Seil in die Hand drückte, mit dem er den Gefangenen gefesselt hatte, gab der Reiter seinem Wallach die Sporen. Das Tier fiel in Trab. Salomon, ein Mann Mitte Dreißig, wurde fast von den Füßen gerissen, als er dem Reiter zu folgen versuchte, der ihn hinter sich herschleifte. Lachend schwangen die anderen Soldaten, die jetzt aus dem Haus kamen, sich auf die Pferde und folgten. Nach wenigen Sekunden war der Zug um die Ecke verschwunden.

Nate sprang über die Straße und hastete die Treppe hinauf, wo immer noch Salomons Frau stand und hilflos auf die leere Straße hinunterstarrte. Der Staub, den die Pferde aufgewirbelt hatten, begann sich schon wieder zu legen.

»Wie ist das passiert?« fragte Nate atemlos.

»Auf dem Haftbefehl stand, daß er ein Rebellenspion sei«, sagte Salomons Frau unglücklich. »Als er sie kommen hörte«, fügte sie leise hinzu, »hat er etwas für Euch notiert.« Sie griff in ihre Schürze und reichte Nate einen gefalteten Zettel. »Gott schütze Euch, junger Mann«, sagte sie hastig und zog sich ins Haus zurück. Die Tür machte sie hinter sich zu.

Nate faltete den Zettel auf und las, was Salomon geschrieben hatte: »Euer Vetter frühstückt jeden Morgen gegen neun in Fraunces' Taverne.«

Ein Zimmermann, der zugeschnittene Balken und Bretter auf eine Baustelle brachte, wies Nate den Weg zu dem alten De-

Lancey-Haus an der Ecke von Broad Way und Pearl Street, in dem sich Fraunces' Taverne befand. Als er den Gasthof erreichte, war die Sonne schon aufgegangen, und die Straße vor der Taverne war voll von Wagen und Pferden. Die Stallknechte im Dienst von »Black Sam« Fraunces, dem unternehmenden Besitzer des Gasthofs, hatten alle Hände voll zu tun. Nate ging ein paarmal um die Taverne herum. Dann sagte er sich, er könne eigentlich auch etwas essen, statt hier draußen zu warten.

In der Gaststube herrschte reger Betrieb. Alle Tische waren gut besetzt, und ein höllischer Lärm erfüllte den Raum. Es dauerte eine Weile, bis Nate einen Platz fand. Schließlich zwängte er sich an einen Tisch in der hintersten Ecke. Neben ihm saß ein fleischiger Konstabler, der ihn und seinen Schuhmacherranzen neugierig beäugte, als er sich setzte. Eine Kellnerin mit gewaltigem Busen, der üppig aus ihrem Mieder herausquoll, brachte ihm eine Tasse dampfenden Mokka, einen halben Laib Brot und ein kleines Fäßchen mit Butter. Der Konstabler hatte sein Mahl schon beendet, lehnte sich zurück und entzündete eine Zigarre. Nate hustete, wedelte mit der Hand, um den stinkenden Rauch abzuwehren, und – starrte erschrocken in die Augen seines Vetters Samuel, der kaum drei Meter entfernt an der Bar stand.

Samuel, der gerade dreißig geworden war, lächelte bösartig. »Ei, wen seh' ich denn da! Meinen Vetter!«

»Ja, die Welt ist klein«, mußte Nate zugeben.

Der Konstabler schob seine mächtige Hand unter den breiten Lederriemen, der von seiner linken Schulter zur rechten Hüfte lief, und ließ seine Augen zwischen Nate und Samuel hin und her wandern. Immer noch lässig an der Bar gelehnt, spielte Samuel mit Nate Katz und Maus. »Was bringt Euch nach New York, bester Vetter?«

»Ich schlage mich als Schuhmacher durch.«

Samuel stieß ein kehliges Lachen aus. »Erstaunlich, was man in Yale alles lernt.«

»Schlechte Zeiten«, mußte Nate zugeben.

»Das ist leider nur allzu wahr«, sagte Samuel mit schiefgelegtem Kopf. »Was mich nur wundert, ist, daß niemand in der Familie etwas davon zu wissen scheint, daß Ihr jetzt Schuhmacher seid. Das letzte, was ich gehört habe, war, daß Ihr Eure Stellung als Lateinlehrer aufgegeben und eine Kommission in der Rebellenarmee akzeptiert hättet.«

An den umliegenden Tischen wurden alle Gespräche jäh unterbrochen. Der fleischige Konstabler wandte sich langsam zu Nate um und faßte ihn noch genauer ins Auge. »Wie war das? Ihr seid ein Rebellenoffizier?«

Nate verlor einen Augenblick lang die Nerven und wurde nahezu von dem Instinkt überwältigt, in letzter Minute doch noch zu flüchten. Er stellte sich vor (und ich mit ihm), wie es wäre, wenn er Molly noch einmal durchs Fenster bei ihrer Toilette beobachten würde; er stellte sich ihren überraschten Entzückungsschrei vor, wenn sie ihn entdeckte; malte sich aus, wie ihr nasser Körper sich an seinen trockenen schmiegte. Dann schüttelte er den Kopf, als müßte er eine Versuchung abschütteln, und sagte gleichmütig: »Es hat wohl keinen Zweck, wenn ich es zu leugnen versuche.«

Es folgt jetzt das Verhör:

Nach seiner Verhaftung durch den dicken Konstabler in Fraunces' Taverne wurde Nate einer Schwadron leichter Dragoner übergeben. Er wurde an Händen und Füßen in Eisen geschlagen, in eine Kutsche geschoben und zu General Howe in Marsch gesetzt, der sein Hauptquartier im Haus der Beekmans oberhalb der Turtle Bay hatte. Zwei Dragoner mit Messinghelmen saßen im Inneren der Kutsche, zwei ritten voraus und zwei hinterher, als die Kutsche die Eastern Post Road hinaufrumpelte, die von New York zur King's Bridge hinausführte. Der Tag war sehr heiß geworden, und deshalb gab es eine kurze Pause am Sunfish Pond, der von einer eigenen Quelle gespeist wurde. Nachdem die Pferde getrunken hatten, quälten sich die Kutsche und ihre Eskorte den Inclenberg-Hügel hinauf, eine tafelförmige Erhebung, die von anderen Murray's Hill genannt wurde, dann ging es in schnellem Galopp an der Auffahrt zu Robert Murray's Landhaus vorbei.

Gegen drei Uhr nachmittags trafen sie beim Haus der Beekmans ein, und Nate wurde der Obhut von Howes irischem Provost-Marshal William Cunningham übergeben, einem bulligen Burschen mit kurzgeschnittenem Haar und patriotischen Tätowierungen *(For God and George III* und *Rule Britannia)* auf den Armen. Hinkend wegen der Fußfesseln, wurde Nate in einen Schuppen neben dem Gewächshaus geworfen und mit den Händen hinter dem Rücken an einem scharfkantigen Stück Metall festgekettet, das in einen der Balken eingelassen war. Nate zuckte zusammen, als das spitze Eisen sich in sein Kreuz bohrte. Er versuchte eine weniger qualvolle Haltung zu finden, was aber mißlang. »Ich habe große Schmerzen«, teilte er Cunnigham mit.

»Ach, wirklich?« fragte Cunningham höhnisch. Er wandte sich an die Wachen: »Stellt Euch vor, der arme Kerl leidet Schmerzen.« Einige der Männer lächelten wissend. Ehe sie die Tür schlossen und ihn in völliger Dunkelheit zurückließen, musterte Cunningham seinen Gefangenen mit einem kalten, zinngrauen Blick. Nate hatte früher schon grausame Menschen gesehen, aber Cunningham war eine Klasse für sich. Seine Härte war nicht nur an der Oberfläche, sondern schien in einer tiefsitzenden Bosheit zu wurzeln, die damit zu tun hatte, wie er die Welt sah. Sie war ihm offensichtlich verflucht gleichgültig.

Die glühende Sonne hatte die Temperatur im Inneren des Schuppens in die Höhe getrieben, und die Luft war erstikkend. Nate verlor alles Zeitgefühl. Er versuchte die verschiedensten Haltungen, aber wie er sich auch drehte und wendete, das Eisen in seinem Rücken bohrte sich unweigerlich in sein Kreuz. Um sich nicht völlig dem Schmerz hinzugeben, versuchte er Mollys Bild heraufzubeschwören, wie er sie durchs Fenster gesehen hatte: nackt mit einer Kerze vor den bloßen Füßen. Er erinnerte sich daran, wie sich ihre nasse Haut angefühlt hatte. Er hörte ihre Stimme, die sagte: »Wenn Ihr diesen verrückten Plan tatsächlich durchführen wollt, Nathan, dann schlage ich vor, daß wir heiraten.« Es war eine köstliche Begegnung gewesen, die ganz anders war als der »höfliche Verkehr« und die steifen Galanterien, die er bisher im Umgang mit Frauen gekannt hatte. Die Begegnung mit Molly hatte seine wildesten Phantasien weit übertroffen.

Vor dem Schuppen wechselten die Wachen. Nate kehrte in die Gegenwart zurück – zurück zu dem zackigen Eisen, das sich in sein Fleisch bohrte. Er hörte, wie der Füsilier aus Northumberland zufrieden grunzte, als er abgelöst wurde. Dann wurden vom Haus her Befehle gerufen, die der Mann vor der Tür mit einem zackigen »Jawoll« beantwortete. Ein Schlüssel drehte sich im Schloß, und die Tür öffnete sich. Ich kann mir gut vorstellen, wie Nate geblinzelt hat, als das Sonnenlicht plötzlich ins Dunkel des Schuppens hereindrang. Zwei unter ihren Messinghelmen heftig schwitzende Füsiliere stürmten herein, lehnten ihre Gewehre an einen zerbrochenen Pflug und machten sich daran, Nate von den Ketten zu befreien, die ihn an die Wand fesselten. Dann legten sie ihm Handschellen an, aber nicht mehr hinter dem Rücken. Auf die Füße gezerrt, versuchte Nate zwischen den Männern durch den Garten zu humpeln, der mit einer Fülle von schneeweißen Rosen bedeckt war.

Als sie die hölzernen Stufen am Eingang zur Küche des Herrenhauses erreichten, wurde von innen die Tür aufgestoßen, und ein hochgewachsener Füsilier trat heraus. In der einen Hand hielt er sein Gewehr, in der anderen eine Kette. Daran zog er Haym Salomon hinter sich her. Der Jude war kaum zu erkennen, denn sein Gesicht war von roten Striemen und Blutergüssen bedeckt. Ein Auge war ganz zugeschwollen. Die Nase war offensichtlich gebrochen und mit verkrustetem Blut bedeckt. Als er Nate erblickte, schüttelte er unmerklich den Kopf und versuchte etwas zu flüstern, aber seine Lippen waren viel zu geschwollen, um verständliche Worte zu bilden.

»Bringt den Spion rein!« bellte Cunningham in der Küche, und nach einem kräftigen Stoß von hinten segelte Nate in den Raum. Cunningham trug eine von Hosenträgern gehaltene Hose und ein blut- und schweißfleckiges Hemd. Er lächelte, als wäre Nate ein seit langem vermißter Freund. Er nickte einem der Füsiliere zu, dieser zog einen Schlüsselbund hervor und schloß die Handschellen und Fußeisen auf, mit denen Nate gefesselt war. Während er noch seine geschwollenen Handgelenke massierte, hörte Nate, wie Cunningham bellte: »Ausziehen.« Er warf erst Cunningham einen Blick zu, dann glitten seine Augen über die zehn oder zwölf Füsiliere hin, die an den Wänden lehnten und auf den Tischen herumsaßen. »Wenn Ihr Euch nicht selbst auszieht«, fauchte Cunningham und betonte jede einzelne Silbe, »werden Euch meine Jungs sicher gern dabei helfen.«

Mit steifen Bewegungen streifte sich Nate das Hemd über den Kopf und die Schuhe von den Füßen. Auch als er seine Strümpfe und Hosen auszog, versuchte er seine Würde so gut es ging zu bewahren. »Wenn ich sage ›Ausziehen‹ «, knurrte Cunningham und zeigte auf Nates Unterhosen, »dann heißt das: ganz ausziehen.«

Nate zögerte. Einige der Soldaten stießen sich von der Wand ab und näherten sich. Rasch zog Nate die Unterhosen aus und stand jetzt nackt in der Mitte der Küche. Irgendwie schämte er sich, daß sein Körper so weiß war und daß er nackt war vor seinen Feinden. Cunningham nickte in Richtung der Kleider. Einer der Füsiliere sammelte sie auf und breitete sie auf dem Tisch aus. Cunningham kratzte sich gedankenverloren im Inneren seiner Nase, während er sich daran machte, sie Stück für Stück sorgfältig zu untersuchen.

Methodisch suchte er nach verborgenen Gegenständen. Seine Finger glitten jeden Saum entlang, prüften jede einzelne Naht, um zu sehen, ob etwas darunter versteckt war. Auch die Stickereien untersuchte er genau, um zu sehen, ob womöglich einzelne Stiche neu waren. Jedesmal wenn er mit einem Kleidungsstück fertig war, warf er es auf den Fußboden. Schließlich waren nur noch Nates Schuhe übriggeblieben. Cunningham hob einen davon auf und drehte ihn in seiner breiten Hand, betrachtete ihn von oben und unten, stocherte mit den Fingern an der Sohle herum, um zu sehen, ob sie sich abreißen ließ. Dann griff er ins Innere, schob seine Fingernägel unter die innere Sohle und zerrte sie hoch. Er knurrte befriedigt, als er die gefalteten Briefe entdeckte, und drängte mit einer geschickten Drehung seines kleinen Fingers die grauen Haare zurück, die seinen Nasenlöchern entsprossen. Auch die Seiten aus Nates Notizbuch, die im anderen Schuh versteckt waren, fand Cunningham rasch. Er warf dem Gefangenen die Schuhe vor die Füße, zwängte sich in eine enge Uniformjacke, grapschte nach den Dokumenten und hastete aus dem Raum.

»Kann ich mich wieder anziehen?« fragte Nate.

»Sicher«, sagte einer der Füsiliere. »Wofür haltet Ihr uns? Splitternackt werden wir Euch nicht aufhängen. So etwas überlassen wir den Rebellen. Wir sind nicht so unzivilisiert wie unsere Feinde.« Die anderen lachten.

Nate zog seine Kleider an und wartete. Er hörte die Fliegen in der Küche summen und gedämpfte Stimmen aus dem Inneren des Hauses. Jemand schrie einen Befehl aus dem Fenster heraus, wenige Minuten später hörte man einen Reiter herangaloppieren, und ein Hauptmann mit den Abzeichen des Pionierkorps stürmte herein. Er warf einen Blick auf Nate und verschwand dann auf dem Korridor, der tiefer ins Haus führte. Eine Viertelstunde verging. Dann kehrte Cunningham zurück und bedeutete Nate mit einer Kopfbewegung, er solle ihm folgen. Vor den Schiebetüren des Salons-

stand eine Ordonnanz, die ihnen die Tür öffnete. Cunningham packte Nate mit einem Hammergriff und schob ihn hinein.

Der Oberkommandierende der Expeditionsstreitkräfte Seiner Britischen Majestät in Amerika, Generalmajor William Howe, saß in einem Lehnstuhl mit hohem Rücken und betrachtete durch ein Vergrößerungsglas die Dokumente, die Cunningham in Nates Schuhen entdeckt hatte. Der General hatte den ewig hungrigen Gesichtsausdruck eines Mannes, der einen Feldzug führen muß, in dem es kaum Aussicht auf Ruhm gibt. Oft schon hatte Howe sich darüber beklagt, daß die Minister Seiner Majestät die Kampfkraft der Amerikaner für so gering hielten, daß schon der kleinste Rückschlag, geschweige denn eine Niederlage, die Karriere des Generals schlagartig beenden konnte. Seine hängenden Schultern, seine eingefallenen Wangen, seine teigige Haut und sein kreideweißes Haar machten Howe zum Inbegriff eines degenerierten Höflings, der nicht nur wußte, wo die verschiedenen Leichen versteckt waren, sondern auch, woran sie gestorben waren, wer von ihrem Tod profitiert hatte und wer gegebenfalls des Mordes angeklagt werden konnte, wenn es notwendig sein sollte.

Captain John Montresor, der Pionieroffizier, der vor kurzem so eilig herbeizitiert worden war, stand neben dem General und übersetzte ihm Nates Latein. »*Litterae tuae maxime prosunt, numquam litus propter te praeteribunt*. Das könnte heißen: Euer Bericht war außerordentlich wertvoll. Wenn sie über den Fluß kommen, werden diejenigen, welche die Zwei Brüder... überleben, ja, tatsächlich, da steht: überleben... die Landung am Strand nicht mehr überstehen. *Propter te*, dank Euch, würde ich sagen.« Montresor richtete sich auf. »Hat der Ausdruck ›Zwei Brüder‹ irgendeine spezifische Bedeutung für Euch, Herr General?«

Howe warf Nate, der jetzt in der Mitte des Raumes stand, einen Blick zu. Seine Hand streichelte den Elfenbeingriff der

Pistole, die als Briefbeschwerer auf seinem Tisch lag. »Vielleicht sollten wir die Frage an den Spion richten«, regte er an.

»Ich bin stundenlang wie ein Hund im Schuppen angekettet gewesen«, sagte Nate. »Könnte ich vielleicht ein Glas Wasser erhalten?« Captain Montresor, ein hochgewachsener Mann mit einem offenen, ehrlichen Gesicht, ging zum Büffet, füllte ein Glas aus einer Karaffe und hielt es dem Gefangenen hin. Nate nahm das Glas in beide Hände, trank das Wasser mit einem einzigen Schluck und tupfte sich die Lippen mit den Hemdsärmeln trocken.

»Nun, wie steht es mit den ›Zwei Brüdern‹?« fragte Howe. »Könnt Ihr uns sagen, was es damit auf sich hat?«

Nate schüttelte den Kopf. Cunningham packte Nates Handgelenk und begann ihm den Arm umzudrehen. Howe winkte ab. »Das ist unnötig, Provost-Marshal. Die ›Zwei Brüder‹ sind die Two Brothers, zwei kleine Inseln im East River, unmittelbar hinter der Hell Gate. Auf Grund der Warnungen dieses Spions hat Washington sie offensichtlich ebenso befestigt wie den Strand am Frog's Neck, wo wir die Truppen an Land setzen wollten. Aber eine glückliche Fügung hat uns vor dieser Falle bewahrt und den Spion und diese Briefe in unsere Hände gegeben.« Jetzt wandte er sich direkt an Nate. »Letzten Endes habt Ihr Euren Leuten keinen guten Dienst erwiesen. Mein Landemanöver hätte diesem lächerlichen Krieg und dem überflüssigen Blutvergießen ein schnelles Ende bereitet. Eine Versöhnung wäre vielleicht schon sehr bald möglich gewesen. Jetzt wird sich alles viel länger hinziehen. Aber das Ergebnis bleibt das gleiche. Die Rebellion wird sich legen. Die Dienstzeit der angeworbenen Truppen wird auslaufen, und Eure Milizen werden sich auflösen und nach Hause zurückkehren. Eine zweite Armee wird Euer sogenannter Kongreß nicht mehr aufstellen, und die Kolonien werden mehr oder weniger friedlich in den Schutz des königlichen Banners zurückkehren.«

Nate schüttelte Cunninghams Griff ab und trat einen Schritt vor. »Die wahre Rebellion liegt in unseren Herzen – wir haben den Respekt und die Zuneigung gegenüber der britischen Krone verloren. Nichts kann das mehr ändern.«

Howe sog skeptisch die Luft ein. »Euer Benjamin Franklin hat gesagt: ›Die Leidenschaft regiert den Menschen, und ihr Regiment ist selten vernünftig.‹ Eure Erregung zeigt, wie recht er gehabt hat. Aber die Leidenschaft Eurer Landsleute wird sich angesichts der wirtschaftlichen und militärischen Fakten schon abkühlen. Ich hingegen«, sagte er, nunmehr an Montresor und die beiden anwesenden Stabsoffiziere gewandt, »halte mich lieber an das Wort von Marschall Saxe, wonach derjenige Kommandeur der beste ist, der seine Ziele nicht in der Schlacht, sondern durch geschicktes Manövrieren erreicht. Da Washington unser geplantes Manöver bekannt ist, werden wir uns eben etwas Neues einfallen lassen.«

»Was soll denn aus den im New Town Creek versammelten Landungsbooten werden?« fragte einer der Stabsoffiziere.

»Sie sollen zu ihren Schiffen zurückkehren«, sagte Howe. »Und die Männer, die wir zusammengezogen haben, sollen nach Manhattan übersetzen und die Truppen vor den Haarlem Heights verstärken.«

Aus dem Hintergrund knurrte Cunningham: »Was sind Eure Befehle hinsichtlich des Gefangenen, General? Soll er baumeln, wie es sich für einen Spion gehört?«

Nates Hand fuhr unwillkürlich an das behaarte Muttermal an seinem Hals.

Howe schob seinen Stuhl zurück und kam um den Schreibtisch herum, um Nate genauer in Augenschein zu nehmen. »Wie ist Euer Name?«

»Nathan Hale.«

»Und Euer Rang?«

»Captain.«

»Zivilberuf?«

»Ich habe ein Zeugnis der Universität Yale, das mich berechtigt, Latein, die Klassiker und die Schreibkunst zu unterrichten.«

»Ihr wart Euch bewußt, daß Ihr den Galgen riskiert habt, als Ihr für diesen Auftrag die Uniform auszogt?«

»Waren der Herr General sich bewußt, daß er fallen könnte, als er seine Grenadiere gegen den Staketenzaun am Breed's Hill führte?«

»Wegen seiner Unverschämtheit sollte der Bursche noch ausgepeitscht werden, ehe er hängt«, sagte einer der Offiziere.

»Nein, nein«, sagte Howe, »meine Frage wurde ganz treffend beantwortet. Tapferkeit weiß ich zu schätzen, besonders wenn die Sache ohnehin verloren ist, für die jemand sich engagiert. Ich neige zur Milde.« Er wandte sich über Nates Schulter hinweg an den Provost-Marshal Cunningham. »Sperrt ihn für die Dauer der Feindseligkeiten auf einem Gefangenenschiff ein.« Howe wollte schon zu seinem Sessel zurückkehren, da drehte er sich noch einmal um. »Ich vergaß zu fragen, aus welcher Einheit Ihr kommt. Die Organisation der kolonialen Armee hat mich immer schon interessiert.«

Nate hob voller Stolz das Kinn. »Ich habe bei Colonel Webb's Freiwilligen aus Connecticut gedient, und dann bin ich Captain bei Knowltons Rangern geworden.«

Das Gesicht des Generals erstarrte. Die beiden Stabsoffiziere blickten zu Boden. Auf Cunninghams Gesicht erschien ein grausames Lächeln. Howe flüsterte fast, als er fragte: »Sprecht Ihr von Oberstleutnant Thomas Knowlton?«

»Von eben dem«, bestätigte Nate.

General Howe begann hörbar zu keuchen. Mit jedem Atemzug schien sein Gesicht röter zu werden, schienen seine Augen sich mehr zu entzünden. »Knowlton ist ein Mörder, ein Krimineller«, platzte er schließlich heraus. »Die Scharfschützen, die er am Breed's Hill kommandierte, hatten ausdrücklichen Befehl, meine Offiziere abzuschießen. Auf Offiziere zu zielen widerspricht allen Regeln der Kriegskunst.

Alle Angehörigen meines Stabes wurden getötet oder verwundet. Der Fähnrich Hendricks, der meine Weinflasche trug, wurde durchs Auge geschossen. Und Ihr wagt es, den Namen dieses Knowlton zu nennen, als wäre er ein zivilisierter Offizier? Seine Milizionäre haben rostige Nägel und Glasscherben in ihre Musketen gestopft! Wenn ich an die grauenhaften Verletzungen denke, die damit gerissen wurden! Schrecklich! Bis zu meiner letzten Stunde werde ich die Karren mit Verwundeten nicht vergessen, die von diesem verdammten Breed's Hill herabrollten. Die Wundärzte mußten Arme und Beine absägen, als ob sie Feuerholz machten.«

Howe ging um seinen Schreibtisch herum und warf sich abrupt in seinen Sessel. »Ich neige zur Milde«, sagte er, »wo Milde angezeigt ist.« Dann wandte er sich wieder an Cunningham. »Der Spion soll am Halse aufgehängt werden, bis er tot ist. Der Leichnam soll drei Tage lang hängen bleiben, zur Warnung für andere, die ihm nacheifern wollen. Das Urteil ist bis morgen früh zu vollstrecken. Wegtreten.«

Da ist es nun also endlich (um die letzten Worte von Henry James zu zitieren), das große Außergewöhnliche (wieder ein nervöses Räuspern; immer noch schreckt der Autor vor Hinrichtungen zurück, auch wenn sie nur in der Phantasie stattfinden):

Für Nate ging es schon längst nicht mehr darum, ob er nun schlief oder nicht schlief. Das Wort hatte gar keine Bedeutung mehr für ihn. Es ging vielmehr darum, einen Weg durch ein Dickicht von Gefühlen zu finden und die Wellen von Panik niederzuhalten, die das Herz überspülten und seinen Atem stocken ließen, so daß er fast auf der Stelle erstickt wäre. Die Hinrichtung durch Erhängen, die ihm bevorstand, erschreckte ihn nicht so sehr wie die Vorstellung, daß er für immer aufhören würde zu existieren. Er glaubte an einen Allmächtigen Schöpfer, aber an ein Leben nach dem Tode glaubte er nicht. Das Prinzip erschien ihm zu komfortabel, um realistisch zu sein. Was blieb, war ein gähnender Abgrund, in den er mit soviel Würde wie möglich hineinspringen würde, wenn er nur Herr seines Körpers und seines Gehirns blieb. Durch einen Wust von Gedanken arbeitete er sich zu seiner Mutter und seinem Vater und seinen Geschwistern vor, stellte sich ihr Entsetzen und ihre Scham vor, wenn sie erfuhren, daß er als Spion gehängt worden war. Er dachte an Molly, stellte sich ihr von Kummer gefurchtes Gesicht vor. Er dachte an seinen Auftrag; er würde den Weg zum Galgen viel gelassener antreten können, wenn er wußte, daß sein Tod der Sache, an die er geglaubt hatte, tatsächlich genutzt hatte. Dazu aber mußte er General Washington informieren.

Das war seine letzte Aufgabe. Damit konnte er die Wellen der Panik zurückhalten...

Um Mitternacht ließ Nate den diensthabenden Offizier rufen und bat um eine Kerze und Schreibutensilien, die ihm von einem großen Füsilier mit gewachstem Schnauzbart auch prompt gebracht wurden. Seine Handschellen wurden geöffnet, damit er die traditionellen Abschiedsbriefe abfassen konnte. Den ersten richtete er an seinen Bruder Enoch. Die mit Alexander Hamilton vereinbarten Sätze aus Addisons ›Cato‹, die General Washington mitteilen würden, daß die Briten nicht die Absicht hatten, ihn auf Manhattan einzuschließen, versteckte Nate ganz im Inneren des Briefes. Washington würde Zeit genug haben, einen geordneten Rückzug zu organisieren.

Den zweiten Brief, der ebenfalls die vereinbarten Sätze enthielt, adressierte er an seinen Vater. Er endete mit den Worten: *Versichert bitte meine Mutter meiner schuldigen Dankbarkeit und meine Schwestern meiner brüderlichen Liebe. Ich verbleibe, was ich in dieser Welt gewesen bin und in der nächsten weiter zu sein hoffe, Euer gehorsamer Sohn Nathan.*

In der Morgendämmerung führten die Füsiliere ihn hinter

den Schuppen, damit er sich waschen konnte. Dichte Nebelschwaden bedeckten den Boden wie frischgefallener Schnee. Sie erinnerten Nate daran, daß er keinen Winter mehr sehen würde. Nie wieder würde er sich mit seinen Schwestern hinter dem Haus in Coventry eine Schneeballschlacht liefern, nie mehr die Hände am Herdfeuer wärmen. Er watete durch den knöchelhohen Nebel zur Regentonne und spritzte sich mit beiden Händen Wasser ins Gesicht. Die Kälte und Nässe beruhigten ihn. Bald darauf erschien auch der Provost-Marshal Cunningham. »Wer hat dem Spion erlaubt, Briefe zu schreiben?« fragte er wütend, als ihm einer der Füsiliere die beiden Umschläge gab.

»Es ist doch üblich...« sagte der Füsilier mit dem gewachsten Schnauzbart.

Cunningham unterbrach ihn mit höhnischem Grinsen. »Was üblich ist oder nicht, bestimme ich!« Damit zerriß er die Briefe, einmal und noch einmal, und warf die Fetzen auf einen Abfallhaufen, der verbrannt werden sollte.

Nate versank in Wellen von Panik. »Gönnt mir wenigstens den Beistand eines Geistlichen«, bat er.

»Keine Briefe und kein Geistlicher«, bellte Cunningham. »Wir werden ihn aufhängen, und damit hat sich die Sache!«

Ein Proviantwagen der Armee, der von zwei Pferden gezogen wurde, rollte heran. An Händen und Füßen gefesselt und von einem Dutzend Füsilieren bewacht, wurde Nate zum Royal Artillery Park gegenüber der Taverne »Zur Taube« gebracht, ungefähr eine Meile die Post Road hinauf. Cunningham ritt den letzten Teil der Strecke voraus, um festzustellen, ob seine Befehle hinsichtlich der Vorbereitung für die Hinrichtung alle ausgeführt worden waren. Zu seiner Verärgerung mußte er feststellen, daß die Soldaten eben erst begonnen hatten, das Galgengerüst zu errichten. Als der Wagen mit dem Gefangenen eintraf, wollte Cunningham gerade Befehl erteilen, daß der Delinquent an ein Wagenrad gekettet werden sollte, während er auf seine Hinrichtung wartete.

Aber in diesem Augenblick trat Captain Montresor, der Nates Briefe für General Howe übersetzt hatte, aus dem Stabszelt der Pioniere. Montresor erfaßte auf einen Blick die mißliche Situation, trat zu Cunningham und bot ihm an, den Gefangenen während der Wartezeit in seinem Zelt zu beherbergen. Da sie nicht allein waren, sondern sich zahlreiche Artillerie-Offiziere genähert hatten, um einen Blick auf den Delinquenten zu werfen, mochte Cunningham dem angesehenen Pionieroffizier keine Abfuhr erteilen. Widerwillig stimmte er zu.

Montresor half Nate vom Wagen herunter und führte ihn in sein Zelt. Er zog einen Feldstuhl heran und lud ihn ein, sich zu setzen. »Kann ich Euch einen Brandy anbieten?« fragte er.

Nate, angesichts der Freundlichkeit des Offiziers verwirrt, nickte. Montresor schenkte ein großes Glas mit Brandy ein und reichte es dem Verurteilten. Da seine Hände gefesselt waren, nahm Nate es in beide Hände, führte es zum Mund und leerte es in einem Zug. Befriedigt spürte er, wie das scharfe Getränk in seinem Inneren brannte. Dann reichte er das Glas zurück. »Ich bin Euch sehr dankbar für Eure Fürsorge!«

Montresor, ein Berufssoldat mit heimlichen Sympathien für die rebellischen Amerikaner, war von der Würde und dem Anstand des zum Tode verurteilten jungen Mannes sehr beeindruckt. »Wie alt seid Ihr?«

»Ich bin einundzwanzig.«

Montresor, der fast doppelt so alt war, schüttelte bedauernd den Kopf. »Ihr habt noch nicht viel Zeit gehabt, das Leben zu kosten«, sagte er.

Nate brachte ein schiefes Lächeln zustande. »Ich habe die Freiheit gekostet, und die zählt mehr als das Leben.«

Von draußen hörte man die Zimmerer sägen und hämmern. Nate sah geistesabwesend zum Eingang des Zeltes. Montresor fragte, ob er noch ein Glas Brandy trinken wolle.

Nate gab keine Antwort. Montresor ging zum Eingang und sah hinaus. Die Männer waren gerade dabei, den Galgen aufrecht zu stellen. »Ich würde Eure Qual gern irgendwie lindern«, sagte Montresor leise.

»Es gibt etwas, worum ich Euch gern bitten würde«, sagte Nate zögernd.

Montresor trat näher an den Feldstuhl heran. »Wenn es im Bereich des Möglichen liegt, will ich es tun.«

Nate erzählte ihm, daß Cunningham die Briefe zerrissen habe, die er seinem Vater und seinem Bruder habe schicken wollen. »Meine Eltern werden schrecklich unter der Schande leiden, daß ihr Sohn gehängt worden ist. Deshalb möchte ich sie gern wissen lassen, daß ich bis zu meiner letzten Stunde ein Patriot war. Bevor sie mich... Vor meiner Hinrichtung möchte ich gern noch ein paar Worte sagen. Könnt Ihr sie meinen Landsleuten übermitteln? Man soll nicht von mir sagen, daß ich feige gestorben sei.«

»Ich gebe Euch mein Ehrenwort«, sagte Montresor feierlich. »Ich soll noch heute abend als Parlamentär die Linien passieren und mit Euren Landsleuten über einen Gefangenenaustausch verhandeln. Bei dieser Gelegenheit werde ich Eure letzten Worte übermitteln.«

Nate hatte zwar Gewissensbisse, daß er den guten Willen des Engländers so ausnutzte, tröstete sich aber mit dem Gedanken, daß es um einer edlen Sache willen geschah. Und jede Wahrheit hatte schließlich mehrere Seiten. Er zeigte dem Engländer nur die eine, aber es war doch die Wahrheit. »Ich danke Euch von ganzem Herzen«, sagte er.

»Diesen Dienst will ich Euch gern leisten«, versicherte Montresor. »Zumindest in diesem Punkt könnt Ihr beruhigt sein und Eurem Schicksal mit Fassung ins Auge sehen.«

Draußen bellte jemand einen Befehl. Man hörte Soldaten in Reih und Glied antreten, und eine Kesselpauke begann ihren drohenden Rhythmus. Cunningham erschien in der Zeltklappe. »Eure Zeit ist abgelaufen«, sagte er zu dem Verurteilten. »Ich war mit meiner Geduld auch schon ziemlich am Ende.«

Nate erhob sich schwerfällig von seinem Stuhl und sah Montresor direkt in die Augen. »Ich danke Euch für Eure Gastfreundschaft«, sagte er. »Es wäre mir eine Ehre, wenn Ihr an meiner Hinrichtung teilnehmen würdet.«

»Das werde ich tun«, sagte Montresor mit belegter Stimme. »Gott gebe Euch Frieden.«

Nate hätte beinahe gelächelt. »Ich glaube, meine Aussichten, daß er mir Frieden schenkt, sind gar nicht so schlecht. Ich rechne fest damit.«

Damit verließ Nate das Zelt. Sein Schritt war so fest und entschlossen, wie es die Fußfesseln zuließen. Die Sonne stand schon hoch am Himmel und strahlte unbarmherzig herab. Nate blinzelte. Er betrachtete sie nicht, als würde er sie bald nicht mehr sehen, sondern so, als hätte er sie zuvor nie gesehen. Ihre Wärme auf der Haut war so schmerzlich. Links und rechts des Galgens waren in zwei Reihen etwa hundert Artilleristen angetreten. Dahinter standen einige Dutzend Zivilisten. Auch ein paar Gäste der Taverne »Zur Taube« waren vom Trommelschlag angelockt worden. Einige von ihnen hielten die Bierkrüge noch in der Hand. Cunningham stieß den Verurteilten mit den Fingerspitzen ins Kreuz. Nate holte mehrfach tief Luft und ging auf den Galgen zu, von dem schon die Schlinge herabhing.

Nate erinnerte sich nur allzu genau an die Hinrichtung auf dem Bowling Green, die er vor einigen Wochen miterlebt hatte. Er erinnerte sich daran, wie dem Verurteilten der Speichel von der Unterlippe getropft war und wie er sich geschworen hatte, wenn es je soweit mit ihm kommen sollte, würde er seine Selbstbeherrschung besser bewahren. Er hob den Kopf, nahm die Schultern zurück, streckte sein Kinn vor und tat so, als ginge er ganz ohne Zögern zu dem Gerüst, das auf ihn wartete.

Ein niedriger Karren war unter dem Galgen abgestellt worden. Der Füsilier mit dem gewachsten Schnauzbart faßte Nate am Ellbogen. »Gott segne dich, mein Junge«, flüsterte er, als er ihm auf den Karren hinaufhalf.

Nate zwang sich, einen Blick in die Runde zu werfen. Er sah die Schlinge wenige Zentimeter vor seinem Gesicht baumeln, und eine eiskalte Hand schien ihm zärtlich über den Rücken zu streicheln. Er hob seine Augen zum zinngrauen Himmel, zu einem zinngrauen Gott. Noch einen Augenblick, dachte er, dann ist es vorüber. Gib mir wenigstens das Quentchen Mut, das ich brauche, um es mit Würde über mich ergehen zu lassen. Nur mit Mühe hinderte er seine Glieder am Zittern. Verzweifelt kämpfte er dagegen an, daß ihm unter dem Gewicht der nackten Angst das Herz sank. Wieder ließ er seine Augen über die Zuschauer hingleiten. Ganz am Rand der Menge entdeckte er John Jack, Mollys Sklaven. Sein Gesicht war eine Maske der Qual. Als er merkte, daß Nates Blick auf ihm ruhte, nickte er heftig und wischte sich mit der Faust die Tränen aus dem Gesicht. Nate nickte zurück und ließ seinen Blick weiterwandern. Erleichtert sah er Captain Montresor neben den angetretenen Soldaten stehen. Montresor hob grüßend den Hut.

Tödliches Schweigen war über die Menge gefallen. Cunningham kletterte zu Nate auf den Karren, streifte ihm die Schlinge über den Kopf und zog sie am Hals fest. Nate versuchte zu sprechen. Sein Mund bewegte sich, aber seine Stimme versagte. Lieber Gott, hilf mir, dachte er. Die vereinbarten Sätze aus Addisons ›Cato‹ lagen ihm auf der Zunge. Er stellte sich die Szene vor, in der Cato den Leichnam seines Sohnes betrachtet, sein Mund öffnete sich wie von selbst, und er schleuderte die Worte in die tödliche Stille des Vormittags hinein: »Wie köstlich ist der Tod, wenn er durch Tugend erlangt wird! Wie schade, daß wir nur einmal sterben können, um unserem Vaterland zu dienen!«

Die Paukenschläge fielen schneller. Cunningham sprang von Nates Karren herunter und gab den beiden Füsilieren, die sich die Zugriemen umgelegt hatten, ein Zeichen. Die Männer begannen zu ziehen, und der Karren setzte sich in Bewegung. Nate machte ein paar schnelle Schritte über die Bretter des Karrens, dann war der Karren plötzlich zu Ende, und er hing nur noch am Strick. Ein gedämpftes Seufzen ging durch die Menge, als Nate in der Schlinge baumelte, die ihn langsam erwürgte. Der Füsilier mit dem gewachsten Schnauzbart wollte sich an die zuckenden Beine des Sterbenden hängen, aber Cunningham ließ es nicht zu. Ein grausames Lächeln spielte um seine Lippen.

Und nun folgt noch ein Postskriptum:

John Jack war kaum in der Lage zu sprechen, als er aus Manhattan zurückkam. Molly mußte die Einzelheiten aus ihm herausfragen. Er habe die Schatten von Vögeln über den Boden hinhuschen sehen, sagte er, aber als er zum Himmel aufgeschaut habe, seien da keine Vögel gewesen. Da sei nur Mister Nathan gewesen, der am bitteren Ende des Stricks tanzte. Endlich sei das Zucken zu Ende gewesen, und der arme Mister Nathan habe sich nur noch sanft in der Brise gedreht. In der Nacht zuvor hatte Molly geträumt, sie sei schwanger. Sie schluchzte ein paarmal, aber eine innere Stimme sagte ihr, wenn sie einmal zu weinen anfangen würde, könnte sie vielleicht nie wieder aufhören. Später, als sie jenseits der Tränen war, setzte eine völlige Erstarrung ein. Molly tauchte ihre Feder in ihr Tintenfaß und schrieb auf eine leere Seite des Tagebuchs:

den 22ten September 1776
wieder überfallen von Trauer. Nate ist im Artillery Park auffgehängt worden. Hefftig begehrt, als er noch lebte, im Tod beklagt. Eyn Freund, von dem ich soviel hoffte. Und jetzt ist er dahin…

23

Fargo rief Snow jeden Tag aus Washington an. Es meldete sich immer nur ihr Telefonbeantworter. Also sprach er ihr Nachrichten aufs Tonband. »Die Ärzte sind mit den Fortschritten durchaus zufrieden. Dein Freund ißt gut und hat sogar etwas zugenommen. Ich muß dir leider sagen, daß die Diagnose auf Schizophrenie lautet. Aber mach dir deswegen nur keine Sorgen, es hat bei der Behandlung der Schizophrenie in den letzten Jahren große Fortschritte gegeben. Dein Freund ist in den besten Händen. Es besteht keinerlei Grund, an einem positiven Behandlungsergebnis zu zweifeln.« Ein weiterer Bericht lautete: »Er kommt ausgezeichnet voran, Snow. Den Umständen entsprechend geht es ihm gut. Er ist bester Stimmung und möchte möglichst bald mit der Analyse beginnen. Alle sind optimistisch.«

Dann wieder hieß es: »Er muß natürlich ständig sediert werden. Aber die Ärzte hoffen, daß die tägliche Dosis im Verlauf der Behandlung allmählich gesenkt werden kann.«

Als er das nächste Mal anrief, fand Fargo eine speziell an ihn adressierte Nachricht auf Snows Anrufbeantworter vor. »Wenn Sie das sind, Mister Fargo«, sagte Snows Stimme herausfordernd, »dann beantworten Sir mir bitte nur eine Frage: Haben Sie ihn mit Ihren eigenen Augen gesehen?«

Als sie das Band später abspielte, hörte sie Fargo an dieser Stelle ärgerlich schnaufen. »Die Antwort ist nein«, sagte er, »ich habe ihn nicht mit eigenen Augen gesehen. Aber ich habe mit Leuten gesprochen, die ihn gesehen haben. Mit einem Assistenten, Marvin Wesker, zum Beispiel. Sein alter Studienfreund Roger Wanamaker hat ihn besucht. Sogar der Justizminister interessiert sich persönlich für ihn und hat den verantwortlichen Arzt angerufen. Wenn die alle lügen, dann ist unsere ganze Regierung eine einzige große Verschwörung und unser ganzes System eine Lüge.« Fargo zögerte. Snow konnte sich deutlich vorstellen, wie er verärgert den Kopf schüttelte. Schließlich sagte er: »Ich hoffe, das überzeugt dich.«

Es überzeugte sie nicht. Snow steckte vielmehr in der Klemme zwischen zwei Wahrheiten. Sie mußte herausfinden, welche Wahrheit erfunden war und welche echt. Am nächsten Tag fuhr sie nach Cambridge und ging in die Harvard Library. Eine gültige Bibliothekskarte hatte sie noch; denn sie hatte erst vor wenigen Monaten ein Seminar über die Geschichte der Fotografie mitgemacht. Mit dem Wort ›Kabir‹, hatte sie beschlossen, wollte sie anfangen.

Im Stichwortverzeichnis der *New York Times* war ›Kabir‹ nicht zu finden. Snow versuchte es aufs Geratewohl mit einem neuerschienenen Reiseführer durch den Iran, und hier fand sie im Register den Hinweis auf die »Amir-Kabir-Universität, ehemals Technische Hochschule Teheran«. Mit dieser Information kehrte Snow zum Stichwortverzeichnis der *New York Times* zurück und fand die Technische Hochschule dort auch auf der Liste. Zwei Artikel bezogen sich auf die Universität, einer vom Januar 1982, der andere vom März 1984. Snow schrieb sich die genauen Daten und Seitenzahlen auf, ließ sich an der Ausleihe die Mikrofilme geben und legte sie dann nacheinander in das Lesegerät ein. Rasch ließ sie die Zeitungsseiten an sich vorbeigleiten, bis sie die Artikel gefunden hatte. Der erste beschrieb die Nervosität der amerikanischen Geheimdienste wegen gewisser Gerüchte, wonach das Polytechnikum vor einiger Zeit in ein Kernforschungsinstitut umgewandelt worden sei. Der zweite Artikel war sehr viel ausführlicher und genauer. Er zitierte informierte Kreise, die behauptet hätten, der Fünf-Megawatt-Reaktor der Hochschule, der fünf Kilogramm angereichertes Uran aufnehmen könne, arbeite jetzt rund um die Uhr. Es gebe auch Befürchtungen, der Kernbrennstoff des Reaktors könne eines Tages zum Bau von Atomwaffen benutzt werden.

Zumindest Kabir war also kein Produkt von Silas' Einbildungskraft.

Stufftingle auf die Spur zu kommen war wesentlich schwerer. Die Bibliothekarin zuckte mit den knochigen Schultern und schüttelte ihre drahtigen Locken. Snow solle sich doch mal die

Register und Inhaltsverzeichnisse der einschlägigen Publikationen ansehen. Sie hoffe nur, Snow sei nicht in Eile; denn es gebe Hunderte von Büchern zum Thema. Sie nannte Snow auswendig die ungefähr in Frage kommenden Katalognummern, und Snow suchte sich einen freien Tisch in der entsprechenden Abteilung. Bald stapelten sich Berge von Büchern über Atomenergie, Kernspaltung, das Los-Alamos-Projekt und vergleichbare Themen vor Snow auf dem Tisch. Eins nach dem anderen schlug sie auf und suchte in den Inhaltsverzeichnissen und Registern nach dem Wort *Stufftingle*. Sie verbrachte den ganzen Vormittag und den größten Teil des Nachmittags damit, und die Buchstaben tanzten ihr schon vor den Augen, als sie schließlich ein schmales Buch von Wesley W. Stout mit dem Titel ›Secret‹ aufschlug. Sie wollte es beinahe nicht glauben, als sich im Inhaltsverzeichnis tatsächlich das Wort *Stufftingle* fand. Aufgeregt blätterte sie, bis sie zur Seite neununddreißig kam. Die Worte ›Oak Ridge‹ und ›kurioses Geheimdokument‹ sprangen ihr in die Augen. Dann hieß es:

»Zunächst wird das Plumpskrat, wohlgemerkt *reines* Plumpskrat, in die Ballisport-Tanks gefüllt... Dann wird es in den Sarraputier-Raum gebracht... Zu diesem Zeitpunkt wird dann das Thungborium hinzugefügt, jene Zutat, die das gesamte Urgebrei zum Knoxifizieren veranlaßt... An jedem dritten Dienstag des Monats, pünktlich um 12 Uhr 20 nachts, müssen 800 sogenannte Shizzlefrinks antreten (der Name ist darauf zurückzuführen, daß ihnen das Gehirn aus dem Kopf abgesaugt worden ist). Jeder erhält zwei Barren Ousten-Stufftingle (so heißt das fertige Produkt), und dann marschieren sie los...«

Es gab also nicht bloß die Amir-Kabir-Universität, sondern auch *Stufftingle*!

Snow fuhr zum Logan International Airport, flog mit dem Abend-Shuttle nach Washington und nahm sich gleich am Flughafen ein Zimmer. Dann studierte sie die Telefonbücher von Washington und Umgebung. Unter dem Namen Toothacher gab es keine Eintragung. Sie versuchte sich an den Namen des

Assistenten von Silas zu erinnern, aber er fiel ihr nicht ein. Ihre Mutter hatte immer behauptet, die beste Methode, um sich an etwas zu erinnern, bestünde darin, an etwas anderes zu denken. Snow legte sich aufs Bett, schloß die Augen und dachte an Silas – sie hatte eine gute Erinnerung an seine Stimme. Die Art und Weise, wie er die letzten Silben eines Satzes streckte, wenn er sich unsicher war, die heftigen Wortschwälle, wenn er glaubte, er müsse etwas beweisen. Sie erinnerte sich an die Verbrennungen auf seinen Handflächen »Deine Lebenslinien sind weggebrannt«, hatte sie zu ihm gesagt.

Abrupt fuhr Snow hoch. »Marvin Wesker«, murmelte sie. Sie griff nach dem Telefonbuch. Richtig, da war er! *Wesker, M.* Sie notierte die Adresse auf einen Notizblock neben dem Telefon und griff nach ihrem Mantel.

Eine Dreiviertelstunde später klingelte sie an der Tür einer Wohnung in der Nähe der Buffalo Bridge. Die laute Musik, die bis hinaus auf den Flur dröhnte, wurde daraufhin leiser gestellt und die Tür einen Spaltbreit geöffnet. Über einer klirrenden Sicherheitskette erschien das magere, humorlose Gesicht eines jungen Mannes mit einer Nickelbrille und gewaltigen Ohren. »*Yeah?*« sagte er.

»Sie kennen mich nicht«, sagte Snow. »Mein Name ist Mathilda Snowden. Ich bin eine Freundin von Silas.«

Wesker ließ seinen Blick von ihrem Gesicht zu den Füßen und dann wieder zurück gleiten. Es gefiel ihm offenbar, was er sah; denn er zauberte plötzlich ein Lächeln auf sein Gesicht und verkündete: »Eine Freundin von Silas ist mir immer willkommen! Kommen Sie rein!«

Er ließ sie auf dem Sofa Platz nehmen, fragte, ob sie etwas zu trinken wolle, und als sie verneinte, setzte er sich in einen Sessel ihr gegenüber. »Erkennen Sie die Platte?« fragte er und nickte zu seiner Stereoanlage hinüber, die er ins Bücherregal eingebaut hatte. »Einer von den goldenen Oldies: *California Dreaming*. The Mamas and the Papas. Wenn Sie schon nichts zu trinken wollen... Was kann ich denn sonst für Sie tun?«

»Man hat mir gesagt, Sie hätten Silas gesehen.«

»Wer hat Ihnen denn diese spezielle Information gegeben?«

»Ein Freund von mir, der im Justizministerium arbeitet. Sein Name ist Fargo. Er hat gesagt, er habe mit Ihnen telefoniert.«

»Ja, vielleicht habe ich tatsächlich mit jemandem aus dem Justizministerium telefoniert«, sagte Wesker vorsichtig. »Aber daß ich Silas gesehen habe, kann ich gar nicht gesagt haben. Ich habe ihm allenfalls gesagt, daß ich in der... äh, Klinik gewesen bin.«

»Sie sind in der Klinik gewesen und haben Silas gar nicht gesehen?«

»Hey, ich will Sie ja nicht in Schwierigkeiten bringen oder so was, aber daß Sie hierhergekommen sind und mich über Silas ausfragen, muß ich wahrscheinlich melden.«

»Sie können mich ruhig melden. Das ändert gar nichts. Aber wieso haben Sie Silas bei Ihrem Besuch nicht gesehen?«

»Er hatte eine schlechte Nacht gehabt. Er hatte ein starkes Beruhigungsmittel gekriegt. Der Arzt hat gesagt, es sei keine gute Idee, ihn gerade an diesem Tag zu besuchen.«

»Hat Ihnen der Arzt auch gesagt, was Silas eigentlich fehlt, Mr. Wesker?«

»Nein, er hat nur gesagt, daß er krank sei.«

»Krank?«

Wesker bewegte sich unruhig in seinem Sessel. »Krank im Kopf«, sagte er. »Hören Sie, warum besuchen Sie ihn denn nicht selbst?«

»Man sagt mir ja nicht, wo er ist«, sagte Snow.

»Also, wenn Sie wirklich eine Freundin von ihm sind, dann wissen Sie ja auch, für wen Silas arbeitet, oder? Und die Firma, für die Silas arbeitet, der Aufsichtsrat sozusagen, wird sehr nervös, wenn einer ihrer Angestellten einen... Nervenzusammenbruch hat. Es ist ja kein Staatsgeheimnis, daß die Firma Staatsgeheimnisse schützt, oder? Wenn es Sie irgendwie beruhigt, dann kann ich Ihnen sagen, daß die Klinik eine der modernsten ist, die es überhaupt gibt. Übernächstes Wochenende werde ich wahrscheinlich wieder hinausfahren. Ich stehe auf der Liste der Leute, die ihn besuchen dürfen, denn mir kann Silas nichts verraten, was ich nicht ohnehin wissen dürfte. Soll ich ihm etwas ausrichten?«

»Sagen Sie ihm–« Snow hatte plötzlich eine Idee. »Arbeiten Sie eigentlich schon lange mit Silas zusammen?«

»Über die Arbeit darf ich nicht reden.«

»Können Sie mir sagen, ob Sie hier in Washington oder ob Sie in New York gearbeitet haben? Das ist ja wohl sicher kein Staatsgeheimnis?«

Wesker blinzelte nervös, aber gab keine Antwort.

Snow versuchte es noch einmal anders. »Silas hat mir erzählt, was Sie und er arbeiten.«

Wesker schüttelte den Kopf. »Das hätte er nicht tun dürfen. Der Firma platzt sehr schnell der Kragen, wenn wir über das, was wir tun, mit irgend jemandem reden, der nicht sicherheitsüberprüft ist und keine Berechtigung hat.«

»Ich muß aber wissen, ob er die Wahrheit gesagt hat«, beharrte Snow.

Wesker zog die Augenbrauen hoch, als wollte er sagen, es tue ihm wirklich leid, daß er ihr nicht helfen könne.

»Hören Sie«, sagte Snow. »Ich werde Ihnen erzählen, was er mir erzählt hat, und Sie werden mich so lange ansehen, wie es richtig ist, was ich erzähle.«

»Das kann ich nicht machen...«

Snow entschied sich für Fargos Variante der Wahrheit. »Silas hat mit Computern gearbeitet«, begann sie.

Wesker sah ihr unverwandt in die Augen.

»Es ging um eine Computeranalyse der Seriennummern bestimmter Waffensysteme.«

Wesker blinzelte unbehaglich.

»Genauer gesagt, um Panzer.« Als Wesker nicht wegsah, fügte sie hinzu. »Um russische Panzer, natürlich.«

Weskers Augen huschten zur Seite. »Ah!« sagte Snow.

»He, daß ich weggeguckt habe, bedeutet noch gar nichts«,

sagte Wesker jetzt hastig. »*Sie* haben die Spielregeln gemacht. Ich habe nie gesagt, daß ich mitspielen würde. Ich darf keinerlei Informationen darüber geben, was wir tun. Auf gar keinen Fall.«

Snow lächelte anerkennend. »Ich verstehe.«

Wesker bemerkte ihr Lächeln und sagte: »Nichts verstehen Sie, gar nichts.« Er lachte nervös. »Ich kenne Sie doch gar nicht. Sie können alles mögliche sein. Eine russische Spionin, zum Beispiel. Also bitte denken Sie nicht, Sie wüßten jetzt mehr als vorher. Ich habe Ihnen bloß höflich zugehört. Das ist alles.«

»Genau«, sagte Snow. »Vielen Dank.«

»Um Himmels willen, bedanken Sie sich doch nicht bei mir. Ich habe doch gar nichts getan.«

An der Tür drehte sich Snow noch einmal um. »Hat Silas Ihnen gegenüber jemals einen Admiral Toothacher erwähnt?«

Wesker schüttelte störrisch den Kopf. »Zehn wilde Pferde könnten mich nicht dazu bringen, Ihnen auch nur noch eine einzige Frage zu beantworten.«

An diesem Abend lag Snow lange wach. Die Amir-Kabir-Universität existierte. Und *Stufftingle* auch. Das Verhalten von Wesker schien darauf hinzudeuten, daß Fargos Geschichte über die Seriennummern der russischen Panzer nicht stimmte, was bedeutete, daß die Geschichte, die Silas über das Abhören von Telefonen erzählt hatte, vielleicht durchaus der Wahrheit entsprach. Und daß jemand ihn hatte umbringen wollen, stimmte auch. Es hatte jemand versucht, ihn unter den Trümmern eines Abrißhauses zu begraben. Snow war ja selbst dabeigewesen, hatte es selbst miterlebt, auch wenn sie den Admiral und seine zwei Komplizen nicht mit ihren eigenen Augen gesehen hatte. Und das bedeutete, daß Silas immer die Wahrheit gesagt hatte. Es war töricht gewesen, sich mit Fargo in Verbindung zu setzen und die Geschichte über seine Geisteskrankheit, die seine Gegner sich ausgedacht hatten, auch nur in Erwägung zu ziehen. Vielleicht war Silas wirklich in einer ›Klinik‹, aber es war bestimmt kein Zufall, daß man Wesker nicht erlaubt hatte, ihn zu besuchen. Vielleicht hatte Silas sogar wirklich eine schlechte Nacht gehabt, wenn ihn die Verhörspezialisten der CIA, die schichtweise arbeiten konnten, stundenlang in der Mangel gehabt hatten. Wahrscheinlich hatten sie inzwischen auch das Material in die Hände gekriegt, das Silas in den toten Briefkasten gelegt hatte. Wahrscheinlich waren sie überzeugt, daß er ein russischer Spion war. Plötzlich kam Snow ein schrecklicher Gedanke. Der »Aufsichtsrat« der Firma, wie es Wesker genannt hatte, konnte es sich gar nicht leisten, Silas vor ein Gericht zu stellen. Die CIA mußte sogar verhindern, daß Silas in einer öffentlichen Verhandlung über *Stufftingle* aussagte.

Man würde auf keinen Fall zulassen, daß er die Klinik lebend verließ!

Und wenn Sie der Presse die ganze Geschichte erzählte? Nein, das würde nicht funktionieren. Die CIA würde Beweise vorlegen, daß Silas völlig geistesgestört war. Oder noch besser, daß niemand dieses Namens jemals für sie gearbeitet hätte. Man würde den Zeitungen ausreden, über den Fall zu berichten, würde am Schluß vielleicht sogar dafür sorgen, daß Snow ebenfalls in dieser netten kleinen »Privatklinik« landete. Und damit wäre die Sache erledigt.

Wenn sie aber jemanden fand, der über *Stufftingle* und über die Mordversuche an Silas Bescheid wußte und bereit war, ihr zu helfen, dann konnte sie vielleicht ein Geschäft mit der CIA machen. Wenn sich der »Aufsichtsrat« der CIA bereit fand, Silas laufenzulassen, konnten Silas und sie versprechen, *Stufftingle* aus ihrem Gedächtnis zu streichen, als hätte es nie existiert, und zu verschwinden.

Aber wer konnte ihr helfen? Und vor allem: Warum?

Fast wie von selbst kam der Name ihr auf die Lippen. Laut sprach sie ihn aus: »Admiral Toothacher.«

Silas hatte den Admiral doch vor Jahren einmal observiert und festgestellt, daß er zwar verheiratet war, aber vor allem homosexuelle Neigungen pflegte. Daraufhin hatte ihn die CIA in aller Stille pensioniert. Man wollte verhindern, daß etwas in die Öffentlichkeit gelangte. Wenn sie jetzt den Admiral beobachtete und dabei erwischte, daß er mit Männern Kontakt suchte, dann mußte er zumindest mal mit ihr reden.

Aber ehe sie den Admiral beobachten konnte, mußte sie ihn erst einmal finden.

Gleich am nächsten Morgen rief sie bei der Personalabteilung der Marine an, erfuhr aber bloß, daß dort nur die Angelegenheiten der aktiven Offiziere bearbeitet würden. Der Hauptmaat, mit dem Snow telefonierte, schlug vor, sie solle es beim Amt für Veteranenangelegenheiten versuchen. Dort verwies sie ein ziviler Beamter an das Büro der Marinereserve. »Tut mir leid«, sagte ihr dort eine junge Frau mit Leutnantsstreifen auf dem Ärmel ihrer Uniformjacke. »Wir dürfen keine Adressen herausgeben.«

»Ich will den Admiral ja nicht besuchen«, sagte Snow ernsthaft. »Ich will ihm bloß etwas schicken. Mein Mann hat Admiral Toothacher sehr bewundert. Er hat bei ihm gedient, als der Admiral einen Zerstörer kommandiert hat. Mein Mann ist bei einem Autounfall gestorben...« Snow merkte, daß sie dieselbe Methode verwendete, wie sie der Psychiater der CIA angeblich bei Silas festgestellt hatte: Sie konstruierte aus Teilen der realen Welt eine fiktive. »Ich saß am Steuer. Ich habe auch was abgekriegt, aber...« Tränen stiegen ihr in die Augen, als sie mit den Fingerspitzen der rechten Hand die Narbe über ihrem Auge berührte, sehr reale Tränen, auch wenn ihre Geschichte nicht so ganz stimmte.

»Das tut mir leid, mit Ihrem Mann – –«

Snow spürte, daß die Frau unsicher wurde. »Na ja, er hat jedenfalls dieses Modell des Zerstörers gebaut. Und ich habe ihm versprechen müssen, daß ich es dem Admiral schicke, kurz bevor er... Ja, und deswegen brauche ich die Adresse des Admirals.«

Die Frau mit den Leutnantsstreifen preßte die Lippen zusammen und schien die Risiken abzuwägen. Schließlich sagte sie: »Warten Sie einen Moment.« Sie setzte sich an ihren Bildschirm und tippte einen Namen in den Computer. Auf dem Bildschirm erschienen die Personaldaten des Admirals. Die Frau notierte eine Adresse auf einen Zettel und reichte ihn Snow. »Ihr Admiral lebt in Pension in Guantanamo. Er scheint sich aber seit einiger Zeit hier in Washington aufzuhalten.«

Snow bedankte sich überschwenglich.

»Je mehr Regeln«, sagte die Frau in Uniform, »desto schöner die Ausnahmen.«

Bei der Adresse, die Snow erhalten hatte, handelte es sich um ein schäbiges Hotel an der Wisconsin Street. Snow kaufte sich in einem Fotoladen eine handliche Minox, ließ einen hochempfindlichen Schwarzweißfilm einlegen und setzte sich in einen Drugstore, der direkt neben dem Hotel lag und nur durch eine Glasscheibe von der Eingangshalle getrennt war. Während sie an der Theke einen Kaffee nach dem anderen trank, beobachtete sie in aller Ruhe die große Drehtür und die Rezeption des Hotels. Die Abenddämmerung senkte sich über die Stadt, und die Straßenlaternen flammten auf. Dutzende von Männern kamen und gingen, aber keiner paßte auf die Beschreibung, die ihr Silas von Toothacher gegeben hatte. Gegen neun Uhr abends kam zwar ein älterer Mann mit schneeweißem Haar aus dem Aufzug, aber er war zu klein und zu dick, um als »hochgewachsen« zu gelten. Außerdem führte er zwei weiße Pudel an der Leine, und das schien Snow überhaupt nicht zu passen. Snow bestellte sich eine weitere Tasse Kaffee, mittlerweile die fünfte, schob zwei Dollar über die Theke und sagte der Kellnerin, der Rest sei für sie. Draußen begann es heftig zu regnen. Die müde Schwarze hinter der Theke beugte sich vor und flüsterte: »Wenn Sie Freier suchen, sind Sie wahrscheinlich im falschen Hotel.«

»Ich suche keine Freier«, sagte Snow. »Ich halte Ausschau nach einem Freund.«

Offensichtlich glaubte ihr die Kellnerin nicht. »Ist mir ja auch egal, was Sie machen«, sagte sie.

Der Stundenzeiger der großen Uhr in der Eingangshalle sprang gerade auf die Zehn, als die Aufzugtüren sich öffneten und ein hochgewachsener, schlaksiger Mann mit weißen Haaren herauskam. Snow erkannte ihn auf den ersten Blick. Er war

Ende Fünfzig, hatte eine dichte Mähne kalkweißen Haars, leicht hängende Schultern und eine teigige Haut.

Der Admiral ging in einer Entfernung von kaum drei Metern an Snow vorbei. Deutlich konnte sie hinter der Pilotenbrille die leicht vorquellenden Augen erkennen, die alles in der Umgebung wahrzunehmen schienen. Auf seinen eingefallenen Wangen lag ein Hauch Rouge. Ein muskulöser, wesentlich jüngerer Mann mit kurzgeschnittenem zinngrauem Haar und strammer, militärischer Haltung begrüßte den Admiral. Sie wechselten ein paar Worte. Der Admiral nickte, streifte einen Regenmantel über die Schultern, als ob es ein Cape wäre, und folgte dem bulligen Burschen durch die Drehtür hinaus auf die Straße.

Snow griff hastig nach ihrem Mantel und rannte zum Ausgang. Draußen hatte der grauhaarige Fahrer einen großen schwarzen Schirm aufgespannt und schützte damit den Admiral vor dem heftigen Regen. Gleichzeitig hielt er ihm den Schlag einer großen blauen Limousine auf, die am Fahrbahnrand parkte. Snow ging zu dem Taxistand links neben der Drehtür und setzte sich in den ersten Wagen. »Sehen Sie den blauen Dodge vor dem Hotel, der gerade wegfährt?« fragte sie den Fahrer.

»Ja, natürlich sehe ich ihn«, sagte der Fahrer und lachte. »Wenn ich blind wäre, hätte ich die Taxilizenz nicht gekriegt.«

»Können Sie dem Dodge nachfahren?«

Der Fahrer, dessen Name Ernest E. Rosencrantz war, wie das Schild an seinem Armaturenbrett besagte, fuhr hoch. »Sie wollen, daß ich diesem Wagen da nachfahre?«

»Ja, bitte.«

Der Dodge hatte sich bereits in den Verkehr eingefädelt und glitt davon. Ernest E. Rosencrantz stellte seine Scheibenwischer an und fuhr hinterher. »Es handelt sich doch nicht etwa um einen dieser ›Streiche mit versteckter Kamera‹, Miß?«

»Nein, es geht um meinen Ehemann«, sagte Snow. »Er hat mir gesagt, er ginge zum Bridge. Aber ich glaube ihm nicht.«

Farbige Lichter spiegelten sich auf dem nassen Asphalt, als der blaue Dodge den »Strip« von Georgetown hinunterfuhr, bis er in einer Seitenstraße der M-Street vor einem Neonschild mit der Aufschrift CH CK'S4 hielt. Das Taxi hielt ein paar Wagenlängen dahinter. Ernest E. Rosencrantz spitzte die Lippen. »Das U fehlt«, sagte er. »Fehlt schon seit Monaten. Eigentlich soll es ›Chuck's‹ heißen.«

Der bullige Fahrer des Dodge war ausgestiegen und hielt dem Admiral wieder den Schirm. An der Tür des Nachtklubs drückte er auf eine Klingel. Ein kleines Fensterchen in der Tür öffnete sich, und ein Gesicht erschien. Der Admiral murmelte etwas. Das Fenster wurde geschlossen, die Tür geöffnet, und der Admiral verschwand in der Bar.

»Ist das der Bridgespieler?« fragte der Taxichauffeur.

Snow nickte.

»Sieht ein bißchen alt aus für Sie, wenn ich das mal so sagen darf.«

Der Fahrer des Dodge stieg wieder in seinen Wagen und fuhr langsam weiter. Er war offensichtlich auf der Suche nach einem Parkplatz. An der Ecke der nächsten Seitenstraße entdeckte er einen, stellte den Wagen ab und kehrte wieder zurück. Auch er verschwand in der Bar.

Snow machte sich daran, das Taxi zu zahlen. »Sagen Sie, Lady, Sie sehen eigentlich so aus, als wären Sie ganz in Ordnung«, sagte der Fahrer. »Vielleicht sollten Sie es sich noch einmal überlegen, ob Sie da wirklich reingehen wollen.« Er lächelte väterlich. »Bridge wird da jedenfalls nicht drin gespielt.«

»Das muß ich mir selbst ansehen«, sagte Snow.

Der Fahrer schüttelte philosophisch den Kopf. »Ich glaube, Sie werden eine Überraschung erleben.«

Snow hielt ihm ein paar Geldscheine hin. »Das Leben besteht nun einmal aus Wunden und Narbengewebe, Mr. Rosencrantz«, sagte sie und zeigte das Lächeln, mit dem sie die Tränen zurückhielt. »Die Verletzungen habe ich hinter mir. An den Narben arbeite ich.«

Rosencrantz schob die Hand mit dem Geld weg. »Sie können ja bezahlen, wenn wir zurück im Hotel sind«, sagte er.

»Wollen Sie damit sagen, daß Sie auf mich warten?«

Der Fahrer wehrte verlegen ab. »Verletzungen, Wunden und Narben. Ich weiß, was Sie meinen. Ich werde hier sein, wenn Sie wieder herauskommen.«

»Sie sind ein echter Schatz, Mr. Rosencrantz.«

»Meine Frau ist ganz anderer Ansicht«, sagte Rosencrantz trocken. »Vielleicht können Sie mir ein Zeugnis ausstellen?«

Snow sprang geduckt aus dem Taxi, rannte durch den Regen zum Eingang der Bar mit der zischenden Neonschrift und drückte die Klingel. Das Fenster öffnete sich. Das verkniffene Gesicht des Türstehers spähte heraus. »Sind Sie sicher, daß Sie hier reinwollen?« fragte er, als er Snow sah.

»Ich bin mit einer Freundin verabredet«, sagte Snow.

Das Fenster schloß sich, die Tür ging auf, und Snow schlüpfte hinein. Der Mann mit dem verkniffenen Gesicht nahm ihr den Mantel ab und gab ihr eine rote Marke. »Wir haben einen Mindestverzehr von 25 Dollar«, sagte er mißmutig.

Durch einen Perlenvorhang betrat Snow den eigentlichen Nachtklub und sah sich um. Auf einer spiegelnden Tanzfläche bewegten sich in der Mitte des Raumes ein Dutzend Paare, vor allem Männer mit Männern, aber auch ein paar Frauen mit Frauen. Langsame Musik kam aus dem Lautsprecher. Laserstrahlen kreisten über den Köpfen, und man hatte den Eindruck, daß sich das ganze zeltförmige Dach drehte. An den Wänden befanden sich Nischen mit flackernden Kerzen und dunklen Gestalten, nur die lange Mahagonitheke auf der rechten Seite war erhellt. Hier standen mehrere Kerzen.

Der Admiral saß ungefähr in der Mitte der hufeisenförmigen Bar und unterhielt sich angeregt mit einem elegant gekleideten Herrn. Der Mann, der dem Admiral den Schirm gehalten hatte, saß ihm schräg gegenüber auf der anderen Seite und langweilte sich offensichtlich. Er hatte ein halbvolles Glas vor sich, führte seinen Zeigefinger mit aufreizender Langsamkeit durch die Flamme der Kerze vor seinem Platz und spielte mit dem flüssigen Wachs.

Snow schlenderte an dem bulligen Burschen mit dem zinngrauen Crew-Cut vorbei. »Ist der besetzt?« fragte sie und zeigte auf den Hocker, der neben ihm stand.

»Ja. Iss er. Für Sie!« sagte der Mann, ohne den Blick von der Kerze zu nehmen, mit der er herumspielte.

Snow setzte sich, und der Barkeeper näherte sich. »Was können Sie mir empfehlen?« fragte sie.

»Meistens werd' ich gefragt, *wen* ich empfehle«, sagte der Barkeeper grinsend.

Snows bulliger Nachbar lachte in sich hinein. »Über meine Daiquiries hat sich schon lange keiner mehr beschwert«, sagte der Barkeeper.

»Na, dann geben Sie mir einen Daiquiri!« sagte Snow.

»Lime juice oder Zitrone?«

»Lime juice.«

Der Barkeeper füllte seinen Mixbecher mit zerstoßenem Eis, Rum und Lime juice, schüttete zwei, drei Löffel Zucker darüber, schloß den Becher mit einem silbernen Deckel und schüttelte ihn zu einem Cha-Cha-Rhythmus eine halbe Minute lang durch. Dann warf er zwei Eiswürfel in ein schlankes Glas, goß die Flüssigkeit behutsam darüber und steckte einen Strohhalm dazu. Mit einer schwungvollen Handbewegung stellte er Snow das Glas hin. »Wollen Sie noch einen?« fragte er den bulligen Mann, während er mit einem feuchten Lappen die Theke abwischte.

»Später«, sagte der andere.

»Erklären Sie mir doch bitte noch mal, was eine perfekte Zahl ist«, bat der Barkeeper.

»Eine perfekte Zahl ist perfekt«, sagte der andere müde (er hatte das wohl schon öfter erklärt), »wenn sie die Summe ihrer Divisoren ist. Sechs zum Beispiel. Sechs kann man durch eins, zwei und drei teilen, und zugleich ist sechs auch die Summe von eins, zwei und drei. Oder achtundzwanzig. Achtundzwanzig kann man durch eins, zwei, vier, sieben oder vierzehn teilen, und wenn man eins, zwei, vier, sieben und vierzehn zusammenzählt, ergibt das auch achtundzwanzig.«

»Unser Freund Huxstep«, sagte der Barkeeper zu Snow, »ist nämlich ein Rechenkünstler. Er kann phantastische Tricks. Versuchen Sie's mal.«

Andächtig studierte Snow das Profil des Mannes, der neben ihr saß. Das war also der Mann, der Silas in Yale hatte einäschern wollen und versucht hatte, sie mit einer Abrißbirne zu erschlagen.

Ein weiteres Stück des Puzzles rutschte an Ort und Stelle. Huxstep war also auch keine Erfindung von Silas. Snow beschloß, Huxstep zu testen, um zu sehen, ob er wirklich der Mann war, von dem Silas erzählt hatte.

»Haben Sie einen Taschenrechner?« fragte sie den Barkeeper.

Der Mann machte die Registrierkasse auf und gab Snow einen Rechner. Sie gab ein paar Befehle und Zahlen ein, betrachtete das Ergebnis und fragte: »Können Sie 77777777 durch 368,7 dividieren?«

Huxstep verzog das Gesicht, seine Augen verengten sich, und seine Lippen begannen zu arbeiten. Dann sagte er: »21095138.«

»Und wo steht das Komma?« fragte Snow.

»Nach der 51. Die Zahl heißt 210951,38.«

Snow sagte: »Wirklich erstaunlich.«

»Hab' ich's nicht gesagt?« strahlte der Barkeeper.

Eine zierliche Frau mit einer goldgefaßten Sonnenbrille setzte sich neben Snow. Sie steckte sich eine Filterzigarette zwischen die Lippen, sah Snow herausfordernd an und sagte: »Hast du Feuer, Liebling?«

Der Barkeeper hielt ihr ein Päckchen Streichhölzer hin, aber die Frau warf ihm bloß einen verärgerten Blick zu. »Hab' ich Sie um Feuer gebeten, Charlie? Oder die Dame hier?«

Charlie zog sich zurück.

»Na, wie is' es, Liebling?«

»Ich rauche nicht«, sagte Snow.

»Sonst auch keine Laster?« lachte die andere.

»Ich trinke gelegentlich etwas«, gab Snow zu und nippte an ihrem Glas.

»Da bin ich aber froh«, sagte die andere und warf dem Barkeeper einen Blick zu. »Was immer die Lady trinken mag, Charlie, bringen Sie noch zwei. Und Feuer dürfen Sie mir jetzt auch geben.«

Auf der anderen Seite der Bar stand der elegante Mann neben dem Admiral auf und verschwand in Richtung der Nischen. Der Admiral beugte sich etwas vor, um Huxsteps Blick aufzufangen, und blinzelte auffällig. Snow hatte das Gefühl, daß es sich um ein wohlvertrautes Signal handelte. Eine Bitte, so schien es. Huxstep glitt von seinem Hocker herunter, schlenderte zur Tanzfläche hinüber und tippte einem schlanken jungen Mann auf die Schulter. Das Gesicht des jungen Mannes zeigte indianische Züge, aber seine Haare waren von einem grellen Blond. Er drehte sich um, wechselte ein paar Worte mit Huxstep und erhielt von diesem einen größeren Geldschein, den er mit einer geschickten Bewegung in seine hautengen Lederjeans steckte, ehe er zur Bar schlenderte.

Snow suchte nach etwas in ihrer Handtasche.

»Komisch, ich hab' dich noch nie hier gesehen«, sagte die Frau zu Snow.

»Das liegt vielleicht daran, daß ich noch nie hier war.«

»Ah, ja«, sagte die Frau.

Huxstep kehrte an die Bar zurück. Seine Augen folgten jeder Regung des Admirals.

Dieser hatte inzwischen wieder Gesellschaft. Der Indianer mit den blonden Haaren hatte neben ihm Platz genommen und lachte ihn an. Toothacher beugte sich zu ihm hinüber und flüsterte ihm etwas ins Ohr. Der junge Mann belohnte ihn mit einem Kichern. Seine schrille Stimme übertönte sogar die Musik: »Ich wette, das sagen Sie allen Jungs«, rief er.

»Aber nein«, protestierte der Admiral. »Ich habe gleich gesehen, daß du nicht bloß gut aussiehst.«

Der junge Mann legte dem Admiral einen Arm um die Schultern. Der Admiral warf einen kurzen Blick zu Huxstep hinüber und zwinkerte wieder. Huxstep entspannte sich und wandte sich seinem Drink zu. »So, jetzt können Sie mir noch einen eingießen, Charlie.«

»Den haben Sie sich redlich verdient«, sagte der Barkeeper.

»Er ist ein großartiger Mann«, murmelte Huxstep. »Das Salz der Erde.«

»Er kann von Glück sagen, daß er Sie hat«, sagte die Frau neben Snow.

»Nein, nein, ich bin derjenige, der dankbar sein muß«, widersprach Huxstep.

»Haben Sie was verloren?« fragte der Barkeeper Snow, die in den letzten Minuten ständig in ihrer Handtasche herumgekramt hatte.

»Nein, schon gefunden«, sagte Snow, zog ihr Portemonnaie heraus und bat um die Rechnung.

»Aber du bist doch gerade erst gekommen«, sagte die Frau neben ihr. »Du hast ja noch nicht mal den Daiquiri getrunken, den ich dir bestellt habe.«

»In den nächsten Stunden geht es doch erst richtig los«, fügte Charlie hinzu.

»Tut mir leid, ich muß gehen«, sagte Snow zu ihrer Nachbarin.

Der Barkeeper, die Frau und Huxstep sahen zu, wie Snow durch den Perlenvorhang verschwand. Mit einem Achselzucken verkündete Charlie sein Urteil: »Ein bißchen herumpaddeln ja, aber naß wollen sie nicht werden.«

Die Frau schüttelte trübsinnig den Kopf. »Immer dasselbe. Ich bin eben ein Pechvogel.«

24

Am nächsten Morgen saß Snow wieder an der Theke des Drugstores neben dem Hotel, um die Eingangshalle zu bewachen. Gegen halb elf öffneten sich die Türen des Aufzugs, und der Admiral trat gähnend heraus. Sein Gesicht zeigte hektische Flecken, und sein Haar war zerzaust. Er trug Hausschuhe an den nackten Füßen und hatte seinen schlaksigen Körper in einen gewaltigen Bademantel gehüllt. Während er sich zur Rezeption begab, um seine Post abzuholen, wühlte er sich in den kalkweißen Haaren. Der dicke Mann mit den beiden Pudeln, der gerade von draußen hereinkam, blieb stehen und wechselte ein paar höfliche Worte mit ihm. Snow stand von ihrem Platz auf und ging in die Telefonzelle im hinteren Teil des Drugstores. Sie warf eine Münze ein und wählte die Nummer des Hotels.

Durch die Glastür der Telefonzelle und die Glaswand hinter der Theke des Drugstores hindurch konnte Snow beobachten, wie der Portier das Postfach des Admirals überprüfte und ihm eine Zeitung und mehrere Umschläge aushändigte. Dann griff er zum Telefon.

»Ich möchte bitte mit Admiral Toothacher sprechen.«

»Einen Moment bitte.«

Snow sah, wie der Portier den Admiral noch einmal zurückrief.

Dann kam die heisere, ärgerliche Stimme des Admirals: »Was soll denn das, Huxstep? Finden Sie es nicht ein bißchen früh, jetzt schon Pläne für heute abend zu machen? Können Sie mich nicht wenigstens erst mal mein Bad nehmen lassen?«

Snow deckte die Sprechmuschel zu und sagte: »Nein, hier spricht nicht Huxstep.«

»Wer ist denn da?« fragte der Admiral verwirrt.

»Haben Sie den großen braunen Umschlag schon aufgemacht, den Sie heute morgen gekriegt haben?«

»Wie bitte?«

»Machen Sie ihn doch mal auf.«

Durchs Telefon hörte Snow, wie der Admiral den Umschlag aufriß. Durch die Glaswand des Drugstores konnte sie sehen, wie er zusammenzuckte, als er die Fotos erblickte. Dafür, daß sie die Bilder in einem dämmerigen Raum mit der Minox durch ein Loch in ihrer Handtasche gemacht hatte, waren die Fotos auch wirklich erstaunlich gut. Das eine zeigte, wie Toothacher dem Indianer mit den blonden Haaren etwas ins Ohr flüsterte. Das andere zeigte, wie der junge Mann dem Admiral den Arm um die Schulter gelegt hatte und wie das Gesicht des Admirals vor Aufregung strahlte.

Der Admiral schob die Bilder hastig zurück in den Umschlag und sah sich erschrocken um. »Wer sind Sie?« fragte er heiser. Seine Stimme war voller Panik. »Wenn Sie Geld wollen, sind Sie bei mir an der falschen Adresse. Alles, was ich habe, ist meine Pension, und die langt kaum für die Miete.«

»Ich will kein Geld«, sagte Snow.

Es entstand eine Pause. »Was wollen Sie denn?«

»Ich möchte, daß Silas Sibley freigelassen wird. Wenn er nicht sehr bald freikommt, werden diese Fotos auf den Redaktionstischen des ganzen Landes auftauchen. Ich weiß nicht, ob Ihre Firma das mögen würde, wenn ein ehemaliger Chef des Marinenachrichtendienstes und freiberuflicher Mitarbeiter der CIA in einer Schwulenbar seine Geheimnisse ausplaudert.«

Als Toothacher schließlich antwortete, entdeckte Snow eine Spur von Pathos in seiner Stimme: »Wer immer Sie sein mögen, ich glaube, Sie machen einen schrecklichen Fehler. Ich kenne keinen Silas Sibley. Ich habe seit Jahren mit niemandem mehr zu tun gehabt hier in Washington. Ich bin pensioniert.«

»Ich bluffe nicht, Toothacher«, sagte Snow.

Sie hörte, wie der Admiral in die Sprechmuschel keuchte. »Liebe Dame, wenn Sie auch nur ein Fünkchen Nächstenliebe in Ihrem Herzen haben, dann bitte ich Sie: Tun Sie mir das nicht an! Selbst wenn ich Ihnen helfen wollte, ich könnte es nicht. Sie erpressen die falsche Person. Ich habe keine Ahnung, wer dieser Silas Sibley sein soll. Ich bin ein alter Mann. Sie können mich nicht so durch den Schmutz schleifen. Sie ruinieren meine Existenz. Lieber Gott im Himmel, Sie müssen mir einfach glauben. Ich sage die Wahrheit.«

»Wessen Wahrheit? Und welche?« flüsterte Snow und unterbrach die Verbindung.

25

Der Wind vor der Insel Nantucket war stärker geworden und der Wellengang auch. Der Gärtner war zusätzlich zu allem anderen auch noch seekrank. Er hatte sich schon zweimal in einen Abfalleimer erbrochen, den Mildred eilig herbeigeschafft hatte, und hatte seit vierundzwanzig Stunden keinerlei Nahrung mehr bei sich behalten können. Mildred selbst hatte sich zwar nicht erbrochen, aber es ging ihr keineswegs besser. Sie lag die meiste Zeit mit geschlossenen Augen in der Koje und behauptete, von der Bewegung des Bootes würde ihr schwindlig, wenn sie die Augen nicht zumachte.

Huxstep war der einzige von den dreien, der uneingeschränkt funktionierte. Auf die Seekrankheit beim Gärtner und Mildred reagierte er auf die übliche Weise: Er fühlte sich ihnen unendlich überlegen und wurde noch grausamer. Er beschrieb ihnen ausführlich, was er gegessen hatte, und von der Drohung, sich eine Zigarre anzuzünden, nahm er erst Abstand, als Mildred drohte, ihn zu erschießen, sobald er sie in den Mund stecke.

Gegen drei Uhr nachmittags meldete sich das Funkgerät mit hörbarem Krachen. Huxstep schaltete vom Lautsprecher auf Telefon um, ließ sich dann minutenlang Instruktionen erteilen, bellte abschließend: »Wird gemacht, Admiral«, und hängte dann ein.

Drohend näherte er sich dem Gärtner, kniete sich neben ihm hin und sagte: »Hör mal zu. Du kriegst jetzt gleich einen Anruf von deiner Freundin in Concord. Wird vom Justizministerium durchgestellt. Man hat ihr gesagt, du seist in einem hübschen sauberen Krankenhausbett in einer Privatklinik der Firma, und das bestätigst du jetzt. Ohne genauere Angaben natürlich. Du wirst vor allem zuhören und nur ganz wenig reden, verstanden?«

»Und wieso glauben Sie, daß ich das tun werde?« fragte der Gärtner.

Huxstep grinste höhnisch. »Wenn du Mist machst, blase ich dir Zigarrenrauch ins Gesicht!«

Mildred, die mit geschlossenen Augen auf dem Bett lag, sagte: »Sie wollen doch nicht, daß Ihre Freundin mißtrauisch wird, oder? Sonst kommt der Admiral womöglich noch zu dem Ergebnis, daß sie stumm gemacht werden muß, wenn Sie wissen, was ich meine.«

Wenige Minuten später meldete sich das Funktelefon wieder. Huxstep schaltete den Lautsprecher ein, um das Gespräch mithören zu können, gab dem Gärtner den Hörer und legte die Hand auf den Schalter, um die Verbindung notfalls sofort unterbrechen zu können.

Als erstes hörte der Gärtner die Stimme einer Telefonistin. »Ich habe jetzt die Verbindung«, teilte sie dem Anrufer mit. Eine Wolke von atmosphärischen Störungen kam über die Leitung, dann, ziemlich klar, eine männliche Stimme: »Ist da Silas Sibley?«

Der Gärtner meldete sich.

Es klickte mehrmals nacheinander, dann sagte Snow ziemlich atemlos: »Danke, Michael. Silas, bist du das?«

»Snow?«

»Oh, Silas. Gott sei Dank. Wo bist du? Wie geht es dir?«

Der Gärtner warf Huxstep einen Blick zu, der mit einer Hand am Schalter spielte und mit der anderen eine Zigarre auf dem Tisch hin und her drehte. »Ich bin in einem kleinen Krankenhaus«, sagte der Gärtner. »Es geht mir sehr gut. Wirklich. Und wie geht es dir?«

Eine starke atmosphärische Störung erfaßte die Leitung. Als

sie vorbei war, rief Snow: »Bist du noch da, Silas? Woher kommen bloß all diese Störungen?«

Snows Stimme schien von sehr weit her zu kommen, aus einer anderen Welt. Der Gärtner gab sich die größte Mühe, sich diese Welt vorzustellen, zu ihr zu gelangen. Aber es schien ihm, als läge ein unüberwindlicher Abgrund dazwischen. Huxstep signalisierte ihm, daß er antworten solle. »Die Firma kann aus Gründen, die du sicher verstehst, keine normalen Telefone benutzen.«

»Silas, du bist doch nicht wütend auf mich?«

»Nein. Es war ganz richtig, was du gemacht hast.«

»Ach, Gott, wenn du wüßtest, wie froh ich bin, daß du das sagst.«

»Was machst du denn jetzt immer so?« fragte der Gärtner. Er suchte verzweifelt nach Dingen, die er noch fragen oder sagen könnte. Es würde ihr letztes Gespräch sein. »Hast du in letzter Zeit neue Fotos gemacht? Bist du in die Privatsphäre anderer Leute eingedrungen oder dergleichen?«

»Ja, das bin ich tatsächlich. Erinnerst du dich noch an den Bauernhof, von dem du mir mal erzählt hast? Wo du jemandem nachgestiegen bist, dem du nicht hättest nachsteigen sollen?«

Eine Sekunde lang wußte der Gärtner nicht, was sie meinte. Aber dann begriff er. Sie meinte keinen »Bauernhof«, sie meinte die CIA-Farm, wo er seine Ausbildung gemacht hatte. Die Person, der er »nachgestiegen« war, war kein knackiges Mädchen gewesen, sondern Admiral Toothacher. Snow wollte ihm offenbar etwas mitteilen. Der Gärtner schickte ein verlegenes Lächeln zu Huxstep hinüber. »Ja, ich erinnere mich«, sagte er.

»Ich habe mich davon inspirieren lassen«, sagte Snow locker. »Ich habe dasselbe gemacht. Nur diesmal mit Fotos.«

Eine Welle der Erregung durchlief den Körper des Gärtners. Snow glaubte ihm doch! »Wirst du sie veröffentlichen?«

»Das hängt davon ab. Man kann ja die Bilder von Leuten nicht ohne weiteres an die Presse geben, wegen der Persönlichkeitsrechte. Die Fotos sind eine Sache, die Freigabe ist eine andere.«

»Klingt, als wärst du auf dem richtigen Weg«, sagte der Gärtner. »Ich hoffe, du kriegst, was du willst.«

»Mach's gut Silas, paß auf dich auf! Vergiß nicht, ich warte auf dich, wenn du rauskommst!«

»Ich verspreche, daß ich ganz brav bin«, sagte der Gärtner.

»Ich muß dir noch etwas sagen, Silas.« Weitere atmosphärische Störungen übertönten die nächsten zwei Sätze. »...versprechen, wenn du wieder rauskommst. Du mußt einfach durchhalten, okay?«

»Am besten konzentrierst du dich ganz auf dein Fotoprojekt, dann hast du nicht so viel Zeit, dir wegen mir Sorgen zu machen.«

»Gut. Das mache ich, Silas. Lebwohl, ich lass' von mir hören.«

»Lebwohl.« Huxstep unterbrach die Verbindung. »Ich glaube, das war ganz gut«, sagte er.

»Ja«, sagte der Gärtner. »Ich glaube auch.«

Zum erstenmal unterdrückte er nicht mehr nur seine Angst, sondern auch Hoffnung.

26

Das Treffen fand vier Stockwerke tief unter der Erde im Aufzug eines Bürogebäudes in Washington statt. Man schrieb die ›Iden des März‹. Der Justizminister war sehr deprimiert; es sah so aus, als wäre ein Unternehmen gescheitert, das viel kreativer war als die Iran-Contra-Geschichte. Er saugte mißmutig an seiner kalten Pfeife, drehte sein Hörgerät hoch und sagte: »Wir können unserem Schöpfer danken, daß das FBI mit dem Brief, den er Sawinkow geschrieben hat, zu mir gekommen ist. Ich mag gar nicht daran denken, was alles hätte passieren können, wenn sie sich direkt an die CIA gewandt hätten.«

»Wird es denn keine Rückfragen geben, wenn die Firma sich nicht beim FBI meldet?« fragte Wanamaker besorgt.

»Ich habe ihnen erzählt, sie seien in die Vorbereitungen zu einem wichtigen Geheimunternehmen hineingeplatzt«, sagte der Justizminister. »Ich habe ihnen gesagt, daß die nationale Sicherheit auf dem Spiel steht. Für das FBI war die Sache damit erledigt.«

Wanamaker schüttelte verbittert den Kopf. »Wer hätte gedacht, daß dieser Idiot für Sawinkow arbeitet? Ich fürchte, das bedeutet, daß wir *Stufftingle* abbrechen müssen.«

Der Blick des Justizministers wanderte zu dem dritten Mann, der sich im Aufzug befand. Die Augen des Admirals waren rotgerändert und sorgenumwölkt. Für ihn war der schlimmste Fall immer noch der wahrscheinlichste, zugleich auch der interessanteste und anregendste. Aber zum ersten Mal in seinem Leben kam er ihm auch persönlich sehr ungelegen. Also stellte sich der Admiral auf einen sehr optimistischen Standpunkt: »Ich bin ja draußen auf dem Boot gewesen und hab' ihn verhört«, sagte er. »Er hat sich zwar alle Mühe gegeben, mich davon zu überzeugen, daß er ein russischer Maulwurf gewesen ist, aber ich nehm's ihm einfach nicht ab. Es gibt Dutzende von faustgroßen Löchern in seiner Geschichte.«

»Bitte machen Sie nicht den Fehler, mir das erzählen zu wollen, was ich Ihrer Meinung nach hören will«, sagte der Justizminister.

Der Admiral zügelte sich. »Ich gebe gern zu, daß die Geheimdienste immer in Gefahr sind, sich zu sehr nach ihren Kunden zu richten. Aber mein Stil ist das nicht. Das habe ich schon beim Marinenachrichtendienst nicht getan. Ich arbeite nach dem Prinzip, daß es nur eine Wahrheit gibt, mag sie nun unbequem sein oder nicht.«

Der Minister zeigte sich wenig beeindruckt. »Warum sollte er zugeben, daß er ein russischer Spion ist, wenn dem nicht so ist? Das erscheint mir ein bißchen an den Haaren herbeigezogen, wenn Sie mich fragen. So was passiert vielleicht in den Romanen von diesem John le Carré, aber nicht im wirklichen Leben.«

»Er hat doch schließlich auch einen Liebesbrief an Sawinkow

in den toten Briefkasten geworfen«, fügte Wanamaker eifrig hinzu. »Und warum hat er ihm den Pfandschein zuspielen wollen? Wie erklären Sie das?«

Der Admiral ignorierte Wanamaker vollkommen und wandte sich ausschließlich an den Minister. »Sawinkow ist ein Profi – vielleicht wußte er, daß das FBI den toten Briefkasten entdeckt hatte. Und wenn es Sawinkow wußte, wußte Sibley es auch. Man darf ja nicht vergessen, daß er Sawinkow abgehört hat. Und das würde bedeuten, daß Sibley genau *wußte*, daß die Sachen, die er in den toten Briefkasten warf, beim FBI und früher oder später bei der CIA landen würden. Man darf auch nicht außer acht lassen, daß er *Stufftingle* für ein CIA-Projekt hielt. Er wollte ein Patriot sein und ein Projekt stoppen, das er nicht für richtig hielt. Er hat sich ausgerechnet, daß die Operation ein für allemal erledigt wäre, wenn die CIA davon ausgehen müßte, daß die Sowjets Bescheid wissen.«

Während er das verdaute, entzündete der Justizminister erst einmal seine Pfeife, was den Aufzug mit einem heißen, atemberaubenden, stinkenden Tabaknebel erfüllte. »Wenn man sich's recht überlegt«, sagte er schließlich, »ist es egal, ob er wirklich ein Sowjetagent war. Die Möglichkeit besteht nun einmal, und das bedeutet, daß die Russen möglicherweise über *Stufftingle* Bescheid wissen und uns vor der Weltöffentlichkeit bloßstellen, wenn wir das Unternehmen tatsächlich durchführen.« Dann erteilte er Wanamaker seine Befehle: »Blasen Sie *Stufftingle* ab. Beseitigen Sie das Uran. Holen Sie alle Leute zurück, die Bescheid wissen. Verbrennen Sie alle Unterlagen, und verwischen Sie Ihre Spuren.«

»Und was soll mit Sibley geschehen?«

Noch ehe der Justizminister antworten konnte, meldete sich der Admiral noch einmal zu Wort: »Es besteht gar keine Notwendigkeit, sich mit Sibley speziell zu befassen. Alles, was er wollte, war *Stufftingle* stoppen. Jetzt, wo das Unternehmen abgesagt ist, macht er bestimmt keine Zicken mehr.«

Der Justizminister und Wanamaker starrten den Admiral irritiert an. »Es ist völlig ausgeschlossen, daß wir ihn auf die Menschheit loslassen«, sagte Wanamaker. »Sibley ist eine menschliche Bombe. Ganz abgesehen davon, daß er ein Spion ist.«

»Das sehe ich auch so«, sagte der Justizminister. Er nickte Wanamaker aufmunternd zu und sagte: »Ich denke, Sie finden schon eine Lösung.« Damit griff er in die Tasche seines Jacketts und stellte sein Hörgerät ab. Die Diskussion war beendet.

Verzweifelt packte der Admiral den Minister am Arm. »Machen Sie keinen Fehler!« bettelte er. »Sibley zu liquidieren könnte gefährlich sein.« Er suchte verzweifelt nach Argumenten und brachte statt dessen nur unzusammenhängende Sätze hervor. »Spuren hinterlassen ... Briefe ... kompromittiert Wanamaker und die Einsatzgruppe *Charlie* ... die falschen Leute könnten Fragen stellen ...« Er starrte in die leeren Augen des Ministers und merkte plötzlich, daß der überhaupt nichts gehört hatte. Der Admiral ließ den Ellenbogen des anderen los und folgte Wanamaker rückwärts aus dem Aufzug hinaus, während die jungen Männer mit den ausgebeulten Sportsakkos rückwärts in den Aufzug hereinkamen. Die Türen schlossen sich.

»Kümmern Sie sich um Sibley, oder soll ich mich der Sache selbst annehmen?« fragte Wanamaker sein ehemaliges Vorbild, seine Ex-Vaterfigur.

»Ich werde Huxstep Bescheid sagen«, murmelte Toothacher.

27

Wind und Wellen hatten sich gelegt. Auch der Gärtner hatte sich beruhigt. Er klammerte sich an die Boje der Hoffnung, die ihm Snow aus ihrer Welt zugeworfen hatte. *Dum spiro, spero*, sagt der Lateiner. Hier war es umgekehrt: Wo es noch eine Hoffnung gab, gab es Leben.

Sobald Mildred wieder in der Lage war, ihre Augen zu öffnen, besserte sich ihre Stimmung, und sie begann, mit Huxstep zu flirten. »Ich habe eine unkontrollierbare Schwäche für Tätowierungen«, sagte sie, als sie ihm die Ärmel hochkrempelte. Sie fuhr mit den Fingerspitzen bewundernd über die blaßblaue Flagge auf seinem Bizeps und stieß ihm dabei ihre linke Brust in die Hand. *»Give me liberty or give me death«*, buchstabierte sie. »Hat das nicht schrecklich weh getan, als das gemacht worden ist?« fragte sie andächtig.

Huxstep grunzte. »An Schmerzen erinnere ich mich nie«, sagte er und fügte mit einem Blick auf den Gärtner, der an seinen Zementblock gekettet auf dem Fußboden saß, etwas leiser hinzu: »Jemand anderem Schmerzen zuzufügen gefällt mir schon besser.«

Mildred hob die unsichtbaren Brauen. »Lassen Sie mich auch noch sehen, was auf dem anderen Arm steht?« fragte sie brünstig.

Das Funktelefon über Huxsteps Kopf stieß laut prasselnde atmosphärische Störungen aus. Dann ertönte, noch nasaler als sonst, die Stimme des Admirals. »...Sie da? So antworten Sie doch, Mann!«

Huxstep schaltete auf »Senden« und knurrte ins Mikrofon: »Wo soll ich denn sonst sein?«

Der Gärtner, der vom Fußboden aus zuhörte, versuchte sich mit Gleichmut zu wappnen. Jetzt kam das Urteil!

»...an Land setzen.«

Huxsteps Augen verengten sich unmerklich. Er war enttäuscht. Er wiederholte den Befehl noch einmal: »Also, ich soll so schnell wie möglich zur Küste zurückkehren und ihn an Land setzen?«

»Korrekt. Ich bestätige: an Land setzen.«

Mildred war aufgesprungen und riß Huxstep das Mikrofon aus der Hand. »Ich will sofort mit Mr. Wanamaker sprechen«, kreischte sie.

Die Stimme des Admirals kam krachend über den Sender: »Geben Sie mir Huxstep!«

Huxstep nahm sich das Mikrofon zurück. »Bin schon dran.«

»Wenn Sie auch nur einen Funken Liebe für mich empfinden, setzen Sie ihn an Land, Huxstep«, bettelte der Admiral.

Als er das Wort »Liebe« hörte, zuckte Huxstep zusammen und versuchte vergeblich, die Gefühle herunterzuschlucken, die in ihm aufgestiegen. Er murmelte *»Roger«* ins Mikrofon, legte den Schalter auf »Empfang« um und wartete. Aber der Lautsprecher blieb stumm.

Mit zusammengepreßten Lippen und Augen, die nur noch Schlitze in ihrem Gesicht waren, flüsterte Mildred: »Mr. Wanamakers Assistentin bin *ich*! Sie sind hier bloß das Mädchen für alles.« Mit einem raschen Griff zog sie eine kleine Pistole unter ihrem Rock hervor. »Wenn Sie nicht tun, was zu tun ist, dann muß ich es eben machen.«

Huxstep schien zu zögern. »Der Admiral hat sich aber ganz klar ausgedrückt«, sagte er.

»Der Admiral ist aber nicht der Chef dieser Show«, sagte Mildred. »Mr. Wanamaker ist der Chef. Und woher sollen wir wissen, ob der Admiral wirklich freiwillig angerufen hat? Vielleicht hat ihn jemand mit vorgehaltener Pistole zu diesem Anruf gezwungen? Wer weiß, vielleicht war er es gar nicht selbst, sondern jemand, der seine Stimme nachgemacht hat.«

»Ausschließen kann man das nicht«, sagte Huxstep. Er schien verwirrt. Mildred setzte sofort nach. »Es wäre doch viel zu gefährlich, Sibley an Land zu setzen. Er weiß ganz einfach zuviel. Selbst wenn wir *Stufftingle* absagen, wüßte er immer noch, daß es mal existiert hat. Er weiß über Mr. Wanamaker und die Einsatzgruppe *Charlie* Bescheid. Er weiß, daß Sie versucht haben, ihn auf dem Parkplatz zu töten. Er weiß, daß wir versucht haben, ihn in der Bibliothek und in dem verlassenen Haus umzubringen. Es wäre verrückt, wenn Sie annehmen würden, er würde das alles einfach vergessen.«

Huxstep warf einen Blick auf den Gärtner. »Sieht so aus, als hätten Sie recht. Der Admiral war heute morgen offenbar ganz schön von der Rolle.« Er zog seine Smith & Wesson .357 Magnum aus der Schublade am Kartentisch und schraubte in aller Ruhe den Schalldämpfer auf.

Mildreds Augen leuchteten vor Lust. Ihre Brust hob sich, als sie flüsterte: »Es genügt doch, wenn Sie ihn anschießen, Huxstep. Dann können wir seine Augen sehen, wenn wir ihn über Bord werfen.«

Huxstep betrachtete sie mit neuerwachtem Interesse. »Ich glaube, ich habe Sie unterschätzt, Mildred. Sie haben ja eine Menge Phantasie.«

»Ich habe nicht nur Phantasie«, sagte Mildred und öffnete wie unabsichtlich die Knie.

»Das glaube ich gerne«, sagte Huxstep.

Innerlich hört der Gärtner die große Kesselpauke schlagen. Der Trommelschlag wird immer schneller. Noch eine Sekunde, sagt er sich, dann ist alles vorüber. Er schließt die Augen und versucht die Arme und Beine am Zittern zu hindern. Jetzt soll ihm der Mut nicht mehr sinken! Ihm ist schwindlig, sein Kopf wird ganz leicht, so als hätte er eine große Höhle erklommen, wo der Sauerstoff rar ist. Das letzte, was er hört, bevor alles schwarz um ihn wird, ist das heiße Zischen von Huxsteps Pistole, deren Kugel ein faustgroßes Loch in alles schlägt, was sie trifft.

28

Der Admiral gab sich keine Mühe, seine Irritation zu verbergen. »Wenn die Ampel gelb wird, sollen Sie auf die Bremse und nicht aufs Gaspedal treten«, sagte er. »Wo haben Sie eigentlich fahren gelernt?«

Huxstep warf einen Blick auf die Uhr und konzentrierte sich auf die Straße.

Toothacher kräuselte ungnädig seine römische Nase. »An jeder Tankstelle können Sie den Wagen für einen Vierteldollar stundenlang staubsaugen. Warum tun Sie das eigentlich nicht?«

nörgelte er. »Sie brauchten es doch nicht mal aus Ihrer eigenen Tasche zu zahlen! Behaupten Sie einfach, es wäre Autobahngebühr gewesen. Das würde Wanamaker nie merken!«

Huxstep bog auf die unmarkierte Straße neben dem Flughafen ab. »Die Geschichte, die Sie Wanamaker wegen Mildred erzählt haben, war übrigens auch haarsträubend«, sagte Toothacher. »Daß ihr Sibley mit einem Schraubenschlüssel den Schädel eingeschlagen haben soll, klingt nicht sehr wahrscheinlich. Hätten Sie sich nichts« – er suchte nach dem passenden Wort – »Plausibleres einfallen lassen können?«

Jetzt wurde es Huxstep zuviel. »Darf ich mit allem schuldigen Respekt darauf hinweisen, daß der Herr Admiral jetzt schon seit vollen fünfundvierzig Minuten an mir herumnörgeln? Sie haben über meinen Fahrstil gemeckert und über den Zustand des Fahrzeugs. Und die Geschichte, die ich dem dümmsten Geheimdienstmann in den Vereinigten Staaten erzählt habe, damit er sich nicht wundert, warum seine Assistentin die unverschleierte Hälfte ihres Gesichts jetzt auch nicht mehr im Büro zeigt, paßt Ihnen offenbar ebensowenig.«

»Immerhin kann ich Ihnen das Kompliment machen, daß Ihr Satzbau erhebliche Fortschritte macht«, lächelte der Admiral freundlich. Huxstep schnaubte verächtlich und drängte mit einer geschickten Drehung seines kleinen Fingers die grauen Haare zurück, die seinen Nasenlöchern entsprossen.

Der Admiral schloß leidend die Augen.

Sie gelangten an ein von Marinesoldaten in Kampfanzügen bewachtes Tor im Maschendrahtzaun, und Huxstep hielt an. Ein Offizier überprüfte seinen plastiküberzogenen Ausweis und salutierte. Einer der Soldaten öffnete das Tor und winkte den Wagen durch. Die Maschine nach Guantanamo stand bereits mit heulenden Triebwerken am Ende der Rollbahn. Huxstep hielt neben der fahrbaren Gangway, machte den Kofferraum auf, und ein Matrose schleppte die beiden Vuittonkoffer des Admirals die Treppe hinauf, während Huxstep dem Admiral die Tür offenhielt.

Als er auf den Asphalt der Rollbahn hinaustrat, gab sich der Admiral überrascht. »Ei, das sind ja ganz neue Methoden bei Ihnen. Daß Sie mir die Tür aufhalten, bin ich gar nicht gewohnt.«

»Der Herr Admiral können mich mal...« knurrte Huxstep.

»Aber, aber«, säuselte Toothacher und zwinkerte Huxstep mit beiden Lidern verschwörerisch zu.

Huxstep schmolz dahin. »Ich werde den Herrn Admiral sehr vermissen«, rief er verlegen.

»Ich Sie auch«, sagte Toothacher. »Die vielen Cocktailstunden ohne Interventionen von Ihnen werden sehr langweilig sein.«

Huxstep wandte das Gesicht ab, damit der Admiral die Feuchtigkeit in seinen Augen nicht sah. »Sie können nicht sagen, daß ich's nicht versucht hätte«, rief er.

»Was versucht?«

»Ihnen zu beweisen, daß ich Sie –« Huxstep holte tief Luft und schrie dann: »– mehr liebe als Zahlen.«

Toothacher nickte. »Das ist Ihnen gelungen«, sagte er. »Und das wissen Sie auch.«

Huxstep begrub die Hand des Admirals in seinen Pranken und drückte sie heftig. Dann wandte er sich abrupt ab und flüchtete in die Sicherheit seines Wagens. Toothacher raffte die Einzelteile seines schlaksigen Körpers zusammen und stakste die Gangway hinauf, an deren oberem Ende ein Unteroffizier mit gewachstem Schnauzbart stand und ihm einladend entgegenlächelte.

29

An einer Zitronenscheibe knabbernd, spulte Snow ihren Anrufbeantworter zurück und hörte gelassen das Band ab. Gleich als erster kam Fargo. Seine Stimme war laut und klar und stolperte über die Wörter, als ob sie Felsbrocken auf dem Weg zur Information wären. »Hallo, Snow? Hier Michael. Dein Freund ist vor zwei Tagen aus dem Krankenhaus entwichen. Ich habe es gerade erst erfahren. Ich komme mit dem nächsten Flugzeug zu dir.« Für den Fall, daß Sibley vor den FBI-Beamten eintreffen sollte, hinterließ Fargo eine Telefonnummer in Boston. Falls sie diese Nummer gerade nicht zur Hand hätte, sollte sie einfach den Polizeinotruf benutzen, damit die Beamten Fargo in der Bostoner Dienststelle des Justizministeriums benachrichtigen könnten. »Sei vorsichtig, Snow«, fügte Fargo hinzu. »Ich glaube zwar nicht, daß er gefährlich ist, aber man kann ja nie wissen. Wenn du von ihm hörst, versuch ihn zu beruhigen. Widersprich ihm nicht, sondern geh auf alles ein, was er erzählt.«

Snow schüttelte den Kopf und lächelte spöttisch. Fargo mußte sie für einen Trottel halten. In diese Falle würde sie nicht noch einmal gehen. Silas war aus keinem Krankenhaus weggelaufen. Der Admiral hatte ihn freigelassen, weil er seine eigene Haut retten wollte. Snow hoffte nur, daß Silas schlau genug war, ihr nicht zu nahe zu kommen. Ihm mußte ja klar sein, daß sie wahrscheinlich beobachtet wurde. Andererseits hoffte sie aber auch, daß er nicht für immer wegblieb.

Das Blinklicht ihres Anrufbeantworters zeigte Snow, daß noch ein Gespräch auf dem Anrufbeantworter war. Dieser zweite Anruf begann damit, daß jemand sein künstliches Gebiß klicken ließ. »Rate, wer zum Essen kommt?« fragte eine musikalische Stimme.

Dazu war das spöttische Lachen einer Frau zu hören, die von den saftigen Kaninchen träumte, die sie zu ihrer Zeit gejagt hatte.

30

Esther machte die Tür einen Spaltbreit auf, zog Snow herein und schob den Riegel wieder hinter ihr zu. »Er ist oben im Gästezimmer«, flüsterte sie aufgeregt.

Snow schälte sich aus ihrem Mackinaw und stampfte mit den Füßen, um den Schnee von den Stiefeln zu schütteln, ehe sie aus dem Windfang ins Haus trat. »Wie geht es ihm?« fragte sie ihre Großtante. Esther war barhäuptig, und ihr kahler Kopf ragte aus einer gewaltigen Kaschmirstola, die fast die Hälfte ihres zerbrechlichen Körpers umhüllte.

»Er schläft wie ein Baby«, sagte sie. »Er hat es nicht direkt gesagt, aber er hat wohl eine ziemlich schlechte Zeit hinter sich. Das, wovor er weggelaufen ist, hat ihn offenbar eingeholt. Es steht ihm ins Gesicht geschrieben. Man kann es in seinen Augen lesen.«

Dicht gefolgt von Snow machte Esther einen behutsamen Bogen um ihren haarlosen Hund, der auf dem Teppich döste, ging dann auf Zehenspitzen die Treppe hinauf und öffnete fast geräuschlos eine Tür am hinteren Ende des Ganges. Der Raum dahinter wurde von einer einzelnen Kerze erleuchtet, die auf dem Fußboden stand. Flackernde Schatten huschten über die Wände. Mit Ausnahme seiner Schuhe völlig bekleidet, lag Silas zusammengerollt wie ein ungeborenes Kind auf dem gewaltigen Himmelbett in der Mitte. »Er wollte nicht einschlafen, bevor ich die Kerze angesteckt hatte«, flüsterte Esther. »Ich glaube, er hat vor der Dunkelheit Angst.« Sie versuchte Snow aus dem Zimmer zu ziehen. »Laß ihn erst einmal ausschlafen«, sagte sie. Sie musterte ihre Nichte aufmerksam. »Du kommst mir auch ein bißchen nervös vor, wenn du die Wahrheit wissen willst.«

Snow lächelte traurig. »Die Wahrheit weiß ich schon. Ich habe zwar eine Weile gebraucht, aber jetzt weiß ich die Wahrheit.«

Esther ließ ihre Zähne einrasten. »Das kann nicht jeder von sich sagen.«

Snow setzte sich in einen Schaukelstuhl und zog sich eine Decke unter die Achseln, um über den Schlaf des Mannes auf dem Bett zu wachen. Als die Kerze heruntergebrannt war, entzündete sie eine neue an der zischenden Flamme der alten und steckte sie auf den Leuchter. Gegen Mitternacht schlief sie ein, schreckte aber gleich wieder hoch, als Silas zu stöhnen begann. »Nur noch eine Sekunde«, schien er zu murmeln, »dann ist es vorbei.« Er wälzte sich unruhig hin und her und drückte das Kreuz durch, als hätte ihn etwas in den Rücken gestochen, dann fiel er auf die Matratze zurück. Der Anblick seiner zusammengerollten Gestalt weckte Gefühle in Snow, die sie für tot gehalten hatte. Sie war dem Kummer in die Falle gegangen. Und wie eine Geisel, die sich anfängt mit ihrem Entführer zu identifizieren, hatte sie sich mit ihrem Kummer identifiziert; er war ihr zur Gewohnheit geworden. Und jetzt war sie einem neuen Gefühl in die Falle gegangen – sie war Gefangene der Liebe.

In der Morgendämmerung mußte sie erneut eingedöst sein, denn als sie erschrocken hochfuhr, war die Kerze ausgebrannt, und Silas saß auf der Bettkante und starrte sie an. »Habe ich im Schlaf gesprochen?« wollte er wissen.

Was sein Gesicht und seine Augen anging, hatte Esther recht gehabt. Snow nickte. »Du hast gesagt, nur noch einen Moment, dann wäre alles vorbei.«

Sibley stand auf, und Snow kam aus ihrem Schaukelstuhl, um ihn zu umarmen. Minutenlang klammerten sie sich aneinander. Schließlich nahm Snow seine Hand und betrachtete sie. Der Schorf war abgefallen. Sibleys Lebenslinie war wieder sichtbar.

Nach einer weiteren langen Umarmung setzte Snow sich in ihren Schaukelstuhl, und während sie vor und zurück wippte, setzte der Gärtner sich auf den Teppich zu ihren Füßen. »Erzähl«, bat sie.

Der Gärtner begann, seinen Leidensweg zu beschreiben: wie er von seinen Entführern betäubt worden und auf einem Boot wieder zu sich gekommen war. Wie man ihn an ein Stück Metall gefesselt hatte. Daß der Admiral versprochen hatte, man würde ihn erschießen, ehe man ihn über Bord warf. Wie Toothacher schließlich angerufen und Huxstep befohlen hatte, ihn freizulassen; wie Mildred und Huxstep nach dem Anruf des Admirals in Streit geraten waren –

Snow ließ ihren Stuhl weiterschaukeln. »Huxstep war auf dem Boot?« fragte sie. Der Gärtner nickte.

»Und wann hat das alles stattgefunden?«

»Huxstep hat mich an den ›Iden des März‹ auf der Insel Nantucket ausgesetzt. Das war vor zwei Tagen.«

Vor zwei Tagen hatte Snow in einer Bar in Washington gesessen und Daiquiri getrunken. »Huxstep ist doch der Typ mit den Zahlenkunststücken?« sagte Snow.

»Ja, genau«, sagte der Gärtner.

»Erzähl nur weiter«, sagte Snow und lächelte ermutigend.

Der Gärtner beschrieb, wie Mildred die kleine Pistole gezückt hatte. Sie hatte erklärt, sie würde den Gärtner erschießen, wenn Huxstep dazu nicht bereit war. Huxstep hatte so getan, als hätte sie ihn überzeugt, und den Schalldämpfer auf seine Pistole geschraubt. Es war ein schrecklicher Augenblick gewesen – der Gärtner war sicher gewesen, Huxstep würde ihn jetzt erschießen. Ihm war schwindlig geworden. Er erinnerte sich an einen Trommelwirbel und den gedämpften Knall eines Schusses, ehe er ohnmächtig wurde. Als er das Bewußtsein zurückerlangt hatte, fuhr das Boot in Richtung der Insel Nantucket, die man am Horizont sah.

»Was ist denn aus Mildred geworden?« fragte Snow.

Der Gärtner zuckte die Achseln. »Sie war weg. Und der Zementklotz auch und die Handschellen.«

»Armer Silas«, sagte Snow, schaukelte nach vorn und nahm seinen Kopf zwischen die Schenkel. »Du hast viel gelitten. Du und Nate, ihr seid aus demselben Holz geschnitzt, das weiß ich genau.«

»Glaubst du wirklich?« fragte der Gärtner.

»Jeder, der weiß, was du durchgemacht hast, wird das glauben«, sagte Snow zärtlich.

Der Kopf des Gärtners sank tiefer in ihren Schoß. Seine Stimme klang gedämpft, als er sagte: »Jetzt, wo du mir glaubst, ist die Welt vom Kopf zurück auf die Füße gekommen.«

31

Tante Esther gelang es schließlich, sie zu einem Konzertbesuch zu überreden. Wegen ihres fehlenden Haares ließ sie selbst sich in der Öffentlichkeit nicht mehr sehen, aber es bestand kein Grund, warum ihre Nichte und der Gärtner ebenfalls wie gefangene Vögel im Haus sitzen sollten. »Verschafft euch ein bißchen Bewegung,« sagte Esther lächelnd, »amüsiert euch. Probiert es aus, wie ihr euch draußen fühlt. Macht ein paar Testflüge.«

Der Saal, der normalerweise für Bezirksversammlungen und Diavorträge benutzt wurde, war nicht sehr groß. Das Orchester stimmte noch die Instrumente, als Snow und der Gärtner ihre Plätze in der Mitte der vierten Reihe einnahmen und die hektographierten Programmzettel lasen. Eine Gruppe von Musikstudenten der Universität Harvard würde Haydns Symphonie Nr. 45 in fis-moll, die sogenannte Abschiedssymphonie, spielen, wie sie Haydn selbst im Jahre 1772 vor dem Grafen Esterhazy aufgeführt hatte. Vor jedem der Musiker stand ein Leuchter mit einer brennenden Kerze. Die elektrische Beleuchtung erlosch, und die Bühne wurde nur noch von den flackernden Kerzen erhellt. Der Dirigent trat aus den Kulissen, und das Publikum applaudierte.

Tante Esther hatte recht gehabt. Ein Konzert war genau das richtige für den Gärtner. Snow hatte ihren Arm bei ihm eingehängt und spürte geradezu körperlich, wie ihn die Spannung verließ, als die Musik einsetzte. Einmal flüsterte er: »Wenn man sich vorstellt, daß mein Nate in Yale studiert hat, als diese Musik zum erstenmal gespielt worden ist!« Ein paar Minuten später grinste er verlegen, und es schien fast so, als wäre die Welt wieder in Ordnung.

Aber das war sie natürlich keineswegs. Nicht daß Silas sie direkt angelogen hatte; der Vorgang war wesentlich komplizierter. Er hatte eine Wahrheit erfunden – seine eigene Wahrheit, die er dringend brauchte. Er hatte sich die Szenen mit Huxstep auf dem Boot ausgedacht; dabei hatte Huxstep neben ihr in Washington gesessen in dieser Bar. Wenn Silas sich eingebildet hatte, Huxstep wäre auf dem Boot gewesen, dann hatte er sich auch das Boot eingebildet. Aus zahlreichen Elementen der Wahrheit hatte er eine wilde Geschichte zusammenphantasiert: seine Abhöroperation; den Plan, in Teheran eine Atombombe zu zünden; die Liebesbriefe, die er angeblich Wanamaker geschickt hatte, um den Plan zu vereiteln. Auch die Geschichte mit dem alten Admiral, der reaktiviert worden war, um die undichte Stelle zu suchen, hatte Silas erfunden. Die Mordversuche in New Haven hatte er sich bloß eingebildet. Sogar die Nathan-Geschichte war nur seiner Phantasie entsprungen. Er hatte Nathans Leben erfunden und seinem eigenen als Folie unterlegt. Das Ganze war wie ein doppelt belichtetes Foto. Tante Esther hatte Snow das sogenannte »Tagebuch« von Molly gezeigt, für das sich Silas so interessiert hatte. Es war nichts als ein altes Notizheft mit Kochrezepten und einem Verzeichnis von Heilkräutern, das Molly Davis im Lauf der Jahre angelegt hatte. Nate oder die Revolution wurden überhaupt nicht erwähnt, geschweige denn ein britischer Plan, Washington auf Manhattan einzuschließen. Es gab keinerlei Hinweis darauf, daß Nate der Vater von Mollys Kind war. Vielleicht war Nate im Leben wirklich heiß begehrt und im Tode beklagt worden, aber von Molly offenbar nicht.

Die Pointe von Haydns Abschiedssymphonie besteht bekanntlich darin, daß die Musiker einer nach dem anderen aufhören, ihre Kerze löschen und die Bühne verlassen. Als der Gärtner sich dessen bewußt wurde, kehrte seine Nervosität schlagartig wieder zurück. Nur noch vier Kerzen brannten, da stand der Cellist auf und löschte sein Licht. Im Saal wurde es dunkler und die Musik immer dünner. Jetzt löschte ein Oboist seine Kerze. Der Gärtner fröstelte. Auch der Violinist war jetzt am Ende seiner Partitur angelangt. Der Dirigent verlangte dem Instrument die letzte Note ab und ließ sie dann ausklingen. Anschließend löschten er und der Violinspieler die beiden letzten übriggebliebenen Kerzen und verließen die Bühne.

Im Saal war es so dunkel und still wie am Grund eines Kohlenschachts. Zitternd preßte der Gärtner sein Gesicht an Snows Schulter. Ganz dringend und leise flüsterte er: »Bitte, laß jemanden eine Kerze anzünden!«

Langsam gingen die Lampen an. Der Gärtner preßte seinen Kopf aber immer weiter an die alte, nach Kampfer duftende Strickjacke, die Esther für Snow aus der alten Truhe auf dem Boden gefischt hatte. Der Geruch, den der Gärtner zum ersten Mal wahrnahm, löste eine Erinnerung bei ihm aus. Er spürte den Sog der Geschichte und glitt über die Trennungslinie in seine historische Rolle. »An dem Abend, als ich sie kennenlernte, hat Molly auch nach Kampfer gerochen«, sagte er.

Links und rechts hatten sich die Leute erhoben und drängten zum Ausgang. Und diesmal zögerte Molly nicht, sondern folgte dem Gärtner auf seiner Seelenwanderung. »Ich schlage vor, daß wir heiraten«, sagte sie zärtlich.

Der Gärtner lächelte das Lächeln von Nate. »Ja, geht das denn?«

Snow blickte über die Schulter und entdeckte Fargo und zwei andere Männer, die am Ausgang warteten. Die Polizei hatte ihre Nachricht also doch weitergegeben. »Nun, ich weiß nicht, ob du das verstehst, aber bevor die Trauer mich überfiel, war ich eine glücklich verheiratete Frau...«

Sie geriet ins Stocken, und der Gärtner mußte ihr aushelfen: »Und im Gegensatz zu dem, was man gemeinhin glaubt...«

»Ja«, sagte Snow. »Im Gegensatz zu dem, was man gemeinhin glaubt, haben auch Frauen Bedürfnisse.«

Der Gärtner klammerte sich an ihre Hand. »Was wollen wir uns versprechen?« fragte er und suchte in ihren Augen nach einer Antwort.

Der Saal war jetzt beinahe leer. Snow sah Fargo und die beiden anderen auf sie zukommen. Sie legte ihre Arme um den Gärtner und hielt ihn ganz fest. »Ich möchte, daß wir uns bedingungsloses Vertrauen zueinander geloben«, sagte sie innig. »Das ist das einzige, was zählt zwischen zwei Menschen.«

»Ich verspreche es von ganzem Herzen«, flüsterte der Gärtner.

»Ich auch«, sagte Snow.

32

Wanamaker stand im Schatten des Balkons und sah mit einem zufriedenen Grinsen zu, wie die beiden jungen Männer mit den weitgeschnittenen Sportsakkos den Gärtner in den Polizeigriff nahmen und den Gang zwischen den Sitzreihen heraufführten. Huxstep, der aus den Kulissen getreten war, hob die Faust, zielte auf den Rücken des Gärtners und drückte auf einen imaginären Abzugshebel. Der Justizminister, der neben Wanamaker stand, las Huxstep die Worte: »Peng! Peng! Du bist tot!« von den Lippen, entzündete mit einem Feuerzeug seine stinkende Pfeife und murmelte: »Was Sie mit ihm machen, brauche ich ja wohl nicht zu wissen.«

Wanamaker kicherte über den vermeintlichen Scherz des Ministers. Huxsteps Geste hatte ja kaum Zweifel daran gelassen, welches Schicksal den Gärtner erwartete.

Wanamakers Reaktion irritierte den Minister. Er blies ihm eine übelriechende Rauchwolke ins Gesicht und bellte: »Ich verstehe nicht, was es da zu lachen gibt, Mann! Sie haben das Leck zwar noch abgedichtet, aber erst nachdem die Russen herausgefunden hatten, was Sie geplant haben.«

»Es wird vielleicht eine Weile dauern«, sagte Wanamaker und wedelte mit der rechten Hand zaghaft gegen den Rauch an, »aber vielleicht können wir *Stufftingle* irgendwann doch noch durchführen.«

»Wie stellen Sie sich das vor?« fragte der Minister nicht ohne Interesse.

»Mit ein bißchen Glück werden wir innerhalb der nächsten zwei Monate herausfinden, wo die Perser ihre Laboratorien für bakteriologische Kriegsführung haben. Und wenn wir das einmal wissen, wird es nicht sonderlich schwerfallen, innerhalb von einem bis höchstens anderthalb Jahren genug genetisch hochgezüchtete Mikroben einzuschmuggeln, um eine unkontrollierte biologische Reaktion auszulösen, mit einem Wort: eine Seuche.«

»Machen Sie doch mal ein etwas detailliertes Exposé«, sagte der Minister. »Aber bitte keine schriftlichen Unterlagen.« Er bemerkte, daß Fargo inzwischen auch Snow zum Ausgang gebracht hatte. »Was ist mit dem Mädchen?« fragte er.

»Die stellt keine Gefahr für uns dar«, erwiderte Wanamaker. »Sie ist überzeugt, daß dieser kleine Scheißkerl völlig verrückt ist. Sie glaubt, er hat uns erfunden.«

Die Vorstellung, er könnte bloß in der Phantasie eines anderen existieren, amüsierte den Minister ganz ungemein. »Wäre es nicht lustig, wenn sie recht hätte?« fragte er und griff in die Tasche, um sein Hörgerät abzustellen.

HISTORISCHE NACHBEMERKUNG

Anfang September 1776 hing die amerikanische Rebellion gegen König George III. und das Mutterland England an einem seidenen Faden. Eine britische Expeditionsarmee unter dem Kommando von Generalmajor William Howe hatte die amerikanischen Milizen von Long Island vertrieben und auf die Insel Manhattan zurückgedrängt. General George Washington, der unerfahrene Kommandeur der Amerikaner, hatte seinen Truppen befohlen, sich auf den Harlem Heights einzugraben, und versuchte verzweifelt, herauszufinden, wo der nächste Schlag fallen würde. Würde Howe, der schon mehrere erfolgreiche Landeunternehmen durchgeführt hatte, seine Rotröcke den East River hinauffahren und in Washingtons Rücken in Westchester an Land setzen lassen? Dann wären die amerikanischen Truppen auf Manhattan eingeschlossen gewesen. Oder würde Howe einfach den Fluß überqueren, New York besetzen und Washington frontal angreifen?

Um die britischen Pläne zu erkunden, schickte Washington einen Spion nach Long Island. Er sollte die Truppenstärke und Stellungen der Briten ausspähen. Daraus hoffte Washington auf die Pläne der Briten schließen zu können. (Warum sollte der Gegner auch Truppen zusammenziehen, wenn er nicht die Absicht hatte, sie einzusetzen?)

Der junge Freiwillige, der sich für diesen gefährlichen Auftrag meldete, hieß Nathan Hale. Er war 1773 von der Universität Yale abgegangen und hatte einige Jahre als Lehrer gearbeitet. Als die Revolution ausbrach, war er im Range eines Leutnants in die Miliz von Connecticut eingetreten und hatte an der Belagerung von Boston teilgenommen. Nach dem Abzug der Engländer war er mit Washingtons Truppen nach New York gezogen. An Bord eines amerikanischen Schiffes überquerte Hale ungefähr am 12. September 1776 in Zivilkleidung den Long-Island-Sund und ging in Huntington auf Long Island an Land.

Am 23. September verzeichnen verschiedene britische Tagebücher und Regimentschroniken die Festnahme eines amerikanischen Spions namens Hale. Er wurde ohne Gerichtsverfahren zum Tode verurteilt und am nächsten Tag in einem britischen Artillerielager hingerichtet, das sich ungefähr dort befunden haben muß, wo sich heute die 63. Straße und die Third Avenue kreuzen.

Was Hale zwischen seiner Landung auf Long Island und seiner Gefangennahme und Hinrichtung getan und erreicht hat, weiß niemand. Diese Woche bildet eine Lücke in der amerikanischen Geschichtsschreibung. Aber jedes amerikanische Schulkind kennt die letzten Worte auswendig, die der 21jährige Patriot unter dem Galgen hervorstieß. Wie es heißt, sagte er: »Wie schade, daß wir nur einmal sterben können, um unserem Vaterland zu dienen!«